STEFFEN
JACOBSEN

SCHACH MIT
DEM TOD

STEFFEN JACOBSEN

SCHACH MIT DEM TOD

AUS DEM DÄNISCHEN
VON MAIKE DÖRRIES

HEYNE ‹

Die Originalausgabe erschien unter dem Titel
DA BLEV JEG DØDEN
bei Lindhardt og Ringhof Forlag, Kopenhagen.

Penguin Random House Verlagsgruppe FSC® N001967

Copyright © 2017 by Steffen Jacobsen
Copyright © 2021 der deutschsprachigen Ausgabe
by Wilhelm Heyne Verlag, München,
in der Penguin Random House Verlagsgruppe GmbH,
Neumarkter Str. 28, 81673 München
Redaktion: Werner Wahls
Herstellung: Mariam En Nazer
Printed in Germany
Umschlaggestaltung: Johannes Wiebel | punchdesign, München,
unter Verwendung von Motiven von shutterstock.com
(Reddavebatcave, Ysbrand Cosijn, oOhyperblaster,
Photo Oz, Wilqkuku)
Satz: Leingärtner, Nabburg
Druck und Bindung: GGP Media GmbH, Pößneck
ISBN 978-3-453-27201-9

www.heyne.de

Mir scheint, Bohr sollte eingesperrt oder jedenfalls zu der Einsicht gebracht werden, dass er sehr nah am Rand todeswürdiger Verbrechen ist.

Winston Churchill an Lord Cherwell, oberster wissenschaftlicher Fachmann und Berater der Regierung

Eine solche Initiative, deren Ziel es ist, den zukünftigen Wettstreit um den Besitz einer solchen Superwaffe zu verhindern, darf in keiner Weise die sofortige militärische Anwendung hemmen.

Niels Bohr in einem Memorandum an den Schatzkanzler im Kabinett Churchill und verantwortlichen Minister für das britisch-kanadische Atomwaffenprogramm Tube Alloys

FAKTEN

Abgesehen von einer Handvoll Politiker, einer Gruppe Wissenschaftler und Einheiten der amerikanischen Streitkräfte, befand sich der Rest der Menschheit in seliger Ahnungslosigkeit, als im Nuklearlabor der amerikanischen Armee in Los Alamos eine neue Ära der Ausübung militärischer Konflikte anbrach und am 16. Juli 1945 in der Wüste Jornada del Muerto, New Mexico, getestet wurde. Das Testgelände befand sich auf prähistorischem, vulkanischem Meeresgrund. Das einzige zivile Gebäude dort war die Ranch der Familie McDonald, die 1942 von der Armee enteignet und verstaatlicht wurde. Das Testgelände bekam den Codenamen Trinity. Der Name ist wie alles andere in dieser Geschichte mehrdeutig. Vielleicht bezieht er sich auf die drei Berggipfel in der näheren Umgebung, die von den ersten spanischen Besiedlern *Trinität* genannt wurden, vielleicht wurde der Ort aber auch nach einem Gedicht von John Donne benannt. Möglicherweise ist das alles auch nur eine nachträgliche Interpretation.

Um 05:29:45 SMT (Standard Mountain Time) hatte der Physiker Sam Allison auf null runtergezählt, und die erste Atombombe der Welt – »Gadget« genannt – explodierte mit einer Sprengkraft, die 22 000 Tonnen TNT entsprach.

Die Plutoniumbombe schlug mit einem Dröhnen auf den Amboss der Geschichte ein, das bis heute nachhallt.

Das war ein Morgen mit zwei Sonnenaufgängen.

Die atomare Ära wurde eingeläutet mit einem Zitat des wissenschaftlichen Direktors des Projekts, J. Robert Oppenheimer, aus der hinduistischen Schrift Bhagavad Gita (Sanskrit: Gesang des

Erhabenen): »Jetzt bin ich der Tod geworden, Zerstörer der Welten.«

Wie es der Physiker Kenneth Bainbridge nicht ganz so pathetisch, aber deutlich präziser ausdrückte:»Jetzt sind wir alle Hurensöhne geworden.« Dieser Kommentar spiegelte die Zweifel wider, die von den Verantwortlichen für die Entwicklung der Atombombe nach der Probesprengung genährt wurden. Sie hatten, angespornt vom Patriotismus und von der Befürchtung, die Achsenmächte könnten vor ihnen Atomwaffen entwickeln, zugestimmt, ihre Arbeitskraft in Los Alamos, New Mexico, zur Verfügung zu stellen – über Jahre hinweg und in völliger Isolation.

Als im Mai 1945 die letzten deutschen Streitkräfte kapitulierten, wurde offenbar, dass die Kernphysiker des Dritten Reiches nicht einmal in die Nähe einer anwendbaren Atombombe gekommen waren. Adolf Hitlers Interesse an Atomwaffen war nicht sehr groß gewesen, denn er hatte deren Fertigstellung in absehbarer Zukunft für unerreichbar gehalten. Trotzdem wurde das amerikanische Atomwaffenprogramm, das Manhattan-Projekt, auch nach Ende des Krieges unverdrossen weitergeführt.

In einem unwirklich kurzen Zeitraum, nämlich zwischen März 1943 und Juli 1945, wurde das Manhattan-Projekt einzigartig erfolgreich in Los Alamos, New Mexico, Hanford, Washington State, und Oak Ridge, Tennessee, vorangetrieben. Für das Projekt wurden genauso hervorragende wie exzentrische Talente aus dem naturwissenschaftlichen Bereich rekrutiert. Auf anscheinend harmonische Weise trugen diese ausgeprägten Individuen in einer fieberhaften Kreativität zu revolutionären Erkenntnissen und neuen technologischen Errungenschaften bei, wie die Welt sie noch nicht gesehen hatte. Unübertrefflich. Das zumindest glaubten alle Beteiligten.

Die Wissenschaftler in Los Alamos hatten eine Massenvernichtungswaffe mit einer bis dahin nicht bekannten destruktiven Kapazität entwickelt, die sie dem amerikanischen Militär überantworteten. Am 6. August 1945 wurde eine uranbasierte Atombombe, »Little Boy«, über Hiroshima abgeworfen. Drei Tage später eine Plutoniumbombe, »Fat Man«, über Nagasaki. Die Zahl der Todesopfer belief sich auf über 100 000. Vor diesen Angriffen waren durch konventionelle Bombardierungen mit Brandbomben, ausgeführt von B-29-Superfortress-Langstreckenbombern von den Marianen im Pazifik aus, 67 japanische Städte ausgelöscht und 400 000 Zivilisten getötet worden.

In den Jahren nach Trinity setzten sich der dänische Atomphysiker und Nobelpreisträger Niels Bohr und Professor J. Robert Oppenheimer für wissenschaftliche Offenheit, Transparenz und Kooperation der Nationen ein, um unverrückbare Grenzen für die militärische und zivile Nutzung der neuen Technologie zu setzen. Dabei betonten sie immer wieder, dass ein Atomwaffenwettlauf zwischen den westlichen Alliierten und der Sowjetunion um jeden Preis verhindert werden müsste. Sie schlugen die Einrichtung einer einflussreichen, internationalen Kontrollbehörde durch die Vereinten Nationen vor, um die grenzenlose Verbreitung von Atomwaffen zu verhindern.

Wie die Geschichte gezeigt hat, hatten Bohr und Oppenheimer indes einen nicht neu verhandelbaren Vertrag mit dem Schicksal unterschrieben. Von 1945 bis 1953 führte das amerikanische Militär weitere 42 atomare und thermonukleare Testsprengungen durch. 1955 umfasste das atomare Waffenarsenal der Vereinigten Staaten 2422 Sprengköpfe. Während ich das hier schreibe, verfügen zehn Nationen über Atomwaffen, von denen einige ihre Arsenale weiter aufstocken und entwickeln.

Zum Entsetzen der Alliierten wurde am 29. August 1949 in Semipalatinsk, Kasachstan, die erste sowjetische Atombombe erfolgreich gezündet. Der Bauplan für die Bombe mit dem Spitznamen »Tatjana« war eine exakte Kopie der Konstruktion von »Fat Man«.

Eine amerikanische B-29 Superfortress, die am gleichen Tag den Nordpol überflog, sammelte radioaktives Beweismaterial ein. Diese sowjetische Probesprengung war der Auftakt zum Kalten Krieg. Churchills Eiserner Vorhang zog sich durch das alte Herz Europas.

Die sowjetischen Wissenschaftler und Ingenieure waren in viel zu kurzer Zeit zu erfolgreich, womit rückblickend klar war, dass der Vorläufer des KGB, das NKWD, und dessen militärische Schwesterorganisation GRU das Manhattan-Projekt von Anfang an infiltriert hatten. Spione leiteten die Informationen über die neuen Entdeckungen so schnell nach Moskau weiter, wie sie gemacht wurden. Einige wenige Agenten wurden enttarnt, die bekanntesten von ihnen waren der britisch-deutsche Atomphysiker Klaus Fuchs, der englische Physiker Allan Nunn May und die amerikanischen Physiker Theodore Hall und Bruno Pontecorvo. Darüber hinaus wurden mehrere ihrer Kuriere enttarnt: Harry Gold, David und Ruth Greenglass und Ethel und Julius Rosenberg.

Es gibt unzählige Theorien über die Protagonisten des Diebstahls des bisher größten Militärgeheimnisses überhaupt. NKWD und GRU hatten nicht einfach nur umfassendes Wissen über die Herstellung atomarer Waffen erworben, sie hatten sich Skizzen angeeignet, Fotos und Formeln für jedes noch so kleine Detail der extrem komplizierten Konstruktion der Plutoniumbombe.

1995 gab die NSA Tausende Dokumente frei, die in irgendeiner Form mit dem Manhattan-Projekt befasst waren und die aus überseeischen *Rezidenturas* nach Moskau weitergeleitet worden waren. Mit allergrößter Sorgfalt hatte das United States Army Signal Corps, die Fernmeldetruppe des US-amerikanischen Heeres (Vorläufer der NSA), die Dokumente dechiffriert, die später unter dem Namen VENONA-Papiere bekannt wurden.

Im Oktober 2014 folgte das amerikanische Energieministerium der Empfehlung seines eigenen Öffentlichkeitsausschusses und gab bis dahin streng geheime Dokumente frei, die sich mit den Anhörungen in Bezug auf die Geheimhaltung des Manhattan-Projekts beschäftigten – und der Nichteinhaltung derselben.

Die Dokumente deuteten an, dass die Enthüllung der Geheimnisse des Manhattan-Projekts das Werk eines einzigen Individuums war: Ein einzelner goldener Faden in dem Gespinst von Informanten, Spionen und Kurieren.

Unter den herausragenden Talenten, die in den Laboratorien von Los Alamos arbeiteten, gab es einen, der an der Berechtigung des Projekts zu zweifeln begann und am moralischen Format der Menschen dieser Zeit, mit den Instrumenten blinder Zerstörung umgehen zu können. Es gab einen – möglicherweise den Begabtesten von allen –, der die Verantwortung übernahm, die Geschichte zu verändern. Ein weiteres Mal.

Und er traf eine Entscheidung, die uns alle angeht.

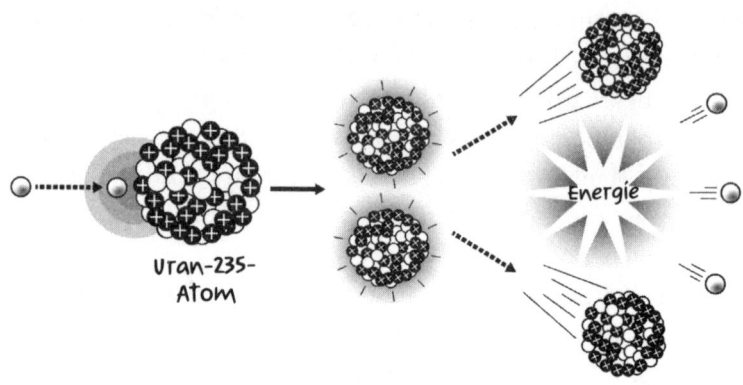

Kernspaltung nach dem Aufeinanderprallen eines Neutrons und eines Uran-235-Atomkerns.

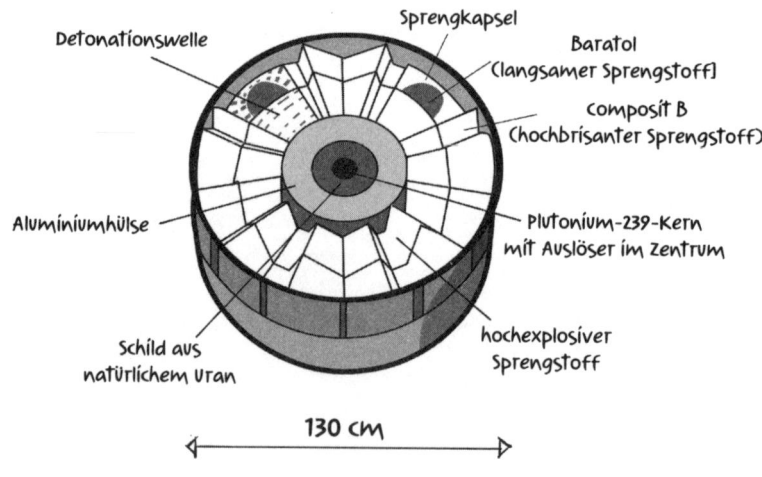

»The Gadget«. Probesprengung am 16. Juli 1945 auf dem Trinity-Testgelände in der Wüste Jornada del Muerto in New Mexico (Alamogordo).

PROLOG

Militärhospital Bordenko, Gospitalnya Ploshad, Moskau
16. September 1948

General Juri Pawlowitsch Kurjakin schob den Vorhang des Unter-
suchungsraums auf, knöpfte den oberen Hemdkragen auf, band
seine Krawatte und zog die Uniformjacke an, die schwer dekoriert
war mit Ordensbändern und Medaillen. Die maßgeschneiderte
Jacke hing lose an seinem abgemagerten Körper. Obgleich gerade
Anfang fünfzig, bewegte Kurjakin sich wie ein alter Mann. Sein
sonst gesunder und sonnengebräunter Teint war in den letzten
Monaten einer schlammigen Gesichtsfarbe gewichen, das blonde
Haar fiel ihm büschelweise aus. Darüber hinaus litt der General
an permanentem Nasenbluten.

Die Betriebsamkeit in der bekanntesten hämatologischen Klinik
des Landes drang als das Hintergrundgeräusch klingelnder Telefone, klappernder Holzschuhe der vorbeieilenden Krankenschwestern, Gesprächsfetzen und knallender Türen in das abgelegene
Büro des Oberarztes.

Er setzte sich auf den Stuhl vor dem Schreibtisch des Klinik-
chefs Oberst Poljakow. Der Oberarzt war ein korpulenter, jovialer
Mann mit einer schwarzen Hornbrille. Er hatte polierte, hellrosa
Nägel und schlechte Zähne. Meist trug er ein Lächeln auf dem
Gesicht, heute allerdings nicht.

Der General ließ seinen Blick über das nikotingelbe Skelett
hinter Poljakows Schreibtisch schweifen, zur aufgesägten Granat-
hülse, die als Aschenbecher diente, und zu einer schweren Rücken-

markskanüle in einer mit reinem Alkohol gefüllten Schale aus rostfreiem Stahl. Eine solche Kanüle hatte wenige Wochen zuvor – äußerst schmerzvoll – seinen Beckenknochen durchbohrt und in dem weichen, wehrlosen Knochenmark herumgestochert, geführt von Dr. Poljakows energischer und behandschuhter Hand. Vielleicht genau dieses Exemplar. Ein Tropfen Blut löste sich von der Nadelspitze und stieg in dem klaren Krankenhaussprit auf, und Kurjakin verzog sein Gesicht.

Der Arzt führte die Fingerspitzen über der Krankenakte zusammen.

»Und? Was sagen Sie, Doktor? Wie lautet Ihre Diagnose?«, fragte der General.

»Die Resultate sind nicht die erwarteten, unsere Lehrbücher helfen da im Moment leider nicht weiter.«

Kurjakins Blick wanderte von der Schale zu den hinter den dicken Brillengläsern verschwommenen braunen Augen.

»Aber ich bin im letzten halben Jahr, verdammt noch mal, jeden Monat mindestens einmal hier gewesen«, brauste er auf. »Mir wurden unzählige Blutproben entnommen, diese verfluchten Knochenmarksproben … Urin und Exkremente. Und Sie können mir nach wie vor keine vernünftige Antwort geben? Ich krepiere langsam, aber sicher, zum Teufel!«

Der Arzt wurde blass, gluckste aber besänftigend: »Nicht doch, nein, Genosse Kurjakin. Natürlich sterben Sie nicht. Aber es steht fest, dass Sie von einer Knochenmark-Depression befallen sind. Alle Blutzelllinien, von den Stammzellen über Blutplättchen und rote Blutkörperchen. Die Ursache der meisten Ihrer Symptome ist ganz simpel Blutmangel geschuldet. Erschöpfung … Atemnot … Impotenz …«

Mit einem Funken Zorn und Verdruss dachte der General an seine ein Vierteljahrhundert jüngere Geliebte, eine temperamentvolle und neurotische Tänzerin vom Bolschoi-Theater, die ihn erst in der vergangenen Nacht wegen seiner Leistungen im Bett verhöhnt hatte, was sie mit einem blauen Auge und einer geplatzten Lippe bezahlt hatte – und mindestens zwei Wochen Krankschreibung.

»Alle Blutzellen, sagen Sie?«

»Eine Art chronische lymphatische Leukämie … und doch nicht ganz. Atypisch.«

»Ich bin also sehr krank?«

Der Arzt befeuchtete seine Lippen mit der Zunge.

»Das sind Sie, und darum werden wir augenblicklich mit einer intensiven Therapie mit Bluttransfusionen, Vitamin- und Mineralinjektionen beginnen und …«

Der General hob abwehrend die Hände.

»Aber was zum Teufel *passiert* da gerade mit mir?«

»Da bin ich mir, wie gesagt, nicht hundertprozentig sicher, Genosse Kurjakin.«

»Wozu sind Sie dann überhaupt nütze?«

Der Arzt lächelte hilflos. Der General war bei der GRU, dem Militärnachrichtendienst, und hatte unbeschränkte Machtbefugnisse.

Kurjakin holte tief Luft und versuchte sich zu beherrschen.

»Und wie krank bin ich tatsächlich, Doktor? Sie brauchen es nicht hübsch zu verpacken oder mich schonen. Ich bin ein erwachsener Mann.«

»Sie meinen die Prognose?«

»Was sonst?«

Der Oberarzt legte die Handflächen aneinander und bedachte den General mit einem unsicheren Lächeln. »Es ist sicher kein Leiden, an dem Sie sterben werden. Aber ein Leiden, mit dem Sie sterben werden … zu seiner Zeit, natürlich.«

»Soll das ein Trost sein?«

Der Arzt begann zu schwitzen, obgleich es im Büro einigermaßen kühl war.

Der General grüßte die Wachposten der Roten Armee und schritt langsam die breite Treppe vor dem Hospital hinunter zu der

15

wartenden Zil-Limousine. Auf der zweitletzten Stufe stolperte er und fluchte derb, worauf sein Adjutant, Hauptmann Kirill Gromow, besorgt zu ihm hochsah. Normalerweise war in Gromows Gesicht keine Gefühlsregung zu erkennen, falls er überhaupt welche hatte. Der Hauptmann war jung, seriös und tödlich effektiv. Er schloss die Autotür hinter dem General, ging hinten um die Limousine herum und nahm auf der Rückbank Platz. Der Wagen scherte vom Bordstein aus.

Der General lehnte sich zurück. Er befeuchtete die Zeigefingerspitze, tauchte sie in ein Depot groben Salzes in der Jackentasche und leckte das Salz ab.

Hauptmann Gromow tat, als hätte er es nicht gesehen.

Kurjakin rutschte irritiert auf dem Sitz vor. Er war nur noch Haut und Knochen, und alles tat weh. Alles.

»Der Arzt. Poljakow. Ich wünsche, dass er verschwindet«, sagte er. »Er ist komplett untauglich.«

»Verschwindet?«

In Gromows Welt hatte das Wort sehr unterschiedliche Bedeutungen.

»Die Minen in Kolyma«, entschied Kurjakin. »Außerdem ist er zu fett. Es wird ihm guttun, mit Hacke und Schaufel in einem Minenschacht zu arbeiten.«

»Wie Sie meinen.«

Kurjakin marschierte zwischen langen Reihen von Sekretärinnen und Schreibtischen durch das enorm große Vorzimmer. Mehrere Plätze waren leer. Den in der Sowjetischen Kommission für Kernphysik kursierenden Gerüchten zufolge wütete gerade eine bösartige Grippe-Epidemie im Hauptquartier.

Die Schreibmaschinen verstummten, eine nach der anderen.

»Lassen Sie sich nicht von der Arbeit abhalten, meine Damen. Machen Sie weiter …«

Der General schloss die gepolsterten Türflügel und lehnte sich dagegen, keuchend wie ein gerade noch einmal dem Jäger entkommenes Tier. Draußen war wieder das Klappern der Schreibmaschinen zu hören. Anfangs noch gedämpft wie der begleitende Trommelwirbel eines dreifachen Salto mortale am hohen Trapez. Dann lauter und hitziger, je mehr Maschinen den Chor verstärkten.

Kurjakins Privatbüro lag in permanentem Dämmerlicht. Er zog nur selten die Vorhänge vor den Fenstern auf. Die Wände waren mit hohen Holzpaneelen verkleidet. Vor einem der Fenster stand ein kleiner runder Tisch mit zwei Sesseln, und auf dem Tisch war ein Schachspiel mit wenigen Spielfiguren aufgebaut. Er hatte sie seit exakt einem Monat nicht mehr angerührt. Er fuhr sich mit einem Kamm durchs Haar und betrachtete missmutig die losen Haarbüschel. Danach inspizierte er seine Zähne und das Zahnfleisch in einem Wandspiegel und seufzte. Das Zahnfleisch blutete zwar nur leicht, aber chronisch.

Kurjakin hängte seine Uniformjacke über den Stuhlrücken und setzte sich hinter seinen Schreibtisch. Um Punkt 9 Uhr klopfte es an der Tür, und seine Privatsekretärin, Olesya Apalkowa, trat mit der Morgenpost auf einem silbernen Tablett ein. Sie lief schnellen Schrittes über den Parkettboden und blieb neben seinem Stuhl stehen. Er hatte immer, aus ehrbarem Abstand natürlich, die allergrößte Zuneigung für Olesya Apalkowa empfunden, die er an Stelle der unausstehlichen Ballerina als Geliebte hätte nehmen sollen. Sie stellte das Tablett mit einer anmutigen Bewegung ab, und er bewunderte nicht zum ersten Mal ihre wohlproportionierten Schenkel unter dem langweiligen grünen Uniformrock.

Sie nahm die Teekanne.

»Tee?«

Der General bemerkte mehrere lange, lose und dunkelbraune Haare auf der Schulter von Apalkowas grauem Cardigan, sagte aber nichts. Gewöhnlich war seine Sekretärin die personifizierte Makellosigkeit.

»Nein danke, Olesya Apalkowa. Heute ist der 16., nicht wahr? Ist es gekommen?«

Sie nickte.

»Es liegt zuunterst. Wie war der Besuch des Generals im Hospital?«

»... Ausgezeichnet ... Vortrefflich ...«

Er sah sie nicht an. Wusste, dass sie ihm nicht glaubte.

Die Sekretärin nieste in ein sauberes Stofftaschentuch. Kurjakin bemerkte winzige rostrote Flecken in dem weißen Stoff.

»Was ist nur mit den Leuten los? Das halbe Sekretariat steht leer!«

Apalkowa lächelte zurückhaltend. »Das ist die Grippe. Sie wird vorbeigehen, und die Leute werden zurückkommen.«

Die Tür schloss sich hinter ihr, und Kurjakin suchte das verhasste Telegramm aus dem Poststapel. Er öffnete das rot-weiße Kuvert und legte das dünne Blatt darin zu seinen fünf Geschwistern. Seit einem halben Jahr kam immer am 16. eines Monats diese persönlich an Kurjakin adressierte Nachricht. Die Telegramme wurden aus verschiedenen europäischen Hauptstädten abgeschickt, dieses Mal kam es aus Ankara. Der General hatte Spezialtruppen angesetzt, um den Absender zu identifizieren und zu liquidieren. Bis jetzt ohne Erfolg. Aber eines Tages würde es ihm gelingen. Es war nur eine Frage der Zeit.

Bevor er das Telegramm las, tippte er den befeuchteten Zeigefinger in eine Schale mit Salz und leckte ihn ab. In den letzten Monaten hatte er ein unerklärliches und unstillbares Bedürfnis nach grobkörnigem Küchensalz entwickelt.

BIST DU MÜDE ALTER FREUND STOP

O ja. Ja. Er war müde wie der Tod nach Stalingrad.

HAT DAS NASENBLUTEN BEGONNEN

Der General konnte sich nicht erklären, woher sein unbekannter, aber zutiefst verhasster Gegner von den Blutungen wusste.

BIST DU BEREIT

Ganz und gar nicht. Aber er hatte keine andere Wahl. Es war eine Frage der Ehre.

Er setzte sich an den Schachtisch. Die Figuren waren aus Ebenholz, kunstvoll und mit Liebe zum Detail geschnitzt. Kurjakin wischte mit seinem Taschentuch eine gräuliche Staubschicht vom Brett und schüttelte es aus.

Auf dem Brett standen nur noch der weiße König, ein weißer Läufer, der schwarze König und zwei schwarze Bauern. Seit sechs Monaten versuchte Kurjakin diese unbegreiflich komplizierte und frustrierende Schlusspartie zu lösen, die seinerzeit vom Schachgenie Richard Réti konstruiert wurde. Der General spielte schwarz, aber der unbekannte Gegenspieler war am Zug.

Kurjakin las die nächste Zeile des Telegramms:

WEISSER LÄUFER AUF D1X

Die Hand des Generals bewegte sich langsam über das Brett, als er einen der schwarzen Bauern mit dem weißen Läufer eliminierte. Jetzt war er dran. Seine Hand schwebte unentschlossen über dem schwarzen König. Eine Fingerspitze berührte die Krone. Er zog die Hand zurück, als hätte er sich verbrannt, legte die Stirn in Falten und knetete die Unterlippe zwischen zwei Fingern.

SCHWARZER KÖNIG AUF C3, ALTER FREUND? IN DEM FALL WEISSER LÄUFER AUF E1. STOP. SCHWARZER BAUER AUF D4? WEISSER KÖNIG AUF F6!!

Kurjakin lehnte sich zurück. Es war, als bewegten sich die Figuren aus eigener Kraft. Unmöglich. Er war schachmatt. Nach einem tiefen Atemzug sah er wieder auf das Telegramm.

DU WIRST DAS LICHT DER TAUSEND SONNEN NIEMALS ERBLICKEN STOP

Der General seufzte verbittert. Seine Finger schlossen sich um den besiegten schwarzen König. Als er die Hand wieder öffnete, blieb ein schwacher, gräulicher Abdruck in seiner Handfläche zurück. Er betrachtete den schwarzen König, als sähe er ihn zum ersten Mal. Er fühlte sich warm an der Haut an. Er schüttelte ihn vorsichtig. Dann ließ er ihn mit einem lauten Aufschrei fallen und sprang von seinem Stuhl auf. Der schwarze König rollte über den glänzenden Parkettboden.

Im Vorzimmer schreckten alle von ihren Schreibmaschinen hoch, als die Doppeltür mit einem Krachen aufflog, und es wurde schlagartig still wie in einer Bibliothek.

»Einen Geigerzähler, Herrgott noch mal! Besorgen Sie mir einen. *Sofort!*«

Die Sekretärinnen starrten unsicher den General an, der in der Türöffnung stand. Nicht seine Forderung war es, die sie so verstört starren ließ. Schließlich war der General der von der GRU eingesetzte Aufsichtsvorsitzende des sowjetischen Atomwaffenprogramms, und Geigerzähler und andere Messinstrumente in greifbarer Nähe waren nichts Ungewöhnliches.

Nein, es war die instinktive Anrufung einer verbotenen und belanglosen christlichen Gottheit, die ihre Verstörung und Bestürzung weckte.

Das Eismeer nördlich von Jan Mayen, 7. Februar 1945

Leichter Schnee fiel auf die Dünung und schmolz. Es waren nur wenige Wolken am Himmel, und David hatte das Gefühl, sich nur ein wenig ausstrecken zu müssen, um die Sterne vom Himmel zu pflücken. Der weißflorige Schleier der Milchstraße flirrte von Horizont zu Horizont, und der Mond war eine schmale goldene Sichel im Osten. Im letzten September hatte er vergeblich versucht, seiner fünfjährigen Tochter Sara die elementarsten Sternbilder beizubringen, aber sie hatte hartnäckig die Namensgebung der alten Astronomen abgelehnt. Der Große Bär wurde bei ihr zum Grashüpfer, der Hund zum Piepmatz und der Zwilling zu Mutter und Vater auf Schlittschuhen.

Das Stahldeck vibrierte monoton unter Davids Fußsohlen, in seinen Ohren pochte der ruhige Puls des Dieselmotors.

Er war der einzige Zivilist an Bord der Mary Jane, einem fünfzig Meter langen, aus Maine stammenden Bergungsfahrzeug. Das Schiff war drei Monate nach Pearl Harbor von der amerikanischen Flotte eingezogen und für Konvoidienste im Nordatlantik eingesetzt worden. Die Besatzung hatte eine Kurzausbildung in maritimer Kriegsführung durchlaufen und Uniformen und unterschiedliche Dienstränge bekommen. Algernon Hawke, der Kapitän der Mary Jane, wurde zum Fregattenkapitän ernannt. Die Mary Jane war mit 20- und 40-mm-Flakgeschützen ausgerüstet und besaß Heckrampen für die Wasserbomben.

In ihrer kurzen Karriere hatte die Mary Jane 17 alliierte Konvois zwischen Loch Ewe in Schottland und Murmansk in Russland eskortiert.

Der Geleitzug JW51B war am 26. Januar 1945 aus Murmansk ausgelaufen. Frachtschiffe und Tanker in der Mitte des Konvois wurden an den Flanken von Zerstörern und Torpedobooten geschützt. Der erste Reisetag war ereignisreich gewesen: Ein Tiefdruckgebiet von der Labrador-Küste war von Westen nach Osten über das Nordmeer gezogen und hatte seine geballte Wut an dem Konvoi ausgelassen. Wind von Sturmstärke, zehn Meter hohe Wellen, dichter Schneefall und Eisgestöber.

Inzwischen hatte sich das Meer wieder beruhigt und war jetzt glatt wie ein Spiegel, doch jetzt hätte der Konvoi dieses Ragnarök willkommen geheißen, da eine aufgewühlte See den Angriff von deutschen U-Booten unmöglich gemacht hätte. Obgleich die Angriffe der sogenannten Wolfsrudel so spät im Krieg eigentlich ein überstandenes Phänomen sein sollten.

David war aus seiner Koje neben dem Maschinenraum, wo er vergeblich versucht hatte einzuschlafen, geflüchtet. Jetzt schob er sich entlang der Backbordreling zum Steven vor, wo der Lauf einer Maschinenkanone auf einen Punkt zwischen Venus und Mars zielte.

Romeo, ein junger und immer gut gelaunter Kalifornier, begrüßte ihn mit einem Lächeln und einer Packung Lucky Strike. Romeos vorschriftswidrig lange Locken zeichneten sich deutlich vor der Milchstraße ab.

Sie standen schweigend nebeneinander und rauchten, bis Romeo dem Dänen den Rücken zukehrte und mit in den Nacken gelegtem Kopf zur Brücke über ihnen schaute, wo Kapitän Hawke im Schein der Funkanlage stand.

Romeo schnipste die Kippe über die Reling.

»Er empfängt Nachrichten …«, murmelte der Amerikaner nervös.

David konnte Romeos Befürchtungen nachvollziehen: Funkstille war das 11. Gebot des Geleitzugs. Einzig vom Flaggschiff des Konvois, dem schweren Kreuzer HMS Devonshire, weitergeleitete Eiltelegramme der britischen Admiralität waren erlaubt, und ein Eiltelegramm bedeutete normalerweise, dass die britischen Codebrecher in Bletchley Park Mitteilungen zwischen den U-Booten und dem deutschen Atlantik-Kommando in Norwegen dechiffriert hatten. »Soll ich ihn fragen?«, bot David an.

Romeo zuckte unentschlossen mit den Schultern. Kapitän Hawke konnte äußerst ungehalten auf Störungen reagieren und verabscheute überflüssige Fragen. Er war der reservierteste Mensch, dem David je begegnet war, eine magere Bronzesphinx, geboren in einer maritimen Gießerei irgendwo in New England.

Andererseits war David eine zivile Landratte ohne jede militärische Bedeutung: ein Passagier, schlicht und ergreifend. Er besetzte eine kleine, neutrale Zone an Bord der Mary Jane. Die Besatzungsmitglieder plauderten mit ihm über alles Mögliche, auch sehr Vertrauliches und Privates, was wahrscheinlich, wie David vermutete, an seiner Neutralität und der Tatsache lag, dass er niemandem von der Besatzung je wieder begegnen würde, nachdem er in Schottland von Bord gegangen war.

Kapitän Hawke behandelte ihn mit gleichbleibender Höflichkeit und Gastfreundschaft.

David sah Romeos weiße Zähne kurz aufblitzen.

»Okay. Fragen Sie ihn. Aber um Himmels willen vorsichtig.«

David hatte sich zu der Leiter umgedreht, die hoch auf die Brücke führte, als Romeo ihn mit einem Aufschrei an der Schulter packte und mit der anderen Hand nach Osten zeigte.

Das erste Schiff im Zug wurde von einem Torpedo getroffen. Sie sahen einen weißen, blendend grellen Lichtblitz und eine grün schimmernde Wassersäule, die zum Himmel emporstieg. Wenige Sekunde später erreichte sie das laute Grollen der Unterwasserexplosion auf einer Druckwelle heißer Luft.

»Das ist Clarence!«

Das amerikanische Tankschiff lag hoch im Wasser, nachdem es in Murmansk seine Tanks mit Tausenden Tonnen Flugbenzin entleert hatte. Die Treibstoffgase in den leeren Tanks entzündeten sich in einer Serie neuer, dumpfer Explosionen. Das Schiff stand still im Wasser, als wäre es auf einen Eisberg aufgefahren. Dann brach sein Rückgrat, und beide Steven richteten sich in einem grotesken Winkel auf.

Der Tag des Jüngsten Gerichts brach an.

Romeo lief nach achtern zu den Wasserbomben. Auf allen Schiffen des Geleitzugs heulten Sirenen. David sah, wie Kapitän Hawke sich über das Sprachrohr zum Maschinenraum beugte, um volle Kraft auf allen Maschinen zu beordern. Die Luken flogen auf, die Besatzung strömte aufs Deck und verteilte sich an die Kampfstationen. Sie trugen nur Unterwäsche, Rettungswesten und Helme, und ihre nackten Glieder leuchteten gespenstisch weiß vor dem schwarzen Meer. Zerstörer und Torpedoschnellboote fuhren Richtung Süden, dorthin, wo die Sonare ihnen die ungefähren Positionen der U-Boote angezeigt hatten. Der messerscharfe Steven drückte weiß schäumende Bugwellen hoch und an Deck. Die Suchscheinwerfer streckten ihre weißen Finger tief in die feindliche Dunkelheit.

David presste sich gegen die Reling, um nicht im Weg zu stehen. Weit über sich hörte er Kapitän Hawkes Kommandostimme und das Geräusch schwerer Schraubenschlüssel, die die Wasserbomben einstellten. Die Ketten am Ende der Rampe wurden entfernt, und die ersten rollten los und verschwanden im Kielwasser der Mary Jane.

Instinktiv und aus einer unheilschwangeren Vorahnung heraus wendete David seinen Blick nach Süden und sah unmittelbar an der Horizontlinie einen unnatürlich roten Punkt aufblitzen, wie eine aufflackernde rote Kerzenflamme … das rote Licht des Infrarot-Nachtsichtgeräts eines U-Bootes.

Hawke hatte oben auf der Brücke sein Nachtsichtgerät auf exakt den gleichen Punkt wie David gerichtet. Er setzte es ab und schaute runter zu dem Dänen.

Das Gesicht des Kapitäns war kaum zu sehen, aber in Davids Augen spiegelte sich pure Resignation darin.

»*Torpedo!* Hundertfünfundsechzig Grad …«

Hawkes Stimme schnitt klar durch den Tumult und die Betriebsamkeit an Deck. Alle unterbrachen ihre Unternehmungen und schauten auf. Der Kapitän lief zurück zur Kommandobrücke, und Mary Janes runder, solider Steven setzte zu einem Seitwärtsschwenk an.

David beobachtete mit angehaltenem Atem und um die Reling gekrümmten Fingern einen unheilverkündenden, quecksilberglänzenden Schimmer vielleicht vierhundert Meter entfernt auf die Backbordseite der Mary Jane zuschießen.

Mit reiner Willensanstrengung zwang er seine Hände aus der Umklammerung um die Reling und seine Füße, sich auf die Luke zum Decksaufbau zuzubewegen, wo er die steile Stiege zum Maschinendeck in Mary Janes Bauch hinunterrutschte. Während David durch den schmalen Korridor lief, begann ein nüchterner, mathematischer Bereich seines Gehirns die Geschwindigkeit des Torpedos zu berechnen und den geschätzten Zeitpunkt für die Kollision. Die Zahlen erschienen vor seinem inneren Auge wie auf einer Filmleinwand. Der deutsche T5-Zaunkönig-Torpedo hatte eine durchschnittliche Geschwindigkeit von 25 Knoten und führte eine Sprengladung von 540 Pfund TNT mit sich, mehr als genug, um einem kleineren Schiff als der Mary Jane die Eingeweide aus dem Leib zu reißen. Der Torpedo war vielleicht vierhundert Meter entfernt, als er ihn entdeckt hatte, was bedeutete, dass …

Während er Stoßgebete an alle Götter murmelte, die ihm in den Sinn kamen, von Jahwe bis Poseidon, riss er die Luke zu seiner kleinen privaten Kajüte auf, fiel auf die Knie und zog den kostbaren gelben Ölhautrucksack aus dem schmalen Hohlraum unter der Koje, warf ihn über die Schulter und rannte zurück an Deck.

Plötzlich kippte der Boden in einem jähen Ausweichmanöver abrupt unter seinen Füßen zur Seite. David knallte mit dem Kopf gegen ein Schott und stürzte. Blut tropfte aus einer Wunde an der Stirn, als er sich wieder aufrappelte und zur Reling lief.

Leidenschaftslos beschäftigte sich sein Hirn weiter mit den Zahlen: 400 Meter ... Der Torpedo bewegte sich circa 13 Meter pro Sekunde durchs Wasser ... Er stolperte an dem Handlauf entlang, brach sich einen Fingernagel ab ... Sie hatten noch ... wie viel? ... Acht Sekunden! Er flehte die urzeitlichen Dieselmotoren der Mary Jane, die Antriebswellen und die gigantischen Bronzeschrauben an, ihre verdammte Pflicht zu tun und sie alle zu retten.

Er starrte aufs Wasser und entdeckte das todbringende Projektil nur zwanzig Meter entfernt. Der Torpedo schoss viel zu schnell in einer Hülle aus weißen Luftblasen durch das schwarze Wasser, und ihr Schiff war viel, viel zu langsam.

In buchstäblich letzter Sekunde vor dem Aufprall sprang David auf die leeren Kartoffelkisten, die akkurat für so eine Notsituation am Seitendeck des Schiffes angebracht waren: der gefürchtetste Schaden bei einem Torpedoangriff wurde durch den unmittelbaren senkrechten Anstieg verursacht, mit dem ein Schiff mit Mary Janes Tonnage auf einen Treffer reagierte. Das Schiff würde sich in weniger als einer Sekunde einen Meter heben. Wenn man in dem Augenblick auf einem unnachgiebigen Stahldeck stand, würden die Oberschenkelknochen sich, die Beckenknochen zerschmetternd, weit in die Bauchhöhle bohren.

Der Torpedo rammte das Schiff unmittelbar hinter der Schornsteinlinie.

Wie lange er unter Wasser gewesen war, wusste David nicht, aber er fühlte sich wie zwischen eiskalte Walzen geraten. Sein Schädel schrumpfte. Dann durchbrach er hustend und spuckend die

Oberfläche. Er trat Wasser und sah sich panisch um. Das Wasser stand dem todgeweihten Bergungsfahrzeug bis an die Reling. Das sonore Vibrieren im Wasser, das er nicht nur hörte, sondern vor allen Dingen fühlte, bedeutete, dass die mächtigen Schiffsmaschinen nach wie vor arbeiteten. Darüber war ein wildes, unrhythmisches, metallisches Klopfen zu hören wie von einem im Schiffsbauch Gefangenen, der verzweifelt gegen eine Luke oder ein Schott hämmerte.

Plötzlich traf ihn von der Seite eine Hitzewelle, und die Dunkelheit verschwand wie bei einem jähen Sonnenaufgang. Die Luft um ihn herum war erfüllt von den Schreien der Männer und dem beißenden, bitteren Geruch brennenden Dieselöls. Die Flammen breiteten sich mit unfassbarer Geschwindigkeit auf dem Wasser aus. David holte tief Luft und tauchte unter. Über sich sah er die Flammenzungen auf dem brennenden Ölteppich und schwamm unter Wasser weiter.

Sein rechtes Bein fühlte sich ab dem Knie abwärts wie ein schmerzhaftes, fremdes Anhängsel an. Er hatte nicht mitbekommen, wo oder wie er sich verletzt hatte.

Seine Lunge begann zu brennen. Er würde nicht mehr viel länger durchhalten. Die Kälte tat ihr Übriges, seine Bewegungen wurden unkoordiniert und kraftlos. Er schluckte mit aufeinandergepressten Lippen, gierte nach dem erlösenden, kalten Atemzug, der sein letzter sein würde.

Er schwamm zur Oberfläche und durchbrach sie kurz vor den ausgestreckten Flammenfingern.

Er blinzelte das salzige Wasser aus seinen Augen und hörte jemanden schreien. Romeo war von Flammen eingekreist. Sein Körper schob sich aus dem Wasser, als würde er von unten hochgedrückt. Das Gesicht war unversehrt, aber der Mund war ein großes schwarzes Loch, das helle, spitze Schreie ausstieß. David konnte den Blick nicht losreißen von seinem gequälten Schiffskameraden und hoffte nur, dass Romeos junge Seele den brennenden, sich windenden Körper bereits verlassen hatte.

Der Kalifornier verschwand verkohlt unter der Oberfläche. Erst jetzt nahm David die Rufe hinter sich wahr, aber seine Kraft verließ ihn, und er sank.

Starke Hände packten ihn. Er knallte mit dem Kopf gegen das Rettungsfloß, als er aus dem Wasser gezogen wurde. In gewaltsamen Krämpfen spuckte er Galle und Meerwasser, und jemand schlug ihm kräftig zwischen die Schulterblätter.

Danach breitete sich Stille zwischen dem halben Dutzend Überlebender auf dem Floß aus. David stemmte sich auf die Knie hoch und schaute zur Mary Jane, die sich majestätisch in der flachen Dünung drehte. Die Schiffsunterseite war von schorfigen weißen Seepocken überzogen wie ein alter Wal. Dann verschwand sie, und das Meer schloss sich über ihr.

Erst in diesem Moment merkte David, dass etwas ... etwas sehr Wichtiges fehlte. Er sah sich nach dem Rucksack um und entdeckte fünf, sechs Meter entfernt etwas Gelbes im Wasser.

David ließ sich zurück in das verhasste, feindliche Element gleiten. Die Männer schickten Flüche hinter ihm her.

Drei Meter. Zwei Meter. Seine Gliedmaßen waren entsetzlich schwer, das rechte Bein war nur noch Schmerz.

Der Rucksack verschwand aus seinem Sichtfeld.

Maidencombe, Devon, 20. März 1945

David starrte an die von feuchten Flecken überzogene Decke. Er versuchte still zu liegen, weil die geringste Bewegung die ausgeleierten Bettfedern zum Jammern brachte. Was sich kaum vermeiden ließ, wenn man von Fieber geschüttelt wurde. Die vergilbte Blumentapete hatte jegliche Bemühungen, an den Wänden haften zu bleiben, aufgegeben, und der Gasofen war kalt wie ein Wintergrab.

Er hatte mit weit aufgerissenen Augen geträumt.

Schwaches, verwässertes Tageslicht fiel durch das einzige Fenster des Raumes. Der Morgen versprach genauso grau, wolkenverhangen und stürmisch zu werden wie die vorhergegangenen. Sie nannten es *Devon-Grau:* Die vom Ärmelkanal heranrollenden Nebelbänke machten die Welt eintönig und zweidimensional.

Er hörte den Wind in den Telefonleitungen vor dem Fenster und die sich verschiebenden Schieferplatten auf dem Dach. Dann drang das ferne, enervierende Geräusch eines deutschen Heinkel-Aufklärers durch die Fenster, der vermutlich auskundschaften sollte, ob sich an der englischen Südküste noch Invasionstruppen befanden, die auf die Verschiffung warteten.

Er überlegte erschöpft, ob er versuchen sollte, den Traum festzuhalten oder sich durch einen weiteren Tag in diesem gottverlassenen Exil zu kämpfen.

Und wie an jedem ewig wiederkehrenden Morgen betrachtete er den wippenden Zweig, vom dem *die Frage* aufflog, ob es heute

29

passieren würde? Würden sie heute kommen? Würden sie jemals kommen? Und wollte er die Antwort überhaupt wissen?

David setzte sich auf die Bettkante und zog behutsam das rechte Hosenbein seines Pyjamas bis übers Knie, um das blauknotige und straffe Narbengewebe zu inspizieren, das sich über die Innenseite des Knies zog, wo eigentlich Haut, Bindegewebe, Muskeln, Sehnen und Gelenkkapseln hätten sein sollen. Die Kniescheibe war gleichermaßen vor und zurück wie seitwärts beweglich.

Im Laufe der Nacht hatte sich in dem Narbengewebe eine neue, empfindliche Beule gebildet. Er tastete in der Leiste nach geschwollenen Lymphdrüsen, die bedeuteten, dass die Entzündung noch nicht aus der Wunde war, und fand ein paar harte, nussgroße Knoten.

Er zog das Hosenbein wieder runter. Trotz der Kälte, die die Dachkammer in der Pension der Witwe O'Sullivan in winterlichem Klammergriff hatte, war er schweißgebadet.

Die stabilisierende Kniebandage lag neben dem Bett auf dem Boden. Der Sattler im Ort hatte sie nach den Anweisungen des Militärarztes Dr. Rhodes aus Stahl und Leder angefertigt. Mühsam zog David die verhasste Bandage über das Bein, hakte die Verschlüsse ein und stand auf.

Als er wieder zu sich kam, konnte er nicht sagen, wie lange er bewusstlos gewesen war. Er zog sich mithilfe der Ellenbogen über den Linoleumboden. Am Abend zuvor hatte er einen kleinen Stapel Schillinge neben den Gasofen gestellt. Sein letztes Geld. Mit zitternden Fingern schob er die Münzen in den Automaten und hörte das Gas durch die Rohre rauschen.

Während es allmählich wärmer wurde in der Kammer, lag David mit unter das Kinn gezogenen Knien in Embryonalhaltung da und betrachtete den gelben Ölzeugrucksack, der schlaff unter dem Bett lag – und ihn um ein Haar das Leben gekostet hätte.

Normalerweise war das Frühstück in der Pension eine stille und triste Angelegenheit. Mrs. O'Sullivan führte ein drakonisches Regiment. David wusste von ihr, dass sie die Witwe eines Keksfabrikanten war, den sie schon vor langer Zeit ins Grab geschickt hatte. Ihr fünfunddreißigjähriger Sohn wohnte in einem Schuppen hinter dem Haus und war ein verklemmter und zutiefst phlegmatischer Mensch, der sich ausschließlich für Taubenwettflüge interessierte.

Die Hausordnung der Pension hatte mehr Gebote als das 3. Buch Mose.

Die Witwe beherbergte Patienten aus dem örtlichen Militärhospital. Die Pension sollte den versehrten Veteranen eine Freistatt und ein wenig Ruhe bieten auf ihrem schwierigen Übergang vom aktiven Kriegsdienst zurück ins zivile Leben. David, der nicht nur Zivilist, sondern obendrein noch Staatsbürger eines besetzten Landes war, war in den Augen der Witwe O'Sullivan eine wahre Pestilenz.

Zähneklappernd hatte er die unappetitliche Masse aus aufgebackenem Roggenmehl und Eipulver auf der graukrümeligen Unterlage runtergewürgt und jagte zerstreut ein paar gebratene Tomaten mit seiner Gabel über den Teller. Mrs. O'Sullivan war maßlos stolz auf ihr Gewächshaus. Er trank Tee – mit einem Löffel Zucker pro Tasse – und dachte an den Pilgermarsch, der ihm im Laufe des Tages zum Militärhospital weiter unten an der Küste bevorstand. Er schob seinen Teller beiseite und wischte sich die Lippen mit der Stoffserviette ab.

Mrs. O'Sullivan, eine kräftige, stämmige Frau in einem fadenscheinigen, geblümten Baumwollkleid, betrat das Speisezimmer. Sie schaute auf seinen Teller. »Ich wäre Ihnen sehr verbunden, wenn Sie uns wissen ließen, ob Sie die gebratenen Tomaten wollen oder nicht, Mr. Adler. Ihnen ist sicher bekannt, dass die hier nicht auf Bäumen wachsen.«

David sah an ihr vorbei zu der dampfenden Küche, wo ein Stab

31

verschüchterter Mädchen aus den umliegenden Dörfern mit Töpfen und Pfannen hantierte.

»Natürlich.«

»Und ich wäre Ihnen ebenfalls sehr verbunden, wenn Sie sich morgens etwas zeitiger am Frühstückstisch einfinden könnten. Die Mädchen müssen jetzt schon wieder das Mittagessen vorbereiten.«

»Ich bitte Sie, meine tief empfundene Entschuldigung anzunehmen, Mrs. O'Sullivan«, murmelte David.

Der Devon-Dialekt war normalerweise weich, freundlich und fett wie Sahne, aber aus Mrs. O'Sullivans Mund klang er wie scharfe Salzkristalle.

Mit übertriebenen Gesten räumte sie den Tisch ab – inklusive seiner halb vollen Teetasse.

David bemerkte ein Zwinkern und ein blasses Lächeln von einem jungen Hauptmann der Long Range Desert Group, der an einem Tisch hinter der Tür und außerhalb des Blickfelds von Mrs. O'Sullivan saß. Der rechte, leere Ärmel des Hauptmanns war mit einer Sicherheitsnadel an seiner Uniformjacke festgesteckt. Das Weiße seiner Augen war gelb vom Chinin.

Mrs. O'Sullivan war noch lange nicht fertig.

»Ich gehe mal nicht davon aus, dass es Neuigkeiten wegen Ihrer Abreise gibt? Wie lange sind Sie jetzt schon hier – sechs Wochen?«

»Vier«, korrigierte David sie. »Ich befürchte, dass in dieser Hinsicht keine erfreulichen Nachrichten zu erwarten sind. Bedaure. Ich wünschte, es wäre anders.«

»Worauf warten Sie eigentlich, Mr. Adler?«, fragte sie.

David betrachtete die kleinen Krümel harten Kriegslippenstifts in Mrs. O'Sullivans Mundwinkeln.

»Mmh … Das ist nicht so einfach zu beantworten.«

»Und was ist mit der Miete für diesen Monat?«

David bekam jeden Monat ein Taschengeld von dem ortsansässigen Lions Club, nicht viel, aber genug zum Leben. Dr. Rhodes hatte ihn als Bedürftigen vorgestellt. Er ließ die Serviette von der Tischkante rutschen und tat so, als würde er es nicht merken.

»Ich habe die an Gewissheit grenzende Vermutung, dass sich meine finanzielle Situation im Laufe weniger Stunden vorteilhaft verändern wird«, sagte er. »Danach sollte ich in der Lage sein, meine Unterbringung für die ausgemachte Zeit zu begleichen … bis in zehn Tagen, also.«

Das Lächeln des Hauptmanns wurde breiter. David erhob sich. Mrs. O'Sullivan bückte sich, um die Serviette aufzuheben. David warf einen Blick aus dem Fenster und blieb reglos stehen. Dreißig Meter die Straße runter parkte ein schwarzer, glänzender und offiziell aussehender Humber Imperial vor dem Laden des Schuhmachers. Er konnte nicht erkennen, ob im Wagen jemand saß. In den letzten Tagen hatte er dieses Fahrzeug an verschiedenen Stellen im Ort gesehen.

»Das Auto dort … vor Mr. Haileys Werkstatt …«

Davids Herz schlug schneller beim Anblick des Humber. Es tauchten immer mal wieder Autos im Ort auf, die niemand kannte, fremde Gesichter, die niemand zuvor gesehen hatte. Aber die verschwanden immer wieder.

Mrs. O'Sullivan stellte sich neben ihn und wischte ihre geröteten Hände an einem Wischlappen ab. Sie verströmte einen Duft von gekochtem Kohl und abgestandenem Eau de Cologne.

»Was für ein Auto?«

David zeigte auf die Straße.

»Das große schwarzglänzende dort drüben.«

»Ich habe genug um die Ohren, dafür zu sorgen, dass Sie alle satt und zufrieden sind, und habe keine Zeit, zu jeder Zeit und Unzeit aus dem Fenster zu schauen, Mr. Adler, darum …«

David fiel ihr ins Wort.

»Selbstverständlich, und das wissen wir alle sehr zu schätzen. Danke.«

Er schielte zum Hauptmann. Der junge Mann, der etwa in Davids Alter sein mochte, aber zwanzig Jahre älter aussah, schüttelte den Kopf.

Mrs. O'Sullivan war nicht zu bremsen.

»Ist es völlig ausgeschlossen, dass Sie eventuell ein paar Rationierungsmarken zugeteilt bekommen könnten? Für Fleisch. Oder Zucker? Alles wäre willkommen. Es ist unendlich schwierig, über die Runden zu kommen, wenn einige wenige Gäste nichts beitragen.«

Dieses Gespräch hatten sie schon unzählige Male geführt.

»Ich werde im Rathaus nachfragen«, sagte er. »Noch einmal einen guten Tag.«

Als er unten aus dem Haus trat, war der Humber verschwunden.

Er schaute sich um, und als er ihn nirgendwo entdecken konnte, schlug er den Mantelkragen hoch und humpelte die Straße hinunter.

Maidencombe war eine eigentlich recht hübsche, kleine Ortschaft an Devons Küste. Die meisten Häuser hatten graue Ziegeldächer, der Rest war strohgedeckt. Ohne den ewigen, grauen Nebel, der durch die Kopfsteinpflastergassen und Straßen waberte, hätte dies ein malerischer Platz sein können. Gerade schien die Sonne ausnahmsweise einmal beschlossen zu haben, die Wolkendecke zu durchdringen. Trotz des Fiebers hob David den Kopf und schwang leicht mit dem Arm. Selbst sein Atem ging leichter.

Er marschierte an The Thatched Tavern vorbei, dem beliebtesten Pub im Ort. Vor der Kneipe saß wie gewohnt ein rotwangiger, junger Veteran ohne Beine und bot Passanten Kaugummi, Bleistifte, Zigaretten und paradoxerweise Schnürbänder feil. Eine laute Gruppe Angestellter des amerikanischen Bomberkommandos in Winkley und Exeter füllte die Straßen. Die Amerikaner waren kräftiger, wohlgenährter und größer. Sie hatten schönere Zähne und sahen gesünder aus als ihre britischen Kollegen.

Das Geräusch des deutschen Fliegers kam und ging.

David verließ den Ort auf dem Küstenpfad, der sich über grasbewachsene Hänge und steile Klippen durch Watcombe bis runter nach St. Marychurch schlängelte. Nach einer halben Stunde lehnte er sich außer Puste gegen ein Schild mit der mahnenden Aufschrift: *Von der Kante fernhalten!*

Er wünschte, das wäre möglich.

David legte die Stirn in Falten, als sich leise Klangfetzen eines Kirchenliedes den Abhang hocharbeiteten. Spielte ihm seine überspannte Fantasie einen Streich, und bildete er sich das nur ein? Er trat an die Felskante heran.

Auf einem schmalen Steinstrand weit unter sich sah er die kleine Baptistengemeinde des Ortes bei der Taufe einiger Neubekehrter. Die Gemeindemitglieder trugen weiße Gewänder und sangen aus voller Kehle. Der Priester stand in einem einfachen, schwarzen Anzug bis zum Bauch im Wasser. Er hatte eine Hand unter den Nacken einer jungen Frau gelegt und zeichnete mit der freien Hand das Kreuzzeichen über ihrer Brust. Die Frau hielt sich die Nase zwischen zwei Fingern zu, schloss die Augen und ließ sich lächelnd mit dem ganzen Körper unter Wasser gleiten. Ihr langes dunkles Haar fächerte sich wie schwerelose Bänder auf der Oberfläche auf, und das jungfräulich weiße Gewand blähte sich nach oben.

David wischte sich den Schweiß von der Stirn und wandte sich wieder um; und da war er wieder, der schwarze Humber Imperial. Er fuhr ebenfalls in südlicher Richtung die Küstenstraße entlang.

Eine Stunde Fußmarsch später fiel der Pfad zum Meer ab, und die steilen schwarzen Dächer und hohen Schornsteine des Gutsgeländes ragten hinter den sie einrahmenden Alleen und aus dem Park und dem Wald auf: ein freundlicher und zivilisierter Flecken goldener gotischer Sandsteinarchitektur und Gartenkunst an der ansonsten nackten und schroffen Küste.

Sein Knie schmerzte wahnwitzig.

Das Gut diente seit der Evakuierung der britischen und alliierten Expeditionskorps bei Dünkirchen im Mai 1940 als Militärhospital. Die adelige Familie hatte sich großzügig nach London zurückgezogen, solange der Krieg nun einmal währte. Malerische Rasenflächen erstreckten sich bis zu einem schmalen Strandstreifen, und die Sonne hatte die meisten Bewohner ins Freie gelockt. Überall standen Liegen, Tragen, Korbstühle und Rollstühle herum. Krankenschwestern und Pflegerinnen in gestärkten Uniformen und Häubchen servierten Tee und Kuchen, lasen vor, trösteten und schrieben Briefe für die verstümmelten Soldaten, die die erstversorgenden Feldlazarette in der Normandie, der Bretagne und den Ardennen überlebt hatten.

David saß auf einer der Untersuchungsliegen in Dr. Rhodes' Klinik, die in der Bibliothek des Herrenhauses eingerichtet worden war. Von den Seidentapeten blickten die Vorväter der Besitzer streng auf ihn herunter. Einer von ihnen, mit stechend blauen Augen, Tropenhelm und wallend rotem Backenbart, stand, auf eine lange Büchse gestützt, mit seinem knöpfstiefelbekleideten Fuß zwischen den Schulterblättern eines gefallenen, federkronengeschmückten Zulukriegers.

Davids Finger schlossen sich fest um den Rand der Pritsche, als Dr. Rhodes auf ihn zukam.

Der Arzt war ein mittelgroßer, vorwiegend heiterer und distinguierter Mann in den Sechzigern mit energischen, routinierten und zielstrebigen Gesten. Der untere Teil seines Gesichtes war von einem Mundschutz bedeckt.

Dr. Rhodes schnalzte vorwurfsvoll mit der Zunge: »David, mein Junge … das wird nun leider ein wenig schmerzhaft werden. Ich begreife wirklich nicht, wie Sie es fertigbringen, Teile Ihres Skelettes auf diese hartnäckige und ehrlich gesagt frustrierende Weise abzustoßen. Wollen Sie nicht ein für alle Mal damit aufhören?«

»Ich tue das ganz sicher nicht mit Absicht«, nuschelte David und biss sich auf die Unterlippe. Er starrte auf sein jodgelbes Knie, das unbeherrscht zitterte.

»Etwas Äther?«

»Ich krieg Kopfschmerzen von Äther.«

Dr. Rhodes legte die Pinzette weg und nahm stattdessen ein Skalpell vom Instrumententisch. Das Blatt reflektierte die Sonne und warf helle Flecken an die Wand.

David starrte wie hypnotisiert auf das Messer. Er wusste, dass der Arzt im nächsten Augenblick die Beule aufschneiden würde.

»AAARRRGHHH!«

Das Knie zuckte spastisch, am liebsten hätte er dem Chirurgen gegen den Kopf getreten.

Dr. Rhodes grub einen Stumpen toten Knochengewebes von der Größe eines äußeren Fingergliedes aus der Wunde und pfiff durch die Zähne. Dem Knochensplitter folgte ein Löffel voll Eiter. Die kornblumenblauen Augen des Arztes strahlten David an.

»Ah! Pus bonum … der reine Eiter. Wunderbar.«

Tränen pressten sich aus Davids Augenwinkeln, das Atmen fiel ihm schwer.

»*Schhhhhh…!* Zum Teufel …«

Routiniert spülte Dr. Rhodes die Wunde mit sterilem Salzwasser aus, verband das Knie mit Kompressen und einer elastischen Binde und befestigte das Ganze mit einer Schleife aus Leinenband.

David zog die Lederbandage mit zitternden Händen darüber.

Obgleich er wahnsinnige Schmerzen hatte, spürte er wenig später, wie das Fieber schlagartig nachließ. Es grenzte an ein Wunder.

Der Arzt reichte ihm ein braunes Pillenglas.

»Dreimal am Tag jeweils eine Tablette, bis das Glas leer ist.«

»Was ist das?«

Dr. Rhodes zog die braunen Gummihandschuhe aus und nahm den Mundschutz ab, ehe er sich eine Pfeife anzündete, sich auf dem Schreibtischstuhl vor den gotischen Fenstern der Bibliothek niederließ und die Beine übereinanderschlug.

»Ein neues Wundermittel namens Penicillin. Es heißt, dass es für alle Zukunft die Chirurgen arbeitslos machen wird.«

»Wollen wir es hoffen.«

David rutschte von der Pritsche und richtete sich auf. Sein Hosenbein rutschte hinunter.

»Läuft ansonsten alles, wie es soll?«, fragte Dr. Rhodes.

»Abgesehen vom Knie, meinen Sie?«

»Ja, abgesehen vom Knie … Dieser verfluchte Krieg wird bald vorbei sein, David. Schon bald können wir alle heimkehren zu unseren Höfen, Netzen und Äckern.«

»Gut …«

»Wie ist es in der Pension?«

»Wunderbar, danke.«

Der Arzt ließ meditativ den Blick über die sonnenbeschienenen Rasenflächen schweifen. Selbst das Meer am Ende des Parks schimmerte heute silbrig und freundlich.

»Gott sei gedankt für den Sonnenschein«, sagte er. »Ich hatte fast vergessen, wie sich das anfühlt. Man ist gleich besser aufgelegt, nicht wahr?«

David lehnte sich an einen ausgestopften Rothirsch und musterte Dr. Rhodes.

»Auf meinem Weg über den Küstenpfad hierher habe ich einen schwarzen Humber Imperial vom Gutsgelände fahren sehen, als ich um die Ecke bog. Das sah nach offiziellem Besuch aus, würde ich sagen. Gäste?«

Der Arzt erwiderte seinen Blick nicht und fischte stattdessen einen Umschlag aus der Innentasche seiner Jacke.

»Das hätte ich fast vergessen. Das ist etwas Bargeld, David. Nicht viel, aber genug für ein paar Bier im Pub und um Mrs. O'Sullivans scharfe Zunge etwas zu schleifen.«

»Tausend Dank. Dafür bin ich wirklich sehr dankbar.«

David setzte sich auf den Besucherstuhl und nahm den Umschlag entgegen. Der Geruch von Jod, Äther und infiziertem Gewebe bereitete ihm Übelkeit.

»Das ist das Mindeste, was wir tun können. Wie sieht es mit Kleidung aus, David? Einige unserer Patienten fahren trotz unserer größten Bemühungen in den Himmel auf. Die freiwilligen Helferinnen reinigen und plätten die Kleider, dass sie fast wie neu sind.«

»Eine Generalsuniform wäre möglicherweise sehr nützlich.«

Dr. Rhodes lachte einen Tick zu herzlich.

»Ich befürchte, ein Artillerie-Feldwebel ist das Beste, was wir Ihnen momentan bieten können.«

»Sehr freundlich, aber ich habe ausreichend Kleidung. Aber wer waren die Gäste?«

Der Arzt zündete erneut die Pfeife an und schaute auf einen Punkt über der rechten Schulter des Dänen.

»Ich bin ein einfacher Chirurg und kein Verwalter oder Diplomat, aber ich habe eingewilligt, auf diesem Stuhl sitzen zu bleiben, bis der Krieg vorbei ist. Als Klinikchef muss ich versuchen, private Diskretion und offizielle Pflichten unter einen Hut zu bringen. Die häufig widersprüchlich sind. Ich bin mir sicher, dass Sie das verstehen.«

David nickte, und Dr. Rhodes fuhr fort: »Wir können die Behandlung Verwundeter nicht ablehnen, egal ob Freund oder Feind. Aber später ... wenn sie so weit wieder auf den Beinen sind, müssen sie sich alleine weiterhelfen. Wir können den Feinden des Empires kein Asyl gewähren, die in allen nur erdenklichen Verkleidungen auftreten. Der Krieg ist längst nicht in den Augen aller vorbei.«

»Ich verstehe.«

Der Arzt lächelte. »Natürlich. Wir bekommen immer mal wieder Besuch von sowohl zivilen als auch militärischen Behördenvertretern, die über die Situation und das Befinden gewisser Individuen auf dem Laufenden gehalten werden wollen. Das ist nun mal ihre Aufgabe. Ich kann Ihnen natürlich keine konkreten Fälle nennen, aber Ihnen zumindest versichern, dass alle medizinischen Fakten hier verbleiben ...«

Dr. Rhodes tippte sich mit der Pfeifenspitze gegen die Schläfe. David erhob sich von seinem Stuhl. Sein Knie fühlte sich schon viel besser an.

»Ich habe einfach das Gefühl, am Ende einer Sackgasse mit der Nase vor einer Mauer zu stehen«, murmelte David.

Dr. Rhodes begleitete ihn zu der Eichentür mit geschnitzten Jagdmotiven.

»Sie befinden sich in einem Zustand unfreiwilliger Passivität. Im Limbo. Wie wir alle. Das ist ganz natürlich, aber mehr ein Gemütszustand als irgendetwas sonst.«

Der Arzt öffnete die Tür zu der riesigen Halle.

»Wenn ich mich nicht täusche, habe ich Oberst Stavros im Park herumschleichen sehen. Wollen Sie spielen?«

David sah ihn mit leerem Blick an.

»Spielen?«

»Schach, David. Wie Sie es immer tun.«

Der Arzt kniff die Augen zu.

»Sie stehen heute aber wirklich neben sich, mein Junge.«

David gab sich Mühe, sich zu konzentrieren.

»Alles in Ordnung, Doktor. Mir fehlt nichts. Natürlich spiele ich. Die Sonne scheint, und ...«

Er fand seinen Freund, Oberst Andrea Stavros von der 5. griechischen motorisierten Division, an einem weißen, kunstfertig geschmiedeten Tisch in der Nähe des Strandes. Das Schachbrett stand parat, aber Andrea hatte die Figuren noch nicht aufgestellt. Er hob eine Hand zum Gruß, als er den jungen Dänen kommen sah.

Der Grieche war zwei Meter groß und entsprechend breit. In Jugoslawien hatte sich eine Maschinengewehrkugel durch seine

Lunge gebohrt. Die Karte zweier Weltkriege hatte sich in sein braunes Gesicht eingebrannt.

David setzte sich und streckte sein Bein aus.

Andrea musterte ihn aufmerksam.

»Du siehst blass aus. Was hat der Großinquisitor mit dir angestellt?«

David verteilte die Figuren auf dem Brett.

»Er hat an mir rumgeschnippelt. Mein Körper stößt Teile ab wie ein Leprakranker.«

»Du wirkst tatsächlich etwas kürzer als bei unserem letzten Treffen«, räumte der Oberst ein. »Was mich an diese durch und durch wahre Geschichte erinnert ...«

Andrea drehte im Verborgenen unter dem Tisch den Flachmann auf und füllte zwei Silberbecher. Sie prosteten sich stumm zu und tranken. Der achtzigprozentige Raki, der einem den Zahnschmelz wegätzte, bescherte David eine Hustenattacke, die ihm die Tränen in die Augen trieb.

»Noch einen?«, fragte Andrea.

»Danke.«

Das deutsche Aufklärungsflugzeug flog an der Küste entlang. Andrea schaute gereizt zum Himmel.

»Die Dreckskerle haben mich geweckt«, brummte er, leerte den Becher und schnalzte anerkennend mit der Zunge. »Man sollte eigentlich meinen, es gäbe andere und nicht so komplizierte Möglichkeiten des Selbstmords, als in einer alten Blechkiste über den Kanal zu fliegen und die Landschaft zu observieren, die im Übrigen gespickt ist mit Spitfires und Mustangs, die mindestens dreimal so schnell sind wie die Antiquität da oben.«

Er schenkte noch mal nach.

»Ansonsten ist hier nichts zu sehen außer Äckern, Schafen und hässlichen Frauen.«

»Das können die ja nicht wissen.«

Andrea war noch nicht fertig.

41

»Wieso zum Teufel geben die sich nicht selbst die Kugel, ehe sie aus *dem Vaterland* abheben, und ersparen anderen die Mühe.«

Gleich darauf lächelte er in seinen Bart.

»Was mich wieder an dieses absolut historisch belegte und interessante Ereignis erinnert.«

»Noch eine wahre Geschichte?«

»Nein, verflucht. Dieselbe Geschichte. Geduld. Sie ist nicht allzu lang.«

David lächelte. Die Geschichten des Griechen waren immer lang. Homerisch.

Andrea faltete die Hände vor sich auf der Tischplatte und sah ernst vor sich hin.

»Ich glaube, es hat sich im Mai letzten Jahres zugetragen ... oder war es im Juni?«

»Ist das nicht egal?«

Der Oberst lächelte großzügig. »Schon möglich. Wie auch immer, es trug sich während eines Nachtangriffs auf eine wichtige Industrieanlage irgendwo im Rheintal zu. Ein unglücklicher Mosquito-Bomber wurde von einem Flakgeschütz getroffen, der Pilot musste hinter der feindlichen Linie notlanden, was ihm tatsächlich ruhmvoll gelang, wenn auch der Navigator noch an Ort und Stelle starb und der Pilot schwer verletzt war. Danach war das Schicksal ihm ziemlich gnädig. Die Ortsbewohner transportierten ihn zu einem herausragenden deutschen Feldlazarett mit hervorragenden deutschen Ärzten, die ihr Bestes taten, ihn am Leben zu erhalten. Bedauerlicherweise waren sie gezwungen, seinen rechten Arm zu amputieren, der grausam verbrannt und nerventot war. Der junge Pilot war am Boden zerstört und bat die Ärzte, einen Luftwaffen-Piloten zu überreden, den amputierten Arm auf ihren nächsten Bombeneinsatz über England mitzunehmen und über seiner Basis in Lincolnshire abzuwerfen. Auf diese Weise hatte er das Gefühl, dass wenigstens ein Teil von ihm sicher wieder heimkehrte.«

Andrea sah David feierlich an, um sicherzugehen, dass er seine volle Aufmerksamkeit besaß. Als David ihm bestätigte, dass er ganz Ohr sei, fuhr der Grieche fort.

»Das war, gelinde gesagt, schon ein recht eigentümlicher Wunsch, aber nach etlichen Diskussionen hin und her willigten die deutschen Ärzte ein, und noch in derselben Nacht wurde der Arm des Piloten über seiner Basis abgeworfen.«

»Wer hätte das von den Deutschen gedacht?«, sagte David.

Andrea nickte unbeirrt.

»Nicht wahr? Leider ging es dem Piloten nach der Aktion nicht besser, eher schlechter, sodass die Ärzte sich am nächsten Tag gezwungen sahen, auch sein linkes Bein zu amputieren. Natürlich war er kreuzunglücklich deswegen, und wieder bat er darum, dass die Piloten sein Bein mit ins gute alte England nahmen und es über der Basis abwarfen. Und wieder unterstützten die Ärzte …«

»Und am nächsten Tag?«

Der Grieche verdrehte theatralisch die Augen.

»Linker Arm, bei Maria, Josef und den vier Eiern des Esels. Das war absolut notwendig, um sein Leben zu retten. Und wieder brachte er seinen bizarren Wunsch an, aber diesmal ließen die Deutschen sich nicht an der Nase herumführen.« Andrea sagte mit fettestem deutschen Akzent: *»Nein, nein, noch einmal machen wir das nicht! Auf keinen Fall! Wir glauben, sie wollen flüchten!«*

Der Oberst legte den Kopf in den Nacken und lachte aus voller Kehle. Die Goldzähne glitzerten in der Sonne. Immer noch glucksend wischte er sich mit dem Hemdsärmel die Tränen von den Wangen, schüttelte den Kopf über seinen eigenen Witz und schaute dann finster auf das Schachbrett.

»Weiß oder Schwarz?«, fragte er.

»Du bestimmst. Weiß?«

»Dann kriegst du Schwarz. Du bist ein schlitzohriger Teufelsbraten, und ich bin deine perversen sizilianischen Eröffnungen so unendlich leid.«

Kurz darauf saßen sie konzentriert über das Brett gebeugt.

Der Grieche legte einen Zeigefinger an die Nase, während er seinen nächsten Zug überlegte.

»Die 27. Armee der Russen hat die Oder überquert und steht nur achtzehn Kilometer vor Berlin. Sie können bei westlichem Wind die Glocken der Marienkirche hören.«

Er schob seinen Springer vor.

»Ihr Sturmtrupp besteht aus zwölfjährigen Mädchen und Jungen und halb blinden Greisen.«

David betrachtete die Stellung. Das war nicht uninteressant.

»Mmm ... das habe ich auch gehört.«

»Du weißt schon auch, dass der Krieg in einem Monat vorbei sein kann, oder?«

»Und dann beginnt ein neuer«, sagte David abwesend.

Als es auf der anderen Tischseite still blieb, schaute David hoch. Der Oberst sah ihn streng an.

»Was bitte schön soll das denn heißen? Ein neuer Krieg? Zwischen wem?«

David breitete die Arme aus.

»Ich rede nur so daher. Ich meine gar nichts. Vergiss es, all right?«

Andrea hatte nicht vor, ihn so leicht davonkommen zu lassen. Er musterte David skeptisch, der so tat, als ob nichts wäre. Nicht, weil er dem Griechen nicht vertraute. Das tat er. Aber er hatte seine Vergangenheit in ein Schließfach gesperrt und den Schlüssel weggeworfen. Das Einzige, was er anderen von sich erzählte, war, dass er vor ein paar Monaten im Eismeer nördlich vor Jan Mayen neu geboren worden war.

»Es ist nichts, Andrea. Du bist übrigens dran.«

»Das weiß ich auch. Danke.«

Eingeschnappt setzte Andrea einen Bauern. Seine Stellung war ziemlich hoffnungslos.

»Was ist mit dir?«, fragte David. »Was hast du nach dem Krieg vor?«

Andrea hob den Kopf mit einer verärgerten Grimasse. Dann wendete sich sein Blick nach innen. »Ich kehre wohl zurück nach Kreta. Immerhin sind dort meine Wurzeln. Ich habe einen Hof, eine Frau und ein paar Kinder an der Südküste.«

Er schaute übers Meer.

»Gott weiß, wie sie inzwischen aussehen … Krieg war über dreißig Jahre mein Beruf. Ich habe es selber so gewählt und würde es wieder tun. Zurückzukehren auf den Hof und als Oliven- und Tabakbauer anzufangen ist sicher nicht ganz leicht. Ich glaube, mir wird was fehlen, wenn ich keine Deutschen mehr umbringen kann, ganz zu schweigen von hier und da einem lächerlichen Italiener.«

»Ich bin mir sicher, dass du dich wieder einleben wirst und es dir dort gut geht«, sagte David. »Remis?«

»Ist Hitler ein Arschloch? Ja, gerne. Remis. Das ist sehr anständig von dir, David. Wieso habe ich eigentlich das Gefühl, dass du mich elf von zehn Malen mit verbundenen Augen schlagen würdest?«

»Das ist gar nicht wahr«, protestierte David. »Du bist ein hervorragender Spieler.«

Der Grieche schnaufte verächtlich.

»Es ist die Geschwindigkeit, mit der du die Figuren verschiebst. Und sobald du denkst, ich würde was merken, gehst du mit dem Tempo runter.«

David zuckte mit den Schultern.

»Weißt du, ob irgendjemand sich nach mir erkundigt hat? Von offizieller Seite, meine ich.«

»Warum sollte das jemand tun? Du bist ein komplett uninteressanter Zivilist …« Andrea zündete eine Zigarette an und hustete hinter vorgehaltener Hand. »Oder etwa nicht?«

David legte die Figuren zurück in die Schachtel.

»Doch, bin ich. Dr. Rhodes hat nur so eine Bemerkung gemacht über Beamte und Militärpersonen, die Fragen stellen, um die Feinde des Empires zu entlarven, falls sich solche im Hospital versteckten.« Er lächelte verlegen. »Zwischendurch überlege ich schon, wer ich eigentlich bin ... hier und jetzt. Mein Status, will ich sagen. Bin ich Flüchtling, Alliierter, oder bin ich als neutral zu betrachten?«

»Du bist eine durch und durch uninteressante Person und ein sauguter Schachspieler. Das bist du.«

»Danke.«

Andrea sah ihn freundlich an.

»Es sei denn natürlich, du bist ein deutscher Spion. In dem Fall sehe ich mich leider gezwungen, dich zu töten. Nicht, weil ich dich nicht leiden kann, sondern weil Deutsche heillos romantische Barbaren sind und bleiben.«

David klappte das Brett zusammen und stellte die Schachtel mit den Figuren darauf.

Der Oberst fuhr fort: »Aber ich weiß, dass du kein deutscher Spion bist.«

»Tust du das?«

»Ganz sicher. Meine Hämorrhoiden fangen immer fürchterlich an zu jucken, wenn Deutsche in der Nähe sind. Ein erstaunliches Phänomen, das mir unzählige Male das Leben gerettet hat.«

»Und jetzt ist Ruhe in dem betreffenden Körperteil?«

»So ist es. Aber was ist mit dir? Wirst du zurückkehren in dein kleines, plattes, Bacon produzierendes Land ... oder weiter in den Norden gehen nach Murmansk?«

Der Name jagte David einen Schauer über den Rücken.

»Keine Ahnung, ehrlich gesagt. Ich denke schon, dass ich nach Hause gehen werde. Um von dort aus nach meinen Eltern und meiner Schwester in Schweden zu suchen. Und noch einmal von vorne anzufangen.« Er sah Andrea an. »Aber vorher muss ich noch was erledigen.«

Andrea beugte sich interessiert vor, die stahlblauen Augen kühl fokussiert: Auch diesmal ließ er sich nicht von der ausweichenden Antwort des Dänen ablenken.

Er öffnete den Mund, aber seine Stimme wurde von einem grollenden, zweistimmigen Motorengebrüll direkt über ihren Köpfen übertönt.

David zeigte mit jungenhafter Begeisterung an den Himmel.

»Jagdbomber!«

Zwei graziöse und todbringende amerikanische P-51 Mustang stiegen synchron aus dem Luftraum hinter dem Gut auf. Rote, weiße und blaue Sterne und Streifenbanner strahlten auf Tragflächenspitzen und Seitenruder. Die Sonne reflektierte in den Plexiglaskuppeln der Cockpits.

Von den Dächern, Mauerkronen und Schornsteinen flatterten Taubenschwärme auf.

Andrea und David verfolgten gespannt das träge deutsche Bombenflugzeug über dem Meer, das sich auf einer unentschlossenen Diagonale nach Westen bewegte. Die Heinkel-Maschine war verglichen mit den schlanken Jagdbombern, die sich verspielt näherten, mitleiderregend schwerfällig.

Andrea massierte sich mit allen Fingern die Stirn und seufzte.

»Na, da sind die Yankees wohl wieder fertig mit ihrem kolumbianischen Kaffee und dem frisch gepressten Orangensaft. Sie haben ihre fucking Pfannkuchen mit Ahornsirup gegessen, ihre verflixten Virginia-Zigaretten geraucht und sind bereit für ein wenig Unterhaltung. Und ich hab schon seit über fünf Jahren keinen anständigen Kaffee mehr bekommen.«

David beobachtete das herzergreifend schwerfällige Ausweichmanöver des deutschen Fliegers. Vielleicht hatte Andrea ja recht. Vielleicht sollte die deutsche Besatzung sich lieber selbst die Kugel geben, statt sich auf solche Kamikaze-Aktionen zu begeben. Er dachte an zwei wendige Terrier, die mit einem punktierten Ball spielten.

Alle im Park schauten gebannt zu. Keiner gab eine Wette über den Ausgang des Duells ab, dazu waren die Gegner zu ungleich.

Die Jagdbomber entkamen elegant den unpräzisen Maschinengewehrsalven des deutschen Bombers. In ihrer Not sackte die Heinkel-Maschine in Richtung einer niedrigen, durchsichtigen Wolkenbank über dem Wasser ab.

Andrea legte die Hände vors Gesicht und stöhnte.

»Das ist ja, als versuche ein Elefant, sich hinter einem Telefonmast zu verstecken.«

Die drei Flieger näherten sich der Küste. Die Schwestern begannen, die schwächsten Patienten ins Gebäude zu fahren. Der Lärm der angestrengten Flugzeugmotoren war ohrenbetäubend.

Zwischen Andreas kohlschwarzen Augenbrauen bildete sich eine besorgte Furche.

»Glaubst du, die haben vor, im guten alten England notzulanden und um Asyl zu bitten?«

»Das würde ich tun«, sagte David. »Du findest garantiert keine Seele über zweiundzwanzig Jahre an Bord der Maschine.«

»Sicher nicht.«

Der deutsche Bomber vibrierte unter den Salven der amerikanischen Maschinenkanonen, die große, scharfzackige Löcher in den Rumpf und die Tragflächen rissen. Brennendes Öl flatterte wie ein Wimpel im Luftschraubenstrahl des Steuerbordmotors. Die vordere Glaskuppel zersplitterte und rieselte in grünen Scherben ins Meer. Plötzlich brachen die Jagdbomber den Angriff ab, stiegen in einer steilen Spirale nach oben und nahmen mehrere Hundert Meter über der Heinkel-Maschine eine Warteposition ein.

Klar zum Gnadenstoß, falls notwendig.

Der Bomber drehte sich zäh um die backbord hängende Tragflächenspitze, nahm dann aber hundert Meter über dem Wasser wieder Kurs auf – direkt auf das Gut zu. Die unbeschädigten Motoren kämpften, den Öldruck und die Mindestgeschwindigkeit zu halten.

Andrea und David sahen sich an. Der Oberst sprang als Erster auf.

»Was zum Teufel haben die vor? Wollen die alles in die Luft jagen?«

Sie rochen das brennende Öl und sahen die Silhouetten des Piloten und Co-Piloten in dem durchlöcherten Cockpit, aber es war unmöglich zu erkennen, ob sie noch lebten oder tot waren.

In absolut allerletzter Sekunde, bevor das Flugzeug in das Hauptgebäude des Gutes gekracht wäre, erhob es sich langsam über die Dächer. Der untere Rumpf streifte die oberen Zweige der Eichen hinter den Gebäuden.

Es flog in einem Bogen zurück zum Meer und sackte ab.

Ein einzelner Fallschirm öffnete sich.

Der Heinkel-Bomber rammte das Wasser und schlug Salto mortale auf der Oberfläche. Tragflächen und Heckruder brachen ab.

David schüttelte den Kopf.

»Die Armen …«

Andrea und David gingen hinab zu dem schmalen Strandstreifen. Der Park war verlassen, aber hinter allen Fenstern waren weiße Gesichter zu sehen.

Die amerikanischen Jagdflieger strichen mit triumphierend dröhnenden Motoren über das Gutsgelände. Andrea schüttelte drohend die Faust hinter den davonfliegenden Mustang her.

David schaute mit leerem Blick aufs Meer.

»Was ist los?«, fragte Andrea. »Abgesehen von diesem unnötigen Abschlachten junger Menschen, natürlich?«

»Schau!«

Sie legten die Hände über die Augen, um die Sonne abzuschirmen. Dort draußen war etwas. Ein paar Hundert Meter entfernt. Langsam und ungleichmäßig kam es auf sie zu. Ein Mensch kämpfte sich durch die Dünung.

»Der ist fertig«, murmelte Andrea.

»Ich hole ihn.«

»Was tust du …?«

»Ich hole ihn.«

David schüttelte die Schuhe von den Füßen, warf die Jacke in den Sand und watete in die Brandung. Er hockte sich ins Wasser, rollte das Hosenbein hoch und löste die Kniebandage, die ihn bei seinem Vorhaben nur behindern würde.

Er warf sie Andrea zu, der sie in der Luft fing.

Der Grieche war außer sich.

»Was denkst du dir dabei, Mann? Das Wasser ist eiskalt!«

Er warf die Bandage von sich und begann sich ebenfalls auszuziehen.

David warf einen Blick auf den breitbrüstigen, muskulösen Oberkörper des Obersts. Michelangelo hätte ihn geliebt. *Herkules … Moses … Goliath … Gott …* Andrea Stavros hätte ein prachtvolles Modell für sie alle abgegeben. Besonders ohne die blaue, weiß gepunktete Unterhose.

»Warte auf mich, du verrückter Däne.«

»Du hast einen Lungenschuss, alter Mann. Besorg ein Boot«, antwortete David.

Andrea blieb frustriert stehen und bohrte seine Zehen in den Sand. Der Däne hatte recht. Er keuchte jetzt schon vor Anstrengung.

»Wo zum Teufel soll ich ein Boot herkriegen?«, murmelte er resigniert.

David schwamm mit langen, effektiven Zügen durch die Brandung.

Der Grund fiel steil unter ihm ab. Er unterdrückte die Erinnerung an das Eismeer und den Untergang der Mary Jane und schwamm einfach weiter. Zwei Minuten später konnte er die Gesichtszüge des Piloten erkennen. Der Deutsche schwamm weniger, als dass er sich seitwärts durchs Wasser schob. Sein rechter Arm hing schlaff herunter.

David begegnete dem Blick des jungen Mannes. Der Deutsche öffnete den Mund, spuckte Salzwasser, wollte etwas sagen oder rufen, war aber zu erschöpft. Sein halbes Gesicht war schorfig und verbrannt, aber das unversehrte Auge sah ihn eisblau und panisch an.

Er verschwand unter der Oberfläche.

Und tauchte gleich darauf wieder auf.

»Halt aus!«, schrie David.

Es waren vielleicht noch fünfundzwanzig Meter zwischen ihnen, aber die Bewegungen des Deutschen waren schwerfällig und schwach. Er hatte aufgegeben.

Fünfzehn Meter.

Der Pilot verschwand wieder.

David war lange genug in den Geleitzügen mitgefahren, um zu wissen, dass die meisten Männer in der Nähe der Küste, einer Rettungsinsel oder eines Rettungsrings ertranken. Bei der Aussicht auf Rettung sackte das Adrenalin ab. Die Hoffnung sorgte für einen Kurzschluss in Gehirn und Muskeln.

Er tauchte.

David stolperte durch den Kies, der unter seinen Füßen weggesogen wurde, und zog den jungen Deutschen am Jackenkragen hinter sich her. Der Mann hing schlaff in seinem Griff. Andrea kam ihm zu Hilfe, und zusammen zogen sie den Überlebenden an Land.

Vor Kälte und Erschöpfung zitternd setzte David sich mit dem Kopf zwischen den Knien in den Sand und schnappte nach Luft.

»Lebt er?«, fragte er kurz darauf, ohne den Kopf zu heben.

Seine Zähne schlugen aufeinander.

»Er ist aus Finnland«, klärte Andrea ihn auf.

»Aus Finnland?«

Die Brust des Piloten hob sich. Er spuckte Salzwasser und rollte sich auf die Seite. Die verbrannte Gesichtshälfte lag im

Sand. Die unversehrte Hälfte war glatt und wächsern wie von einem Mädchen. Er musterte David mit seinem eisblauen Auge. Über dem Winkel des Fliegerkorporals war eine kleine finnische Flagge auf die Jacke genäht.

David zog die Kniebandage an ihren Platz und erhob sich. Mit Dr. Rhodes an der Spitze kamen Krankenschwestern und Ärzte mit Decken und Tragen an den Strand gelaufen. David kniete sich neben den Korporal und legte eine Hand auf seine Brust.

Ein Trupp ehemaliger Mitglieder der Heimwehr fand sich ebenfalls ein – gekleidet in eine wunderliche Mischung aus Tweed-jacken, Hausschuhen, Helm und Gurten und bewaffnet mit ural-ten Martini-Henry-Gewehren aus dem Burenkrieg. Sie wurden von Maidencombes Metzger angeführt, der noch seine blutver-schmierte Schürze umhatte. David erkannte den Apotheker, der an besonders anspruchsvolle Kunden Blutegel in Glasbehältern verkaufte. Mit zugekniffenen Augen zielte der Metzger mit seiner antiken Flinte auf den jungen Finnen. Sein Mund war ein Strich unter dem Oberlippenbart.

Andrea nahm dem Metzger das gefährliche Gerät aus der Hand.

»Seien Sie ein wenig vorsichtig damit«, sagte er gutmütig.

Der Metzger stampfte mit dem Fuß auf.

»Mein Herr! Sie hindern mich an der Ausübung meiner Pflicht! Er ist ein Feind des …«

»Die Hälfte seines Gesichtes ist vebrannt, und wie es aussieht, sind der rechte Arm und ein Bein gebrochen. Ich glaube nicht, dass er vorhat, die Britischen Inseln im Alleingang zu erobern«, sagte Andrea.

Einige der Waffenbrüder des Metzgers scharrten verlegen mit den Füßen.

»Wie heißt du?«, fragte David den Flieger auf Finnisch.

Blutige Blasen quollen aus dem Nasenloch des jungen Mannes.

»Sterbe ich? Ich sterbe nicht, oder?«

»Du stirbst nicht. Du bist in Sicherheit«, antwortete David.
»Wie heißt du?«

»Petteri Juutilainen.«

Der Junge begann herzerweichend zu schluchzen.

Andrea funkelte die Gruppe bewaffneter, mittelalter Heim-
wehrler an und zeigte auf den Finnen: »Da habt ihr den Feind des
Empires. meine Herren.«

Die Soldaten verzogen sich.

»Was sagt er?«, fragte Andrea. »Ich wusste gar nicht, dass du
deren Sprache sprichst.«

»Er wollte nur wissen, ob er überlebt. Ich war sieben Jahre in
Murmansk. Dort gibt es jede Menge Finnen, die über die Grenze
kommen und im Hafen arbeiten.«

Die Sanitäter kamen, hoben den jungen Mann auf eine Trage
und wickelten ihn in grobe, graue Militärdecken.

Dr. Rhodes war atemlos vor Bewunderung.

»Wir haben alles gesehen, David. Das war heldenhaft. Sie sind
ein echter Ehrenmann.«

»Ganz und gar nicht«, murmelte David.

»Doch, sind Sie.«

»Nein!«

Dr. Rhodes sah Andrea ratlos an, Rückendeckung für seine
Aussage suchend. Der Grieche zuckte mit den Schultern.

»Ist er doch, oder?«

»Ja, ist er wohl«, antwortete Andrea und sah den Dänen kopfschüttelnd an.

Die Sanitäter machten sich auf den Weg, und sie blieben allein
am Strand zurück. David beugte sich vor, rückte die Bandage
zurecht und legte sich eine Decke über die Schultern.

»Wieso nicht?«, fragte Andrea.

»Wieso was nicht?«

»Wieso bist du kein Held?«

»Weil ich es nicht bin.«

Andrea streckte die Hände gen Himmel.

»Du hast gerade dein Leben aufs Spiel gesetzt, um einen Feind zu retten. Das kommt der Definition von Held ziemlich nah!«

»Ein Held ist nicht so sturzdumm«, zischte David. »Das, was ich gerade getan habe, war sturzdumm.«

Er verließ Andrea, ohne sich noch einmal umzusehen.

Der Grieche folgte ihm mit dem Blick.

»Natürlich ist er ein Held, der kleine Idiot«, murmelte er.

Dr. Groves fuhr David zurück in die Pension. Vom Gehweg aus sah David Mrs. O'Sullivan, wie sie sich im Wohnzimmer nach einem langen, anstrengenden Tag, an dem sie wieder Gäste, Sohn und Helferinnen dressiert hatte, entspannte. Sie saß mit ihrem Strickzeug in einem der grünen Sessel, die vermutlich in den besseren Tagen ihres Keksfabrikantengatten angeschafft worden waren. David sah auch einige Pensionsgäste dort sitzen, Teetassen auf ihren Knien balancierend und sich vom Abendprogramm aus Mrs. O'Sullivans Prachtstück unterhalten lassend: einem großen Radioapparat im glänzenden Mahagoni-Musikschrank mit integriertem Plattenspieler.

David schaute auf die Uhr. Es war 21.25 Uhr, die Zeit, zu der die BBC die abendliche Folge von *Tropical birds of the world* sendete, gefolgt von der populären Comedyserie *It's that man again*.

Wie immer musste er sich überwinden, ehe er das Gartentor öffnete. An diesem Abend lag sein Zögern an dem Anblick des schwarzen Humber Imperial, der wenige Meter vom Haus entfernt parkte. Er war verlassen. Dafür brannte in seinem Zimmer Licht.

Seine Hand schloss sich um den kalten Stahl des Gartentors. Und wieder schlug sein Herz so heftig wie beim ersten Mal, als ihm der Humber aufgefallen war.

Er atmete tief ein und schob das Tor auf.

Mrs. O'Sullivan schnitt ihm den Weg ab, als er gerade zwei

Schritte in den Flur gemacht hatte. Sie war noch aufgebrachter als sonst. David befürchtete einen kurzen Moment, dass sie ihn mit ihren Stricknadeln aufspießen wollte.

Sie flüsterte mit pfeifender Lunge und nervösen Blicken die Treppe hoch:»Ich wusste es! Das war mir in dem Augenblick klar, als ich Sie das erste Mal gesehen habe, Mr. Adler. Ich habe es gleich gewusst.«

»Freut mich zu hören, dass Sie etwas wissen, Mrs. O'Sullivan. Wirklich. Das überrascht mich ehrlich gesagt sehr.«

Die schmalen Augen der Wirtin wurden noch schmaler. Ihr Mund öffnete sich einen Spaltbreit, während sie die sarkastische Bemerkung verdaute.

»Oben warten zwei Herren aus London, die mit Ihnen reden wollen. Aus dem schwarzen Wagen, den Sie mir heute Morgen gezeigt haben.«

David schob sich an ihr vorbei zur Treppe und begann hinkend den Aufstieg. Mrs. O'Sullivan griff sich mit theatralischer Geste an den Hals.

»Solche Aufregung ist gar nicht gut für mich, Mr. Adler. Diese ständigen Störungen … mein Herz … mein Arzt …«

»Seien Sie so gut und gehen Sie wieder zu Ihren Gästen, Mrs. O'Sullivan. Sie werden keine Probleme bekommen, das verspreche ich Ihnen.«

Mrs. O'Sullivan schielte in die obere Etage.

»Sie wollten noch nicht einmal den Tee, den ich ihnen angeboten habe …«

David ging weiter.

Der jüngere der beiden Männer saß an die Wand gelehnt auf Davids ungemachtem Bett, im Mundwinkel eine Zigarette mit Goldmundstück, und strich nachdenklich über einen schwarzen Filzhut auf seinem Schoß. Der andere war damit beschäftigt, Davids Rucksack und wenige Habseligkeiten zu durchwühlen.

David blieb auf der Türschwelle stehen.

»Kann ich Ihnen behilflich sein?«

Der dunkelhaarige Mann auf dem Bett schickte ihm ein freundliches Lächeln und erhob sich, während sein älterer Kollege ungerührt mit der Suche fortfuhr. Er war stämmig und kahlköpfig unter dem speckigen Sixpence. Seine Schultern füllten eine grüne Öljacke mit tiefen Taschen, um die jeder Wilddieb ihn beneidet hätte. Dazu trug er Knickerbocker, dicke Wollstrümpfe und schwere Wanderstiefel.

Der archetypische Zivilfahnder.

»Willst du nicht eine Pause einlegen, George, unseren neuen Freund begrüßen und dich ein wenig christlich aufführen?«, fragte der Jüngere, der offensichtlich das Kommando hatte.

Der Polizist warf David einen Blick zu, schob das antike und unschätzbar wertvolle Reiseschachspiel zurück in den Rucksack und rieb die Handflächen aneinander. Sie klangen wie Schleifpapier.

Dann drückte er Davids Hand.

»Sergeant George Banks, London Metropolitan Police, Special Branch. Zu Ihren Diensten.«

David wusste, dass die Special Branch für die innere Sicherheit verantwortlich war, während MI-6, der militärische Nachrichtendienst, sich um überseeische Bedrohungen und Gegenspionage kümmerte.

»Können Sie sich ausweisen?«

Der Sergeant warf einen fragenden Blick über Davids Schulter zu seinem Kollegen, ob dieser höfliche Irrsinn fortgeführt werden sollte, ehe er einen abgegriffenen, ledergebundenen Dienstausweis aus der Innentasche seiner Jacke zerrte.

David studierte ihn gründlich.

»Danke«, sagte er und wandte sich an den jungen, elegant gekleideten Mann mit so ebenmäßigen Gesichtszügen, dass sein Blick förmlich daran abglitt. Der Mann verströmte Selbstvertrauen,

Herzlichkeit und Humor wie ein Gesellschaftsmagier. Seine Hand war warm, die Stimme sanft und vertrauenerweckend.

»Carpenter. Kim Carpenter.«

Er tippte Zigarettenasche in seine freie Hand und sah sich komisch verzweifelt nach einem passenden Behälter um. David öffnete das Fenster, und Carpenter schnippte die Kippe aus dem Fenster in Mrs. O'Sullivans Vorgarten. Dann konsultierte er seine Patek Philippe, zündete sich eine neue Zigarette an und bot David eine an, der kopfschüttelnd ablehnte.

»Sie rauchen nicht?«

»Im Moment nicht.«

Carpenter lächelte wohlwollend.

»Eine souveräne Tat übrigens, die Sie heute vollbracht haben, als Sie den deutschen Piloten gerettet haben. Fabelhaft.«

Carpenters Akzent war der erwartete schleppende Oberklassenslang mit einem Hauch von mondänem Lebensüberdruss.

»Er ist Finne«, korrigierte David ihn.

»Ach, wirklich?«

»Sie hätten ihn ertrinken lassen sollen«, murmelte der Sergeant. »Das hätte ich getan.«

Die Aussage löste ein Stirnrunzeln bei Carpenter aus.

»George. Nicht so unbarmherzig. Ich fand den Einsatz fabelhaft.«

»Danke«, sagte David hölzern.

Carpenters Augen blitzten, und in seinen Augenwinkeln wurden Lachfalten sichtbar. Der geborene Schauspieler, dachte David. Er spielte eine Rolle. War nicht zu greifen. Eloquent, umherschwirrende Loyalität und eine hohe Überzeugungsgabe. Er war genau so, wie David ihn sich vorgestellt hatte: ein zivilisierter Concierge, der ihn in das richtige Zimmer führen, ihm den Schlüssel zum Himmel oder zur Hölle geben und ans Ziel helfen würde.

»Dabei sind Sie es andererseits ja gewohnt, dass um Sie herum Leute ertrinken … Aus den Konvois, meine ich«, sagte Carpenter.

»Wer *sind* Sie?«

Das Lächeln in Carpenters Gesicht kenterte ein wenig, als er David seinen Dienstausweis hinhielt.

»Einwanderungsbehörde?«

»Irgendwie müssen wir das Kind ja nennen.«

»Aber in Wirklichkeit sind Sie vom MI-6?«

»Nun, Sie sind ausländischer Staatsbürger, daher ist unser Interesse an Ihnen ganz natürlich. George kümmert sich um die Visitation ... die eher polizeilichen Aspekte. So es denn welche gibt.«

Carpenters Erklärung wurde mit einem Stöhnen des Sergeant kommentiert.

»Unser Freund David hat es verdient zu erfahren, mit wem er es zu tun hat, finde ich. Ich darf Sie doch David nennen?«

»Selbstverständlich. Kim? Ein indischer Name?«

Der junge Agent lächelte. »David ist ein gebildeter Bursche, George.«

»Schön.«

»Ich wurde tatsächlich in Bengalen geboren«, erzählte Carpenter. »Als das Empire noch ein merkantiler Koloss war, der Bibeln an Wilde verteilte und mit Sklaven, Opium und Gold gehandelt und den Export von ...«

»Syphilis und Cricket vorangetrieben hat?«, schlug David vor.

Der Agent seufzte. »Auch das.«

George setzte sich auf den einzigen Hocker im Zimmer, Davids wertvolles Reiseschachspiel in seinen Pranken.

Carpenter nickte anerkennend.

»Ein kleines Wunderwerk, das Sie da haben.«

David beobachtete nervös, wie George das Schachspiel drehte und wendete, während Carpenter sich im Raum umsah.

»Ihrer Unterkunft und Garderobe nach zu urteilen, sind Ihre finanziellen Mittel nicht unerschöpflich. Ich hoffe, ich trete Ihnen damit nicht zu nah?«

»Ich bin komplett mittellos«, räumte David ein.

»Abgesehen von dem Schachspiel?«

George holte die Kassette wieder aus dem Rucksack und versuchte sie zu öffnen, er popelte mit seinen dicken Fingernägeln in Spalten, die nicht waren, was sie versprachen.

»Finger weg, verdammt noch mal!«, rief David aufgebracht.

George ignorierte ihn, während Carpenter David neugierig musterte. Dann hob er die Hand.

»Hören Sie auf, George.«

Der Polizist stellte das Schachspiel auf den Boden und sah es an wie ein Hund, der seinen Knochen auf die andere Zaunseite geschoben hatte.

Carpenter forderte David auf, sich neben ihn auf das Bett zu setzen.

»Sagen Sie, warum haben Sie Murmansk eigentlich verlassen?«

Das Schweigen dauerte eine Minute an.

»Haben Sie die Frage verstanden, Meister? Sie ist eigentlich recht simpel«, sagte der Sergeant schließlich.

»Ich habe sie gut verstanden«, sagte David.

»Also, warum haben Sie Murmansk verlassen?«, wiederholte Carpenter.

»Warum wollen Sie das wissen?«

George erhob sich halb vom Stuhl: »Antworten Sie gefälligst!«

Carpenter lächelte freundlich. Dann berührte er sanft Davids Schulter wie ein Schauspieler, der seinen Mitspieler wecken will.

»Wir sind nicht hier, um Sie einzuschüchtern oder Ihnen Unannehmlichkeiten zu bereiten.«

»Wir können Sie auch in einem Flüchtlingslager auf den Äußeren Hebriden internieren, bis Sie selbst die Schafe unwiderstehlich finden«, sagte George.

David zuckte mit den Schultern.

»Das ist kein Geheimnis. Das Unternehmen, für das ich gearbeitet habe, hat irgendwann die Beantwortung meiner Telegramme und die Ausbezahlung meines Gehalts eingestellt. Ich habe das als Abwicklung unserer Zusammenarbeit interpretiert.«

Carpenter nickte.

»Sie meinen damit Great Nordic mit Hauptsitz in Stockholm?«

»Ich war beinahe sieben Jahre als Elektroingenieur bei Great Nordic angestellt«, sagte David. »Umspannstationen, Zugsignale und Schwachstrominstallationen, hauptsächlich Radiofunk.«

»Schiffe?«

»Nach Kriegsausbruch ging der größte Teil meiner Zeit mit der Reparatur von Funkgeräten und der Installation von Funkverkehr auf alliierten und sowjetischen Schiffen drauf.«

Eine neue Kippe flog aus dem Fenster. Mrs. O'Sullivan würde vermutlich nicht erfreut sein.

Carpenter musterte ihn nachdenklich.

»Das mit dem Lebensunterhalt kann ich natürlich nachvollziehen. Absolut. Ein unhaltbarer Zustand. Was ich aber nicht verstehe, ist Ihre Entscheidung, Murmansk auf eine derart riskante Weise zu verlassen ...«

»Ich hatte wie gesagt kein Geld. Das Büro hat seine Türen geschlossen und ...«

Carpenter schnitt ihm einfach das Wort ab: »... und Frau und Kind dort zurückzulassen.«

»Wo wir doch gerade über Heldentaten sprechen ...«, fügte der Sergeant hinzu.

Der MI-6-Agent wurde rot.

»Klappe, George!«, sagte er und kniff gereizt die Augen zu.

Als er sie wieder öffnete, sah er David eindringlich an.

»Ihre Frau ist Elena Hirschfeld, einunddreißig Jahre. Und Ihre Tochter heißt ...?«

»Sara. Sie heißt Sara.«

Es brannte warm hinter Davids Augenlidern, aber er riss sich zusammen.

Carpenter zeigte ihm ein offizielles Ausweisfoto von Elena. Sie konnte nicht viel älter als zwanzig gewesen sein, als das Bild aufgenommen wurde. David hatte es noch nie gesehen.

»Das ist Elena Hirschfeld, nicht wahr?«

Hinter der Fassade aus Höflichkeit und kultivierten Manieren verbarg sich eine sehr viel härtere Ausgabe von Kim Carpenter, dachte David. Was ihn nicht im Geringsten überraschte. MI-6-Angestellte waren keine freundlichen Onkel. Schon gar nicht in Kriegszeiten.

Er dachte an das erste Mal, als er Elena auf dem Kolskij-Prospekt in Murmansk gesehen hatte, an einem eiskalten Wintertag vor sechs Jahren. David war gedanklich mit einem technischen Problem befasst gewesen und hätte sie fast umgerannt. Sie lief auf die für sie charakteristische langbeinige und rhythmische Weise in die entgegengesetzte Richtung, als wäre allein der Gehvorgang ein Genuss. Als wäre sie in ihrer Kindheit lange Phasen ans Bett gefesselt gewesen, was nicht der Fall war, wie David später erfuhr. Sie war nur einfach gerne zu Fuß unterwegs. Sie hatte diesen speziell reservierten Blick junger Frauen ohne Begleitung in einer vom Krieg heimgesuchten Stadt gehabt – insbesondere, wenn sie Jüdinnen waren.

Ihre Blicke waren sich für einen Sekundenbruchteil begegnet. David entschuldigte sich, hob ihre Tasche auf und bekam ein zurückhaltendes Lächeln als Antwort.

Er schaute ihr hinterher, bis sie in der Menschenmenge am Ende des Prospekts verschwand, und wusste: sie oder keine. Und dass er sie wiederfinden musste.

Carpenter holte David zurück in die Gegenwart und das triste Zimmer.

»Hirschfeld, richtig?«

»Das ist meine Frau, ja«, sagte David.

»Wie haben Sie sich kennengelernt?«

»Sie liebt Schlittschuhlaufen, darum habe ich mich eines Tages auf die Kufen gewagt, um sie näher kennenzulernen und Eindruck

zu schinden. Stattdessen bin ich Elena und ihren Freundinnen vor die Füße gefallen und habe mir einen Schädelbruch zugezogen. In gewisser Weise ging mein Plan auf, aber ich war bewusstlos.«
Carpenter zog amüsiert die Brauen hoch. »Mit Absicht?«
»Ganz und gar nicht. Die Ärzte diskutierten, ob sie ein Loch in meinen Schädel bohren sollten, um ein Blutgerinnsel abzusaugen ... oder lieber abwarten, was die Zeit bringen würde. Sie entschieden zu warten. Ich erfuhr, dass sie im Krankenhaus gewesen war, um sich nach meinem Befinden zu erkundigen. Das deutete ich als Interesse ihrerseits, dass ich ihr nicht gleichgültig war.«

David versank in Gedanken, ehe er fortfuhr: »Nach meiner Entlassung fand ich heraus, dass Elena als Bibliothekarin arbeitete. Also begann ich, den Lesesaal aufzusuchen und die Klassiker zu lesen, damit ich mich auf gebildete Weise mit ihr unterhalten konnte.« Er sah den MI-6-Agenten an. »Hören Sie, Carpenter ...«

»Kim.«

»Kim. Ich habe sie nicht einfach zurückgelassen. Sie wohnen bei Elenas Eltern in einem Dorf vor Murmansk. Sie sind in Sicherheit.«

»Gut. Aber was war der eigentliche Plan?«

David breitete die Arme aus und sah sich rastlos um. Offenbar las George seine Gedanken. Der stämmige Polizist öffnete einen Flachmann und goss einen Schluck in das Zahnputzglas, ehe er es David reichte.

»Der ursprüngliche Plan war, mit dem Geleitzug nach Schottland zu fahren, den Zug nach London zu nehmen und von dort weiter nach Schweden zu reisen. In Schweden sind Tausende dänische Juden. Ich habe ein paar gute Kontakte, von denen ich hoffte, dass sie mir helfen konnten, nach Lappland in Nordschweden zu kommen. Wohin ich dann Sara und Elena, vielleicht auch ihre Eltern, über Norwegen oder Finnland nachholen konnte.«

»Das sind eine Menge Wenns und Abers in dem Plan«, sagte

Carpenter. »Wenn er überhaupt die Bezeichnung verdient. Soweit ich weiß, halten sich Ihre eigenen Eltern und Ihre Schwester … Kirsten … in Schweden auf?«

»Sie sind zusammen mit den meisten dänischen Juden '43 geflohen. Die Nazis haben zum Abschied unser Haus bis auf die Grundmauern niedergebrannt.«

»Aber sie sind der KZ-Haft entkommen.«

David nickte.

»Man darf natürlich das Positive nicht aus den Augen verlieren«, räumte er ein. »Unsere Nachbarn, eine Familie, die ich seit meiner Geburt kannte, sind in Theresienstadt gelandet. Niemand hat je mehr etwas von ihnen gehört.«

Carpenter nickte mitfühlend.

»Hart. Sehr hart. Wäre Ihre Familie imstande gewesen, Ihnen bei Ihrem Vorhaben zu helfen?«

»Ich glaube nicht«, sagte David. »Sie sind in den Kleidern geflohen, die sie am Leib hatten.«

»Und Sie selbst haben kein Geld?«, fragte George.

»Ein paar Goldmünzen und den Schmuck meiner Frau.«

David senkte den Blick.

»Den Sie sozusagen im Feuer verloren haben«, fasste Carpenter zusammen.

Er klappte ein schwarzes Notizbuch auf. Außer dem weißen Hemd und dem grauen Schlips war alles an Carpenter schwarz. Schwarzer Anzug, schwarzer Kaschmirmantel, schwarzer Hut, schwarze Seidenstrümpfe und elegante schwarze, wahrscheinlich handgenähte Schuhe. Und unter der linken Achsel ein schwarzes Schulterholster mit einem schweren Webley-Revolver. Er sah aus wie ein bewaffneter Roulettespieler.

Carpenter schraubte einen Füllfederhalter auf.

»Ich will nicht unnötig pedantisch wirken, David, aber wir haben es hier mit recht außergewöhnlichen Umständen zu tun. Sie waren also Passagier an Bord der Mary Jane, einem Fahrzeug der amerikanischen Flotte, das den Konvoi JW51B von Murmansk begleitet hat. Ist das korrekt?«

»Kapitän Algernon Hawke war ein entfernter Bekannter«, antwortete David. »Ich hatte mehrere Installationen auf der Mary Jane vorgenommen, und wir kamen gut miteinander aus.«

»Und er hat zugestimmt, Sie mit nach Schottland zu nehmen? Das ist recht ungewöhnlich.«

»Meine Situation war ungewöhnlich.«

Carpenter klappte das Notizbuch zu.

»Haben Sie Kapitän Hawke für die Überfahrt bezahlt?«

»Nein. Ihm wäre nicht im Traum eingefallen, Geld von mir oder irgendwem sonst zu verlangen.«

»Sie sind dran, George«, murmelte Carpenter.

Der Sergeant der Special Branch lächelte gequält. Ihm war deutlich anzusehen, dass er ein unmissverständliches Verhör mithilfe eines Gummiknüppels in einem schallisolierten Kellerraum dieser seichten Befragung vorgezogen hätte.

»Waren Sie zu irgendeinem Zeitpunkt Mitglied der Kommunistischen Partei in Dänemark oder einem anderen Land?«, fragte er. »Seien Sie versichert, dass wir das herausfinden.«

»Natürlich nicht«, sagte David.

»Warum nicht?«, fragte Carpenter.

»Weil ich nicht mit ihrer Sache oder Ideologie sympathisiere.«

»Aber Sie haben sieben Jahre lang in der Sowjetunion gelebt«, sagte George.

»Das war eine interessante Arbeit. Gut bezahlt. Ich habe geheiratet.«

»Sie hätten Ihre Frau und Ihr Kind mit nach Dänemark nehmen können«, konterte der Sergeant.

»Das hatte ich auch vor«, sagte David. »Aber es kam etwas dazwischen.«

»Was?«

»Etwas, das der Zweite Weltkrieg heißt.«

Carpenter seufzte.

»Sind Sie Sozialdemokrat? Ist das nicht eine dänische Erfindung?«

David leerte den Zahnputzbecher.

»Politik interessiert mich nicht. Wenn es Die Rationelle Partei gäbe, würde ich in Erwägung ziehen, sie zu wählen.«

»Eigentlich war Ihnen die Sowjetunion also egal?«

»Das ist eine Grabkammer. Es gibt mehr Gespenster in der Sowjetunion als lebende Menschen. Was die Kommunisten betrifft, sind mir in meinem ganzen Leben höchstens eine Handvoll begegnet. Die meisten halten sich in Ländern auf, in denen Martinis gemixt werden und genug da ist, um die Kinder satt zu machen.«

Carpenters Gesicht war ausdruckslos wie das eines Buddhas.

George durchquerte das Zimmer und löschte das Licht. Schaltete es wieder ein. Löschte es. Schaltete es ein.

»Was ist eigentlich Elektrizität?«, fragte er.

»Das wüsste ich auch gerne«, sagte der MI-6-Agent. »Ich bin cand. phil. aus Cambridge, was heißt, dass ich nichts Sinnvolles gelernt habe.«

David wusste nicht, wo er beginnen sollte.

»Das ist nicht ganz leicht zu erklären ...«

»Professor Bohr könnte Elektrizität erklären, richtig?«, fragte George.

Sein dicker Finger lag noch immer auf dem Schalter.

»Ja, natürlich, aber ...«

»Er hat mehr oder weniger die Elektrizität erfunden, stimmt's?«

Carpenter reichte David sein Notizbuch und den Füllfederhalter.

Er schlug eine leere Seite auf.

»Elektrizität ist nichts, das man mal eben so erfindet«, begann er. »Sie hat immer schon existiert. Denken Sie zum Beispiel an Blitze oder Elektrostatik. Elektrizität ist der Strom negativ geladener Elektronen durch einen Leiter.«

David zeichnete einen Zylinder mit einem positiven und einem negativen Pol.

»Stellen Sie sich eine Batterie wie aus einer Taschenlampe oder einem Auto vor. Die Batterie ist mit Milliarden von frei herumschwirrenden Elektronen gefüllt, die sich grundsätzlich vom negativen zum positiven Pol bewegen, all right?«

Die Gäste nickten.

David zeichnete einen röhrenförmigen Leiter zwischen die beiden Pole der Batterie.

»Zwischen den Polen haben wir eine Kupferleitung.«

Danach zeichnete er die Skizze eines Atoms mit einem Kern in der Mitte und von vier mit vielen Punkten versehenen Kreisen umgeben.

»Das ist das Diagramm eines Kupferatoms. Im Kern sind 29 positiv geladene Protonen und 34 Neutronen ohne elektrische Ladung.«

»Und 29 Elektronen in den Umlaufbahnen um den Kern?«, fragte George.

»Exakt«, sagte David. »Elektronen haben kaum Masse, aber Energie. Sie sind negativ geladen und kreisen um den Kern wie Planeten um die Sonne. Auf der äußeren Umlaufbahn hat das Kupferatom ein einziges freies Elektron. Die 28 übrigen sind an niedrigere Energielevels gebunden. Bei einem Energieabfall in der Kupferleitung springen die freien Elektronen durch die Leitung von einem zum nächsten Kupferatom und nehmen die Energie mit.«

»Das ist Rutherfords und Bohrs Atommodell, nicht wahr?«, fragte Carpenter. »Formuliert von Ihrem Vetter, Niels Bohr?«

David sah den Agenten an.

»Es ist korrekt, dass Bohr Rutherfords Atommodell mit quantenphysikalischen Begriffen ergänzte. Er hat das Komplementaritätsprinzip aufgestellt.«

Carpenter zog eine Augenbraue hoch.

»Das bedeutet?«

»Er vertritt die Meinung, dass alles erst durch seinen fundamentalen Gegensatz vollkommen wird. Yin und Yang. Tag und Nacht. Liebe und Hass. Dass jedes Problem seine Lösung in sich birgt.«

»Frauen und Geliebte?«, schlug George vor.

»Mit anderen Worten, ein Philosoph«, stellte Carpenter mit Seitenblick auf den Sergeant fest.

»Absolut.«

»Die Elektronen sorgen also dafür, dass die Lampe leuchtet?«, fragte George.

»In gewisser Weise, ja ...«, sagte David. »Die Leitung endet im Kontakt in der Wand und wird mit einer weiteren Kupferleitung mit der Deckenlampe verbunden. Die meisten Metalle sind gute Leiter.«

George sah zufrieden aus, als hätte er zum ersten Mal verstanden, was Elektrizität eigentlich war.

»Atom ist Griechisch und bedeutet unteilbar, George«, murmelte Carpenter.

»Danke, Mr. Carpenter.«

Der junge MI-6-Agent steckte sich eine neue Zigarette an, und George nahm einen Schluck aus dem Flachmann. Carpenter zeigte mit der Zigarette auf David.

»Abgesehen davon, dass das mit unteilbar nicht ganz stimmt, nicht wahr?«

David war klar, dass damit die dringendste Frage des Abends gestellt war.

»Das einzelne Atom ist seit der Entstehung der Welt unveränderlich und intakt«, sagte er. »Aber es ist korrekt, dass die beiden deutschen Chemiker Hahn und Strassmann 1938 im Kaiser-Wilhelm-Institut Uran-Atome gespalten haben. Das wurde später theoretisch von Lise Meitner, Niels Bohr und Meitners Neffen Otto Frisch bestätigt. Das war eine äußerst bedeutungsvolle Entdeckung.«

Er zeichnete ein Neutron, das wie eine Pistolenkugel auf den Kern eines Uran-Atoms zielte. Das Atom spaltete sich beim Aufprall in zwei neue Kerne, und freie Neutronen wurden aus dem Urankern gegen die Nachbaratome geschleudert.

»Normalerweise werden von außen kommende Partikel vom Atom gebeugt«, erklärte David. »Ein positiv geladenes Teilchen wird von den Protonen im Kern abgestoßen, ein negatives von der Elektronenmasse gebeugt. Da das Neutron weder positiv noch negativ geladen ist, bahnt es sich seinen Weg an den Elektronen vorbei und prallt wie ein entgleister Güterzug auf den Atomkern.«

George und Carpenter wechselten besorgte Blicke.

David zeigte auf die Skizze.

»Das ist für das Atom eine Katastrophe. Als würde der Mond mit der Erde kollidieren. Hahn und Strassmann haben wie gesagt das Uran-Atom in zwei neue und kleinere, aber nicht ganz symmetrische Atome gespalten. Das eine wurde ein Krypton-Atom, das andere ein Barium-Atom. Zum ersten Mal in der Geschichte verwandelten Chemiker einen Grundstoff in andere Grundstoffe.«

Er hielt George das Glas hin, und der schenkte nach.

»Es passierten aber auch andere Dinge«, sagte David. »Freie Neutronen lösten sich von dem ursprünglichen Uran-Atomkern, bewegten sich in anderen Bahnen weiter und kollidierten mit anderen Uran-Atomen, spalteten sie in der nächsten Generation und setzten Bewegungsenergie frei. Normalerweise sind Protonen und Neutronen im Kern durch unermesslich starke Kernkräfte aneinander gebunden. Aber wenn sie auf diese Weise zersprengt werden, werden die Kernkräfte in Bewegungsenergie umgewandelt. Es kommt zu einer ...«

»... nicht aufhaltbaren Kettenreaktion«, murmelte Carpenter.

David sah ihn an.

»Auf sehr kleiner Skala, natürlich. Aber mit ausreichend vielen Uran-Atomen verfügt man theoretisch gesehen über eine potenzielle Bombe, die alle anderen chemischen Reaktionen an Gewalt übertrifft. Zum Beispiel explodierendes Dynamit.«

»Um wie viel?«

»Viele Millionen Male.«

»Wir sollten ihn auf der Stelle erschießen, Mr. Carpenter«, sagte George. »Er weiß zu viel.«

David lachte geduldig.

»Das weiß jeder Physiker auf der Welt. Atombomben sind nichts als Science-Fiction. Wie Zeitreisen oder bemannte Flüge zum Mars. Das ist utopisch.«

Carpenter sah ihn ausdruckslos an.

»Warum ist das utopisch?«, fragte George sehr vernünftig.

»Aus allen möglichen Gründen. Zuerst einmal bräuchte man große Mengen eines bestimmten Urans, Isotop 235. Und das buddelt man nicht mal eben mit dem Spaten aus. Danach braucht man Mittel, mit denen man es reinigen und anreichern kann. Und dafür gibt es schlicht und ergreifend nicht die nötige Technologie. Und zu guter Letzt muss man über eine Methode verfügen, die Kettenreaktion zu kontrollieren, damit man sich nicht selber nach China sprengt. Das ist unmöglich.«

Carpenter lächelte steif und nahm David den Notizblock und den Füllfederhalter wieder ab.

»Sie haben vollkommen recht. Das ist unmöglich. Und Sie sind äußerst gut informiert.«

David zog die Schultern hoch.

»Das kann ich nicht sagen. Ich finde Atomphysik einfach spannend, und mein Vetter war so freundlich, mich in Briefen über die Neuigkeiten zu diesem Thema auf dem Laufenden zu halten. Er ist ein eifriger Briefeschreiber.«

»Und so etwas wie ein Heiliger, soweit ich unterrichtet bin«, sagte Carpenter.

»Ein sehr freundlicher Mensch.« David nickte. »Und nicht ohne Humor. Wir haben kein sehr enges Verhältnis. Unsere Familien sind sehr groß, und Bohr hatte schon immer sündhaft viel um die Ohren. Davon abgesehen ist er zwanzig Jahre älter als ich.« Carpenter lächelte verständnisvoll.

»Selbstverständlich. Wann haben Sie Professor Bohr das letzte Mal getroffen?«

David dachte nach. Er war es unendlich leid, wie ein Außerirdischer in die Mangel genommen zu werden.

»Das dürfte acht Jahre her sein«, antwortete er. »Er war gekommen, um mich Fußball spielen zu sehen. Sein Bruder war in der Nationalmannschaft, und Bohr selber war seinerzeit kein schlechter Torwart. Meistens haben wir uns nur geschrieben, obgleich …«

Er lächelte.

»Obgleich was?«, hakte Carpenter nach.

»Ich hoffe, ich verrate jetzt nichts Kompromittierendes über Bohr, wenn ich sage, dass Briefe und Artikelentwürfe in der Regel von seiner Frau Margrethe oder seinem Sohn Aage geschrieben werden. Er überarbeitet sie so lange und immer wieder, bis ihm jemand sagt, dass es gut genug ist.«

»Kann er nicht schreiben?«, fragte George.

»Natürlich kann er schreiben. Er hat den Nobelpreis bekommen, zum Teufel«, platzte Carpenter heraus.

»Atomphysiker drücken sich selten mit Worten aus«, sagte David. »Ihre Ideen und Gedanken lassen sich schlicht und ergreifend nicht in Worte fassen, verzerren den tieferen Sinn. Stattdessen benutzen sie Zahlen, Symbole und Formeln.«

Carpenter ließ seinen Blick lange auf David ruhen. Dann stand er auf, lehnte sich neben dem Fenster an die Wand und sah George an.

»All right?«, fragte er.

»Ja … all right«, antwortete George zögernd.

David schaute von einem zum anderen. Offenbar hatten sie gerade einen Beschluss gefasst.

»Würde es Sie überraschen, wenn ich Ihnen erzähle, dass Niels Bohr in diesem Moment in London weilt und sehr wichtige und prekäre Unterredungen mit Churchill führt? Und dass er um Ihren Beistand gebeten hat?«

Carpenter hielt sich im Schatten eines Pfeilers.

David verdaute die Information schweigend. Dann räusperte er sich.

»Ich dachte, er wäre in den USA. Das Letzte, was ich von ihm gehört habe, war, dass er zusammen mit meinen Eltern und meiner Schwester von Dänemark nach Schweden geflohen war.« Er zeigte auf sich. »Er hat nach mir gefragt? Sind Sie sicher? Und warum, zum Teufel, haben Sie das nicht gleich gesagt?«

Georges große Pranken öffneten und schlossen sich, als wollten sie eine imaginäre Person erdrosseln.

»Haben Sie nicht zugehört?«, zischte der Sergeant. »Mr. Carpenters Worte waren *wichtig ... prekär ...* Ihre universelle Hoheit, *Winston Churchill?*«

»Schenken Sie David noch einen Drink ein«, sagte Carpenter beiläufig.

Er zog einen Stapel Papiere aus seiner Manteltasche und legte sie aufs Bett.

»Wir mögen Sie, David«, sagte er. »Das tun wir wirklich. Und ich habe die Befugnis, Ihnen eine Stellung und die britische Staatsbürgerschaft anzubieten, die automatisch mit Beendigung Ihrer Dienste für die Krone ausläuft.«

David schaute auf die offiziell aussehenden Stempel und Unterschriften.

Carpenter fuhr fort.

»Der Lohn beträgt 500 Pfund Sterling monatlich und einen Vorschuss von 750 Pfund hier und jetzt, wenn Sie akzeptieren.«

George zitterte vor Empörung.

71

»Das ist das Doppelte meines Jahresgehalts, verdammt!«

»Und was ist mit meiner Frau und meiner Tochter? Sie warten darauf, dass ich …«, setzte David an.

George ertrug es nicht, ihn anzusehen. Das Angebot war irrwitzig.

»Ich verstehe Sie«, sagte Carpenter aufrichtig. »Meine Vorgesetzten haben mich gebeten, Ihnen mitzuteilen, dass sie alles dafür tun werden … und das ist ein Menge … um Sie so sicher und so schnell wie möglich wieder mit Ihrer Familie zu vereinen, sobald Ihr Einsatz beendet ist. Ich muss Ihnen nicht erklären, wie riskant Ihr Vorhaben ist, Sara und Elena über die Grenze nach Finnland oder Norwegen zu bringen. Der Krieg wird von den Alliierten gewonnen, was aber hinterher noch lange nicht notwendigerweise ewige Freundschaft aller Parteien garantiert.«

David atmete tief ein.

»Was soll ich tun?«

»Lesen Sie die Papiere durch oder unterschreiben Sie direkt. Das Wichtigste ist die Geheimhaltungsvereinbarung. Aage Bohr war dem Professor eine unschätzbare Stütze und ein dienstbeflissener Sekretär, aber Ende Dezember war er gezwungen, nach Schweden zurückzukehren. Gesundheitliche Probleme, aber nichts Ernstes. Aber Bohr ist auf eine Reisebegleitung angewiesen, der er sich anvertrauen kann und die ihm bei seinen Veranstaltungen und der Korrespondenz hilft. In diesem Zusammenhang fiel Ihr Name, und der Professor war begeistert.«

»Eine Art Sekretär also?«

»Dachten Sie, wir brauchen Sie, um Himmler zu liquidieren oder deutsche Staudämme in die Luft zu sprengen?«, sagte George gereizt.

»Nein, natürlich nicht … Es ist nur …«

»Es sei denn, Sie möchten lieber zurück nach Murmansk? In zwei Tagen legt ein Konvoi dorthin ab. Sie müssen es einfach nur sagen.«

David senkte den Blick.

»Ich bin einverstanden«, sagte er. »Ich werde es tun.«

George musterte ihn mit zusammengekniffenen Augen.

»Einfach so?«

»Habe ich eine andere Wahl?«

»Eigentlich nicht«, antwortete der Sergeant.

Eine gewisse Erleichterung machte sich in dem kleinen Raum breit. Für einen Augenblick sah es fast so aus, als wollte selbst George ihm anerkennend auf den Rücken klopfen. Dann überlegte er es sich anders und zog die Hand zurück. Carpenter reichte David erneut seinen Füllfederhalter und zeigte auf verschiedene gestrichelte Linien.

David unterschrieb alles.

»Ich erwarte Sie spätestens morgen Nachmittag in London«, sagte Carpenter und sammelte die Papiere vom Bett auf. »Ich schicke so gegen zwölf Uhr einen Wagen vorbei. George, machen Sie die Passbilder?«

George zauberte eine Kamera aus den bodenlosen Tiefen seiner Jackentaschen und montierte ein Blitzlicht. David stellte sich vor ein kahles Stück Wand, und George hob die Kamera vors Gesicht.

»Nicht lächeln«, sagte er. »Es muss so neutral wie möglich aussehen …«

Danach verließ der Sergeant das Zimmer und lief die Treppe hinunter.

Carpenter drehte sich zu ihm um.

»Tut mir leid, dass ich George mitbringen musste. Er kann ziemlich anstrengend sein, aber bei landesinternen Angelegenheiten sind wir angehalten, die Special Branch einzubeziehen. Denken Sie nur daran, dass Sie Pinocchio sind und es keinen Weg zurück gibt.«

»Ich verstehe«, sagte David.

Der MI-6-Agent blieb noch einen Augenblick stehen, als wollte er sich Davids Aussehen bis ins kleinste Detail einprägen. Dann ging er ohne ein Wort und zog die Tür hinter sich zu.

David löschte das Licht und setzte sich aufs Bett. George hatte den noch halb vollen Flachmann dagelassen und Carpenter ein ungeöffnetes Päckchen Player's und 750 Pfund.

Das Zahnputzglas lag kalt und schwer in seiner Hand.

David trank den Whiskey und rauchte Zigaretten in seiner privaten Dunkelkammer. Die Pfundscheine waren so neu, dass man sich an ihnen schneiden konnte.

Pinocchio. Wer wollte schon Pinocchio sein?

Niemand. Aber er würde wohl oder übel an den Schnüren hängen, bis jemand vorbeikam und sie durchschnitt und er entweder entkam oder fiel.

Zumindest war heute endlich etwas passiert.

Wegen seiner zahlreichen Verletzungen hatte der junge Pilot ein Einzelzimmer bekommen. Er hatte was von einer von Stativen, Flaschenzügen, Gewichten, Schienen und Bügeln eingerahmten Karikatur. Der halbe Kopf war von gelblichen, vaselinegetränkten Bandagen bedeckt, aber das gesunde Auge sah ihn gletscherblau und konzentriert an.

David zitierte aus dem dritten Brief.

»… *dass wir uns bald wiedersehen, meine geliebte …* Josefine?«

»Josefina!«

»Und der Nachname?«

»K-O-R-H-O-N-E-N.«

»Soll ich für Sie unterschreiben?«

Der Finne wedelte hilflos mit seiner eingegipsten Hand.

»Seien Sie so gut, David. Sie sind so freundlich.«

David leckte den Klebefalz an und schloss den Brief.

»Wie lautet die Anschrift, Petteri?«

»Kannelkatu 14, Lappeenranta.«

»Das ist nahe an der russischen Grenze, oder?«

»Sehr nah, ja. Wissen Sie, David … es ist nicht so, dass ich die Deutschen liebe, aber wir – meine gesamte Familie – hassen die Russen extrem viel mehr. Wir haben im Winterkrieg '39 gekämpft. Mein Onkel war ein berühmter Scharfschütze, und Marschall Mannerheim ernannte ihn zum Leutnant, obgleich er vorm Krieg nur ein einfacher Bauer und Jäger war. Wir waren alle gewaltig stolz.«

»Ich verstehe Ihre Gefühle gegenüber den Russen.«

»Tun Sie das wirklich?«

»Absolut.«

David war fertig mit den Kuverts.

»Jetzt haben wir einen Brief an Ihre Verlobte, einen an Ihren Bruder und einen dritten an Ihre Eltern. Ist das alles?«

Petteri nickte vorsichtig. Jede Bewegung bereitete ihm offensichtlich Schmerzen.

»Josefina näht Kleider und Hüte für die feinen Damen in Lappeenranta«, sagte er stolz.

David lächelte. Der Wagen aus London würde ihn in zehn Minuten abholen. Er erhob sich.

»Und was haben Sie selber vor dem Krieg gemacht, Petteri?«

»Was die meisten Männer in meiner Familie tun. Wir arbeiten für die Eisenbahn. Ich war Schaffner. Ich bin so dankbar …«

Tränen liefen aus dem gesunden Auge des Finnen und wurden von dem Verband aufgesaugt.

»Ich gebe die Briefe auf, sobald ich in London ankomme«, versprach David. »Aber ich weiß natürlich nicht, wann sie Ihre Familie erreichen werden.«

»Hauptsache, sie erfahren irgendwann, dass ich am Leben bin. Versprechen Sie mir, uns zu besuchen, wenn der Krieg vorbei ist. Unbedingt! Ich verdanke Ihnen alles.«

»Das mache ich. Ich habe ja Ihre Adresse. Versprochen.«

David hängte sich seinen Rucksack über die Schulter.

Er fühlte sich linkisch. Da er zum Abschied keine Hand drücken konnte, klopfte er dem Finnen auf die Schulter, was einen Schmerzensschrei auslöste.

»Entschuldigen Sie, Petteri …«

Die Sandsteinlöwen auf den Sockeln der Freitreppe warfen David grimmige Blicke zu wie einem verirrten Anarchisten, der einen Staatsstreich plante.

Andrea und Dr. Rhodes warteten unten.

»Wo ist dein Gepäck?«, fragte Andrea.

David zog am Schultergurt seines Rucksacks.

»Das ist alles.«

Sie folgten ihm zu dem armeegrünen Wolseley Saloon, der auf der hufeisenförmigen Gutseinfahrt vorfuhr.

Dr. Rhodes nahm die Pfeife aus dem Mund.

»Dann haben Sie also aus Ihrer Sackgasse herausgefunden, David.«

»Ich hoffe es.«

Der Chirurg drückte ihm fest die Hand.

»Danke für alles, Dr. Rhodes.«

»Es war mir ein Vergnügen, David. Kommen Sie uns nach dem Krieg besuchen.«

David lächelte.

»Was ist mit Juutilainen? Wird er es schaffen?«

»Er ist jung und erholt sich schnell. Mit ein bisschen Glück können wir sogar sein Auge retten.«

Ein Unteroffizier der Grenadiere stieg aus, grüßte mit der Hand an der Schläfe und öffnete die hintere Tür des Wagens. Andrea verabschiedete sich mit einer Bärenumarmung von David. Hätte er es nicht besser gewusst, hätte David gesagt, dass seine Augen feucht glänzten.

»Die Sonne und der Wein an Kretas Südküste würden dir gefallen«, sagte er. »Das garantier ich dir. Schreib mir oder schick ein Telegramm an poste restante, Ierapetra. Ich werde einmal in der Woche nachschauen, wenn ich wieder zurück auf der Insel bin.«

»Das mache ich. Leb wohl, Andrea.«

David schaute durch die Heckscheibe zurück, bis die beiden Gestalten hinter der hohen, den Park umgebenden Hecke verschwunden waren.

LONDON

Der grüne Wolseley setzte David in der Nachmittagssonne auf dem Dorset Square ab. Über den Dächern bewegten sich graue Sperrballone im Wind, der unten zwischen den Gebäuden kaum zu spüren war. Er war umgeben von schwarzen Schmiedeeisengittern, noblen weißen und sandsteinfarbenen Villen mit drei oder vier Etagen und einem kleinen, sonnendurchfluteten Park mit Bänken, Tauben, Kinderwagen und Hunden. Der Krieg fühlte sich unendlich weit weg an.

Davids neuer, noch knarrender, brauner Lederkoffer stand neben ihm auf dem Bürgersteig. Auf dem Weg von Devon hatte der Chauffeur zwei Zwischenstopps eingelegt. Den ersten bei einem Barbier in der Regent Street, der David trotz massiver Proteste einen kurzen, unregelmäßigen Haarschnitt verpasst hatte, mit dem er wie ein Strafgefangener aussah, den zweiten bei Selfridges in der Oxford Street, wo David einen nicht geringen Teil seines Vorschusses für drei Konfektionsanzüge, einen grün melierten Mantel mit Fischgrätenmuster, Hemden, Schuhe, Schlips, Unterwäsche, einen Hut, einen Regenschirm und diverse andere Dinge ausgab, auf die ein Gentleman nicht verzichten konnte.

An ihrem Bestimmungsort angekommen, stellte der Chauffeur seinen Koffer und die Pakete auf den Bürgersteig und zeigte zu der schwarz lackierten Tür der Nummer 1 am Dorset Square.

»Gehen Sie einfach hinein.«

David trat in eine hohe, kühle Eingangshalle. Am hinteren Ende führte hinter einem deckenhohen, schmiedeeisernen Gitter eine breite Treppe hoch in die übrigen Etagen des Hauses. Auf einer Seite der Halle befand sich ein Empfangstresen. Er kam sich vor wie in einem Strandhotel in der Wintersaison. Möbliert war die Lobby mit bequem aussehenden, aber leeren Sofas und Sesseln, Aschenbechern auf Piedestalen und ein paar verstaubten Gummibäumen.

Hinter dem Empfangstresen saß ein Mann mittleren Alters und las Zeitung.

Er musterte David über den Zeitungsrand.

»Kann ich Ihnen weiterhelfen, Sir?«

»Ich bin mit Mr. Kim Carpenter verabredet.«

Der Beamte legte die Zeitung beiseite und zog ein Blatt Papier heran, an das eins von Georges Passfotos geheftet war.

»Mr. Adler? Willkommen, Sir.«

»Danke.«

Ein elektrischer Summton erklang, und in dem schmiedeeisernen Gitter öffnete sich eine Tür.

»Die Treppe hoch, Sir. Erste Etage links. Nummer 116. Lassen Sie ruhig das Gepäck bei mir stehen, ich werde gut darauf aufpassen.«

David stieg die mit Teppich belegten Marmorstufen hinauf. Ein Stück den Korridor hinunter war eine Tür nur angelehnt. Edith Piaf sang heiser von unerfüllbarer Liebe, und zwei Männer diskutierten hitzig auf Französisch.

Vor der Nummer 116 blieb David stehen. Aus dem Büro drang kein Laut nach draußen. Er klopfte, und die unverwechselbare Stimme Carpenters bat ihn herein.

Der Agent empfing ihn mit finsterer Miene. Bei Tageslicht – die Sonne fiel durch staubige Fenster und löchrige Verdunkelungsvorhänge – sah er älter und übernächtigt aus. Die trockene Gesichtshaut spannte über den Wangenknochen. Die Jacke hing mit dem Schulterholster über der Rückenlehne seines Stuhles, und im Aschenbecher qualmte eine Zigarette vor sich hin. Der Schreibtisch war unter Akten und Dokumenten begraben.

Carpenter schob einen Stuhl zu ihm hinüber, drückte die Zigarette aus und zündete sich eine neue an. Dann reckte er sich und gähnte ausgiebig.

»Willkommen im Circus.«

David nahm Platz.

»Circus?«

»Die Regierung hat dieses Gebäude vom Bertram Mills Circus gemietet, daher der Name. Jetzt beherbergt es vor allen Dingen den Nachrichtendienst der Freien Französischen Streitkräfte. Nicht, dass sie irgendeinen Nutzen hätten. Die meiste Zeit klagen sie über ihre Liebhaberinnen, den Mangel an Foie gras und anständigem Cognac und trinken und streiten, aber sie sind nun mal trotz allem unsere tapferen Alliierten, darum … auch wenn allgemein bekannt ist, dass das französische Heer nicht mal einen Trupp weiblicher Pfadfinder besiegen würde.«

Er nahm David genauer in Augenschein.

»Hübscher Anzug.«

»Danke.«

»Brauchen Sie noch einen Smoking?«

»Ich weiß nicht. Brauche ich einen?«

Der Agent gähnte erneut.

»Sie können in Washington einen kaufen.«

»Washington?« David lächelte ironisch. »Selbstverständlich! Wann breche ich auf?«

Carpenters Mund war ein gerader Strich.

»So schnell wie überhaupt möglich.«

»Ist das Ihr Ernst?«

»Ja, verdammt.« Der Agent sog hitzig an der Zigarette. Seine tief liegenden Augen wirkten hinter der tiefroten Glut fast ein wenig dämonisch.

»Ehe Churchill Ihren Vetter in den Tower sperrt oder ihn draußen bei Marble Arch enthaupten lässt wie in den guten alten Tagen. Die hatten heute früh ein katastrophales Treffen. Ich habe gerade mit einem zähneknirschenden Kabinettssekretär vom Kriegsministerium gesprochen.«

Carpenter presste sich mit einer Faust auf den Magen und löste ein Alka Seltzer in einem Glas Wasser auf. Er trank das milchige Gebräu mit allen Anzeichen von Widerwillen.

»Wie wäre es, wenn Sie von Anfang an erzählten?«, bat David.

Carpenter nahm die Hand vom Magen und rülpste diskret.

»Das Problem war, dass Bohr und Churchill auf ganzer Linie aneinander vorbeigeredet haben. Der engste wissenschaftliche Berater des Prime Minister, Lord Cherwell, war ebenfalls anwesend, konnte aber nichts ausrichten. Und wieso zum Teufel flüstert Bohr derart? Das hat Churchill zum Wahnsinn getrieben.«

David musste grinsen.

»Um seine Zuhörer zum Näherkommen zu bewegen, damit sie ihm auch wirklich zuhören. In der Regel hat er damit Erfolg. Er ist ein wenig menschenscheu … und permanent im Zweifel. Die ganze Zeit. Ich glaube nicht, dass normale Menschen das verstehen. Er ist anders. Um was ging es bei dem Treffen?«

Carpenter richtete den Blick an die Zimmerdecke, ehe er wieder David anschaute.

»Sie haben darüber diskutiert, ob man Josef Stalin in das revolutionärste Militärgeheimnis überhaupt einweihen sollte. Bohr meinte, das müsse man. Er argumentierte für eine offene Welt. Churchill war bis in die Tiefen seiner Seele erschüttert, und es braucht eine Menge, um Winnie aus der Ruhe zu bringen. Sein Brüllen war über zwei Etagen zu hören.«

»Ist das Anliegen nicht nachvollziehbar?«, fragte David. »Die Russen sind trotz allem unsere Alliierten, und sie haben weiß Gott enorme Verluste erlitten …«

Carpenter nickte. »Das ist wohl wahr, aber sie sind auch dabei, Ost- und Mitteleuropa zu schlucken. Ihre sibirischen Divisionen stehen bereit, die Mandschurei zu besetzen und weiter nach Japan zu marschieren. Die USA werden einen sowjetischen Vorstoß im

Pazifischen Ozean niemals tolerieren. Außerdem ist der Molotow-Ribbentrop-Pakt noch lange nicht vergessen. Vor sechs Jahren ist Stalin mit Hitler ins Bett gesprungen, und in den Flitterwochen haben sie Polen unter sich aufgeteilt wie eine verflixte Torte.« David sah ihn fragend an. »Aber was hat Bohr damit zu tun?«

»Offensichtlich hat er sich in den Kopf gesetzt, als eine Art Berater für Roosevelt und Churchill aufzutreten, um für die Zeit nach dem Krieg für internationale wissenschaftliche Transparenz zu sorgen, für alle Zukunft und zum Wohl der Menschheit. Ich bezweifle, dass ihn jemand direkt darum gebeten hat. Der Prime Minister jedenfalls nicht.«

Der MI-6-Agent schenkte Wasser nach, stellte das Glas jedoch wieder ab, ohne etwas getrunken zu haben. Er schob es nach rechts in einen verirrten Sonnenstrahl. Als er endlich mit der Platzierung des Glases zufrieden zu sein schien, wandte er sich davon ab und verschränkte seine Finger vor sich auf der Schreibunterlage.

»Bohr hat immer mit anderen Menschen zusammengearbeitet«, sagte David. »Er war nie der einsame Entdecker. So funktioniert das nicht.«

»Vor dem Krieg, vielleicht. Aber es geht hier um Kernphysik, und das ist ein bisschen was anderes als Schwerkraft und verdrängte Fluide, all right?« Carpenter rieb sich mit der Handfläche über seinen Dreitagebart. »Meinetwegen können Sie es auch gleich hier erfahren, was soll ansonsten Ihre Anwesenheit?« Der Blick des Agenten suchte wieder das Glas Wasser, und David stöhnte inwendig. Wahrscheinlich war der Krieg vorbei, bis Carpenter endlich auf den Punkt käme. »Die Atombombe, gegen die Sie gestern so überzeugt argumentiert haben … von der Sie behauptet haben, dass sie niemals verwirklicht werden würde, diese Bombe ist Realität. Die Amerikaner haben sie in einer gottverlassenen Wüste in New Mexico gebaut. Und Ihr Vetter ist maßgeblich daran beteiligt.«

David sah den Agenten an, der eine Bügelfalte an seinem Hosenbein korrigierte, woraufhin das Wasserglas nach einem nur Carpenter bekannten, verwickelten System auf eine neue Position geschoben wurde.

Tief unter ihnen ertönte plötzlich eine Serie von Explosionen. Das Glas und die Tischlampe verrutschten. Carpenter nahm es kaum wahr.

»Was ist das?«, fragte David.

»Die Franzosen haben im Keller einen Schießstand eingerichtet«, klärte David ihn auf. »Vermutlich feiern sie ihren Nationalfeiertag oder irgendetwas in der Art.«

»Ist der nicht im Juli?«

Carpenter sah ihn an.

»Dann feiern sie die erste offizielle Kur gegen Tripper. Können wir weitermachen?«

»Sehr gerne«, antwortete David.

Der Agent zog eine Schublade auf und legte einen nagelneuen britischen Pass und einen in schwarzes Leder gebundenen Dienstausweis vor David auf den Tisch.

»Bohrs Deckname lautet Nicholas Baker«, informierte er David. »Onkel Nick.«

»Und meiner?«

»David Adler ist völlig in Ordnung. Sie sind hiermit offiziell wissenschaftlicher Mitarbeiter des britisch-kanadischen Tube-Alloys-Projekts.« Carpenter musterte David. »Das ist der Codename für unsere Bestrebungen, wirklich kolossal kräftige Bomben aus radioaktiven Substanzen zu konstruieren. Können Sie mir folgen?«

»Ja. Danke.«

»Professor Bohr wird sich Ihnen bezüglich der neuen Technologie in dem Umfang anvertrauen, wie er es für notwendig und wünschenswert hält. Daher bekommen Sie Zugang zu Informationen der *Top-Secret-Stufe*. Es ist Ihnen allerdings untersagt, auf eigene Faust wissenschaftliches Material zu kopieren oder zu verbreiten, all right?«

David nickte.

»Falls Sie es doch tun, werden die Amerikaner Sie wegen Hochverrats auf dem elektrischen Stuhl grillen. Und niemand wird einen Finger krummmachen, Ihnen zu helfen. Ich hoffe, Sie verstehen, was ich damit sagen will, David.«

»Natürlich.«

Unter ihnen wurden weiter hitzige Schusssalven abgefeuert. Carpenter erhob sich seufzend, legte sein Schulterholster an und zog Jacke und Mantel über.

»Sie sind jetzt britischer Staatsbürger«, sagte er. »Genießen Sie es, solange es dauert.«

»Wo geht es jetzt hin?«, fragte David und erhob sich ebenfalls.

»Jetzt müssen wir Onkel Nick suchen. Oder das, was von ihm übrig ist«, sagte Carpenter.

Der Humber wurde von einem höflichen, zivil gekleideten Chauffeur namens Elton gefahren. Nach dem beschaulichen Maidencombe kamen ihm die Londoner Straßen entsetzlich hektisch vor.

»Wo fahren wir hin?«, hakte David nach.

»In den Athenaeum Club in der Pall Mall. Hübscher Ort. Waren Sie schon mal in London?«

»1933, aber damals standen keine privaten Gentlemen-Clubs auf dem Programm.«

»Rudyard Kipling war Mitglied«, klärte Carpenter ihn auf. »Und auch Churchill. Aber hoffen wir mal, dass er schon nach Hause gegangen ist oder den Abend im Ministerium verbringt.«

»Und Bohr ist auch dort im Club?«

»In Begleitung des vorhin erwähnten Lord Cherwell, den man nicht unterschätzen darf. Ein sehr scharfer Geist. Und Sir John Anderson ist dort, er ist ebenfalls Mitglied des Athenaeum.«

»Wer ist das?«, fragte David.

Carpenter zündete sich eine Zigarette an und kurbelte die Seitenscheibe herunter.

»Eine detaillierte Präsentation Andersons würde die halbe Nacht in Anspruch nehmen«, sagte er. »Kurz zusammengefasst ist er einer von Bohrs engen Freunden und Verbündeten. Und Finanzminister ... *und* verantwortlicher Minister für Tube Alloys.«

»Ein viel beschäftigter Mann.«

»Im Moment sind sie damit beschäftigt, die Flammen mit ihren bloßen Händen zu löschen, denke ich.«

Sie passierten einen Klavier spielenden Soldaten im Kilt eines der Hochland-Regimenter mitten auf der Duke Street. Das Klavier stand auf dem Bürgersteig vor einem Pub, aus dem es offensichtlich mit Gewalt herausgeholt worden war, jedenfalls lehnte die aus den Angeln gerissene Glastür an der Mauer neben der Türöffnung. Ein amerikanischer Soldat schlug den Takt mit zwei zerschlagenen Biergläsern, während ein anderer sich im Rinnstein erbrach. In einer schmalen Gasse erhaschte David einen Blick auf ein im Stehen heftig kopulierendes Paar. Der Trenchcoat des amerikanischen Offiziers und der Mantel der Frau verdeckten einigermaßen die intimen Details. Ein Fuß des Mädchens, das seine Beine um die Hüften des Offiziers geschlungen hatte, ragte zwischen den Rockschößen des Mantels hervor. Nicht mehr lange, und der Schuh würde herunterfallen. Sie schwankten im typischen Tanz Liebender. Sein Gesicht war rot angelaufen und ernst, ihre Augen waren geschlossen und ihr Gesichtsausdruck konzentriert abwesend. Sie presste den Hinterkopf gegen die Mauer. Ihr Profil war rein und jung, und ihr dunkelrotes Barett hatte exakt die gleiche Nuance wie ihr Lippenstift. Aus irgendeinem Grund brannte sich die Farbe auf Davids Netzhaut ein.

Carpenter folgte seinem Blick.

»Manche Leute feiern schon im Voraus den Sieg«, sagte er.

»Das kann ich verstehen.«

Sie fuhren schweigend weiter, während David die vielfältigen Eindrücke zu verdauen suchte.

»Ich kann mir nicht vorstellen, dass Bohr indiskret oder unvorsichtig war«, sagte er schließlich. »Er kann zerstreut sein, aber er ist nicht komplett weltfremd. Und er ist vorausschauender als die meisten Menschen.«

Carpenter nickte. »Ich will Ihnen in Bezug auf Bohr gar nicht widersprechen. Der Professor ist eine faszinierende Persönlichkeit. Aber seine politischen Initiativen werden als Einmischung betrachtet, überengagiert und linkisch. Inzwischen hat er einen großen Einfluss auf die Wissenschaftler, die auf beiden Seiten des Atlantiks in das Projekt eingebunden sind. Er ist ihr Beichtvater. Er ist derjenige, der die Fackel durch die Wildnis trägt. Auch was die moralische Seite der ganzen Angelegenheit betrifft. Man ist dabei, die Welt neu zu kartieren, und sie wird gezeichnet von Männern wie Churchill und Stalin. Nicht von Bohr. Je eher er das begreift, umso besser.«

»Natürlich.«

Carpenter beruhigte sich und zündete sich eine neue Zigarette an. Er schaute aus dem Fenster.

»Wir sind kein Imperium mehr«, murmelte er. »Aber was zum Teufel sind wir dann? Wir müssen uns neu erfinden. Wir alle zusammen.« Der Agent drehte sich zu David. »Ganz davon abgesehen halten Politiker nichts von Wissenschaftlern. Sie brauchen sie, aber sie können sie nicht leiden. Insbesondere militärische Wissenschaftler, was an sich schon eine Perversion ist.«

»Amen«, sagte David. »Aber wieso vertrauen sie nicht mal ihren eigenen Wissenschaftlern?«

Carpenter zuckte mit den Schultern. »Ein inhärenter Widerspruch. Die Politiker leben im Jetzt. Wer von ihnen drei Jahre in die Zukunft schauen kann, wird schon als Prophet bezeichnet. Wissenschaftler sind Wesen der Zukunft. Da liegt der inhärente Widerspruch. Außerdem glucken Wissenschaftler gern zusammen

und schwatzen dem Teufel ein Ohr ab. Und das finden Politiker …
und Geheimdienstler im Übrigen auch … unerträglich.«

Hinter ihnen ertönte eine Sirene. Ein Kradmelder der Armee
überholte sie und winkte den Humber an den Kantstein. Carpenter
kurbelte das Fenster herunter und nahm eine Depesche entgegen,
die ihm mit zackigem Gruß überreicht wurde. Er signierte mit seinen Initialen, und das Motorrad verschwand in einer Abgaswolke.

Der Agent zog ein Telex aus dem Umschlag. TOP SECRET
war mehrfach in roter Tinte auf das Blatt gestempelt. Carpenter
zündete sich eine Zigarette an, ehe er merkte, dass er bereits eine
in der anderen Hand hielt. Er schmiss eine aus dem Fenster,
fluchte, las die Nachricht und fluchte erneut.

Der Chauffeur suchte seinen Blick im Spiegel.

»Fahren Sie weiter, Elton«, murmelte Carpenter.

Der schwarze Humber fädelte sich wieder in den Abendverkehr
ein.

»Was ist passiert?«, fragte David.

»Jemand aus Moskau hat einen Brief an Onkel Nick geschrie-
ben. Von der dunklen Seite des Vorhangs. Sein Name ist Peter
Kapiza, ein anerkannter russischer Physiker. Er ist einer von
Rutherfords Jüngern in Cambridge und ein guter Freund Bohrs.
Er ist eben in der Sowjetbotschaft eingetroffen.«

»Woher haben Sie die Informationen?«

»Wir wissen fast alles.«

Carpenter faltete die Nachricht so, dass David die oberen
Zeilen lesen konnte. TOP SECRET CYPHER TELEGRAM –
RECEIVED TELEKRYPTON IZ TOR IMMEDIATE FROM
V.S.L./S.M.

Jemand hatte die Lektüre mit einem C. in grüner Tinte abge-
zeichnet.

»Die korrekte Frage lautet: Woher um alles in der Welt wissen
sie, dass Ihr Vetter sich in London aufhält? Das Telegramm wurde
von der russischen Botschaft in Stockholm weitergeleitet.«

»Wer ist C.?«, fragte David.

»Mein ruhmreicher Chef. Großmeister des Great Game, wie Kipling es genannt hat. Ich bezweifle des Öfteren seine Fähigkeiten, aber er ist ein ehrlicher und freundlicher Mann. Was eine Seltenheit ist.« Carpenter beugte sich zu dem Chauffeur vor. »Verschließen Sie Ihre Ohren, Elton, aber lassen Sie Ihre Hände am Steuer.«

»Entschuldigung, Sir?«

»Genau so.«

In der Mitte der Regent Street offenbarte sich eine in Schutt und Asche gelegte Stadtlandschaft. Fensterlose Mauern wie Burgruinen, rußschwarze, einsam aufragende Schornsteine, Ziegelsteinberge. Die Wohnviertel waren im Blitz dem Erdboden gleichgemacht worden. Das Gebiet erstreckte sich gnadenlos öde und trostlos gen Osten. Eine von Menschen geschaffene Wüstenei.

Ein Konvoi schwer beladener Lastwagen arbeitete sich in entgegengesetzter Richtung durch die Straße an ihnen vorbei.

»Wissen Sie, wozu die Steinbrocken verwendet werden?«, fragte Carpenter.

»Nein.«

»Sie werden in den Fundamenten aller neuen Flugplätze in East Anglia verbaut, damit die amerikanischen Bomber ordentliche Start- und Landebahnen haben, von denen sie Zerstörung und Terror nach Deutschland bringen können. So etwas könnte man Ironie der Geschichte nennen.«

David war überwältigt vom Umfang der Zerstörung.

»Wie war es, während des Blitzes hier zu leben?«, fragte er.

Carpenter zuckte mit den Schultern. »Keine Ahnung. Ich war von '38 bis '43 in Bern in der Schweiz stationiert. Ein wunderbares Land. So sollten alle Länder sein. Nicht diese ständige, sinnlose Selbstbeweihräucherung. Die Dinge funktionieren einfach. Die Menschen sind freundlich, respektvoll und sehr pragmatisch. Ich gehe davon aus, dass es grauenvoll war. Ungewaschene

Menschenmengen, zusammengedrängt in U-Bahn-Stationen. Wassersuppe, Ratten und Katzen auf der Speisekarte. Zermürbende Langeweile, die sich mit akuter Todesangst abwechselt. Andererseits: Ist es nicht das, was wir Engländer so meisterlich beherrschen? Gegenwind mit einem Lächeln und einem Lied auf den Lippen zu begegnen. Was meinen Sie, Elton?«

»Ganz Ihrer Meinung, Sir. Treffender kann man es nicht sagen.«

Carpenter und David standen am Fuß einer weißen Marmortreppe, die zu den hohen, geschnitzten Türen des Athenaeum Club hinaufführte. Vier weiße ionische Säulenpaare stützten die Kapitelle und Gesimse hoch über ihnen. Die goldene und stets wachsame Pallas Athene wachte vom Tympanon des Gebäudes unter einem weiß-blauen Fries, der sich über die Fassade zog.

»Willkommen im Tempel«, sagte Carpenter leise.

»Grandios«, sagte David.

»Wie durch ein Wunder wurde es im Blitz nicht getroffen.«

Sie schritten die breite Treppe hinauf.

»Sind Sie Mitglied?«, fragte David.

»Natürlich nicht«, schnaubte Carpenter. »Ich habe schließlich keinen Namen. Das würden sie nicht einmal in Erwägung ziehen. Wir anonymen Wächter der Sicherheit des Empires müssen uns mit den Pubs in der Fleet Street begnügen, wo die Nutten fett und zahnlos sind, das Bier dünn und der Gin hirnzersetzend.«

»Das hört sich spannender an«, sagte David.

Carpenter hielt ihm lächelnd die Tür auf. Sie traten in eine Eingangshalle, die nicht weniger imposant war als die Außenfassade. Ein festlich erleuchtetes Atrium öffnete sich über drei Etagen nach oben. Sie gaben ihre Hüte und Mäntel an der Garderobe ab, und Carpenter erkundigte sich, wo sie Sir John Anderson finden könnten.

»Ich glaube, Sir John und seine Lordschaft erwarten Sie in der Bibliothek«, sagte der Butler hinter dem Tresen. »Ich begleite Sie gerne …«

»Ich kenne den Weg«, sagte Carpenter.

»Wie Sie meinen, Sir.«

David bewunderte eine Büste von Dr. Livingstone. Neben Livingstone standen Speke und Burton, zwei britische Offiziere, die auf der Suche nach der Quelle des Nils erbittert miteinander konkurriert hatten.

Sie arbeiteten sich zum Herzen des Clubs vor, wo eine ruhige, niveauvolle und zivilisierte Atmosphäre herrschte. Die Teppiche waren dick wie Weizenfelder. Ein heruntergefallener Manschettenknopf wäre auf ewig verloren.

»Es gibt auch ein fünfzig Meter langes Schwimmbecken, ein türkisches Dampfbad, eine finnische Sauna und eine der größten Privatbibliotheken Großbritanniens«, informierte Carpenter ihn. »Es kursieren Gerüchte, dass einige der älteren Mitglieder das Gebäude seit Jahren nicht verlassen haben.«

»Warum sollten sie auch?«

»Das Athenaeum ist die Schweiz in vier Wänden.«

Sie befanden sich unter einer zentralen Kuppel mit geschmackvoll angestrahlten Deckenmalereien.

»Was veranlasst Bohr, das hier zu tun, was glauben Sie?«, fragte David.

Carpenter verharrte mitten in einem Schritt. »Ich kann Ihnen nicht ganz folgen, David.«

»Die Mission. Sie haben erzählt, er hätte sozusagen die Rolle als Vermittler zwischen Roosevelt und Churchill übernommen.«

Carpenter betrachtete den Olymp mit all den arglistigen und intriganten Göttern und Göttinnen über ihren Köpfen.

»Vergebung. Wenn Sie an der Entwicklung und Produktion einer Maschine des Jüngsten Gerichts mitgewirkt und sie wissentlich Leuten überlassen hätten, die völlig ungeeignet sind, etwas derart Radikales, Unbekanntes und Zerstörerisches vernünftig einzusetzen, würden Sie da nicht auch für den Rest Ihres Lebens um Vergebung Ihrer Sünden bitten?«

David schaute zu Boden.

»Vermutlich ... Nein, Sie haben recht. Natürlich würde ich das. Wie die meisten Menschen.«

Sie erreichten den Lesesaal und die Bibliothek in der ersten Etage. Davids Sinne, in Murmansk über Jahre hinweg ästhetisch unterernährt, wurden wach. Gespenstische weiße Statuen und Büsten wachten über das Allerheiligste des Athenaeum Club. Es gab Sitzgruppen mit bequemen, blaugrünen Sesseln und Sofas, so weit das Auge reichte, die in sanftgelbes Licht aus Leselampen mit plissierten Seidenschirmen getaucht waren. Überall Mahagoni und Marmor. Vor den acht Meter hohen Fenstern hingen schwere, braune Samtvorhänge, und eine Hälfte des großen Saales war über drei Etagen mit Karteikartenschränken, Schaukästen und Bücherregalen bestückt. Die Stege wurden von glänzend schwarzen, gusseisernen Säulen gehalten, und schmale Wendeltreppen verschwanden im Dämmerlicht unter den Gewölben. Der Raum atmete die Gelehrsamkeit von Jahrhunderten.

Vereinzelt saßen Leser über aufgeschlagene Bücher, Dokumente und Karten gebeugt an den Tischen – häufig unter kräuselnden Rauchsäulen ihrer Zigarren, Pfeifen oder Zigaretten. In der Mitte des Raumes stand ein mannshoher Globus, elfenbeinfarben und blau. Die purpurrot markierten britischen Länder, Protektorate und Kolonien zogen sich über den gesamten Erdball.

Carpenter stupste den Globus im Vorbeigehen an: Europa und Amerika verschwanden, während Asien und die Sowjetunion sich nach vorn schoben.

David entdeckte drei Männer um einen mit Aschenbecher, Kaffeetassen, Gläsern und Karaffen beladenen Tisch, die sich mit gedämpften Stimmen unterhielten. Unter ihnen unübersehbar Niels Bohr mit seiner typischen geraden schwarzen Pfeife, der gerade lebhaft gestikulierte. Carpenter blieb vor ihrem Tisch stehen.

95

»Darf ich Ihnen Mr. David Adler aus Dänemark vorstellen. Er war so liebenswürdig, seine Dienste Professor Bohr zur Verfügung zu stellen.«

Bohr sprang behände aus seinem Sessel auf, packte David an den Schultern und ergriff dann seine Hand. David wurde schier überrollt von der Begeisterung. Bohr hatte sich kaum verändert. Das Haar hatte sich etwas aus der breiten Stirn zurückgezogen, aber die vollen Lippen und die kräftige Kinnpartie waren wie immer. Die blauen, wachen Augen lagen tief im Schatten unter den buschigen Brauen. Niels Bohr verströmte eine faszinierende Kombination aus Herzlichkeit, Scheu und dem Selbstbewusstsein des Wunderkindes. Ein Kind, das verdammt war, sein Leben in der Einsamkeit des Genies zu verbringen. Bohr trug einen ausgebeulten Tweedanzug. Er war groß, breitschultrig und hatte Hände wie ein Schmied, die in diesem Augenblick Davids Hände schier zerquetschten.

Das Gesicht von Davids Vetter strahlte in grenzenloser Zuneigung. »David! Mein Junge! Ich freue mich, dich zu sehen! Mein Gott, wie lange ist das her!«

David wurde schwindelig von dem Duft des echten Kaffees. Bohr hielt seine Hand und den Unterarm noch immer wie ein Schraubstock umklammert, dem kein Entkommen war. Seine Augen glänzten vor Rührung. David spürte förmlich den Druck, unter dem der Mann lebte. Ganz ohne Zweifel würde er am liebsten einfach seine Sachen packen, abreisen, segeln, sein Institut in Kopenhagen leiten, Zeit mit seinen Kindern und seiner Frau verbringen, Tischtennis spielen – worin er ein echter Meister war – und mit elementarer Intuition und frei von allen Dogmen mit anderen Nobelpreisträgern über große und kleine Dinge in der Natur und der Welt der Philosophie diskutieren.

»Hast du in Schweden meine Familie gesehen, Niels?«, fragte David.

»Natürlich habe ich das. Es geht ihnen ausgezeichnet.« Bohr

ließ Davids Hand los, die sich blutleer und taub anfühlte, und schob die Pfeife zurück in den Mund. »Ich habe sogar mit dem schwedischen König über sie geredet. Ich fordere keine besonderen Privilegien, aber weißt du, Blut ist nun einmal dicker als Wasser, darum ...«

David sah ihn perplex an.

»Du hast mit Gustav V. über meine Eltern und Kirsten gesprochen?«

Bohr biss in die Pfeifenspitze und zuckte mit den Schultern. »Natürlich. Alle meinten, dass das nicht ginge.« Er schaute die anderen Anwesenden am Tisch an. »Das muss ich mir in letzter Zeit häufiger anhören. Aber ich bin einfach zum Schloss gegangen und habe an die Tür geklopft. Der König ist übrigens ein sehr freundlicher und verständnisvoller Mann.«

Carpenter räusperte sich im Hintergrund.

»Entschuldigen Sie, Professor, ich bin sicher, dass Sie noch genug Zeit finden werden, sich über Ihre Angehörigen auf den neuesten Stand zu bringen.«

Bohr sah David weiter hingebungsvoll an. »Und wie froh ich bin, wieder Dänisch sprechen zu können, nachdem Aage gezwungen war, zurück nach Schweden zu fahren ...«

»Geht es Margrethe wieder schlechter?«

»Das Asthma, weißt du. Es kommt und geht. Dann kam noch eine Lungenentzündung dazu. Aage muss bei ihr bleiben, bis sie wieder auf den Beinen ist, was hoffentlich der Fall ist, sobald es wärmer wird.«

»Natürlich.«

David wandte sich an Bohrs Begleiter. Die Männer hätten Brüder sein können: dunkle, maßgeschneiderte Anzüge bester Qualität, müde herunterhängende Schultern, eine besondere Erschöpfung um die Augen. Der lange Krieg hatte tiefe Furchen durch ihre Gesichter gezogen, aber sie betrachteten ihn mit höflichem Interesse.

Carpenter übernahm es, sie einander vorzustellen.

»Lord Cherwell.«

»Es ist mir ein Vergnügen«, sagte David.

»Ganz meinerseits, Mr. Adler.«

Winston Churchills enger Freund war ein großer, kräftiger Mann mit breiter Stirn. Carpenter hatte David darüber informiert, dass Lord Cherwell Abstinenzler, Vegetarier und tief religiös war. Sein Gesicht und seine Augen strahlten weder Humor noch Leichtigkeit aus.

Dafür schlug Sir John Anderson, der Finanzminister, einen sehr viel entspannteren Ton an. Er hatte dunkle, glatte Haare. Seine imposante, leicht schiefe Nase schien irgendwann einmal gebrochen gewesen zu sein, und um seine Lippen spielte ein permanentes ironisches Lächeln.

»Was für ein Glücksfall, dass wir so kurzfristig eine Person mit Ihren Qualifikationen gefunden haben«, sagte er liebenswürdig. »Ich bin sicher, dass Sie sich schnell einarbeiten werden. Wollen wir uns nicht setzen?« Anderson sah sich um. »Kaffee, Mr. Adler? Oder vielleicht lieber etwas Stärkeres?«

Vor Andersons Sessel stand ein halb volles Cognacglas.

»Kaffee wäre wunderbar«, antwortete David.

Ein Diener erschien aus dem Nichts mit einer Silberkanne.

»Warum hinkst du?«, fragte Bohr besorgt.

David nippte genussvoll und mit geschlossenen Augen an seinem Kaffee, ehe er die Tasse abstellte.

»Ich wurde im Eismeer von einem Torpedo getroffen … oder genauer: das Schiff, auf dem ich mich befand, wurde getroffen und ist gesunken.«

Bohr war schockiert, während die beiden britischen Staatsmänner relativ unberührt blieben. Solche Geschichten hatten sie hundertfach gehört. Aber sie hörten trotzdem geduldig zu.

»Was ist dort passiert, Mr. Adler?«, fragte Lord Cherwell.

»Ich befand mich an Bord eines amerikanischen Bergungsfahrzeuges, dessen Kapitän ich aus Murmansk kannte. Fast die gesamte Besatzung ist umgekommen, ich war einer der wenigen, die Glück hatten. Großes Glück.«

»War das nicht die oberste Anforderung Napoleons an seine Generäle?«, fragte Anderson. »Dass sie Glück hatten?«

»Das ist sicher korrekt, John«, sagte Lord Cherwell.

»Aber was ist dir widerfahren, David?«, hakte Bohr nach.

»Mein Knie ist ausgekugelt und kann nur mithilfe einer festen Bandage stabil gehalten werden. Es geht mir aber schon viel besser.«

»Wir haben David in einem Militärhospital in Devon gefunden«, schob Carpenter ein. »Der Arzt hat uns versichert, dass er bald so gut wie neu ist.«

Lord Cherwell musterte David aus seinen dunklen Augenhöhlen.

»Sie fühlen sich also imstande, Professor Bohr zu unterstützen? Das wäre eine enorme Erleichterung für uns.«

»Natürlich«, sagte David.

Bohr lächelte. »Wie steht es mit deinen Kenntnissen der Stenografie, David? Du kennst ja meine kleine Schwäche …«

»Dass du nie weißt, wann etwas gut genug ist?«

»Exakt. Das hat Margrethe und Aage schon immer in den Wahnsinn getrieben.« Bohr wandte sich an Lord Cherwell. »Davids Eltern und seine Schwester Kirsten wurden im September '43 auf dem gleichen Fischkutter wie wir nach Schweden geschmuggelt. Das werde ich niemals vergessen.«

Cherwell lächelte höflich.

Carpenter lehnte sich über Andersons Schulter und flüsterte ihm etwas ins Ohr. Der Finanzminister war so taktvoll, sich nichts anmerken zu lassen, aber David ahnte, was der Inhalt von Carpenters Botschaft war.

»Was soll die Geheimniskrämerei?«, sagte Cherwell. »Carpenter. Ist das etwas, das uns alle interessieren könnte?«

Der Agent sah sich um. Der Lesesaal war fast leer.

»Es gibt neue Entwicklungen in Bezug auf Professor Bohr«, sagte er. »Lassen Sie mich betonen, dass ich persönlich Mr. Adlers Sicherheitsüberprüfung durchgeführt habe, damit er an diesem und zukünftigen Gesprächen teilnehmen kann.«

Anderson nickte. »Ansonsten würde seine Anwesenheit wenig Sinn ergeben. Wir selbst haben diesen jungen Mann gesucht, um seine Hilfe in Anspruch zu nehmen.«

»Selbstverständlich«, stimmte Cherwell zu. »Aber was genau meinen Sie mit neuen Entwicklungen, Carpenter?«

»Es ist ein offizielles Schreiben aus Moskau an den Professor gekommen«, sagte Carpenter. »Es wurde von der sowjetischen Botschaft in Stockholm an die Londoner Sowjetbotschaft weitergeleitet. Der Absender ist Professor Kapiza.«

Bohr strahlte, als er den Namen hörte. »Peter! Ein feiner Kerl und ein erstklassiger experimenteller Physiker. Ich habe im Cavendish-Labor meine Unterkunft mit ihm geteilt. Herausragender …«

Der MI-6-Agent starrte Bohr an. Dann schloss er die Augen, als hätte er Schmerzen.

Lord Cherwell war auf die Sesselkante gerutscht, wachsam wie ein Jagdhund. »Aber allein die Existenz dieses Briefes hier und jetzt ist doch der glatte Wahnsinn«, platzte er heraus. Tiefe Zornesröte stieg in seine Wangen. Er schaute Andersons Cognacglas an, als hätte er Lust, es ihm wegzunehmen.

Bohr schaute verständnislos in die Runde. »Ich verstehe nicht, wieso der Brief eines alten Freundes von mir Sie so in Rage bringt. Peter hat mehrere Anläufe unternommen, aus der Sowjetunion auszureisen, aber sie lassen seine Frau und seine Kinder nicht mit ihm gehen.«

Sir John legte beiden Männern eine beruhigende Hand auf die Schulter. »Niels, Sie sind ein Heiliger, weiß Gott. Wir wissen, dass Sie Bittschriften an Berija und sogar Stalin persönlich geschickt haben, dass Professor Kapiza das Land verlassen darf. Aber Sie können unmöglich seine aktuelle Haltung kennen. Die hat sich ja vielleicht geändert.«

»Es ist eine Weile her«, räumte Bohr ein.

»Selbstverständlich. Und Menschen ändern sich und ihre Ansichten. Besonders während eines Krieges.« Anderson wandte sich an Carpenter. »Können Sie etwas zum Inhalt des Briefes sagen?«

»Noch nicht«, antwortete Carpenter. »Aber wir müssen davon ausgehen, dass …«

»… der Brief«, unterbrach ihn Anderson, »vor allem bedeutet, dass die Russen wissen, dass Bohr sich in London aufhält, und des Weiteren, dass Kapiza mit Kernphysik befasst ist.«

Bohr lehnte sich zurück, hielt ein brennendes Zündholz an die Pfeife und verschwand hinter einer grauen Rauchwolke.

»Das ist nicht Peters Fachgebiet«, erklärte er. »Sein primärer Forschungsbereich ist die Hyperviskosität unterschiedlicher Materialien. Aber ich kann mir gut vorstellen, dass er wesentliche Erkenntnisse zur Kernphysik beisteuern könnte, wenn das von ihm verlangt würde.«

Anderson nickte zustimmend. »Deshalb müssen wir drittens davon ausgehen, dass sie wissen, woran Sie arbeiten.«

Lord Cherwell sah aufgebracht von einem zum anderen. »Und wie gehen wir in diesem Fall vor, Carpenter?«, fragte er, sich mühsam beherrschend.

»Ich vermute, dass Professor Bohr demnächst eine Einladung erhalten wird, der sowjetischen Botschaft einen Besuch abzustatten.« Carpenter schaute hoch und sah einen Butler mit einem Tablett durch den Raum kommen. »Ah, wenn man von der Sonne spricht …«

Der Butler blieb an ihrem Tisch stehen.

»Professor Bohr?«

»Das bin ich.«

Der Butler reichte ihm das Tablett.

»Es wurde soeben ein Brief für Sie abgegeben, Sir.«

Der Umschlag trug den Aufdruck »Union der Sozialistischen Sowjetrepubliken«. Der rote Hammer und die Sichel schwebten vor einer Weltkugel, eng umschlungen von zwei Weizenähren. Cherwell und Anderson tauschten Blicke. Dann sah Cherwell Carpenter an, der die Position wechselte. Es war, als schaue man einem Kriegsschiff dabei zu, wie es die Kanonenmündungen auf den Feind ausrichtet, dachte David.

»Woher wissen sie, dass er hier ist?«, flüsterte Cherwell. »Hier im Club?«

»Ich kann mir das nicht erklären«, murmelte Carpenter.

Bohr brach das Siegel auf.

»Morgen früh um zehn Uhr in der Sowjetbotschaft«, sagte er entspannt. »Auf einen Kaffeeplausch.«

Er wandte sich lächelnd an Cherwell. »Ich bin mir sicher, Eure Lordschaft, dass Sie dem zu viel Bedeutung beimessen.«

Eine etwas direktere Ausgabe von Sir John Anderson kam zum Vorschein, und David begann zu verstehen, wieso der Schotte so viele wichtige Ämter bekleidete.

»Möglich. Aber es liegt nahe, den Brief als Verlängerung des Interesses zu deuten, das andere Menschen Ihnen über die Jahre entgegengebracht haben. Zuerst haben Werner Heisenberg und von Weizsäcker Sie in Kopenhagen aufgesucht, um mit Ihnen über Ihre Arbeit an einer deutschen Atombombe zu sprechen.«

»Der arme Werner, ich kann noch immer nicht glauben, dass ...«

Lord Cherwell schnaubte verächtlich. »Von wegen armer Werner! Der hat sein Bestes gegeben, Hitler mit einer Atombombe auszurüsten!«

Bohr war kurz vorm Überkochen. Heisenberg war sein Schützling gewesen. »Das wissen wir überhaupt nicht!«

»Ich wette ein Jahreseinkommen darauf, dass er genau das getan hat«, fauchte Cherwell.

Anderson fuhr dazwischen.

»Heisenberg hatte entschieden, mit dem Teufel aus einem Topf zu essen, Niels. Darüber herrscht kaum Zweifel. Dass er dann herausgefunden hat, dass sein Löffel zu kurz ist, ist an sich noch kein Verdienst.«

Bohr lächelte bitter. »Soweit ich mich erinnere, haben Sie mich hierher eingeladen, um genau das Gleiche zu tun. Genau wie die Amerikaner, als sie in Site Y Probleme bekamen.«

»Was ist Site Y?«, fragte David, aber niemand ging auf ihn ein. Die Stimmung war aufgeheizt.

»Meine Herren ...«, startete Carpenter einen Schlichtungsversuch. »Wir müssen hier zu einer Entscheidung kommen.«

»Was schlagen Sie vor?«, fragte Cherwell.

»Natürlich muss Professor Bohr die Einladung akzeptieren und den Brief in Empfang nehmen. Möglicherweise enthält er wichtige Informationen, vielleicht ist er ganz unverbindlich. Das müssen wir in Erfahrung bringen. Ich schlage darum vor, dass wir den Brief C. vorlegen und eine gemeinsame Antwort formulieren.«

»Das hört sich vernünftig an«, sagte Anderson. »Was sagen Sie dazu, Niels?«

»Selbstverständlich. Aber ich versichere Ihnen, dass Kapiza genauso zivilisiert ist wie wir auch. Er hat zehn Jahre lang für Rutherford gearbeitet, und Cambridge hat ihn zum Direktor der Mond-Laboratorien ernannt.«

»Mögen Sie recht haben«, sagte Cherwell. »Und wollen wir hoffen, dass die Ausbildung, die er in Cambridge genossen hat, nicht ganz umsonst war.«

»Die Russen sind keine Kannibalen«, sagte Bohr aufgebracht, aber Cherwell ließ sich nicht besänftigen.

»Dazu kann ich nichts sagen. Meine persönliche Meinung ist die, dass der Brief ein Rekrutierungsversuch unter dem Deckmantel der Freundschaft ist. Vielleicht wurde Kapiza ja gezwungen, den Brief zu unterschreiben.«

»Sie werden doch wohl nicht vorhaben, Bohr in der Botschaft festzuhalten?«, fragte Anderson den MI-6-Agenten.

Carpenter lächelte. »Das kann ich mir nur schwerlich vorstellen, Sir.«

»Falls das der Fall sein sollte, löschen wir die Botschaft von der Erdoberfläche«, sagte Cherwell kriegerisch. »Was ist mit dem Prime Minister?«

Die Frage versetzte alle in stilles Nachdenken.

Anderson ergriff als Erster das Wort.

»Ich schlage vor, dass wir nur den engsten Kreis über Kapizas Brief in Kenntnis setzen, jene, die tatsächlich etwas darüber wissen müssen. Will sagen, die hier Anwesenden und C.«

Cherwell seufzte. »Einverstanden. Wenn Churchill zu Ohren käme, dass die Russen sich offiziell an Professor Bohr hier in London gewandt haben, würde er einen Hirnschlag kriegen. Nicht zuletzt nach Ihrem Treffen heute.«

»Dann sind wir uns einig, die Kenntnis des Briefes in diesem kleinen, exklusiven Kreis zu halten?«, fragte Anderson.

»Churchill hat uns ordentlich den Kopf gewaschen, wie zwei Schuljungen auf Abwegen«, sagte Bohr.

»Das ist wahr. Das hat er getan«, räumte Cherwell ein. »Aber er hat gerade alle Hände voll zu tun mit seinen Vorbereitungen für die nächste große Konferenz mit Roosevelt und Stalin.«

Bohr war noch nicht fertig. »Ich schreibe ihm einen Brief. Er hat mir gar nicht zugehört und nicht ein Wort von dem verstanden, was ich gesagt habe.«

Lord Cherwell erhob sich. Seine Schultern hingen noch schwerer herunter als vorher, dachte David.

Nacht im St. James's Palace

Wie immer, wenn Bohr sich in London aufhielt, stand eine Suite im St. James's Palace zu seiner Verfügung.

David wurde mitten in der Nacht in einem Himmelbett von den Ausmaßen eines Tennisplatzes wach. Er knipste die Nachttischlampe ein, die in einer chinesischen Vase installiert war. Wissend, dass er nicht mehr einschlafen würde, nahm er die Glaskaraffe und machte sich auf die Suche nach einem Wasserhahn. Unterwegs ging ihm durch den Sinn, dass das Risiko, sich in der riesigen Wohnung zu verlaufen, wahrscheinlich nicht zu unterschätzen war.

Er passierte eine angelehnte Tür, hörte leises Gemurmel aus dem Innern des Zimmers und schob sie vorsichtig auf. Bohr saß auf einem roten Samtsofa neben einem glänzenden Konzertflügel. Der Professor hatte Unterlagen um sich herum verteilt, dazwischen lagen Rechenschieber, Bücher, Zeitschriften, Formelsammlungen und Füllfederhalter. Bohrs Haar war zerzaust, und er kratzte gerade seine Pfeife über einem Kristallaschenbecher aus.

»Alles in Ordnung?«, fragte David.

Bohr hob den Kopf. Er trug wie David einen zerknitterten Pyjama unter dem Schlafrock und war wie üblich freundlich und unermüdlich.

»David! Tritt ein und setz dich. Ich hoffe doch, dass ich dich nicht geweckt habe? Margrethe sagt, ich schnarche wie ein Ochse, der im Sumpf feststeckt.«

»Absolut nicht.« David lächelte. »So weit weg, wie mein Zimmer ist, könnte ich dich gar nicht hören. Was für eine unglaubliche Wohnung.«

»Ich habe nicht um etwas derart Grandioses gebeten und fühle mich hier wie ein Hochstapler. Sie haben mir erzählt, dass Maria Stuart hier spuken soll. Kopflos, natürlich.«

»Die arme Frau.«

David warf einen Blick auf Bohrs speckige Ledertasche, die mit zwei soliden Kombinationsschlössern versehen war.

»Ich erinnere mich nicht, ob du rauchst, David?«

»Doch, gerne.« Er nahm eine Zigarette aus einer perlmuttverzierten Schachtel.

Bohr lehnte sich auf dem Sofa zurück, kratzte sich im Nacken und musterte David vom fernen Ende einer Intelligenzskala.

»Ich bin wirklich froh, dich hier zu haben«, sagte er. »Ohne Margrethe oder Aage in der Nähe fühle ich mich fast behindert. Was sagst du zu alldem?«

David lachte verhalten. »Ich weiß es noch nicht. Ich habe nur wenig Informationen bekommen, außer dass ich mir für Washington einen Smoking zulegen soll und dass es nun doch möglich ist, eine Atombombe zu konstruieren. Was mich ehrlich gesagt überrascht. Seid ihr sicher, dass ihr wisst, was ihr tut?«

Bohr schaute nachdenklich zu den dunklen Fenstern.

»Krieg ist die Mutter aller Kreativität, heißt es, und da ist was dran«, sagte er und zeigte mit einer ausladenden Bewegung auf seine verstreuten Papiere. »All das hier … hätte ich vor wenigen Jahren noch nicht für möglich gehalten. Ich hätte die Atombombe als pure Fiktion abgetan, aber nun ist es hier.«

»Was?«

»Das gespaltene Atom. Alle Energie, die in Atomen gebunden ist, kann umgewandelt werden. Ich habe die Zukunft gesehen. Das Problem ist nur, dass so viele Menschen nicht begreifen, dass dies der Beginn einer neuen Epoche ist. Politiker denken in

Wahlperioden, Kriegen, Strategien. Aber das hier ist so viel mehr. Eine komplett neue Wirklichkeit.«

»Carpenter meinte, das Potenzial der Bombe übersteige das moralische Vermögen des Menschen, und deshalb sollte man es besser bleiben lassen, sie zu bauen.«

»Wir können nur hoffen, dass er nicht recht hat«, sagte Bohr. »Das ist eine Seite der Medaille, so weit liegt Carpenter richtig, aber neues Wissen hat Konsequenzen. Nicht immer solche, die wir willkommen heißen, aber Zivilisation ist nun einmal nicht ohne Wissen zu haben. Die Amerikaner haben in unfassbar kurzer Zeit Wunder vollbracht. Produktionsreaktoren, Gaszentrifugen und Plutoniumanreicherungsanlagen, so weit das Auge reicht.«

Die Augen des Professors leuchteten, und David versuchte sein Gehirn auf die Tatsache zu justieren, dass genau das geschehen könnte: dass in absehbarer Zeit die Konstruktion der Atombombe gelang. »Mir ist deine Sonnenbräune aufgefallen«, murmelte er.

»Ja, zum Teufel. Ich habe einen Monat in einer Wüste in New Mexico verbracht, ehe ich zurück nach London gekommen bin. Das Beste aus Spanien, kombiniert mit dem Besten aus Österreich und mit echten Indianern.«

»Die ominöse *Site Y*?«

»Sie nennen den Ort Los Alamos nach den Pappeln, die dort wachsen ... oder den Baumwollbäumen ... ich bin mir grad nicht ganz sicher. Mitten in der Wildnis. Dort sind die Besten der Besten versammelt. Alle meine alten Freunde. Will heißen, all die, die es rechtzeitig aus Europa weggeschafft haben. Ein zweiter Exodus: Teller, Fermi, Bethe, Frisch ... Ich könnte endlos weiter aufzählen.«

David drückte seine Zigarette auf Bohrs archäologischen Ausgrabungen aus und zündete sich eine neue an. Er sah Bohr durch den Rauchschleier an.

»Aber Deutschland ist so gut wie besiegt. Gibt es einen zwingenden Grund, weiterzumachen? Es gibt so viel, das nach dem Krieg wieder aufgebaut werden muss. Vielleicht sollten deine klugen Freunde sich darauf konzentrieren.«

Bohr schüttelte kategorisch den Kopf. »Das hier reicht weit über eine militärische Nutzung hinaus, David. Das ist, als würde man einen Stecker in einen kleinen Stern stecken, unendliche Energie! Ganz davon abgesehen kann niemand wissenschaftlichen Ehrgeiz aufhalten.«

»Das ist wohl kaum irgendwo in Stein gemeißelt«, protestierte David. »Was, wenn es schlicht und ergreifend auf eine Frage zwischen Auslöschung der Menschheit oder wissenschaftlichem Ehrgeiz hinausläuft?«

Ein bekümmerter Zug machte sich in Bohrs schwerem Gesicht breit. »Eine scharfsinnige Frage, aber ich kann mich nicht einfach verdrücken. Zurück nach Schweden und meine Memoiren schreiben, während die Entwicklung in Los Alamos ihren Lauf nimmt. Bei aller Bescheidenheit möchte ich behaupten, dass meine Anwesenheit einen mäßigenden Einfluss auf die wilde Jugend hat. Ich habe also entschieden, das Projekt weiter zu begleiten, auch weil …«

»Du fühlst dich verantwortlich?«

»Das bin ich. Das ist das tragische Paradox. Diese unermessliche, neue Energie und Technologie ist viel zu umfassend für eine einzelne Nation oder eine einzelne Regierung, und sie wird bald jedem Staat zur Verfügung stehen, so viel steht fest. Wenn ein Land Atomwaffen besitzt, werden andere ebenfalls nach Atomwaffen streben. Es ist naiv zu glauben, dass die USA und England das hier bis in alle Ewigkeit für sich behalten könnten. In Los Alamos arbeiten Menschen aller Nationalitäten zusammen – mit einer Ausnahme: es gibt dort keinen einzigen Russen.«

»Dann soll die Entwicklung also weiter vorangetrieben werden?«, fragte David verbissen.

»Ich versuche nur, vorausschauend zu denken. Die Bombe steht kurz vor ihrer Verwirklichung, aber es ist zugleich meine Hoffnung, dass Kernwaffen ihr eigenes Gegengift enthalten.«

»Aber warum? Ich würde meinen, dass es sich genau umgekehrt verhält.«

Bohr saß lange mit geschlossenen Augen da und schwieg, während die Glut in seiner Pfeife langsam und im Takt mit seinem Atem pulsierte. David glaubte schon, der Professor wäre eingeschlafen, als Bohr die Augen öffnete.

»Kein Mensch kann sich gegen eine Atombombe verteidigen. Einige wenige können eine ganze Bevölkerung auslöschen«, sagte er.

»Und was ist die Lösung?«

»Die Einrichtung einer effektiven, internationalen Kontrollbehörde, was sonst? Geheimhaltung würde genau das Gegenteil bewirken.«

»Offensichtlich sind die Staatsmänner nicht deiner Meinung.«

»Dann müssen wir sie überzeugen. Es war die Rede davon, Atomwaffen gegen Japan einzusetzen. Mag sein, dass der Krieg in Europa bald zu Ende ist, aber im Pazifik wütet er immer noch. Dem muss ein Ende gesetzt werden. Ich hasse mich dafür, das zu sagen, aber vielleicht wäre die Anwendung einer Atombombe zu diesem Zweck eine nachvollziehbare Entscheidung.«

»Dem Ende des Satzes folgen unzählige Tote.«

Bohr suchte Davids Blick. »Das weiß ich sehr wohl. Aber die amerikanische Luftwaffe fliegt schon jetzt systematische Brandbombenangriffe auf japanische Provinzstädte. Es gibt Hunderttausende Todesopfer, die meisten natürlich Zivilisten. Das ist die Realität. Wenn man das als Maßstab nimmt, ist die Atombombe in Wirklichkeit ...«

»Nur eine leichte Steigerung«, unterbrach ihn David sarkastisch.

»Ich verstehe.«

»Tust du das? Tust du das wirklich?«

David dachte nach. Verstand er es? Bohrs Informationen waren so gigantisch. Unfassbar.

»Auf gewisse, pervertierte Weise, ja, vielleicht«, sagte er resigniert. »Ich gehe davon aus, wenn es einem wirklich darauf ankommt, die Welt in Angst und Schrecken zu versetzen, und wenn die Chance besteht, den Krieg – und sei es nur um einen Tag – zu verkürzen und damit das Leben Tausender amerikanischer Soldaten zu retten, dann hat es wohl eine Berechtigung, Wissenschaft und Militär zu kombinieren. Ich kann nur hoffen, dass sich Japan vorher ergibt. Das hoffe ich wirklich aus tiefstem Herzen.«

Er massierte sein Knie. Bohr beugte sich besorgt vor.

»Du musst wirklich entschuldigen, David. Hier sitze ich und schwätze dem Teufel ein Ohr ab, während du lebensgefährlich verletzt wurdest. Tut mir leid.«

»Das muss dir nicht leidtun, Niels. Es geht mir schon viel besser. Dieses neue Medikament, dieses Penicillin, hilft tatsächlich.«

Bohr errötete. »Nein, es tut mir wirklich leid. Ich habe mich noch nicht einmal nach deiner reizenden Frau und eurer Tochter Sara erkundigt. Ich gehe davon aus, dass sie noch in Murmansk sind?«

»Ihnen geht es gut«, sagte David kurz. »Sie sind in Sicherheit bei Elenas Eltern. Kein Problem, Professor.«

Er erhob sich.

»Es freut mich sehr, das zu hören«, sagte Bohr. »Versuch, noch ein bisschen zu schlafen. Ich vermute, dass der morgige Tag recht anstrengend wird. Ein Programmpunkt ist die Sowjetbotschaft. Wie ist dein Russisch?«

»Fantastisch«, murmelte David. »Aber glaubst du nicht, dass sie Englisch reden werden? Schließlich bist nur du eingeladen. Da stand nichts von einem Sekretär oder Dolmetscher in der Einladung.«

David wurde von einem Kammerdiener geweckt. Er machte sich frisch, rasierte sich und setzte sich dem Professor gegenüber an einen überbordenden Frühstückstisch. Bohr war bester Laune und aß mit gutem Appetit. David war überwältigt von den Düften und dem Anblick der Teller und Schüsseln. Es gab gebratenen Speck und Rührei, Nierenpastete, Fleischpastete, Toast und Butter, kaltes Huhn, Kaffee und Tee und eine Auswahl an Marmeladen und Honig, der nach Heide, Sommer und Blumenwiesen roch. Er erinnerte sich noch, wie Elena oder er stundenlang Schlange gestanden hatten, wenn das Gerücht die Runde machte, dass eine Ladung Rote Beete, Zwiebeln oder Brot in Murmansk angekommen war.

Er aß mit schlechtem Gewissen, während er spürte, wie die Nährstoffe langsam in die Muskeln, Knochen und den Blutkreislauf sickerten.

Er sah Bohr über den Rand seiner Kaffeetasse an. »Hast du überhaupt ein Auge zugemacht?«

Der Professor schüttelte den Kopf.

»Es gibt drei wichtige Dinge, die in meinem Kopf mahlen, und die werden mich wach halten, bis ich eine Lösung gefunden habe. So war es schon immer.«

David schenkte ihnen beiden Kaffee nach. »Gibt es etwas, das ich für dich tun kann?«

»Kapizas Brief. Mir ist nicht gestattet, den genauen Wortlaut der Antwort zu bestimmen. Aber du könntest mir bei einem grundsätzlichen Entwurf helfen.«

»Selbstverständlich.«

»Und dann wäre da noch der Brief an Churchill. Ich muss versuchen, ihn davon zu überzeugen, dass alle Alliierten Zugang zu sämtlichen Informationen über die Atombombe bekommen müssen. Ich glaube, er hat nicht ein Wort von dem mitbekommen, was ich gesagt habe. Er hat sich die ganze Zeit mit Cherwell unterhalten, als wäre ich gar nicht anwesend. Unerhört war das.«

»Worüber haben sie gesprochen?«

»Über Konferenzen mit Stalin und Roosevelt, die Oder-Neiße-Grenze und in welche Sektoren Wien und Berlin aufgeteilt werden sollen. Sollten sie nicht zuerst einmal diesen verdammten Krieg gewinnen?« Bohr seufzte. »Vermutlich wird er den Brief gar nicht lesen. Aber ich muss ihn schon um meinetwillen schreiben. Es eilt nicht, aber es muss gemacht werden.«

»Natürlich. Aber vielleicht solltest du besser nicht …«

Bohr hob überrascht den Kopf. »Warum?«

David lächelte besänftigend. »Churchill ist offensichtlich vollauf mit der Rekonstruktion Europas beschäftigt. Das Treffen zwischen dir und ihm ist nicht allzu glücklich verlaufen, soweit ich es verstanden habe. Ich befürchte, du riskierst, dir den Prime Minister zum mächtigen Feind zu machen.«

»Ich habe keine andere Wahl«, sagte Bohr stur. »Und jetzt iss was! Du siehst aus wie ein Fossil.«

David verkniff es sich, Bohr über den Alltag im Arbeiter-und-Bauern-Paradies zu informieren. Stattdessen sagte er: »Du hast drei Dinge erwähnt.«

Bohr tupfte sich die Lippen mit einer gestärkten Leinenserviette.

»Ich bezweifle stark, dass du mir bei dem letzten, aber absolut wichtigsten Punkt behilflich sein kannst. Es geht um den ›Igel‹. Das ist der Spitzname für eine Neutronenquelle oder einen Initiator. Dieses kleine Biest soll für den Kickstart der Kernspaltung in einer kritischen Plutoniummasse sorgen, die eine Kettenreaktion auslöst und danach eine Explosion. Zum exakt richtigen Zeitpunkt, wohlgemerkt ... und vorzugsweise einigermaßen kontrolliert.«

»Warum nennt ihr es *Igel?*«

Bohr fischte einen Bleistiftstummel aus seiner Westentasche und begann auf der weißen Stoffserviette zu skizzieren. »Weil es wie ein Igel aussieht. Es gibt zwei konkurrierende Arten, eine Atombombe zu konstruieren. Wir sind nicht ganz sicher, welche die bessere und berechenbarste ist. Das wird sich bei einer Probesprengung erweisen.«

David legte eine Hand auf Bohrs Unterarm.

»Wir haben Gäste.«

In der Eingangshalle waren Stimmen zu hören. Der Butler führte Carpenter herein. Der Agent sah müde aus. Seine Wangen waren nach einer hastigen Rasur gerötet, und der schwarze Anzug war zerknittert.

Bohr erhob sich.

»Guten Morgen. Ist es so weit?«

»Ich fürchte, ja. Unten wartet ein Wagen.«

»Entschuldigen Sie mich einen Moment, ich muss mich noch ankleiden. Trinken Sie in der Zwischenzeit einen Kaffee. So viel Zeit muss sein.«

Bohr verschwand, und Carpenter setzte sich an den Tisch und schenkte sich eine Tasse Kaffee ein. Er trank mit geschlossenen Augen und wiegte sich auf dem Stuhl vor und zurück.

»Hat er etwas gesagt?«, fragte er.

»Nichts über das hinaus, worüber Sie gestern in Bezug auf Kapizas Brief gesprochen haben«, sagte David. »Das geht ihm an die Nerven. Und er ist frustriert wegen des Treffens mit Churchill. Er hat das Gefühl, dass er sich nicht ordentlich verständlich machen konnte.«

»Das hat er nicht«, sagte Carpenter. »Und das wird er auch nicht. Churchill ist davon überzeugt, dass Stalin der größte Feind der Demokratie ist, um nichts in der Welt wird er ihm einen

Wissensvorteil gönnen. Außerdem kann der Prime Minister Bohr nicht leiden. Er meint, dass der Professor sich in Dinge einmischt, von denen er nichts versteht.«

»Das ist doch lachhaft. Bohr kann über alles diskutieren. Er steht Siegen und Niederlagen gleich kritisch gegenüber. So funktioniert Wissenschaft.«

Carpenter lächelte säuerlich. »In seiner utopischen offenen Welt vielleicht. Aber nicht in unserer.«

»Ohne die Diskussionen zwischen Wissenschaftlern würden wir immer noch daran glauben, dass die Erde eine Scheibe ist«, gab David zu bedenken.

Carpenter antwortete nicht. Vielleicht war er zu müde. Er zündete sich eine Zigarette an, inhalierte und gähnte. Dann entdeckte er die beschriebene Serviette und nahm sie in die Hand.

»Was ist das hier?«

David zog die Schultern hoch.

»Er wollte mir von den unterschiedlichen Ansätzen erzählen, eine Atombombe zu bauen.«

Carpenter ließ die Serviette fallen, als hätte er sich verbrannt.

»Hier? Am Frühstückstisch? Mein Gott, der Typ ist unmöglich.«

»Er war nicht sehr detailliert. Haben Sie nicht gestern gesagt, ich hätte auf allen Ebenen Zugang zu Informationen?«

»Aber dieses Privileg sollte nicht mit allen Kammerdienern und Stubenmädchen im Haus geteilt werden, verdammt.«

David streckte die Hand nach der Serviette aus. »Wenn es so verteufelt wichtig ist, werde ich sie unter Aufsagen passender Beschwörungsformeln verbrennen«, sagte er spitz.

Carpenter ließ die Serviette in seiner Tasche verschwinden.

»Wenn Sie so freundlich wären, in Zukunft besser auf Ihren Vetter aufzupassen, dass er keine Skizzen von Kernwaffen in der Gegend rumliegen lässt.«

David riss der Geduldsfaden. »Er wusste ja nicht, dass Sie auftauchen würden.«

Carpenter ignorierte ihn.

»Er muss zurück nach New Mexico hinter den Stacheldrahtzaun. Je eher, desto besser.«

Bohr betrat in einem eleganten, dunkelblauen Anzug den Raum und musterte sie leutselig.

»Brechen wir auf. Und? Habt ihr beiden euch gut unterhalten?«

»Sehr gut, Professor«, murmelte Carpenter.

Hinterm Steuer des Humber saß wieder der wortkarge Elton. David und Carpenter sahen vom Wagen aus zu, wie Bohr vor der sowjetischen Botschaft in Kensington Palace Gardens von einem jungen Diplomaten mit Regenschirm in Empfang genommen wurde. Die Botschaft war in einem gotischen, dreigeschossigen Sandsteinbau mit einem dichten Antennenwald auf dem Dach untergebracht. Ein freundlich melancholischer Nieselregen fiel auf Kensington, und ein Stück die Straße hinunter entdeckte David George. Der Sergeant trug einen aufgespannten Schirm und zur Feier des Tages Bowler und Regenumhang. Zwischen seinen Lippen steckte ein unangezündeter Zigarillo, und in der Hand hielt er ein Exemplar des Daily Express.

Carpenter rauchte Kette und studierte seine Fallakten.

»Kann ich mir in der Wartezeit ein wenig die Beine vertreten?«, fragte David.

»Nein.«

»Warum nicht?«

»Haben Sie schon einmal etwas von Ferngläsern und Kameras gehört? Ich schätze mal, dass in diesem Moment ein halbes Dutzend auf uns gerichtet sind. Die brauchen nicht noch mehr Porträts in ihren verfluchten Karteien.«

Eine Stunde später wurde Bohr von demselben Diplomaten zurück an die Pforte eskortiert. Elton öffnete die Tür zum Beifahrersitz. Bohr roch nach Regen, Kaffee und Tabak.

Elton vollzog einen U-Turn, und David sah, wie George hundert Meter hinter ihnen von einem MG Saloon aufgesammelt wurde.

»Wie ist es gelaufen?«, fragte Carpenter.

»Undramatisch. Konsul Sintschenko, der sehr gut aufgelegt war, hat mir Peters Brief ausgehändigt. Ein sehr angenehmer Mensch, im Übrigen.«

Bohr öffnete den Brief und las, während er an dem Mundstück seiner Pfeife kaute. Dann drehte er sich um und reichte den Brief zwischen den Sitzen nach hinten.

»Sie sind herzlich eingeladen, ihn zu lesen, und ich wäre schwer beeindruckt, wenn Sie tatsächlich irgendwelche Hinterhältigkeiten entdecken sollten ... und überrascht, natürlich.«

Carpenter starrte das maschinenbeschriebene Blatt an, als wäre es mit Cholera infiziert. Dann nahm er es und las ein paar Passagen vor.

»... *alle deine russischen Kollegen haben dein Schicksal sehr besorgt verfolgt ... Du bist jederzeit herzlich willkommen in der Sowjetunion, und es würden keine Mühen gescheut werden, dich und deine Familie zu schützen ...* Natürlich sagt er das. Das ist ja fast schon eine Aufforderung, abzuspringen.«

»So sehe ich das nicht«, sagte Bohr seelenruhig.

»Unterschrieben ... Joffe, Landau, Wawilow, Tamm, Alichanow und Semjonow und so weiter ... Eine beeindruckende Versammlung, Professor.«

»Sie sagen es, Mr. Carpenter, und das sind alles gute Freunde aus der Zeit vor dem Krieg. Viele von ihnen haben am Institut in Kopenhagen studiert.«

»Mmh, es verwundert mich allerdings, dass er Kurtschatow und den jungen Sacharow ausgelassen hat.«

»Wer sind die beiden?«, fragte David.

»Das sind die zwei, die für die Konstruktion einer russischen Atombombe ausersehen wurden. Zusammen mit Igor Tamm.«

David sah Bohr an, der nickte.

»So ist es. Ich habe Kurtschatow nie persönlich kennengelernt, und Sacharow ist in der Tat sehr jung. Aber vielversprechend, heißt es. Kurtschatow hat …«

»Die richtige ideologische Gesinnung«, unterbrach Carpenter. »Ein wahrhaft Glaubender.«

Er reichte den Brief zwischen den Sitzen nach vorn.

Bohr zündete seine Pfeife an. Seine Augen strahlten. »Aber das wäre eine wunderbare Gelegenheit, zum Erfahrungsaustausch mit den Kollegen nach Moskau zu fahren. Ihre Labore besuchen. Fantastisch.«

Carpenter stöhnte leise und schob den Hut in die Stirn, ehe er den Kopf nach hinten an die Rückbank lehnte.

Es wurde kein Wort mehr gesprochen, bis sie an einem anonymen Torweg in der Queen Anne's Gate, Nähe Broadway, hielten.

»Die Treppe führt hoch in C.s Büro, Professor«, sagte Carpenter. »Er möchte Sie gerne mit der Einstellung des Geheimdienstes zu dem Brief bekannt machen. Ich nehme David mit. Er braucht eine neue Zahnbürste. Nicht wahr, David?«

»Wenn Sie es sagen.«

Carpenter hakte David ein, und gemeinsam eilten sie den Broadway hinunter, der von Doppeldeckerbussen, rufenden Zeitungsjungen, Laufburschen, Pferdewagen, Autos und Fußgängern belebt war. Sie näherten sich einem parkenden Rolls-Royce mit abgetrennter Passagierkabine, glänzend und schwarz wie ein Leichenwagen. Carpenter hielt ihm die Tür auf.

»Was ist mit Ihnen?«, fragte David.

»Nur für Ihre Ohren, werter Freund«, murmelte der Agent.

In einsamer Pracht saß Lord Cherwell auf der Rückbank, die Hände in seinem nadelstreifigen Schoß gefaltet. Der Homburg beschattete die obere Hälfte seines strengen, bleichen Gesichtes.

Carpenter schlug die Tür hinter David zu, der in das cognacfarbene Leder sank, das weich wie Reithandschuhe war.

Cherwell begrüßte ihn mit einem matten Lächeln.

»Mr. Adler. Es freut mich, Sie wiederzusehen. Haben Sie ein wenig Zeit für ein Gespräch unter vier Augen?«

»Aber natürlich, Eure Lordschaft.«

Cherwell maß David mit einem hastigen Blick wie eine Unebenheit im Gelände, das gerade planiert worden war.

»Ein Glas Wasser?«

»Danke sehr, Sir.«

»Ich möchte gerne vorwegschieben, dass dieses Land ... nein, die ganze Welt Niels Bohr unendlich viel verdankt. Er ist ausdauernd und kompromisslos, was Geist und Einsicht betrifft, und er ist ein demütiger Mann ...«

Cherwell legte eine kurze Pause ein, und David wartete auf das »Aber«, das zwischen den Zeilen mitschwang. »Seine Tätigkeit für das Tube-Alloys-Projekt und die Arbeit in New Mexico sind unschätzbar wertvoll.« Cherwell studierte Davids Gesicht.

»Ich gehe davon aus, dass Sie über die Los-Alamos-Laboratorien informiert sind?«

»In groben Zügen, ja.«

Cherwell senkte den Blick auf seine behandschuhten Hände. »Indes, Bohr gehört nicht gerade zu den politisch feinfühligsten Zeitgenossen. Warum sollte er auch? Er ist Idealist. Was bewundernswert ist. Speziell in Friedenszeiten.«

»Ich verstehe, Sir.«

Cherwell sah ihn scharf an.

»Tun Sie das? Ich ordne mich irgendwo zwischen Politik und Wissenschaft ein. Zwischen zwei mahlenden Mühlsteinen, wenn man so will. Aber wenn wir als Politiker nicht versuchen, auf informierte und rationale Weise in die Zukunft zu blicken, welchen Nutzen haben wir dann für unser Land? Gar keinen, Sir. Dann sind wir untauglich.« Cherwell hob eine Hand ein paar Zentimeter, für ihn sicher ein Zeichen äußerster Gemütsbewegung. »Ich möchte Sie bitten, ein wachsames Auge auf Professor Bohr zu haben. Ich verfolge mit diesem Ansinnen keine Zensierung seiner Person. Mir ist sehr wohl klar, dass Sie dazu nicht imstande sind. Aber auf die wohlüberlegte, gewissenhafte Stimme eines Landsmannes wird er vielleicht am ehesten hören. Das würde Whitehall sehr zu schätzen wissen.«

»Ich werde mein Bestes tun«, versicherte David.

»Wie Sie wissen, sind die USA unsere engsten Bündnispartner. Das liegt in der Natur der Sache. Wir sind beide Demokratien, und Churchill traut Stalin nicht.«

»Aber Millionen von Russen sind auf den Schlachtfeldern gestorben«, gab David zu bedenken. »Wären die Kämpfe an der

Ostfront nicht gewesen, hätten die Deutschen vermutlich den Krieg in Europa gewonnen.«

Cherwell nickte. »Wir sind uns alle der unermesslichen Opfer bewusst, die das russische Volk erbracht hat. Das Problem ist indes, dass die Rote Armee Polen, Bulgarien, die baltischen Länder, Ungarn und die Tschechoslowakei besetzt hat. Glauben Sie etwa, dass sie sich ohne Weiteres von dort wieder zurückziehen wird?« Churchills Ratgeber lächelte milde. »Das Politbüro spricht bereits von einer natürlichen russischen ›Interessensphäre‹ in den besetzten Ländern. Das letzte Mal habe ich diese Wendung am Tag vor Hitlers Annektierung des Sudetenlandes gehört. Churchill spricht vom ›Eisernen Vorhang‹, der sich durch Europas Herz schneiden wird. Da hat Präsident Roosevelt eine etwas vorteilhaftere Meinung von Stalin … allerdings von der anderen Seite des Atlantiks, was natürlich ein recht komfortabler Abstand ist.

Verzeihen Sie, rede ich zu viel?«, erkundigte er sich. »Meine Frau sagt immer, dass ich hätte Prediger werden sollen. Ein Diener der Kirche.«

David antwortete mit einem höflichen Lächeln. »Ganz und gar nicht, Sir.«

»Wie lief es in der Botschaft?«

»Der Brief hat in recht allgemeinen Wendungen Freundschaft und Wohlwollen ausgedrückt, würde ich sagen.«

»Das freut mich zu hören«, sagte Cherwell neutral. »Aber in der augenblicklichen Atmosphäre des Misstrauens zwischen den Alliierten ist schon die Korrespondenz an sich ein riskantes Faktum. Der Zeitpunkt könnte nicht ungünstiger gewählt sein.«

»Bohr meint, der Brief sei in ausschließlich freundschaftlicher Absicht geschrieben worden«, sagte David.

Lord Cherwells Miene war unverändert.

Er ist nicht überzeugt, dachte David.

Lord Cherwell reichte ihm die Hand. »Well, Sie haben sicher recht. Die Sache wird sich von selbst erledigen. Wie die meisten

Dinge, wenn man nur lange genug wartet. Das ist meine Erfahrung. Wenn Sie nun so gütig wären, den Professor an Ihrem gesunden Menschenverstand teilhaben zu lassen. Will sagen: ihm deutlich zu machen, dass unbedachte Indiskretionen im Augenblick nicht geduldet werden. Um mehr will ich Sie gar nicht bitten.«

Noch am gleichen Abend legten sie letzte Hand an die Antwort an Peter Kapiza. Bohr und David hatten schnell eine funktionierende Form der Zusammenarbeit gefunden, in der Bohr laut dachte und David schrieb, was er im jeweiligen Zusammenhang als am korrektesten einstufte.

Bohr wanderte um den Konzertflügel herum.

»*... im Augenblick sind meine eigenen Pläne recht unsicher ...*«, diktierte Bohr.

David schrieb, ohne auf die Tasten zu schauen.

»Mmmm ...?«

»Ja. *Ich hoffe inständig, mich schon bald in der Lage zu befinden, Deiner überaus freundlichen Einladung nachzukommen. Sobald ich mehr zu meinen weiteren Plänen weiß, werde ich Dich davon in Kenntnis setzen.* Geht es zu schnell?«

»Gar nicht. *Dein Freund Niels Bohr* oder *Hochachtungsvolle Grüße Niels Bohr*?«

»Ersteres, bitte. Das andere ist zu formell.« Bohr kratzte sich mit dem Mundstück der Pfeife im Nacken. »Noch vager kann man es unmöglich formulieren, oder?«

»Ein diplomatisches Meisterstück«, sagte David.

»Damit willst du sagen, dass der Brief völliger Nonsens ist?«

»Aber konsequenter Nonsens.«

Ein Kammerdiener klopfte an die Tür des Musikzimmers und meldete Mr. Kim Carpenter an.

Bohr und David sahen sich an. Dann nickte Bohr dem Kammerdiener zu.

»Bringen Sie ihn herein, Cowden.«

Carpenter sah ernster und noch mitgenommener aus als sonst, was Bohr augenblicklich seine Rolle als fürsorglicher Gastgeber ins Bewusstsein rief.

»Der unermüdliche Mr. Carpenter. Setzen Sie sich doch. Es sieht mir in höchstem Grade danach aus, dass Sie einen weichen Sessel und einen Drink vertragen könnten.«

Bohr schenkte ihm einen großzügigen Whisky ein.

»Eis? Wasser?«

»Pur, wie Gott sich Whisky gedacht hat, danke.«

Danach schenkte Bohr sich selbst und David ein Glas ein, stopfte seine Pfeife mit aromatischem Tabak, zündete sie an und lehnte sich zufrieden zurück.

»Warum so niedergeschlagen, Carpenter?«, fragte er. »David und ich haben gerade unser nichtssagendes Meisterwerk an Kapiza fertig bekommen. Ich bin sicher, dass C. zufrieden sein wird.«

Carpenter leerte das Glas, beugte sich vor und betrachtete das komplizierte Muster des Perserteppichs.

»... *sehr nah am Rand todeswürdiger Verbrechen*«, murmelte er.

David erhob sich, ließ sich mit verschränkten Armen auf der Armlehne des Sofas nieder und musterte den MI-6-Agenten.

»Mehr Whisky?«, fragte Bohr und füllte Carpenters Glas nach, ohne die Antwort abzuwarten. »Vielleicht wäre es einfacher, wenn Sie direkt sagen würden, worum es geht.«

Der Agent sah sich um.

»Es ist mir, ehrlich gesagt, äußerst unangenehm, Professor«, sagte er, »aber ich komme nicht umhin, es Ihnen zu sagen.«

Carpenter zündete sich eine Zigarette an, und David brachte ihm einen Aschenbecher.

»Ich denke, es ist an der Zeit, dass Sie abreisen«, sagte der Agent.

»Abreisen? Abreisen wohin? Was wollen Sie damit sagen? Ich habe doch nichts getan.«

Carpenter sog fest an der Zigarette.

»Natürlich nicht, aber die Sache ist die, dass Churchill von Ihrer Korrespondenz mit Kapiza gehört hat. Er ist außer sich und hat im engeren Beraterkreis kundgetan, dass Sie sich sehr nah am Rand todeswürdiger Verbrechen bewegen. Dass Sie ein Risiko für die nationale Sicherheit sind.«

Bohr verschlug es die Sprache. David saß mit offenem Mund da.

»Das ist die Art und Weise des Prime Ministers, auszudrücken, dass über Ihre weitere Existenz beraten wird.«

Bohrs Stimme klang halb erstickt vor Entrüstung.

»Aber das ist doch ... das ist doch verdammt noch mal lächerlich!«

Carpenter zog die Schultern hoch.

»Offiziell bin ich hier, um Kapizas Brief abzuholen ... Inoffiziell, um Sie zu warnen. Ich bin nicht ausreichend informiert, um exakt sagen zu können, wo genau der Prime Minister den ›Rand zu todeswürdigen Verbrechen‹ ansiedelt. Aber ich kann Ihnen versichern, dass die Aussage nicht beiläufig fiel.«

Bohr befand sich in einem Zustand tödlicher Kränkung.

»Wollen Sie damit sagen, dass das Leben des Professors in Gefahr ist?«, mischte David sich ein.

»Korrekt. Die Schattenwelt, der ich angehöre, ist nicht eindeutig organisiert. Es gibt keine klaren Hierarchien und erinnert ein wenig an sich untereinander bekriegende Stämme.« Carpenter sah David eindringlich an. »Eigentlich sollte C. das letzte Wort haben, aber er findet kein Gehör. Er ist schlicht und ergreifend nicht in der Position, operative Entscheidungen zu treffen, wenn die Lage so diffus und vergiftet ist.«

»Das heißt, dass, wer auch immer auf den Gedanken kommen könnte ...«

Carpenter und David sahen Bohr an, der aus seiner Lähmung erwacht schien und mit zittrigen Händen seine Pfeife anzündete.

Carpenter lächelte gequält.

»Sie haben einen sehr fähigen jungen Mann an Ihrer Seite, Professor.«

»Er ist ein Adler. Wie meine Mutter.«

»Selbstverständlich«, murmelte Carpenter. »Das war ein verflixt langer Krieg. Viele Menschen haben Freunde und Familie verloren. Wenn Bohr als eine Bedrohung der nationalen Sicherheit angesehen wird, könnten einige meiner Kollegen auf die Idee verfallen, die Angelegenheit in die eigenen Hände zu nehmen. Das betrifft Sie beide. Viele von denen sind gnadenlos.«

»Was schlagen Sie vor?«, fragte Bohr.

»Ich bin sicher, dass das Missverständnis irgendwann von Sir John und Lord Cherwell geklärt werden wird. Ich selbst werde das Gerücht streuen, dass man Ihre Rückkehr nach Los Alamos erwartet. Das wird die Gemüter besänftigen. Aber Sie sollten auf alle Fälle London verlassen.«

»Wann?«

»Am besten schon morgen, Sir.«

Bohr nahm die Pfeife aus dem Mund.

»Aber die Arbeiten an Tube Alloys sind in vollem Gange. Dort sind Menschen, die von mir abhängig sind!« Er breitete die Arme aus. »Zuerst beordern Sie mich nach England, um an der Kernspaltung zu arbeiten und geeignete Isotope für Atomwaffen zu identifizieren, und im nächsten Augenblick jagen Sie mich aus der Stadt wie einen schäbigen Verbrecher. Das ist mehr als absurd. Unverzeihlich ist das! Hält Churchill mich ernsthaft für einen sowjetischen Spion?«

»Natürlich nicht. Nur dass gewisse Unternehmungen als eine Bedrohung gegen die innere Sicherheit aufgefasst werden könnten. Ich kann nicht alles kontrollieren, unter anderem nicht die Gedanken anderer Menschen.«

Bohr lehnte sich in dem Sofa zurück und stieß zornige Rauchwolken aus.

»Und wie kommen wir von A nach B?«, fragte David.

Carpenter kratzte sich im Nacken und warf ihm einen dankbaren Blick zu.

»Das Klügste wäre, einen großen Abstand zwischen Sie und Whitehall zu legen. Es gibt zwei Möglichkeiten: Morgen legt ein nagelneuer Zerstörer der Tribal-Klasse mit dem Ziel New York aus Southampton ab. Der Kapitän ist ein alter Freund von mir und würde Sie mit Vergnügen mitnehmen.«

»Ich mag keine Schiffe«, sagte David. »Was ist die zweite Möglichkeit?«

»Das Langstrecken-Flugboot der BOAC, das morgen Vormittag ebenfalls aus Southampton abfliegt. Lord Cherwell hat bereits für Plätze gesorgt. Die Ladung besteht aus Post und Stabsoffizieren aus Eisenhowers Hauptquartier. Die Boeing fliegt über Foynes in Irland und Botwood in Neufundland. Selbst mit Gegenwind können Sie so in vierundzwanzig Stunden in New York sein.«

Die Andeutung eines Lächelns zuckte um Bohrs Lippen.

»Und ich mag keine Flugzeuge. Mein Flug von Schweden nach Schottland '43 hat mich fast das Leben gekostet.«

»Warum?«, fragte David.

»Sauerstoffmangel. Es war eine ziemlich kleine Maschine. Es gab keinen Helm für meine Kopfgröße, und die Sauerstoffmaske glitt immer wieder ab. Irgendwann bin ich ohnmächtig geworden, was der Pilot glücklicherweise gemerkt hat, nachdem ich nicht auf seine Anweisungen über die Funkanlage reagiert habe. Er ist senkrecht auf Meeresniveau abgesackt, wo mehr Sauerstoff war. Ich selber habe das ganze Drama verschlafen!«

David und Carpenter lachten höflich, und Bohr schenkte ihnen Whisky nach.

»Das Flugboot hat eine Druckkabine«, sagte Carpenter.

Bohr zwinkerte David zu. »Wir nehmen das Flugzeug, David. Dann sollten wir wohl so schnell wie möglich aufbrechen, Mr.

Carpenter? Wir könnten unterwegs in einem Wirtshaus übernachten?«

Carpenter lächelte.

»Ich hatte gehofft, dass Sie etwas in der Richtung vorschlagen würden, Professor.«

»Dann lass uns packen, David«, sagte Bohr und erhob sich.

Southampton

Der Hafen erstreckte sich meilenweit in beide Richtungen des Southampton Water, einer schmalen, fjordähnlichen Fahrrinne, die sich nach Süden in den Solent öffnete, der die Isle of Wight umarmte und dann in den Ärmelkanal mündete. Liegeplatz des Flugbootes waren die alten Docks im hinteren Teil des Sunds, die Brücke Nummer 50. Von der Pontonbrücke des Clippers hatte man Ausblick auf einen betriebsamen Kriegshafen mit eisgrauen und weißen Kriegsschiffen.

Sie verstummten alle drei beim Anblick des gigantischen Langstreckenflugzeugs Boeing 314 am Ende der Brücke. Von der Schnauze bis zum Schwanz maß das Flugboot über dreißig Meter, die Flügelspannweite betrug fast fünfzig Meter und die Höhe rund acht Meter. Der massige Rumpf ließ den Hafen nahezu klein und unansehnlich erscheinen. Das Flugboot war in den Atlantik-Tarnfarben der Kriegsschiffe grau und weiß gestrichen.

Die Verbindungsbrücke schwankte unter ihnen. Porteure und Besatzungsmitglieder waren damit beschäftigt, Kisten und Postsäcke durch die Luken im über drei Decks verteilten Laderaum zu verstauen.

Bohr betrachtete die Wundermaschine in stiller Begeisterung.

»Man muss den Menschen einfach lieben, der imstande ist, etwas Derartiges zu erschaffen«, sagte er.

»Engel und Teufel in einem?«, fragte Carpenter.

»Komplementarität, ja.«

»Fabelhaft«, sagte David und sah Carpenter an. »Sind Sie schon damit geflogen?«

Der Agent hatte die Hände tief in die Manteltaschen geschoben. Seine Augenhöhlen unter der schattenwerfenden Hutkrempe waren dunkle Teiche. »Erinnern Sie sich noch, was ich über die Pubs in der Fleet Street gesagt habe? Dünnes Bier und fette Huren? Und überall die namenlosen Beamten? Nein, ich bin noch nicht mit dem Clipper geflogen oder an Bord eines Flugzeugs gewesen.«

Piloten und Navigationsoffiziere arbeiteten im Cockpit hoch über ihnen ihre Checklisten durch. Eine Schar Zuschauer hatte sich am Kai versammelt, um dem beeindruckenden Schauspiel beizuwohnen, wenn das Flugboot abhob. Ein kleiner Junge zog aufgeregt lachend am Mantel seiner Mutter.

Sie wurden an Bord geführt und zu zwei einander zugewandten, ungepolsterten Flugsesseln vor einem kleinen Bullauge im Mitteldeck gebracht: eine kleine Insel inmitten eines Gebirges aus Kisten, Cargonetzen und Postsäcken der Royal Mail. Die amerikanischen Offiziere waren außer Sicht- und Hörweite im Unterdeck untergebracht.

Hustend sprangen die vier riesigen Wright-R-2600-Sternmotoren nacheinander an und steigerten sich zu einem anhaltenden Brüllen, das die Schädelknochen zum Vibrieren brachte. David schaute aus dem Bullauge und runter zu Carpenter, der noch immer mit tief in den Manteltaschen vergrabenen Händen und ausdrucksloser Miene auf dem Anleger stand. Die Verankerungen wurden unter dem Jubel der Zuschauer gelöst, und der Clipper bewegte sich majestätisch vom Land weg. Im letzten Moment hob Carpenter die Hand zu einem zurückhaltenden Gruß.

Der Lärm der Motoren steigerte sich ins Unerträgliche, aber David scherte sich nicht darum. Eine warme Welle der Erleichterung durchströmte ihn von den Fußsohlen bis in die Haarspitzen.

Und in der Sekunde, als der riesenhafte Clipper vom Wasser abhob, versank er in einen tiefen Schlaf.

Als David wieder wach wurde, war die Welt um ihn herum dunkel geworden. Er rieb sich die Augen, richtete sich in dem ungemütlichen Sitz auf und betrachtete Bohr vor sich. Der Professor summte leise vor sich hin in einem kleinen, privaten, vom Licht der Leselampe über seinem Kopf geschaffenen Raum. Auf einer Kiste neben Bohr lag ein Nähset mit Garnspulen in verschiedenen Farben, Nadeln jedweder Größe und Form inklusive gebogener Sattler- und Segeltuchnadeln, Scheren und Knöpfen. Der Professor war damit beschäftigt, eine Naht am Boden seiner Ledertasche zu reparieren. Seine Hände bewegten sich geschickt und schnell.

Als Bohr bemerkte, dass er beobachtet wurde, begrüßte er David mit einem Lächeln.

»Gott sei Dank. Ich hab schon befürchtet, dich endgültig an Morpheus verloren zu haben.«

David streckte sich und gähnte. Er war noch immer todmüde.

»Wo sind wir?«

»Vor einer Stunde haben wir Foynes verlassen. Die nächste Landung ist in Neufundland.«

David richtete sich noch weiter auf und sah den Professor an.

»War nicht geplant, in Foynes zwischenzulanden ... um zu tanken und was weiß ich?«

»Das haben wir getan«, sagte Bohr amüsiert. »Du hast die ganze Zeit tief und fest geschlafen.«

»Wirklich? Unglaublich ...«

»Wenn du da hinten in der Ecke die Wendeltreppe runtergehst, findest du ein paar äußerst elegante Toilettenräume, ein Relikt aus der Goldenen Ära der Luftfahrt.«

In fast fünftausend Meter Höhe bei einer gleichbleibenden Fluggeschwindigkeit war der Motorenlärm viel gedämpfter und erträglicher. Sie konnten sich unterhalten, ohne die Stimme zu heben. David öffnete seinen Koffer und nahm saubere Unterwäsche und ein Hemd heraus, das noch immer in der Verpackung von Selfridges steckte.

Er ging die Wendeltreppe hinunter. Im unteren Deck waren die Motoren kaum noch zu hören. Überall waren Spuren des vergangenen Luxus zu sehen – aus einer Zeit, in der nur wenige Privilegierte sich einen Interkontinentalflug mit allem nur erdenklichen Komfort an Bord der Clipper leisten konnten. Es gab Mahagoniverkleidungen, pastellfarbene Seidentapeten und geschmackvoll eingelassene Lampenschirme aus grauem Opalglas. Die Toilettenräume waren groß und strahlend sauber. Die Handtuchhalter waren aus Messing, die Zahnputzbecher aus Kristallglas und die Spiegel facettengeschliffen.

David wusch sich Gesicht und Hände, kämmte sich und putzte sich die Zähne. Dann zog er sich frische Unterwäsche und das neue Hemd an, während er sich einbildete, das Echo aufgeregter Kinderstimmen und sorgloser Plauderei von Frauen zu hören.

Er erreichte wieder seinen Sitz, als der Professor gerade ein Telegramm vom Bordfunker überreicht bekam. Ein fürsorglicher Mensch hatte ein Sandwich und eine Thermoskanne mit Tee an Davids Platz gebracht. Bohr las lächelnd das Telegramm, faltete es zusammen und steckte es in die Innentasche seiner Jacke. Dann widmete er sich wieder seiner Näharbeit.

David biss in sein Sandwich.

»Ich wusste gar nicht, dass du nähen kannst.«

»Ich arbeite gerne handwerklich, hab schon als Kind gerne alles in seine Bestandteile zerlegt. Von Weckern bis zu Fahrrädern. Damit habe ich meine armen Eltern in den Wahnsinn getrieben. Sag Bescheid, wenn du etwas zu reparieren hast. Ich stopfe auch Strümpfe.«

»Das werde ich.«

David genoss seinen brühheißen, süßen Tee, während der Professor die Nähutensilien zusammenpackte.

»Was stand in dem Telegramm?«

Bohr strahlte zufrieden. »Das ist die Antwort auf mein Telegramm, das ich geschickt habe, während du geschlafen hast. Oppie ist gerade in Washington bei einer Konferenz mit Kriegsminister Stimson. Damit hast du die Gelegenheit, ihn jetzt schon kennenzulernen, was sehr erfreulich ist.«

»Oppie?«

»Robert Oppenheimer. Eine wirklich eindrucksvolle Persönlichkeit.« Bohr lächelte hingerissen.

David schenkte sich Tee nach. Bohr zündete seine Pfeife an und hing seinen Gedanken nach.

»Ich kenne Oppie fast sein gesamtes erwachsenes Leben. 1925 ist er nach seinem Studium in Harvard zu uns nach Cambridge ins Cavendish-Laboratorium gekommen, um seine Doktorarbeit zu schreiben. Womit er schlicht und ergreifend kläglich scheiterte.« Bohr lächelte bedauernd. »Wir alle wussten, was für ein herausragendes theoretisches Talent er war, aber bei den Versuchen war er fahrig, hektisch und ein hitziger Kindskopf. Er hat alles um sich herum kaputt bekommen, konnte keine zwei Drähte verlöten, und wenn es um sein Leben gegangen wäre. Rutherford hätte ihm zwischendurch am liebsten den Hals umgedreht. Außerdem litt Oppie an Depressionsschüben und einer narzisstischen Persönlichkeitsstörung und war bei diversen berühmten Psychiatern in Behandlung. Er hatte ein sehr enges Verhältnis zu seiner Mutter … möglicherweise nicht das gesündeste … Sie kam immer wieder aus den Staaten angereist, um ihn … zu pflegen …«

»Das hört sich in der Tat nach der eindrucksvollsten Person an, die mir je begegnet ist«, sagte David trocken.

Bohr grinste jungenhaft.

»Ja, verdammt. Er war schlicht unerträglich. Aber es wurde viel besser, als er sich auf die theoretische Physik konzentrierte und zu Max Born nach Göttingen ging. Born hat Oppie geliebt wie seinen eigenen Sohn. Oppie hat wirklich Karma, David. Es gibt nicht viele Menschen, die eine Bestimmung haben, aber er hat eine.«

»Wie König Artus?«

»Dicht dran.«

Sie schwiegen und lauschten dem dumpfen und gleichmäßigen Hintergrundgeräusch der Motoren, bis Bohr wieder das Wort ergriff.

»Ich hätte eigentlich eine Frage von dir erwartet.«

David horchte in sich hinein, aber es fiel ihm keine Frage ein, die er loswerden wollte.

»Ich weiß nicht, was du erwartest.«

Bohr seufzte nachsichtig.

»Na ja, ich hätte erwartet, dass du fragst, wieso wir das machen. Warum Oppie sich darauf eingelassen hat, eine Atombombe zu bauen?«

»Ja, warum? Abgesehen von Hochmut und dass wissenschaftlicher Forschergeist sich offensichtlich nicht aufhalten lässt und nicht zur Diskussion steht, wie du neulich abends gesagt hast.«

Davids Bemerkung rief verärgerte Falten auf Bohrs Stirn.

»Ja ... auch das. Aber Oppie hat nicht zugestimmt, weil er Jude ist. Ich glaube nicht, dass er sich über sein Jüdischsein Gedanken macht oder es als Hemmschuh empfindet. Er hat auch nicht zugestimmt, weil er den Wunsch hegt, Deutschland in die Steinzeit zurück zu katapultieren. Er liebt Deutschland. Die Deutschen haben ihn freundlich aufgenommen, und sein Vater ist Deutscher.«

»Eitelkeit? Ambitionen?«

»Ja! Natürlich spielt das eine Rolle. Ich will mich nicht besser machen, als ich bin, wir sind allesamt eitel und ambitiös, unabhängig davon, ob wir daran beteiligt sind oder nicht. Die Bombe ... dieses fantastische und grausame Experiment, ist der Höhepunkt jahrzehntelanger Forschung, in der wir uns mit Theorien und auf

Tafeln gekritzelten Formeln herumgeschlagen haben. In dieser Beziehung ist die Bombe unwiderstehlich ...«

David seufzte. »Und du willst sie der Welt zeigen.«

Bohr lächelte. »Ich kenne die Russen, David. Sie sind nicht per se moralisch minderwertiger, und ich weiß, dass Atomwaffen dabei helfen können, ein für alle Mal Kriege zwischen den Großmächten zu beenden.«

»Und was ist mit Oppie?«

»Er ist wissenschaftlicher Leiter der amerikanischen Nuklearlaboratorien in Los Alamos. Ohne ihn gäbe es dort nur ein paar Gebäude und einen Haufen Menschen, die ziellos in der Wüste herumlungern.«

»Na, dann.«

»Das amerikanische Heer dazu zu bringen, das Labor im Herzen der Reservate anzusiedeln, ist schon Zeugnis seines Genies. Ein Ort, an dem es nur Felsen, Klapperschlangen und Skorpione gibt.«

»Und Indianer.«

»Die sind immer noch dort.«

»Fantastisch.«

»Das ist es wirklich. Bis das Militär das Projekt übernommen hat, fand die Forschung an verschiedenen Universitäten statt, ohne eine übergeordnete Leitung. In gewisser Weise war das ganz im Sinne des Militärs, das von Geheimhaltung und Separierung besessen ist. Aber Wissenschaftler sind darauf angewiesen, sich zu treffen und auszutauschen, über Ideen zu diskutieren, so wie sie auf Wasser und Feuer angewiesen sind. Also hat Oppie vorgeschlagen, alles unter einem Dach in New Mexico zu versammeln, das er auf dem Pferderücken erkundet hat, seit er ein großer Junge war. Und Oppie bekam seine Aussicht auf das Sangre-de-Cristo-Gebirge, von der er immer geträumt hatte, und das Militär seine isolierten Wissenschaftler und ungebärdigen Primadonnen.«

Bohr sprach mit schleppender Stimme. Seine Pfeife war ausgegangen. Er faltete seine Tweedjacke zusammen, schob sie sich in den Nacken vor die vibrierende Wand und schloss die Augen.

»Den Nobelpreis hat er noch nicht bekommen, dafür ist Oppie zu universell aufgestellt«, murmelte er schläfrig. »Er saugt Wissen auf wie ein Schwamm. Er spricht Sanskrit, verdammt noch mal! Und inzwischen ist er natürlich zu alt.«

»Ich hatte den Eindruck, dass er ziemlich jung ist«, sagte David.

»Er ist einundvierzig. In den Augen des Nobelpreiskomitees ist das steinalt.«

»Das ist hart, oder?«

Bohr öffnete angestrengt die Augen einen Schlitz weit und gähnte hinter vorgehaltener Hand.

»Es ist eine unbarmherzige Tatsache, dass Physiker mit etwa siebenundzwanzig Jahren ihren Höhepunkt erreichen. Danach fangen sie an, sich zu wiederholen, oder gehen in die Lehre. Das gilt für jeden von uns. Die Engel besuchen einen, wenn man jung und wild ist. Wenn man nicht mehr so gefährlich ist, ziehen sie zum Nächsten weiter.«

»Das heißt, dass Oppie keine Chance mehr auf den Nobelpreis hat?«

»Völlig ausgeschlossen. Den Preis bekommt man für die Entdeckung und Beschreibung einer klar definierten Erkenntnisstufe in der Entwicklung der Menschheit. Nicht, indem man mit einer ganzen Treppe ankommt. Kosmische schwarze Löcher, Neutronensterne, Zeitraum-Falten und was weiß ich noch ...«

»Was sind schwarze Löcher?«, fragte David, aber Bohr war eingeschlafen.

Die amerikanischen Passagiere waren als fernes Gemurmel am anderen Ende des gigantischen Flugzeugs wahrzunehmen. David zog seinen gelben Rucksack heran und nahm sein Reiseschachspiel und seine »Bibel«, José Capablancas *Chess Fundamentals,* heraus.

Die Nacht vor den dicken Plexiglasbullaugen war schwarz, kalt und mondlos. Er klappte das magnetische Brett auf, schaute sich um und hob die eine Seite der Abdeckung an. Darunter lag ein kleines Schwarz-Weiß-Foto von Elena und Sara. David sah sich das Bild lange an. Er hatte es an einem Sommertag an einem der beliebten Ausflugsziele in den unendlichen Birkenwäldern im Süden von Murmansk aufgenommen. Die Sonne fiel durch die Laubkronen und malte ein zartes, filigranes Muster auf Elenas Haut, das helle Sommerkleid und den Strohhut. Sie hatte ihm das Gesicht zugewandt und lächelte ihn an. Sie saß auf einer Decke, an einen Baumstamm gelehnt; wie immer mit einem Buch in der Hand. Sara war als schwarzhaarige, durch die untere Bildhälfte rennende verwischte Gestalt zu sehen, wie sie einem Schmetterling hinterherjagte. Im Hintergrund war ein kleiner Kiosk zu erkennen, der Zigaretten und Kirschlimonade mit einem Etikett mit zwei Amseln drauf verkaufte.

Er schob das Foto zurück unter das Brett, seufzte und stellte mit ein paar Figuren eine hirnzermarternde Schlusspartie nach.

WASHINGTON

Dänische Botschaft in Washington, 2343 Massachusetts Avenue, 2. April 1945

Während der ersten Tage in Washington war David bereits am frühen Nachmittag so erschöpft von den überwältigenden Eindrücken der amerikanischen Hauptstadt, dass er sich nur noch zum nächsten Sofa oder Diwan schleppen konnte. Abgesehen von den allgegenwärtigen Anzeigen und Werbeplakaten, die geradeheraus jede patriotische Seele aufforderten, in Kriegsanleihen zu investieren, einer zur Hälfte – Frauen eingeschlossen – uniformierten Bevölkerung und den Zeitungsschlagzeilen in den größten Typen, die im Setzkasten zu finden waren, die einen baldigen Sieg in Europa und im Pazifik verkündeten, schien der Krieg weit weg stattzufinden. Die Geschäfte waren voller Waren und Kunden, und aus dem Äther strömte die neueste Tanzmusik – kein statisches Rauschen, keine Echos deutscher Störsender oder todernste Stimmen, die das baldige Jüngste Gericht ankündigten.

Die Amerikaner waren David äußerst sympathisch. Sie waren so optimistisch, positiv, dynamisch und zielstrebig.

Das erste große Glas Orangensaft – eiskalt und frisch gepresst – raubte ihm fast die Sinne. Das erste saftige Porterhouse-Steak verzehrte er in traumähnlicher Trance. Es war wie ein Opiumrausch, und David hätte alles dafür gegeben, diese Wunder mit Frau und Tochter teilen zu können.

Sie waren Gäste des aristokratischen Diplomaten Henrik von

Kauffmann, Dänemarks Gesandtem in Washington, formell und in Unehren aus dem Außenministerium entlassen. Kauffmann hatte als selbsternannter Geschäftsführer im April 1941 ein Abkommen über die Einrichtung militärischer Stützpunkte auf Grönland unterzeichnet – im klaren Widerspruch zu den Vorstellungen und Dekreten der dänischen Regierung. Aber in seinen Augen war die Regierung unfrei, nicht mehr als eine deutsche Marionette.

Kauffmann wurde *in absentia* des Verrats angeklagt, aber praktisch vom amerikanischen Außenministerium wieder eingestellt.

Bohr befand sich schon den ganzen Tag in einem Zustand nervöser Erregtheit und durchmaß den Raum mit großen Schritten. Er trat immer wieder ans Fenster oder reagierte auf Phantomklingeln an der Tür.

»Ich kann mir nicht erklären, wo Oppie bleibt«, wiederholte er zum sicher hundertsten Mal. »Was machen die nur so lange? Es ist schon halb fünf!«

David saß auf einem Sofa und blätterte in der LIFE.

Er legte die Zeitschrift auf den Oberschenkeln ab und versuchte, seine Gereiztheit zu dämpfen. »Du hast mir gesagt, dass er an einer Sitzung im Kriegsministerium teilnimmt, in der es darum geht, ob Atombomben über Japan abgeworfen werden sollen oder nicht. Ich kann nur hoffen, dass diese Entscheidung nicht in wenigen Minuten abgehandelt wird.«

Bohr hielt in seiner rastlosen Wanderung inne und sah ihn an.

»Wie bitte ... Nein, natürlich nicht. Das ist eine sehr grundlegende Entscheidung, aber ...«

»Wie wäre es mit einer Partie Schach?«, schlug David vor.

Bohr lächelte verkniffen.

»Nie mehr. Ich habe mich noch nie so erniedrigt gefühlt wie nach der letzten Niederlage durch dich.«

Es klopfte an der Tür. Bohr lief auf den Flur. David hörte aufgeregte Stimmen, erhob sich von seinem Sofa und begab sich in die Mitte des Raumes.

Oppenheimers Auftritt hatte etwas Magisches. Der charismatische Direktor der Los-Alamos-Laboratorien verströmte etwas unmittelbar Ansprechendes und Belebendes. J. Robert Oppenheimer war groß und schlaksig, sein Körper schien mehr Gliedmaßen zu haben als andere: er ging mit nach außen gedrehten Füßen, zog eine Schulter höher als die andere und bewegte sich sonderbar ruckartig. Er nahm seinen breitkrempigen Porkpie-Hut vom Kopf und offenbarte eine gerade nach oben stehende, schwarze Haarpracht. Sein Gesicht war glatt und fast feminin, die Ohren spitz und elfengleich, und seine großen, umwerfend himmelblauen Augen wurden von markant schwarzen Augenbrauen überdacht.

Oppenheimer reichte David seine rechte, nikotinfleckige Hand. In seinem Mundwinkel hing eine halb gerauchte Zigarette.

»Hi, ich bin Oppie. Und Sie sind Onkel Nicks ... was?«

»Ähm, Vetter ... Und eine Art Sekretär ... Freut mich sehr, Sie kennenzulernen.«

David war fasziniert von dem hypnotischen Blau von Oppenheimers Augen. Der Physiker strahlte eine rastlose, unerschöpfliche Energie aus.

»Martini?«

»Entschuldigung?«

»Oppie ist berühmt für seine Martinis, David. Aus gutem Grund«, sagte Bohr.

Ohne die Antwort abzuwarten, begab sich Oppenheimer zur Hausbar und begann mit der Zubereitung. David tippte unauffällig auf seine Armbanduhr und warf Bohr einen fragenden Blick zu, der an Arbeitstagen normalerweise nie vor acht Uhr abends Alkohol anrührte.

Bohr zuckte mit den Schultern, als wollte er sagen: *Andere Länder, andere Sitten ...*

Oppenheimers leises Summen wurde von klirrenden Eiswürfeln und dem quietschenden Geräusch des Verschlusses der Wermutflasche begleitet.

»Du sollst doch immer eisgekühlte Gläser parat haben, Onkel Nick«, kam die matte Ermahnung von Oppenheimer. »Wie oft habe ich das schon gesagt? Sehr oft. Wie auch immer. Bedient euch.«

Sie stießen an. Der Martini war wirklich delikat, David spürte angenehme Wärme durch seinen Körper strömen.

»Sag mal, Oppie, wann hast du das letzte Mal gegessen?«, fragte Bohr. »Du wirst immer dünner.«

Oppenheimer zündete eine Zigarette an und hustete.

»In den nächsten tue ich zwei Oliven, versprochen«, sagte er.

Er ging mit dem Glas in der Hand zu der Fensterreihe, zog den Vorhang beiseite, nippte an seinem Martini und betrachtete das Leben auf der Massachusetts Avenue.

» … Heute sind Bill und Roger dran«, murmelte er.

»Wer ist das?«, fragte David.

Oppenheimer winkte ihn zu sich ans Fenster.

Auf der gegenüberliegenden Straßenseite, in den länger werdenden Schatten, parkte ein grüner Ford. Ein jüngerer Mann mit weichem Hut und neutral grauem Anzug hatte eine aufgeschlagene Zeitung über das Lenkrad gelegt und starrte mit leerem Blick durch die Windschutzscheibe. Neben ihm saß ein junger Mann, der aussah wie sein Zwilling. Er hatte den Hut in die Stirn geschoben und das Kinn mit der Hand abgestützt, als würde er tief und selig schlafen.

»Zwei alte Freunde von der Bundessicherheitsbehörde«, sagte Oppenheimer. »Sieht aus, als würde Roger die Zeitung heute auf dem Kopf lesen.«

Bohr gesellte sich zu ihnen.

»Unerträglich. David und ich hatten das gleiche Problem in London. Sie haben mich eine Bedrohung der Sicherheit des

Empires genannt. Churchill hat in aller Öffentlichkeit verkündet, dass ich mich am Rand todeswürdiger Verbrechen bewege, weil Peter Kapiza mir einen gänzlich harmlosen Brief aus Moskau geschickt hat. Verdammt noch mal, die haben mich schließlich aus Schweden herzitiert und '43 ein Flugzeug geschickt, um mich abzuholen!«

Oppenheimer lächelte David an.

»Das ergibt wenig Sinn, oder?«

»Nicht so richtig, in der Tat.«

Oppenheimer leerte sein Glas und begab sich erneut zur Hausbar. David schaute mit fragend hochgezogener Augenbraue zu Bohr, der tat, als würde er es nicht bemerken.

Oppenheimer führte seine Unterhaltung über die Schulter weiter.

»Nein, das ergibt keinen Sinn. Auch wenn die USA auf dem besten Weg sind, den Krieg zu gewinnen, befindet sich das Land in einem Zustand lähmender Paranoia. Jeder, der '38 oder '39 irgendwelche Feste oder Cocktailpartys besucht hat, deren Ziel es war, Gelder für die spanischen Loyalisten zu sammeln, ist auf ewig als blutrünstiger Kommunist gebrandmarkt. Und wir waren alle dort. Selbst die hellrotesten Salonsozialisten werden observiert. Das ist in höchstem Grade abstoßend. Letzte Woche hat meine Frau beim oberflächlichen Reinemachen in unserem Haus vier Wanzen gefunden. Ich kann nicht sagen, was ich verachtenswerter finde: die Überwachung oder das Amateurhafte. Noch einen?«

»Sehr gerne«, sagte David zu seiner eigenen Überraschung.

»Das Treffen mit Churchill ist also nicht so gut gelaufen?«, fragte Oppenheimer.

»Eine Katastrophe, von vorn bis hinten«, sagte Bohr.

»Du warst auf Aufforderung Roosevelts dort, nicht wahr?«

Bohr nahm das beschlagene Glas entgegen. »Das dachte ich auch. Aber jetzt sind wir hier. Skål.«

143

Oppenheimer lächelte. »Und der Zeitpunkt könnte nicht günstiger sein, Onkel Nick. Ich nehme es als ein Zeichen.«

Der Direktor krümmte sich unter einem rasselnden Hustenanfall. Bohr betrachtete seinen Protegé besorgt. Gleich darauf richtete Oppenheimer sich wieder auf und wischte sich die Tränen aus den Augenwinkeln – ehe er sich eine neue Zigarette anzündete.

»Der MI-6 informiert natürlich seine Vettern beim FBI, damit ihr auch hier beschattet werdet.« Er schaute sich um. »Und geht mal davon aus, dass die Wohnung abgehört wird. Andererseits. Wir haben schließlich keine Geheimnisse, oder?«

Bohr biss fest auf das Mundstück seiner Pfeife.

»Es ist mir schleierhaft, wie du so gleichgültig sein kannst. Ich empfinde dieses Misstrauen als unerträglich und kränkend.«

»Der Kniff ist, sein Bewusstsein auf höhere Ebenen zu heben«, sagte Oppenheimer. »Und kommt man nur hoch genug, schrumpfen die Scherereien des Alltags irgendwann auf ein Nichts zusammen. Wie es schon in der Bhagavad Gita heißt: *In sich selbst gegründet, sind sie gleich in Lust und Schmerz, Lob und Tadel, Güte und Lieblosigkeit. Gleich in Ehre und Unehre, gleich zu Freund und Feind, haben sie jedes eigennützige Streben aufgegeben.* So schlage ich mich durch, Onkel Nick.«

Bohr musterte ihn skeptisch.

»Rätst du mir im Ernst, Hindu zu werden?«

»Das wäre nicht das Schlechteste, was dir passieren könnte.«

»Kommt vermutlich auf die Kaste an, in der man landet«, schob David ein.

»Wie mir scheint, sind wir in jedem Fall Parias, egal was wir tun«, stellte Oppenheimer fest. »Wollen wir nicht in den hübschen Sesseln Platz nehmen?«

Auf seine unaufdringliche Art wechselte Oppenheimer das Thema.

Eine Weile hing jeder von ihnen seinen Gedanken nach, bis Oppenheimer das Wort ergriff.

»Ach ja, die Briten … Sie spielen inzwischen keine entscheidende Rolle mehr, weder in diesem noch in anderen internationalen Stücken. Das wird ein bitteres Erwachen für das Empire, so viel steht fest. Einer, der noch was zu sagen hat, ist unser ausgezeichneter Kriegsminister Henry L. Stimson, den ich heute mit dem übrigen Komitee für atomare Kriegsführung getroffen habe. Japan stand auf der Tagesordnung.« Er lächelte Bohr an. »Es wird dich freuen, zu hören, dass Stimson die Sitzung mit den Worten einleitete, dass das Komitee in der Bombe nicht nur eine neuartige Waffe sieht, sondern eine revolutionäre Wandlung des Verhältnisses zwischen Mensch und Universum.«

Bohr strahlte. »Ich hätte es nicht besser ausdrücken können! Endlich ein Hauch Verständnis von einem Politiker. Dieser Stimson scheint ein …«

»Ein kluger Mann«, stimmte Oppenheimer zu und fuhr fort: »… *Die Atombombe kann zum Frankenstein werden, der uns alle frisst* …«

Oppenheimer lachte laut. »Das hat keiner richtig verstanden. Bestenfalls handelte es sich um eine Kombination von Metaphern, oder wollte er damit sagen, dass Frankensteins Monster zum Kannibalen geworden ist? Wie auch immer, nach dieser vernünftigen Einleitung rissen die Generäle und das Arschloch Conant die Diskussion an sich und lenkten sie völlig ins Abseits. Komplett!«

»Was habt ihr beschlossen?«, fragte Bohr.

»Eine konventionelle Invasion Japans würde den Verlust einer Million amerikanischer und japanischer Soldaten bedeuten, und wir haben bereits 120 000 Mann im Pazifik verloren, anders ausgedrückt ungefähr 1200 Mann pro erobertem Quadratkilometer, inklusive Dschungel und Sand.«

»Was ist mit den bereits stattfindenden Bombenangriffen?«, wollte Bohr wissen.

»Vernichtend … für die Zivilbevölkerung. Es gibt kaum Überlebende in den bombardierten Städten, aber die Japaner ergeben sich nicht.«

»Könnte eine Atombombe ihre Moral brechen?«, fragte David.

»Das glauben wir, ja. Und nicht nur die Heeresleitung. Ich bin selbst ein Befürworter dieses Gedankens. Wenn es nicht einmal die Atombombe schafft, kann ihnen nichts den Mut nehmen. Danach gibt es keine Steigerung mehr. Abgesehen von mehreren Atombomben.«

David schaute von einem zum anderen. Die distanzierte, nüchterne Unterhaltung der beiden Wissenschaftler über Massenmord war surreal.

»Was wäre mit einer Demonstration hier in den USA?«, schlug Bohr vor. »Könnte man die Japaner nicht dazu bringen, Forscher nach Los Alamos zu schicken, damit sie mit eigenen Augen sehen, was auf dem Spiel steht?«

»Und was machen wir, wenn wir ausgerechnet da einen Blindgänger präsentieren und gar nichts passiert? Dann stehen wir da wie eine Horde Schwachköpfe. Ganz davon abgesehen glaube ich nicht, dass man den Unterschied zwischen einer großen, durch konventionelle Sprengkörper oder durch eine Atombombe verursachten Explosion erkennen kann. Jedenfalls nicht aus dem Sicherheitsabstand, den man einhalten muss, um sich vor radioaktivem Niederschlag zu schützen.«

»Dann wird es also geschehen?«, fragte Bohr.

»Wenn der Kaiser den Krieg im Pazifischen Ozean fortführt, wird es passieren. Es zweifelt übrigens niemand daran, dass die Japaner Atomwaffen gegen uns einsetzen würden, wenn sie welche hätten.«

David schaute in sein Glas. »Sie sprechen über militärische Ziele, nicht wahr? Könnte man sie im Voraus warnen?«

»Es wird keine Vorwarnungen geben.«

»Warum nicht?«

»Weil man davon ausgeht, dass der Feind in dem Fall britische und amerikanische Kriegsgefangene in das Zielgebiet bringen wird.«

Oppenheimers Worte drückten Bohr tiefer in die Sofakissen.

»War General Groves anwesend, und was hat er zu der Angelegenheit zu sagen gehabt?«, fragte er.

»Wer zum Teufel ist Groves?«, fragte David verzweifelt.

»General Leslie R. Groves aus dem Ingenieurskorps der amerikanischen Armee«, erklärte Oppenheimer. »Er ist das größte Arschloch, das je seinen Fuß auf dieses Erdenrund gesetzt hat. Aber er ist auch ein intelligenter und effektiver Mediator. Er hat das Projekt aus dem Nichts erschaffen. Vor Los Alamos hat er das Pentagon gebaut. Wahrscheinlich ist er die Reinkarnation eines fetten, megalomanen Pharao. Und er ist mein militärischer Vorgesetzter. Und die Armee hat das Sagen.«

Er fischte mit dünnen, nervösen Fingern die Olive aus seinem Glas. »Groves hat nicht viel gesagt. Aber ich weiß, was er denkt.«

»Und das wäre?«, fragte Bohr.

»Dass die Sowjetunion der eigentliche Feind und Japan nur die Ouvertüre ist.«

»Genau wie Churchill.«

»Die beiden würden sich zweifelsohne gut verstehen«, sagte Oppenheimer. »Und vielleicht haben sie ja recht. Im Grunde ist es egal. Die Bombe ist ein Dreck.«

»Warum ist sie das?«, fragte David überrascht.

Oppenheimers Blick wanderte sehnsüchtig zur Hausbar. »Sie soll gefälligst ihre Pflicht erfüllen mit einem gigantischen, göttlichen Knall, aber ihre militärische Bedeutung bewegt sich gen null. Die Sowjetunion, Frankreich und England werden in höchstens fünf Jahren ihre eigenen Atomwaffen entwickelt haben. Unumgänglich.«

»Du hast vollkommen recht, Oppie«, murmelte Bohr. »Die Bombe hat momentan eine gewisse psychologische Bedeutung, aber mehr auch nicht.«

»Weil niemand mehr übrig sein wird, den Sieg zu feiern?«, fragte David.

»Außer vielleicht ein paar Insekten«, sagte Oppenheimer.

Er stand auf und sah von oben auf Bohr herunter. »Wie geht es mit deinem Igel voran? Ich brauche ihn dringend, Nick. Der verrückte Ukrainer bringt mich um, wenn ich nicht bald liefere.«

»Ich arbeite verflucht hart an dem kleinen Tier«, sagte Bohr. »Wenn ich die nötige Ruhe habe.«

»Noch einen Drink?«, fragte Oppenheimer. »Ich brauche in jedem Fall noch einen.«

»Nach diesen Neuigkeiten, danke, ja«, erwiderte Bohr.

Der Raum drehte sich, als David die Augen schloss. Das lag teils an den frühen Martinis, teils an der Tatsache, dass er nicht verstand, worüber die beiden Wissenschaftler sprachen – was ihn zunehmend irritierte. Er hob eine Hand.

»Könnte einer von euch so freundlich sein und mir erklären, wer der ›verrückte Ukrainer‹ ist und was es mit diesem Igel auf sich hat?«

Sein Einwurf brachte die beiden Männer zum Schweigen. Bohr sah seinen jungen Sekretär überrascht an.

Oppenheimer hob sein Glas.

»Noch einen Martini, David?«

»Sehr gerne, ja.«

Oppenheimer ging zur Bar.

»Du wirst erstaunt sein zu hören, wie viele großartige und lebensfähige Ideen mit einem dritten Martini als Geburtshelfer das Licht der Welt erblickt haben. Und … Onkel Nick, sei so gut und kläre David auf, wer der verrückte Ukrainer ist.«

Bohr sah David schuldbewusst an.

»Wir sind ein paar unerträgliche Eierköpfe, die nicht über den Tellerrand ihrer eingeschränkten Welt hinausblicken. Das weiß ich sehr wohl.«

»Ist schon in Ordnung«, sagte David. »In London hast du versucht, mir zu erklären, dass es zwei Wege gibt, eine Atomwaffe herzustellen?«

»Das ist richtig. Um es ganz knapp zusammenzufassen, man erhält eine überkritische Masse von einem hochexplosiven Uran- oder Plutonium-Isotop auf zwei Weisen.«

»Was bedeutet überkritisch?«

Bohr streckte die Hände so vor, dass sie zwei Schalen formten.

»Das bedeutet, dass die spontane Spaltung nicht Amok läuft, weil man dafür sorgt, ihre Konzentration und das Volumen unter einer bekannten kritischen Grenze zu halten.« Er schlug die Hände mit einem lauten Klatscher zusammen, der David in seinem Sessel zusammenzucken ließ.

»Wenn wir zwei unterkritische Hälften zusammenführen, setzt die Kettenreaktion ein, weil die Masse in dem Moment überkritisch wird. Milliarden und Abermilliarden Atome werden gespalten, die starken Kernkräfte werden in freie Energie umgewandelt, und schon haben wir die Bombe.«

»Das ist sicher nicht so einfach, wie es sich anhört«, sagte David.

»Ja und nein. Die zwei Hälften müssen mit einer Geschwindigkeit von etwa tausend Metern in der Sekunde zusammengeführt werden. Zum Beispiel in einem Kanonenlauf.«

»In Los Alamos liegen jede Menge Kanonenläufe herum«, sagte Oppenheimer. »Beste Qualität.«

Bohr lächelte.

»Stell dir einen Uranklumpen am hinteren Ende des Kanonenlaufs vor, auf den ein zweiter Uranklumpen wie eine Granate abgefeuert wird. Die beiden Klumpen knallen mit enormer Geschwindigkeit aufeinander, verwandeln sich in überkritische Masse, erleben eine spontane Spaltung, die Bombe explodiert.«

»Theoretisch«, fügte Bohr nachdenklich hinzu und zündete seine Pfeife an.

»Theoretisch?«

»Damit will Onkel Nick sagen, dass der Unterschied zwischen einem gewaltigen Kracher am Jüngsten Gericht und einer lächerlich impotenten Frühzündung verschwindend gering ist«, sagte Oppenheimer über die Schulter.

»So ist es«, gab Bohr zu. »Das also ist grob zusammengefasst die Art von Explosion, um die es geht.«

Oppenheimer kam mit den Gläsern von der Bar und setzte sich mit einem Seufzer.

»Und diese Bombe habt ihr bereits gebaut?«, fragte David.

»Noch nicht ganz«, sagte Oppenheimer. »Aber das, was wir bislang haben, würde auch schon funktionieren.«

»Sie nennen die Konstruktion *Thin Man*, nach diesem Roman von Dashiell Hammett, du weißt schon. Und den Filmen mit Myrna Loy und William Powell«, erklärte Bohr.

David konnte sich nicht vorstellen, dass Bohr jemals einen Hollywood-Film gesehen hatte.

»Das Konzept ist übrigens gestorben«, sagte Oppenheimer.

Bohr richtete sich auf.

»Warum das? Es hätte doch auf alle Fälle funktioniert.«

»Ganz sicher, Onkel Nick. Aber es scheitert daran, dass die Bombe zu groß für den Transport in einem Flieger ist, selbst für eine B-29 Superfortress. Die Luftwaffe hat abgelehnt, und sie haben das letzte Wort in der Angelegenheit.«

Bohr wandte sich an David.

»Kaum passt man mal fünf Minuten nicht auf, machen sie alles anders«, beklagte er sich.

Oppenheimer lächelte.

»Davon abgesehen halten wir die Implosionsbombe für sehr viel wirkungsvoller. Wir nennen sie *Gadget* oder *Fat Man*.«

»Auch nach einem Film?«, fragte David.

»Einem Schauspieler: Sydney Greenstreet. Aus *Casablanca*.«

»Alles klar«, murmelte David und nahm sein Glas.

»Die Implosionsbombe ist etwas komplizierter«, sagte Oppenheimer. »Nein, das ist eine Lüge. Sie ist extrem viel komplizierter. Aber sie passt in eine B-29, und das ist das entscheidende Argument. Sie verwendet angereichertes Plutonium, das zurzeit aus den Reaktoren in Oak Ridge etwas einfacher zu beschaffen ist.«

David musste die Informationen erst einmal verdauen. »Und die kann gegen die Russen eingesetzt werden?«

Oppenheimer musterte ihn gelassen.

»Falls die 27. Armee der Roten Armee nicht vor Berlin stehen bleibt, sondern Skandinavien, Österreich, die Schweiz, Frankreich oder Holland-Belgien bedroht, können die B-29er von Stützpunkten auf Zypern oder in der Türkei Moskau erreichen.«

»Hoffen wir, dass das das niemals notwendig sein wird, Oppie«, sagte Bohr.

»Natürlich hoffen wir das, aber General Groves ist vernarrt in diesen Gedanken. Und da ist er nicht der Einzige.«

Bohr schüttelte den Kopf.

»Schon, aber eine Plutoniumbombe ...«

»So viel eleganter, Onkel Nick. Und einer der Gründe, weshalb wir dich so dringend brauchen. Bethe und Kistiakowsky haben seit deiner Abreise Wunder vollbracht mit den Linsen.« Oppenheimer sah David an. »Kistiakowsky ist übrigens der verrückte Ukrainer. Ein Genie für brisante Sprengstoffe. Ein Virtuose. Aber er ist furchtbar temperamentvoll.«

»Ich gehe davon aus, dass in Los Alamos einige Primadonnen versammelt sind?«

Ein geplagter Ausdruck huschte über das Gesicht des Direktors. »Was glauben Sie, wieso ich schon nachmittags um vier Uhr mit Martinis anfange? Wie auch immer, wir haben uns also für die Implosionsbombe entschieden. Zumindest in Hinblick auf eine Probesprengung.«

»Wie wirkt so eine Bombe?«, fragte David.

»In der Implosionsbombe ist permanent die überkritische Masse angereicherten Plutoniums vorhanden. Das bedeutet, dass dort keine zwei Hälften zusammengebracht werden müssen. Allerdings weiß der Plutoniumkern selbst nicht, dass er komplett ist. Stellen Sie sich eine ausgehöhlte Plutoniumkugel von der Größe einer Krocketkugel vor. Im Innern der Kugel befindet sich Onkel Nicks Igel, die Neutronenquelle für den nötigen Kickstart der Kernspaltung. Die Kugel ist stabilisierend für die Sprengung von einer schweren Schicht Uran umhüllt, die wiederum von einer weiteren Kugel aus einer perfekten Anordnung aus Sprengstoffen unterschiedlicher Brisanz umgeben ist, die wir Linsen nennen, deren Aufbau sicherstellt, dass die Schockwelle des Sprengstoffs auf dieselbe Weise gesteuert wird, wie eine optische Linse Lichtstrahlen bricht. Das Problem besteht darin, dass alle zweiunddreißig Sprengstofflinsen exakt gleichzeitig detonieren müssen. So entsteht eine nach innen auf den Kern gerichtete Schockwelle, die die Plutoniumkugel auf der gesamten Oberfläche trifft. Die Kugel wird zu einem Nichts zusammengepresst und im Millionstelbruchteil einer Sekunde in überkritische Masse verwandelt.«

»Theoretisch«, merkte Bohr an.

Oppenheimer stand auf und lief rastlos durch den Raum.

»Alles ist Theorie, bis es in der Realität ausprobiert wird. Und ein verirrtes Neutron aus dem All könnte die Bombe vorzeitig platzen und Plutonium im Wert von mehreren Millionen Dollar in Rauch aufgehen lassen. Es gibt Hunderte von Dingen, die schiefgehen können.«

»General Groves wäre vermutlich nicht sehr erbaut, wenn das passiert«, sagte Bohr.

»Ganz sicher nicht.«

Oppenheimer trat ans Fenster und starrte runter auf die Straße.

»Bill und Roger sind abgelöst worden.«

»Unerträglich. Wann brauchst du den Igel?«

»Wir richten gerade ein Areal für die Probesprengung in der Jornada del Muerto ein, Alamogordo. Der Test soll spätestens Mitte Juli stattfinden.«

Bohr sah David an.

»Hast du Lust auf einen Ausflug nach New Mexico?«

»Sehr gerne.«

»Es gibt einen neuen Skilift, und der Schnee soll in diesem Jahr noch besser sein als im letzten«, sagte Oppenheimer.

»Haben Sie nicht von einer Wüste gesprochen?«, fragte David.

Die beiden Männer lachten.

»Eine Bergwüste in fast 2500 Meter Höhe«, sagte Oppenheimer. »Eine Mesa, will heißen, ein Tafelberg, wo es momentan sehr kalt ist. Ich bin überzeugt, es wird Ihnen gefallen. Wir haben ein Theater, unsere eigene Radiostation, ein Kino, jede Menge Feste, einen Skilift und jeden Samstagabend Line Dance. Sie werden sich einen Stetson, Cowboystiefel und ein Hemd mit Perlmuttknöpfen zulegen müssen, sobald Sie in Santa Fe ankommen, einer Mischung aus Kurort und Satans Werkstatt. Das Durchschnittsalter in der Postbox 1663, so die offizielle Adresse, liegt bei neunundzwanzig Jahren. Ein lebensfroher Ort, David. Zehn Geburten im Monat, jede Menge Geschlechtskrankheiten und ein Haufen illegaler Vergnügungen.«

»Die worin bestehen?«, fragte David interessiert.

»Glücksspiel, Hahnenkämpfe, Hundekämpfe und Boxkämpfe ohne Handschuhe mit hohen Einsätzen. Die Rancher in New Mexico verdienen sich eine goldene Nase mit den Fleischverträgen mit der Armee.«

Bohr stand auf und schaute sich unentschlossen im Raum um. David sah dem Professor an, dass er todmüde war, wusste aber auch, dass er sich wieder die halbe Nacht um die Ohren schlagen würde mit seinen Formeln und Rechenschiebern, um das flüchtige Stacheltier in den Griff zu bekommen oder eine Entgegnung an Winston Churchill zu formulieren.

»Wie lange bist du in Washington?«, fragte er Oppenheimer.

»Eine Woche. Für ein paar weitere Treffen mit dem Komitee und Stimson. Ich wollte im Zug nach Chicago zu euch stoßen.«

»Glänzende Idee, Oppie! Wenn sich das einrichten lässt?«

»Selbstverständlich.« Oppenheimer warf David einen ironischen Blick zu. »General Groves hat mir verboten zu fliegen, weil ich viel zu wertvoll für den Kriegseinsatz bin«, sagte er.

Nachdem Oppenheimer gegangen war, wandte Bohr sich erwartungsvoll an David.

»Und, was sagst du?«

»Er ist wirklich außergewöhnlich. Du hast recht. Und ich bin total betrunken.«

»Das bin ich auch … Oppie lebt ein hartes Leben. Es ist mir ein Rätsel, dass er nicht schon längst zusammengebrochen ist. Seine Eltern haben ihn seinerzeit nach New Mexico geschickt, um seine Tuberkulose zu heilen. Seine Lunge und seine Zähne sind zerstört. Er hasst seinen eigenen Körper, sehnt sich nach einem Zustand, in dem er nur Geist und Seele sein kann. Aber ich schätze ihn wirklich sehr. Margrethe sagt immer, ich sammle Söhne wie andere Menschen Briefmarken.«

»Tust du das?«

Bohrs Stimme wurde heiser.

»Du weißt ja, dass wir einen Sohn gleich nach der Geburt verloren haben und Christian mit achtzehn Jahren ertrunken ist.«

»Natürlich.«

»Vielleicht hat sie ja recht. Das hat sie meistens. Jetzt ist es Oppie. Vor ihm war es Heisenberg.«

David wusste nicht, was er sagen sollte. Er legte eine Hand auf Bohrs Schulter, was der Professor gar nicht zu merken schien.

»Vielleicht haben sie auch einen Vater gesucht. Mach weiter mit der Arbeit an dem Igel, Professor. Hört sich an, als ob das jetzt Vorrang hätte.«

»Wie bitte ...? Ja, natürlich. Das hat Vorrang. Mein Gott. Die armen, armen kleinen Menschen.«

»Wen meinst du?«

»Die Japaner, natürlich.«

Washington, 9. April

David hatte in der vergangenen Woche alle Zeit der Welt für sich gehabt. Er hatte lange Touren unternommen, das Kapitol und das Lincoln-Monument besucht und exotische Gerichte aus allen Ecken der Welt probiert – und fühlte sich völlig verwirrt. Bei seinen ziellosen Spaziergängen durch die Straßen sah er immer wieder diesen besonderen, goldenen Schimmer im Haar einer Frau ... wie Elenas, und die spezielle rote Farbe ... wie von Saras Wintermantel. Er ertappte sich immer öfter dabei, dass er mit sich selber sprach, und er wusste, dass es ein schlechtes Zeichen war. Er war sicher, dass er observiert wurde, ohne jemanden als seinen privaten FBI-Freund, wie Oppenheimer zu sagen pflegte, festnageln zu können. Da war nur permanent so ein dumpfes Gefühl im Nacken, nicht allein zu sein und beobachtet zu werden.

Vielleicht war da überhaupt niemand. Vermutlich war seine Existenz für alle anderen völlig uninteressant.

Es hatte sich zum Beispiel nie ein Fremder neben ihn auf die Parkbank gesetzt und ein Gespräch über das Wetter angefangen, obgleich David jeden Tag mehrere Stunden in dem kleinen Park am Franklin Square verbracht hatte, um Zeitungen zu lesen und die Tauben mit getrocknetem Mais aus einer Spitztüte zu füttern, die er für zehn Cent von dem schwarzen Jungen am Eingang gekauft hatte. Niemand hatte eine ungelesene Zeitung im Papierkorb neben der Bank hinterlassen oder eine Kreidemarkierung ... nichts.

Er konnte nicht genau sagen, was er erwartet hatte ... aber schon mehr als nichts.

Um sein Hirn in Form zu halten, hatte er zwischendurch eine Partie Schach mit den alten Herren im Park gespielt. Mittlerweile nannten sie ihn *Die Maschine* und machten einen Bogen um ihn. Der Botschaftsarzt hatte sein Knie untersucht und es für infektionsfrei erklärt. Er hatte ihn zu einem Bandagisten geschickt, der ein paar kleinere Justierungen an der Bandage vorgenommen und ansonsten erklärt hatte, das sei die beste Bandage, die ihm je untergekommen sei. Und er habe seit Pearl Harbor eine Menge gesehen.

Bohr war mit seinem Igel beschäftigt und brauchte David nur stundenweise, damit er die zahllosen Briefe an die Hälfte der Wissenschaftler in der ganzen Welt redigierte, mit denen Bohr sich austauschte. Und um den erlösenden Brief an Winston Churchill zu formulieren, was sich so zäh gestaltete, wie widerspenstigen Ketchup aus einer Flasche zu schütteln. Sie hatten die einleitenden Sätze mindestens zwanzig Mal umgeschrieben – aber Bohr war noch immer nicht zufrieden.

David widersprach nicht. Nach außen war er leidenschaftslos wie eine Kuh.

An diesem Morgen stand er in dem großen, glänzenden Badezimmer und rasierte sich. In zwei Stunden würden sie den Zug nach New York besteigen, wo Oppenheimer zu ihnen stoßen würde. Von der Grand Central Station würden sie dann zu dritt nach Chicago weiterreisen, dort umsteigen und weiter nach Lamy und Santa Fe in New Mexico fahren. Die Reise würde insgesamt vierundvierzig Stunden dauern.

»Verflixt!«

Er hatte sich in die Wange geschnitten und betrachtete seine blutigen Fingerspitzen. Dann drückte er einen Fetzen extraweiches Botschaftsklopapier auf die Wunde, legte die blutige

Rasierklinge auf den Waschbeckenrand und setzte eine neue in den Schaber.

Er schaute in den Spiegel, auf den Rasierer, die Rasierklinge auf dem Beckenrand, und lächelte. Er hatte eine Idee. Zumindest die vagen Umrisse einer Idee. Einer Idee, die vielleicht sogar funktionierte.

David pfiff tonlos und fuhr mit der Rasur fort.

NEW MEXICO

In Chicago waren Bohr, Oppenheimer und David in den Santa Fe Super Chief umgestiegen, einen luxuriösen Passagierzug, der sie quer durch die weiten Ebenen des Mittleren Westens nach Santa Fe in New Mexico bringen sollte. Es war elf Uhr abends, und David hatte ausgerechnet, dass sie sich im Herzen Oklahomas befanden. Am Himmel waren weder Mond, Planeten noch Sterne zu sehen. Höfe und kleine Orte waren wie Inseln auf dem endlosen Prärieozean verstreut. Über den Horizont raste ein Gewittersturm. Er hatte noch nie so viele Blitze die dunkle Wolkendecke durchbohren sehen. Zwischendurch sah es aus, als würden die Blitze wie auf einem göttlichen Webstuhl ein gleißendes Netz zwischen Himmel und Erde knüpfen.

Bohr döste in ihrem Erste-Klasse-Privatabteil. Seine erloschene Pfeife lag in dem Aschenbecher unter dem Fenster, und er hielt seinen Schlüsselbund in der rechten Hand. Das tat er, weil er, wie er David erklärt hatte, seine besten Ideen im Grenzland zwischen Wachen und Schlaf hatte, wo das Unbewusste die Chance bekam, sich zu entfalten, ohne vom wachen Ich erdrückt zu werden. Wenn die Muskelspannung nachließ und die Schlüssel mit einem leisen Klirren auf den Teppich fielen, wurde er in der Regel wach und begann, Symbole und Formeln auf alle vorhandenen Flächen zu kritzeln. Auch aufs Fenster, was nicht sehr praktisch war.

Bohrs lederne Aktentasche lag ordentlich verwahrt in dem Gepäcknetz über seinem Kopf.

David war rastlos und verließ das Abteil.

Wenig später erreichte er den fast leeren Speisewagen, wo Bohr und er wenige Stunden zuvor ein exquisites Abendessen zu sich genommen hatten.

Am ersten Tisch spielten vier ältere Offiziere Bridge. Die Tischlampe warf ihren goldenen Schein über Spielkarten und braun gebrannte Hände mit blauen Venen und Altersflecken. Am hinteren Ende des Wagens entdeckte er Oppenheimer, der einer dunkelhaarigen, schlanken Frau in einem weißen Abendkleid gegenübersaß. Wie üblich lächelte und unterhielt sich der Direktor angeregt, rauchte und trank einen Martini. David wollte gerade an einem freien Tisch Platz nehmen, als Oppenheimer das Glas abstellte und ihn zu sich winkte.

David hätte lieber gemütlich über einer Tasse Kaffee die meteorologischen Phänomene am Nachthimmel studiert. Andererseits war er rund um die Uhr im Dienst. Bohr war zwar kein fordernder Mensch, aber er hatte einfach keinen festen Tagesrhythmus.

Er humpelte an den Tisch des Paares und setzte ein freundliches Lächeln auf.

»David!«, begrüßte Oppenheimer ihn. »Setzen Sie sich doch zu uns.«

Die Frau warf David einen kurzen Blick zu, ehe sie ihre Aufmerksamkeit wieder dem Direktor der Los-Alamos-Laboratorien zuwandte.

»Ich möchte keinesfalls stören«, murmelte David.

»Das tun Sie nicht.«

Oppenheimer fing den Blick des zwei Meter großen, schwarzen Barmannes im schneeweißen Affenjäckchen mit goldenen Epauletten und Messingknöpfen ein, der gerade mit runden, meditativen Bewegungen ein Bierglas polierte.

»Ja, Sir?«

»Ich denke, ich nehme eine Tasse Kaffee«, sagte David und massierte sein Knie.

»Nonsens«, sagte Oppenheimer. »Einen Martini für Mr. Adler, Wilson. Die sind exzellent, David, und das sage ich als Experte.«

»Und für Sie und Madame?«

»Einen Calvados«, sagte die Frau mit rauer, leiser Stimme.

»Für mich auch einen frischen Martini«, sagte Oppenheimer.

»Sehr gerne.«

Oppenheimer lächelte die Frau hingebungsvoll an, die Ende der Dreißiger war, wie David schätzte. Herzförmiges Gesicht, stechend graue Augen, ein ironischer Zug um ihren breiten, roten Mund. Die Gesichtszüge waren zu unregelmäßig, um als schön zu gelten, aber nicht, um sie als hübsch zu bezeichnen. Sie hatte das dichte, fast schwarze, kurze Haar hinter die Ohren geschoben, ihre Haut war glatt und gesund. Davids Blick ruhte fasziniert auf dem langsamen Puls unter der dünnen Haut zwischen der Perlenkette und der Mulde über dem Schlüsselbein.

Sie erwiderte Davids Lächeln nicht, der bei sich dachte, dass sie den stattlichen Mann vermutlich gerne für sich gehabt hätte.

»David, darf ich Ihnen Jeanette Stewart vorstellen, meine älteste Freundin in dieser Welt. Jeanette, das ist Mr. Adler, Onkel Nicks Sekretär. Er ist ebenfalls aus Dänemark.«

David nickte. »Es ist mir ein Vergnügen, Mrs. ... Miss ...?«

»Jeanette. Freut mich, Sie kennenzulernen.«

Der Händedruck ihrer schmalen, aber kräftigen Hand war fest, aber flüchtig. David bemerkte ein robustes Armband aus silbereingefassten Türkissplittern, das im Kontrast zu ihrer ansonsten eleganten Erscheinung stand.

Der Barmann servierte ihre Getränke. Jeanette Stewart trank ihren Calvados ohne Eis.

Oppenheimer hob das Glas.

»Skål.«

Er zwinkerte Jeanette zu. »Noch ein Adler, Jeanette.«

»Wieso noch ein Adler?«, fragte David.

Die Frau nahm eine Zigarette aus einem Silberetui, schraubte

163

sie in ein kurzes schwarzes Mundstück, während Oppenheimer sein Feuerzeug anknipste.

Er sah David an. »Es ist ein offenes Geheimnis, dass sowohl Jeanette als auch ich Dr. Felix Adlers Ethical Culture Society eine Menge schulden ... genau genommen das meiste. Das ist eine Schule in der Second West 64th Street in New York. Dort haben wir unsere fundamentale Ausbildung erhalten.«

Jeanette schaute aus dem Fenster, inhalierte und ließ den Rauch beim langen Ausatmen über das Glas streichen. Für einen Augenblick war der Sturm draußen hinter dem grauen Schleier verborgen.

»Eine Schule?«

»Keine einfache Schule, David. Eine fantastische Schule! Liberal. Die darauf besteht, Geist, Hände und Körper auszubilden. Ideologisch extrem offen und gedanklich neu ausgerichtet, aber auf guten konservativen Werten gegründet. Und es gab Mädchen dort!«

Oppenheimers Lächeln war so ansteckend, dass David sich ein Lachen nicht verkneifen konnte.

»Beneidenswert, die gab es an meiner Schule nicht.«

Jeanette musterte sie mit hochgezogenen Augenbrauen. »Zu der Geschichte gehört aber auch, dass die Schule, bevor sie zu The Ethical wurde, die Elementary School der Arbeiter war«, sagte sie. »Der einzige Grund, dass ich dort zur Schule ging, war, dass mein Vater Hafenarbeiter war. Als die reichen Juden in Manhattan die Schule für sich entdeckten, füllte sie sich schnell mit solchen verwöhnten kleinen Burschen wie Robert.«

Oppenheimer lächelte. »Am Ende war Jeanette das einzige nicht jüdische Kind in der Klasse.«

»Und das einzige arme Kind.«

Oppenheimer zog die knochigen Schultern hoch. »Ist das meine Schuld? Die Welt ist ein ungerechter Ort.«

»So viel ist sicher«, antwortete sie.

Schon möglich, dass die beiden alte Freunde waren, aber dornenfrei war diese Bekanntschaft nicht, dachte David. Und Jeanette Stewarts kühles, elegantes Auftreten verhüllte offensichtlich ein Temperament aus Quecksilber und Skorpionen.

Oppenheimer nahm ihre Attacke mit stoischer Ruhe. Der Barmann hatte das Radio eingeschaltet. Die Klänge von Glenn Millers »Moonlight Serenade« strömten durch den Speisewagen.

»Andererseits ist New York der einzige Ort auf der Welt, an dem es von Vorteil ist, Jude zu sein«, sagte Oppenheimer. »Oder zumindest kein Nachteil.« Er zündete sich eine Zigarette an und sah David durch den Rauch an. »Wussten Sie, dass das Arschloch James Bryant Conant, der, mit dem ich im Komitee sitze, in Harvard eine Judenquote eingeführt hat, als ich dort war?«

Jeanette stöhnte. »Woher soll er das wissen, Robert? Deine persönliche Leidensgeschichte gehört, ob du es glaubst oder nicht, keineswegs zur Allgemeinbildung.«

Für einen kurzen Augenblick verpuffte Oppenheimers ironische Distanz, aber trotzdem fuhr er unverdrossen fort. »Und wussten Sie ... *David* ... dass das Verhältnis von Juden zu Nichtjuden bei den theoretischen Physikern sieben zu eins ist? Ein Verhältnis, das auf die Nobelpreisträger angewandt noch deutlicher wird?«

Jeanette verschränkte die Arme vor der Brust und starrte ihn an. »Bitte nicht noch eine Predigt über die Überlegenheit der jüdischen Rasse, Robert. Das ertrag ich nicht.«

Oppenheimer gewann seine Seelenruhe zurück, aber seine Finger trommelten auf dem Tischtuch.

»Ich gebe einzig und allein Fakten wieder, meine Liebe.«

Jeanette wandte sich an David. Die Iris ihrer Augen war von einer dunkleren Korona eingefasst, was ihren Blick intensiv und fern zugleich erscheinen ließ. Am unteren Rand der linken Iris bemerkte David einen kleinen dunklen Fleck, wo die Pigmentierung fehlte. Die Augenbrauen waren schwarz wie Öl und breiter als die dünnen Augenbrauen, die gerade in Mode waren. Ihre fülligen Lippen leuchteten knallrot.

»Und Sie, David? Sind Sie Jude?«

»Ich fürchte, ja«, antwortete er. »Meine Familie ist nach Schweden geflohen, unser Haus wurde von Nazi-Sympathisanten bis auf die Grundmauern niedergebrannt. Schalburgkorps nennen sie sich in Dänemark. Aber ich bin Elektroingenieur, kein theoretischer Physiker, und rechne keinesfalls damit, irgendwann für Funkinstallationen oder Maschinenschreiben den Nobelpreis zu bekommen.«

Oppenheimer lachte schallend, und selbst Jeanette ließ sich zu einem leichten Lächeln hinreißen.

Der Zug ratterte durch eine kleine Stadt. Von den Rädern, die über die Weichen donnerten, spritzte ein Funkenregen in die Dunkelheit. Einzelne Straßenlaternen markierten den Verlauf einer Hauptstraße, ein paar niedrige Häuser und entferntere Landstraßen. Ein magerer Hund überquerte die Hauptstraße und starrte in Richtung Bahnübergang.

Jeanette beugte sich zum Fenster hin. »Wer lebt nur an solchen Orten?«

»Unter anderem viele der jungen Männer, die wir an Orten in den Tod schicken, von denen sie noch nie gehört haben«, sagte Oppenheimer.

Er erhob sich und nahm seine Zigaretten und das Feuerzeug vom Tisch.

»Wenn ihr zwei mich jetzt entschuldigen würdet. Ich muss mit dem großen Mann über ein kleines Stacheltier reden, das im Unterholz und in Hecken zu Hause ist und sich von Regenwürmern und Käfern ernährt. Schläft er?«

»Nein, und er freut sich immer über ein Gespräch mit Ihnen«, sagte David.

Die beiden Zurückgebliebenen sahen sich an. Und aneinander vorbei.

Der Barmann brachte einen frischen Martini und einen nach Apfel duftenden Calvados, ohne dass sie etwas bestellt hatten. Sie stießen an. Und schwiegen eine Weile.

»Sind Sie seit Chicago im Zug?«, fragte David, um das Schweigen zu beenden.

»Seit New York. Meine Mutter ist vor einigen Jahren gestorben, und mein Vater kommt nicht mehr alleine zurecht. Ich habe bei seinem Umzug zu meinem ältesten Bruder geholfen. Mit den beiden scheint es ganz gut zu funktionieren.«

»Haben Sie ein enges Verhältnis zu Ihrer Familie?«

»Ja, sehr. Freundin?«, fragte sie.

»Nein.«

»Verheiratet?«

»Ist das Voraussetzung für Los Alamos?«

Sie lächelte und biss sich mit einem weißen Eckzahn auf die Unterlippe.

»Eher im Gegenteil ...«

»Aha. Aber das bin ich ... Ich meine, verheiratet ... Sozusagen ...«

Sie zog die Augenbraue in einer neuen Variante hoch.

»Ja oder nein?«

»Ich bin verheiratet und habe eine fünfjährige Tochter, aber ich weiß nicht, ob sie noch am Leben sind. Ich habe sie in einem Geleitzug verlassen. Meine Flucht ist anders verlaufen als geplant.«

»Ist das der Grund, aus dem Sie humpeln?«

»Das Schiff, auf dem ich mich befand, wurde von einem Torpedo getroffen.«

Sie lehnte sich zurück und fuhr sich mit den rot lackierten Fingernägeln durch die schwarzen Haare.

»Die Ungewissheit ist am schwersten zu ertragen. Die Dämonen halten das Herz umklammert.«

»Klingt, als hätten Sie das selber schon erlebt?«

Sie massierte sich den Nacken und bat ihn, ihr eine Zigarette anzuzünden.

»Vor langer Zeit. Ich hatte es fast vergessen. Es hat sich irgendwann gelöst.«

Sie hat es nicht vergessen, dachte er. Ihr Blick war für einen Augenblick nachdenklich nach innen gerichtet – und höchstens einen Meter von seinem Gesicht entfernt. Die Arterie in der Schlüsselbeinmulde tickte schneller.

»Gut«, sagte er.

»Er wurde ermordet.«

David ertrug es nicht, weiter den Weg durch die Ruinen der Vergangenheit zu gehen, weder seine eigenen noch die von Jeanette Stewart.

Er zeigte auf ein paar winzige Flecken von Ölfarbe in den Lücken des robusten Armbandes. »Blau, weiß, blutrot und schwarz. Sind das die Farben von New Mexico?«, fragte er.

Sie bedachte ihn zum ersten Mal mit einem echten Lächeln und setzte gerade zu einer Antwort an, als sie lautes Lachen hörten. Oppenheimer stand am Tisch der Offiziere und hatte offensichtlich etwas gesagt, das sie in schallendes Gelächter ausbrechen ließ.

»Ich male«, sagte sie schließlich. »Nicht, dass ich eine van Gogh wäre, aber ich kann meine Werke zu guten Preisen verkaufen. Und New Mexico bettelt darum … nein, verdammt: New Mexico zwingt einen förmlich, es zu malen. Sie werden es selber sehen. Es leben einige wirklich herausragende Künstler in New Mexico. Es ist alles so rein. Die Farben wie neugeboren. Manchmal … zu bestimmten Tageszeiten und oben in den Bergen ist die Luft so klar, dass die Landschaft zweidimensional wird und nur noch aus Farben besteht. Das ist magisch.« Sie schwiegen wieder eine Weile.

Sie schaute auf das Tischtuch und schob ihr leeres Glas hin und her. Da fiel die Schwingtür mit einem Knall zu, der sie aus ihren melancholischen Gedanken riss.

»Und fort ist er, der gute Robert«, sagte sie. »Übrigens eine seiner Spezialitäten. Er ist ein Mensch, den man entweder vergöttert oder hasst. Ich kann gut verstehen, dass eine seiner Geliebten Selbstmord begangen hat.«

Jeanette gab dem Barmann ein Zeichen.

»Man kann sich nur fragen, ob sie selber gesprungen ist oder gestoßen wurde.« Sie suchte Davids Blick. »Es heißt, Bohr sei Gott und Oppie sein Prophet. Wussten Sie das?«

»Das ist ziemlich offensichtlich«, sagte David.

Der Kellner brachte die Getränke und tauschte den vollen Aschenbecher gegen einen neuen aus.

»Ich gebe Ihnen den ernsten Rat, sich in Acht zu nehmen, David. Robert kann jeden Menschen zu was auch immer überreden.«

»Nur, wenn er etwas gegen mich in der Hand hätte, womit er mich erpressen könnte, aber da gibt es nichts. Wozu hat er Sie überredet?«

Sie zog die Schultern hoch und stieß eine dünne Rauchsäule aus.

»Zu nichts, was ich nicht ohnehin getan hätte.«

»Kommen Sie. Wir sind doch nur zwei Fremde in einem Zug.«

»Lassen Sie es uns dabei bewenden.«

»Okay. Wie war er in der Schule?«, fragte David weiter.

Sie lächelte. »Ein widerwärtig braver, kleiner, magerer, zarter und körperloser Junge. Anwesend und weit weg zugleich. Er saß einfach nur da, zutiefst frustriert, obgleich wir wirklich ausgezeichnete Lehrer hatten. Später hatte er nur noch Mineralien und Mädchen im Kopf ... oder Mädchen und Mineralien.«

»Weil er zu schnell lernte und zu intelligent war?«

»Mit neun Jahren hat er im Lateinunterricht gestellte Fragen in Altgriechisch beantwortet oder umgekehrt. Wie eine verdammte depressive Bauchrednerpuppe. Mit seinen stechend blauen Augen guckte er einfach durch die Leute hindurch. Er rezitierte die gesamte *Ilias*, wenn man ihn darum bat.«

Jeanette schüttelte den Kopf.

»Genie oder Autismus, suchen Sie es sich aus. Da bin ich doch sehr viel lieber normal oder ein kleines bisschen dumm als über alle Maßen intelligent. Ich glaube, das ist ein echter Fluch.«

»Da haben Sie bestimmt recht«, sagte David. »Wo steigen Sie aus?«

»Zusammen mit Ihnen. The Hill.«

David sah sie überrascht an.

»Warum überrascht Sie das?«

»Sie sehen nicht aus wie eine Atomphysikerin oder Militärpolizeibeamtin. Das ist übrigens als Kompliment gemeint.«

»Ich bin weder das eine noch das andere, danke. Ich arbeite im Verlust- und Schadensregister.«

»Dann sind Sie Ärztin oder Krankenschwester?«

Jeanette errötete und angelte sich eine neue Zigarette.

»Ich bin Mathematikerin und Spezialistin für sehr große Zahlen und Statistiken. Ich konstruiere Modelle für Verlustzahlen. Massensterben.«

»Dafür gibt es Modelle?«

Sie sah ihn an.

»Es gibt für alles Modelle. Ich kann die Zahl der Toten unter den unterschiedlichsten Umständen vorhersagen. Dresden, zum Beispiel. Das ist ein ganz klares Modell.« Sie lehnte sich vor und ließ ihn nicht aus den Augen. »Zwischen dem 13. und 15. Februar dieses Jahres warfen amerikanische und britische Bomber 2200 Tonnen Flächenbomben über Dresden ab, einer bis dahin intakten und sehr schönen Barockstadt. Den Sprengkörpern folgten 1400 Tonnen Brandbomben. Ein guter Gedanke, weil die Flächenbomben Dächer, Türen und Fenster rausdrücken, sodass die Brände sich ungehindert ausbreiten können. Der Feuersturm stieg bis zu 10 000 Fuß in die Luft und verbrannte den gesamten Sauerstoff im Stadtkern innerhalb weniger Minuten. Die Bewohner erstickten, wo sie gerade gingen, lagen oder saßen – in Kellern, Schuppen oder Straßenbahnen. Dieses Phänomen ist nirgendwo in der Natur zu finden. Nicht einmal in Pompeji nach Ausbruch des Vesuvs.«

David blinzelte.

»Und Japan?«, sagte er leise. »Wird es sich dort wiederholen?«

Er hielt nach dem Barmann Ausschau. Aus dem Radioapparat strömte »Song of India« von Tommy Dorsey.

Jeanette gähnte und streckte sich wie eine Katze. Ihre Brüste pressten gegen die weiße Seide. Ihre nackten Arme waren schlank, aber muskulös.

Ihre Getränke wurden auf den Tisch gestellt. David hatte aufgegeben mitzuzählen. Wenn er die Augen schloss, wäre er verloren. Jeanette schien wie Oppenheimer der Alkohol nichts anzuhaben.

Das muss was Genetisches sein, dachte er. Manche Menschen werden saubetrunken, andere gar nicht.

»Skål, David. Haben Sie Japan gesagt?«

»Vergessen Sie es. Ich glaube, ich will es gar nicht wissen.«

Sie verharrte zwei Sekunden mit den Fingerspitzen auf Davids Handrücken. Dann lächelte sie. Ihre Eckzähne waren einen Tick länger als die übrigen Zähne und strahlend weiß im Kontrast zu dem roten Lippenstift.

»Aber das sollten Sie. Die Verlustzahl in Dresden lag bei ungefähr 25 000. Die Atombombe hat aller Voraussicht nach eine Sprengkraft, die 10 000 Tonnen konventioneller Sprengkörper entspricht, also viereinhalb Mal so stark wie Dresden. Die Japaner leben in Papierhäusern, nicht in gemauerten, und sie kennen keine Keller. Die Verlustzahl wird mit etwa 90 000 berechnet. Dann ist da aber noch der radioaktive Niederschlag, der in der Folge etliche Tausend Menschen vernichten wird. Die B-29er haben in der Nacht vom 9. auf den 10. März bei einem Flächenangriff auf Tokio im Laufe von sechs Stunden 100 000 Einwohner getötet. Das sind 17 000 Menschen pro Stunde.«

Jeanettes Blick hielt ihn wie in einer Schraubzwinge fest. Er fühlte sich hypnotisiert wie von einer Boa, bevor sie einen erdrückte und verschlang. »In dieser Nacht blies ein Wind mit einer Geschwindigkeit von vierzig Kilometer in der Stunde, der den Feuersturm von Osten nach Westen mit sich durch die Stadt zog. Eltern warfen ihre Kinder in den Akigawafluss, um sie vor den Flammen zu retten, aber das Wasser begann zu kochen.«

Endlich nahm sie ihren Blick von ihm und griff nach ihrem Glas.

»Bohr hat sie als arme, kleine Menschen bezeichnet«, murmelte er.

»Das sind sie auch«, sagte sie. »Das Gleiche kann man über die 120 000 jungen Amerikaner sagen, die bislang ihr Leben im Pazifikkrieg verloren haben. Oder über die 6000 Menschen, die am ersten Tag bei Omaha Beach umkamen.«

David lehnte sich zurück, um den Abstand zwischen ihnen zu vergrößern. Jeanette reagierte mit einem traurigen Lächeln.

»Das hört sich nach einem interessanten Job an«, sagte er.

Sie erhob sich ohne das geringste Schwanken und schaute auf ihn herab.

»Gute Nacht, Mr. Adler. Das war ... denkwürdig.«

Er streckte den Arm nach ihr aus, aber sie schlug kräftig seine Hand weg. Falls sie Tennis spielte, hätte sie eine furchteinflößende Vorhand.

»Verzeihen Sie«, sagte David. »Ich bin ein Idiot ...«

Sie ging an die Bar, beglich die Rechnung und durchquerte schnellen Schrittes den Speisewagen.

David schaute ihr nach: hochhackige, leichte Sandalen, ein Kleid, das seine Trägerin liebte. Ranker Rücken und hübsche, lange

Beine. Das Einzige, was die Mathematikerin mit dem Spezialgebiet sehr großer Zahlen zurückließ, war der Hauch ihres teuren Parfums.

Der Barmann lächelte David an und schaltete das Radio aus.

»Wir haben geschlossen, Sir.«

»Ich weiß. Danke.«

11. April 1945

Ihre Betten waren von den Schaffnern hochgeklappt und weggeräumt worden, und sie hatten ihr Frühstück fast beendet. David hatte das Kinn in die Hand gestützt und schaute aus dem Fenster, während sein Kaffee kalt wurde.

Die Welt war völlig verwandelt.

Während sie geschlafen hatten, hatte der Zug eine magische Grenze überquert. Es war nichts mehr zu sehen von den endlosen Äckern und Silos in einer monotonen, flachen und sich ewig wiederholenden Landschaft.

Die Sonne war hier viel schärfer, obgleich sie gerade erst aufgegangen war. Die Farben waren rein und klar: Ocker, Schwarz, Himmelblau und Rot. Die Landschaft wirkte dramatisch mit ihren tiefen Klüften und breiten Canyons, wo blaue Flüsse sich durch das Urgestein fraßen. Die Bergketten waren zackig wie das Gebiss eines Drachen und mehrere Gipfel am Horizont schneebedeckt. Es war das Land der Klapperschlangen, Krustenechsen, Feuerameisen, Skorpione, Kojoten und Apachen. Sie fuhren an verlassenen Ortschaften mit weißen Kirchtürmen vorbei, die lange, scharfe Schatten über die sie umgebenden, dachlosen und verfallenen Wohnhäuser warfen. Die Schatten waren so dunkel wie der vibrierende Kern im Innern der weiß gleißenden Sonne.

Die Verwandlung der Landschaft erinnerte David an eine Reise, die er vor dem Krieg mit ein paar dänischen Freunden unternommen hatte. Sie waren an Italiens Stiefelhacke in Brindisi auf die Fähre gestiegen und im Hafen von Korfu wach geworden: in dem gleichen gleißenden Licht. Hinter ihnen lag das wässrige Tageslicht Europas.

Bohr pellte sein Ei, um den Angriff auf das Eigelb vorzubereiten. Seine Bartstoppeln waren grau, er hatte Schlaf in den Augenwinkeln. Seine Bewegungen waren zögerlich.

»Oppie wollte gar nicht wieder gehen«, murmelte er. »Er war irgendwie hektisch. Ganz sicher peitscht General Groves ihn von morgens bis abends. Und Groves selber steht natürlich total unter Druck, das Unmögliche zu leisten. Womit hast du die Zeit verbracht?«

»Ich habe mich mit Schneewittchens Stiefmutter unterhalten. Sie überträgt Massenmorde auf Lochkarten.«

Bohr stieß lächelnd seinen Teelöffel in das Eigelb. »Ah, Dr. Jeanette Stewart. Oppie hat erzählt, dass sie auch im Zug ist. Sie hat wahrlich keinen beneidenswerten Job, David.«

»Nein, aber …«

»Du darfst dich privilegiert fühlen, junger Mann. Was du hier erleben wirst, wirst du nirgendwo sonst erleben. Das ist, wie bei der Geburt des Universums dabei zu sein. Natürlich in kleinerem Maßstab, aber die Kräfte und Prozesse sind haargenau die gleichen.«

David trank seinen kalten Kaffee.

»Es fällt mir schwer, mir die Geburt des Universums vorzustellen.«

Bohr lächelte. »Das ist natürlich unmöglich. Andererseits ist das Experiment der Höhepunkt nach dreihundert Jahren Forschung.«

»Und ohne Oppie gäbe es die Bombe nicht?«

»Sagen wir es mal so: Oppie würde vermutlich nicht ohne die Bombe existieren. Er hat eine Verwandlung durchlaufen, die niemand für möglich gehalten hätte. Seine größte organisatorische Herausforderung vor diesem Projekt bestand in der Betreuung von zwanzig Physikstudenten samt ihrer Hausarbeiten und

Examen. Jetzt ist er der allwissende, omnipotente und allgegen-
wärtige Direktor für sechstausend total unterschiedliche Menschen, vom exzentrischen Nobelpreisträger bis zum gewalttätigen
Straßenarbeiter. Das ist schon bemerkenswert, wirklich bemerkenswert. Und darüber hinaus ein Zeugnis für General Groves'
Menschenkenntnis. Alle haben laut aufgeschrien und sich die
Haare gerauft, als er Oppie vorschlug.«

»Warum?«

Bohr lehnte sich in dem Sofa zurück, wischte einen Flecken
Eigelb vom Hemd und streckte die Hand nach dem Kaffee aus.
»Sympathisant der Linken. Zumindest früher einmal. Aber das
war nach der Depression verbreitet an den Universitäten und
besonders bis zum Spanischen Bürgerkrieg. Und dann befürchte-
ten viele, dass er zu absonderlich und arrogant sein könnte, um
die Leute zur Zusammenarbeit zu bewegen. Er hat allen, die an
ihm gezweifelt haben, das Gegenteil bewiesen. Und mehr noch.«

Sie fuhren durch Santa Fes Vororte. Dominierendes Material
der traditionellen roten Puebloblöcke in Adobe-Bauweise waren
getrockneter, gebrannter Ton und Stroh. Es gab auch Gebäude
mit mehreren Etagen. Über die Stadt spannte sich ein weiter
blauer Himmel. Der Bahnhof war Knotenpunkt für den gesamten Südwesten der USA. Es gab mehr Gleise, als David zählen
konnte, riesige Viehpferche und Schlachthöfe, Depots und
unendliche Wagenreihen, metallisch blau und schwarz schim-
mernd in der Sonne.

»Bist du bereit?«, fragte Bohr.

»Natürlich.«

Der Santa Fe Super Chief spuckte Hunderte Passagiere auf den
überdachten, staubigen Bahnsteig. Alle waren entspannt, redselig
und wie für einen Urlaub in einem winterlichen Alpental gekleidet. Mehrere trugen Skier über der Schulter. Andere hatten Angel-
taschen dabei. Träger schwärmten vor den Zugtüren herum.

Ein paar Meter vor ihnen entdeckte David Oppenheimers schlaksige Gestalt in der Menschenmenge. Der Direktor der Los-Alamos-Laboratorien trug Jeans, ein blaues Denim-Hemd, Cowboystiefel und einen breiten Ledergürtel mit einer gigantischen Silberschnalle.

Jeanette Stewart war nirgends zu sehen.

Bohr lächelte mit der Pfeife im Mund. »Und schon wieder umschwärmt von seinem treuen Gefolge.«

Oppenheimer befand sich im Zentrum einer ihn vergötternden Gruppe junger Forscher, die aus ihren Urlauben oder Studienreisen an die Universitäten in New England zurückkamen. Alle buhlten um seine Aufmerksamkeit, und viele kopierten seinen ruckartigen Schlenkergang, die Art, wie er seine Zigarette hielt oder eine Schulter hochzog. Als sie Bohr entdeckten, teilte sich die Menschentraube wie das Rote Meer vor Moses.

Oppenheimer lächelte ihnen zu, ohne das Tempo zu verlangsamen.

»Onkel Nick, guten Morgen. David, haben Sie Ihr nächtliches Intermezzo mit Jeanette genossen?«

David überlegte, ob in der Stimme des Laborleiters ein Hauch Eifersucht mitschwang.

»Nun ja, sie hat Ähnlichkeit mit einem reifen Pfirsich«, sagte er vorsichtig, »außen weich und innen steinhart.«

Oppenheimer nickte. »Nicht schlecht, aber auch nicht ganz korrekt. Sie ist ein äußerst liebenswerter Mensch. Talentiert. Und sie leistet großartige Arbeit. Ich hoffe wirklich, dass Sie zwei sich besser kennenlernen.« Er schielte zu Bohr. »Ich gehe mit euch zu Dink und regele das mit euren Pässen. Und dann muss ich euch darauf aufmerksam machen, dass sich sowohl die Militärpolizei als auch der Abwehrdienst und das FBI auf dem Kriegspfad befinden. Je näher die Probesprengung rückt, desto paranoider werden sie, und es ist unglaublich, wie weit Paranoia einen treiben kann. Also, David: Sprechen Sie mit niemandem, der einen

Strohhut mit schmaler Krempe auf dem Kopf hat und hässliche braune Schuhe an den Füßen und in den Zeitungen nur die Sportseiten liest. Das sind unverkennbar Leute vom FBI. Gott sei Dank verlassen sie äußerst selten das Foyer vom Hotel La Fonda. Alles klar?«

»Ich werde es mir merken«, sagte David.

Bohr wischte sich mit seinem Stofftaschentuch über die Stirn. Mit Oppenheimer Schritt zu halten war anstrengend, und David fragte sich im Stillen, wo der Mann seine grenzenlose Energie hernahm. Seine Augenhöhlen waren dunkle Brunnen der Erschöpfung, das Gesicht unter dem breitkrempigen Hut war ausgemergelt, der ganze Mann nur Stoff und Knochen.

Oppenheimer sprach genauso schnell, wie er sich bewegte. »Ihr bekommt selbstverständlich das Gästehaus bei Fuller Lodge, wie gewohnt. Wenn wir bei Dink waren, werde ich dich, Onkel Nick, irgendwie in den Buick quetschen, aber für Sie ist kein Platz, David. Sie müssen mit den anderen Sklaven zusammen den Bus nehmen.«

»Kein Problem. Wer ist Dink?«

»Oppies Empfangschefin«, sagte Bohr. »Mrs. Dorothy McKibbin. Dein vorderster lokaler Posten, oder, Oppie?«

»Und absolut unentbehrlich. Dink hat jede einzelne Seele auf The Hill auf Herz und Nieren überprüft. Das heißt, natürlich nicht die von der Army.«

Sie überquerten die Plaza, den von schattenspendenden Pappeln gesäumten zentralen Platz im alten Stadtteil. Eine Gruppe Touristen aus Albuquerque stieg aus einem Reisebus und nahm Kurs auf die unzähligen Souvenirläden und Galerien. Indianerfrauen aus den Pueblos im Rio-Grande-Becken breiteten auf der schattigen Terrasse vor dem alten Gouverneurspalast farbenprächtige Decken aus und arrangierten ihre Ton- und Silberwaren zum Verkauf.

Eine Schar junger Mädchen in schwarz-weißen Schuluniformen lief von zwei Nonnen begleitet über den Platz. Eins von ihnen scherte aus der Reihe aus und verschwand in einem der Häuser auf der Südseite.

Oppenheimer führte sie links um eine dreistöckige, kitschige Adobe-Fantasie herum: Das Hotel La Fonda, mit seinen schattigen Verandas, hohen Zimmern, Restaurants, seiner Orchestertribüne und der berühmten Bar, war der unbestrittene soziale Mittelpunkt für die wohlhabenderen Einwohner und Reisenden.

Auf der anderen Seite des Platzes sah David Jeanette Stewart mit Sonnenbrille, grünem Tuch ums schwarze Haar, weißer Seidenbluse und weiter, schwarzer, hoch taillierter Gauchohose. Sie lief mit ausladenden Schritten an Woolworths vorbei und starrte vor sich hin, als wäre sie allein auf der Welt. Dann verschwand sie aus seinem Blickfeld.

Kurz darauf waren sie von etwa fünfzig anderen Personen umgeben, die auf Mrs. McKibbins »Geheimkontor« in der East Palace Avenue zustrebten, der inoffiziellen, aber unumgänglichen Pforte zu den Los-Alamos-Laboratorien.

Die Menge drängte in das ebenerdige Gebäude mit der Nummer 109 und weiter zur lang gestreckten Rezeption, wo die legendäre Dink und zwei jüngere Sekretärinnen damit beschäftigt waren, neue und alte Mitarbeiter zu registrieren. Unentwegt schrillten die Telefone, Fernschreiber ratterten, und Stimmen schwirrten durcheinander von denen, die neue Pässe und Personalausweise brauchten oder ihre alten erneuern wollten.

Bohr schien die meisten Leute zu kennen und lächelte, nickte und grüßte nach links und rechts.

Ein sechster Sinn schien Mrs. McKibbin zu melden, dass Oppenheimer eingetreten war, obgleich er nicht auf sich aufmerksam oder irgendwelche Anstalten machte, sich zu dem niedrigen Geländer vorzudrängeln, dem einzigen Bollwerk zwischen Mrs. McKibbin und ihrem kleinen Stab und der heranwalzenden Horde. Sie ließ den Stapel Papiere fallen, den sie in der Hand hielt, erhob sich von ihrem Bürostuhl und lief an das Geländer.

»Robert! Kommen Sie … Kommen Sie auf der Stelle hierher!«
Dink war eine gut aussehende, elegant gekleidete Frau etwa
Ende vierzig. Ihr rundes, strahlendes Gesicht wurde von dunklen
Locken eingerahmt, und ihre Augen waren scharf und intelligent.
Die Person, die sie gerade bedient hatte, seufzte und drehte
sich mit einem angestrengten Lächeln zu Oppenheimer um.

»Hi, Dink.« Oppenheimer umarmte Mrs. McKibbin über das
Geländer hinweg. »Wie schön, Sie zu sehen!«

Er reichte dem übergangenen Mann die Hand, der darüber
alles andere als erfreut zu sein schien.

»Hallo, Klaus … Schön, dass du zurück bist. Freut mich
mächtig, dich zu sehen. Deine Arbeit türmt sich auf, das weißt du,
oder?«

Klaus Fuchs, ein mittelgroßer, schlanker Mann, trug einen ein
paar Nummern zu großen Anzug. Die Stirn über den braunen
Augen, die durch die runden Brillengläser mit Schildpattgestell
vergrößert wurden, war ungewöhnlich hoch und glatt. Um seine
feuchten Lippen spielte ein verlegenes Lächeln, als er sich formell
verbeugte.

»Danke, Oppie. Ich bringe einen Haufen Grüße mit aus …
Washington. Es läuft alles nach Plan.«

Sein Englisch war grammatikalisch perfekt, wenn auch mit
starkem deutschen Akzent.

»Super, Klaus. Komm doch morgen Abend bei mir vorbei und
erzähl mir alles. Wir veranstalten eine kleine Willkommensfeier
für Onkel Nick.«

»Sehr gerne.«

Der britisch-deutsche Physiker bekam seine Papiere ausgehändigt und verschwand im Gedränge hinter ihnen, nach links und
rechts Entschuldigungen murmelnd.

Bohr beugte sich dicht zu Davids Ohr vor.

»Er meint den Staat Washington und die Plutoniumanlagen
Hanford Site.«

David flüsterte zurück. »Ist er Deutscher?«

»Nur zum Teil«, antwortete Bohr. »Er ist mit Chadwicks Delegation aus England hier. Chadwick hat übrigens das Neutron entdeckt. Ein Prachtkerl. Und wie gesagt ist Oppies Vater Deutscher, und seine Frau Kitty ist in Recklinghausen geboren ... Na ja, das ist alles ein wenig kompliziert.«

Oppenheimer zeigte indessen mit einer ausladenden Geste auf David und Bohr. »Die beiden sind mit mir zusammen hier, Dink.«

Die Frau zwinkerte die beiden verschwörerisch an. »Mr. Nicholas Baker, nehme ich an. Und wer ist dieser flotte junge Mann?«

»Sein Name ist David Adler«, klärte Oppenheimer sie auf. »Wird geschrieben, wie es klingt. Wir brauchen einen Q-Pass für David, Dink.«

Stille breitete sich um sie aus wie Ringe auf dem Wasser. Mrs. McKibbins Mund formte ein rotes O.

»Ich werde das schon mit Groves regeln«, sagte Oppenheimer entschieden. »David ist Nicks Assistent, und er muss Nick überallhin folgen können, sonst ist es sinnlos.«

Dink kniff die Augen zusammen.

David wandte sich an Bohr.

»Was ist dieser Q-Pass, dass sie so aus dem Häuschen ist?«

Bohr lächelte.

»Das ist der Schlüssel für alle Türen. Ein Q-Pass erlaubt dir den Zugang zu allen Stellen und Leuten in The Hill. Den haben nur einige wenige Auserwählte, kann ich dir versichern. Ich selbst habe natürlich einen.«

Oppenheimer ließ Mrs. McKibbin nicht aus den Augen, als sie sich zu dem schwarzen Tresor begab und einen der seltenen Q-Pässe herausnahm. Sie bekam eins von Georges Passbildern von David, das sie mit einer Messingniete an den Pass tackerte. Dann signierte sie ihn und bat Oppenheimer um eine Gegensignatur.

»Danke, Dink. Du bist ein Engel.«

»Klar. Versprich mir, dass du den General unterrichtest, sonst bin ich dran, so viel ist sicher.«

»Versprochen.«

Wieder draußen auf der Straße atmete Oppenheimer erleichtert auf. Er schaute kurz auf seine Uhr und danach sehnsuchtsvoll zu den fernen Bergkämmen. David dachte, dass der Direktor sich vermutlich am wohlsten mit sich allein oder in Gesellschaft weniger vertrauter Freunde auf einem Pferderücken in einer gottverlassenen Gegend in den Bergen fühlte.

Er sah David an. »Eine reizende Frau, finden Sie nicht auch?«

»Absolut.«

Oppenheimer zündete sich eine Zigarette an und hustete. »Der Bus kommt in einer halben Stunde. Morgen veranstalten wir, wie gesagt, eine kleine Willkommensparty für Nick, zu der Sie natürlich herzlich eingeladen sind. Nur ein kleiner Kreis. Halb acht bei mir zu Hause. Informelle Kleidung.«

»Danke. Ich freue mich darauf.«

Oppenheimer neigte erneut den Kopf in den Nacken und schaute verträumt zu den fernen Gipfeln.

»Das Sangre-de-Cristo-Gebirge«, sagte er leise.

Es klang wie eine Zeile aus einem Gedicht.

»Die Landschaft hier erinnert mich so sehr an Korsika. Waren Sie schon mal auf Korsika?«

»Noch nie. Vor dem Krieg habe ich ein paar Reisen nach Griechenland unternommen. Ich mag die Griechen.«

»Natürlich, das verstehe ich. Aber dann sollten Sie mal nach Korsika reisen. Ich habe dort in der dunkelsten Phase meines Lebens einen Sommer mit Freunden verbracht. Nach Rutherford und Cambridge. Es ging mir in vielerlei Hinsicht elend, aber dann hatte ich in den Bergen von Korsika ein bemerkenswertes Erlebnis. Geradezu mystisch. Übernatürlich. Ich habe während meines Aufenthalts *Auf der Suche nach der verlorenen Zeit* gelesen. Und ich kann nicht sagen, ob ich es Proust oder der Gesellschaft meiner guten Freunde zu verdanken habe, aber als ich zurück nach New York kam, war alles in Ordnung. All die Merkwürdigkeiten und Widersprüche, über die ich mir den Kopf zerbrochen habe, hatten sich geklärt. Seitdem ist es nur bergauf gegangen.«

Bohr nickte nachdenklich,

»Die Landschaft ist in der Tat wunderschön, Oppie. Ich habe vor Kurzem zu David gesagt, dass New Mexico in sich das Beste, was Spanien zu bieten hat, mit den besten Seiten Österreichs vereint.«

Oppenheimer breitete begeistert die Arme aus. »Danke, Onkel Nick. Besser hätte ich es nicht formulieren können. Lass uns zwei einen kurzen Abstecher ins La Fonda machen. Für einen schnellen Drink reicht es sicher noch, ehe John mit dem Wagen da ist.«

Die zwei verschwanden um die nächste Ecke, und David überquerte die Straße und betrat einen Gemischtwarenladen, in dem er von einem hochgewachsenen, wortkargen Indianer Zündhölzer und eine Stange Camel erstand.

Vor Mrs. McKibbins Kontor stand noch immer eine lange Schlange junger Menschen an. Etwas abseits an einen Laternenpfahl gelehnt stand Klaus Fuchs und las eine Zeitung, ganz in seiner eigenen Welt.

Ein weißer Bus ohne irgendein Kennzeichen blieb vor dem Gebäude stehen. Zwei Militärpolizisten stiegen aus und kontrollierten die Papiere und Sonderausweise der Wartenden für The Hill, ehe sie sie einsteigen ließen.

David sah Jeanette hinter dem Bus einen großen Schiffskoffer durch den Staub schleppen. Er ging ihr entgegen, umfasste den anderen Handgriff und wollte den Koffer anheben, der sich aber trotz aller Kraftanstrengung keinen Millimeter vom Boden bewegte.

»Verdammt, schmuggeln Sie Plutonium?«

183

David sah, dass ihr eine scharfe Retourkutsche auf der Zunge lag, aber sie hielt sich zurück und zuckte mit den Schultern.

»Sprengstoff für die Indianer. Seien Sie vorsichtig«, murmelte sie.

Zusammen hievten sie den monströsen Koffer und sein Gepäck in den Bus und durch den Mittelgang zum Gepäckregal am hinteren Ende. Er wischte sich den Schweiß aus der Stirn und zog die Jacke aus.

Jeanette hatte sich auf dem Fensterplatz einer Zweiersitzbank niedergelassen. Er setzte sich neben sie auf das glühend heiße rote Vinylpolster, lockerte seinen Schlips und legte die zusammengefaltete Jacke auf den Schoß.

»Sich für Hilfe zu bedanken fällt Ihnen nicht leicht, was?«, sagte er.

Sie starrte nach vorn.

»Tausend Dank, dass Sie mir mit meinem Koffer geholfen haben, Mister.«

David seufzte. Der Bus setzte sich in Bewegung und rollte langsam durch die engen Gassen von Santa Fe. Im Bus war es noch heißer als draußen. Schweiß lief ihm den Rücken hinunter, und sein Hemd ging eine untrennbare, chemische Verbindung mit der Rückenlehne ein. Jeanette Stewart schien von der Hitze unbeeindruckt und entspannt wie ein Pinguin auf einer Eisscholle. In ihrem Gesicht war keine Spur der Flasche Calvados zu sehen, die sie in der letzten Nacht fast geleert hatte. Das war unheimlich.

»Wie ist es eigentlich da oben in The Hill? Das nennt man übrigens ›Konversation‹. Und es tut mir leid, was ich heute Nacht gesagt habe.«

Sie würdigte ihn noch immer keines Blickes.

»Anders«, antwortete sie schließlich. »Ein sehr hässlicher Ort in einer sehr schönen Landschaft. Eine Stadt, die vor drei Jahren noch nicht existiert hat. Robert dachte ursprünglich, er würde mit sechs Wissenschaftlern und ein paar Ingenieuren auskommen. Jetzt wohnen und arbeiten auf dem Berg über sechstausend Menschen. Und da es sich um ein extrem geheimes Projekt handelt, gibt es kaum Straßenlaternen.«

»Es dürfte aber selbst in einer abgelegenen Gegend wie dieser schwierig sein, die Anwesenheit von sechstausend Fremden geheim zu halten?«

Small Talk war nicht ihr Ding, stellte David fest. Aber zumindest war sie höflich.

»Natürlich ist es das«, antwortete sie. »Darum ist The Hill an sich auch nicht mehr streng geheim, aber das Projekt natürlich.« Sie deutete ein Lächeln an. »Robert streut Gerüchte über den eigentlichen Zweck der Anlage aus. Im letzten, das er in Umlauf gebracht hat, ist Los Alamos ein geheimer Flottenstützpunkt, wo Prototypen von U-Booten konstruiert werden.«

»Neunhundert Kilometer von der nächsten Küste entfernt?«

Sie zog die seidenbekleidete Schulter hoch. Offensichtliches zu kommentieren war auch nicht ihr Ding.

Der Bus fuhr jetzt durch Vororte und erklomm eine kurvige Bergstraße. Majestätisch gezackte Bergketten füllten den Horizont. Entlang der Straße lagen verstreut Höfe, deren Mais-, Bohnen- und Chilifelder noch nicht geerntet waren, denn die Höfe und Wohnhäuser waren verlassen und bereits am Verfallen.

»Was ist mit den Bewohnern passiert?«

»Wer kann, arbeitet in den Laboratorien oder in den Boeing-Fabriken in Seattle, wo neue B-29-Bomber zusammengenietet werden. Dort verdienen sie in einem Monat mehr als hier in einem Jahr. Inzwischen importieren wir Nahrungsmittel aus Mexiko, ist das nicht verrückt?«

»Sind Sie gerne hier?«

Sie dachte ausgiebig über die Frage nach, was ihn sehr an Elena erinnerte; sie war offensichtlich ein ähnlich nachdenklicher und sensibler Mensch wie seine Frau. Ihre Augen wurden schmaler, bevor sie antwortete, die langen Wimpern schoben sich wie ein Schutzgitter davor. Heute trug sie Perlenohrstecker.

Sie warf ihm einen hastigen Blick zu.

»Warum starren Sie so?«

»Entschuldigen Sie ... Ihr linkes Auge. Der schwarze Fleck ...«

»Ein Defekt in der Iris. Den haben alle Frauen in meiner Familie. Einige im rechten, andere im linken. Eine Art Muttermal, könnte man sagen.«

»Okay ... Und was ist nun mit The Hill? Wie ist es dort?«

»Eine Klassengesellschaft, in der die Herkunft allerdings vollkommen irrelevant ist. Ihre Position wird einzig darüber definiert, was Sie zu dem Projekt beizutragen haben. An der Spitze der Pyramide befinden sich die europäischen Nobelpreisträger: Fermi, Rabi und natürlich Niels Bohr. Gleich darunter folgen die Physiker, die nach Großem streben: Serber, Frisch, Bethe, Segrè, Feynman und Kistiakowsky. Sie sind dort, um die Welt zu verändern.«

»Wer bildet das Fundament?«

»Arbeiter aus Texas. Sie fahren die Bulldozer, bewegen die Erdmassen, sprengen Felsen, errichten die Schlafsäle und Baracken. Jeden Samstagabend organisieren sie Faustkämpfe. Und dann ist da noch die Army. Wir stehen außerhalb aller Kategorien. General Groves ist derjenige, der die schwierigen und wichtigen Entscheidungen trifft, wobei er extrem abhängig von Robert ist. Das geht ihm gehörig gegen den Strich, aber er hat sich inzwischen damit abgefunden. Ziemlich verwickelt, das Ganze.«

»Und wo befinden Sie sich?«

Sie lächelte selbstironisch.

»Das kann ich gar nicht so genau sagen. Ich bekleide in der Army den Grad eines Oberleutnants, das war nötig, damit ich die Personensicherheitsprüfung durchlaufen konnte.« Sie machte einen militärischen Gruß und imitierte perfekt die forsche Frauenstimme aus einer bekannten Radiowerbung: »Ich bin ein braves Mädchen mit einem Herz voller Stars and Stripes!«

David lachte. Diese urkomische Imitation hätte er ihr gar nicht zugetraut.

»Sie sind gut!«

»Danke, Mister.«

Ihr Gesicht wurde wieder ernst.

Der Motor des Busses hämmerte beunruhigend, und das von der steilen, schmalen Hangstraße gepeinigte Getriebe wimmerte herzzerreißend. Santa Fe breitete sich als rote Fläche unter ihnen aus.

Jeanette schlug die Beine übereinander. Sie trug keine Strümpfe in ihren ausgetretenen, verkratzten Wildlederstiefeln, die einen äußerst bergtauglichen Eindruck machten. Sie schob die Hände zwischen ihre Oberschenkel und das heiße Kunstleder.

»Seien Sie hier oben übrigens besser ein wenig vorsichtig mit dem Alkohol«, warnte sie ihn. »In dieser Höhe hebelt ein Glas Whisky einen aus wie der Tritt eines Pferdes. Ich sag es Ihnen nur.«

»Hat das auch jemand zu Oppie gesagt?«

Sie beugte sich ein wenig vor und brachte Abstand zwischen sich und die Rückenlehne.

»So etwas sagt man Robert nicht einfach so. Er kann sehr …«

»Direkt sein?«

»Rabiat, ja. Obwohl es inzwischen seltener geworden ist. Er hat sich verändert.«

»Zum Besseren?«

»Er steht jetzt mit beiden Beinen auf der Erde, ist herabgestiegen zu uns Sterblichen. Ich glaube ja, dass er Kitty nur geheiratet hat, weil ihr seine Martinis und die Qualmerei egal sind.«

»Hört sich an, als würden Sie sie nicht sonderlich mögen?«

»Sie ist The Hills offizielle _Queen Bitch_. Sie überwacht Robert Tag und Nacht, hindert ihn daran, etwas mit seinen Freunden zu unternehmen, und wirft ihm vor, ihre hypothetisch strahlende Karriere als Botanikerin verhindert zu haben. Sie ist komplett neurotisch, zum Bersten gespannt wie ein Fiedelbogen und trinkt wie ein Fisch. Zu viele Metaphern?«

»Grade noch zu verkraften.«

»Gut. Im Moment ist sie in Pittsburgh, um ihre zerrütteten Nerven zu pflegen. Die vier Monate alte Tochter hat sie derweil Robert überlassen. Zum Glück passt eine Freundin, die vor Kurzem eine Fehlgeburt hatte, auf sie auf.«

»Ich habe Sie gar nicht bei Mrs. McKibbin gesehen?«

»Weil ich bei der Army bin. Was haben Sie bekommen?«

David zog seinen Q-Pass aus der Brusttasche.

Sie starrte ungläubig auf das weiße Stück Pappe in seiner Hand. Ihre Wangen röteten sich, ihre Augen glänzten.

»Wieso das? Ich reiß mir hier seit sechs Monaten den Arsch auf und hab nur einen läppischen J-Pass, der es mir gerade mal erlaubt, von meiner tottristen Unterkunft in der Baracke in die Büros im Block B zu gehen und danach in die Kantine und wieder nach Hause. Das ist verdammt noch mal nicht fair. Sie sind noch nicht einmal Amerikaner!«

Einen Augenblick befürchtete David, dass sie ihn schlagen würde.

»Ich habe nicht darum gebeten, Jeanette. Oppenheimer hat das veranlasst.«

Sie drehte sich zu ihm hin und sah ihn an. Seine Worte lösten einen Strom unterschiedlicher, nur für Bruchteile von Sekunden sichtbarer Gefühlsregungen in ihrem hübschen Gesicht aus.

»Das hat er getan?«

»Ja.«

»Dann sollten Sie extrem wachsam sein«, murmelte sie. »Dem Abwehrdienst und dem FBI wird das gar nicht gefallen. Sie wissen, dass qualifizierte Insiderinformationen aus The Hill rausgeschmuggelt werden, aber sie wissen nicht, wie.«

»Wohin rausgeschmuggelt?«

»Nicht nach Uganda.«

Obwohl die Sonne gnadenlos brannte, wurde es spürbar kühler. David löste das feuchte Hemd von der Rückenlehne. In der Landschaft streckten meterhohe Kakteen beschwörend ihre Arme in den blauen Himmel.

»Wo waren Sie, als Oppenheimer Ihnen angeboten hat, hier zu arbeiten?«, fragte David, um das Schweigen zu beenden.

»An der University of Michigan, wo er jeden Sommer Gastvorträge hält. Wir haben den Kontakt gehalten. Wo werden Sie wohnen?«

»In einem Gästehaus in Fuller Lodge.«

»Warum frage ich überhaupt?«, murmelte sie.

Sie drehte sich zum Fenster, als wäre seine bloße Anwesenheit schier unerträglich.

»Wie wär's, wenn wir die Pässe tauschen?«, schlug David vor. »Dann können Sie im Gästehaus wohnen. Mir macht es nichts aus, in einem Schlafsaal zu schlafen.«

»Fuller Lodge lehnt man nicht ab«, sagte sie entrüstet. »Das wäre unerhört.«

Der Bus schob sich dicht an den Straßenrand, als im Seitenspiegel des Fahrers Oppenheimers schwarzer Buick auftauchte. Der Wagen überholte sie mit einem munteren Hupkonzert und hinterließ eine weiße Staubwolke, die durch alle Öffnungen und Ritzen in den Bus drang. David hustete. Als er sein Taschentuch suchte, flatterte ein kleiner gelber Umschlag aus seiner Jackentasche auf den Boden im Mittelgang.

Er stand auf, um ihn aufzuheben, öffnete neugierig die eingeschobene Lasche und zog ein fünf mal sieben Zentimeter großes Schwarz-Weiß-Foto von Elena und Sara heraus. Das Foto war in einem anonymen Raum mit nackten Wänden aufgenommen. Elena schien ihn direkt anzusehen. Sie hielt eine Zeitung in der Hand. Sara saß auf einem niedrigen Schemel und schaute neugierig zu ihrer Mutter hoch.

In dem Umschlag steckten außerdem ein zusammengefaltetes Blatt Papier und ein Negativ, das vermutlich als Beweis gedacht war, dass das Foto nicht manipuliert worden war. Er schob Foto, Zettel und Negativ eilig zurück in den Umschlag und steckte ihn tief in die Innentasche seiner Jacke.

Dann schaute er zu Jeanette, die ganz offensichtlich in der Aussicht versunken war.

Sein Gehirn setzte aus, war wie betäubt.

»Nicht vergessen zu atmen«, kam es gleich darauf nicht unfreundlich von seiner Banknachbarin.

»Wie bitte ...?«

Mit übertriebenen Gesten demonstrierte sie ihm, wie man atmete. Ihre Brüste hoben und senkten sich unter der dünnen Seidenbluse. Dann nahm sie die Arme hoch wie zum Dirigieren.

»Einatmen, und wieder ausatmen. Das ist gar nicht so schwer.«

Davids Herz hämmerte wie eine afrikanische Kriegstrommel, aber er imitierte ihre Atemübungen.

»Sie haben recht, das ist gar nicht so schwer«, sagte er. »Und es hilft.«

»Sag ich doch.«

Der Weg schlängelte sich in engen Haarnadelkurven den steilen Hang hinauf. Scharfzackige Bergketten füllten den Horizont. Vereinzelt gab es noch ein paar einsame Riesenkiefern, aber mit jedem Höhenmeter wurden es weniger.

Jeanette zeigte auf ein blaues Band, das sich weit unter ihnen durch die Landschaft wand.

»Das ist der Rio Grande. Und da drüben ist der Pajarito Canyon. Hallo ... Hören Sie mir überhaupt zu?«

»Ja ...«

Er hörte ihr nicht zu.

»Manchmal reite ich mit meinen Malutensilien dorthin. Es ist wunderschön dort. Im Westen ist das Jemez-Gebirge. Die höchsten Gipfel sind um die 3350 Meter hoch.«

David zwang sich, an etwas anderes zu denken als an den Umschlag. Hunderte von Menschen hätten die Gelegenheit gehabt, ihm das Kuvert unbemerkt in die Tasche zu stecken.

»Mit dem Pferd?«

»Ja, David. Reiten Sie?«

»Ich habe es nie ausprobiert.«

»Die Militärpolizei hat Ställe in The Hill. Roberts Quarter Horses sind dort untergebracht. Sie eignen sich gut für die Berge. Sehr ausdauernd. Vielleicht können Sie ja irgendwo Reitunterricht nehmen.«

»Ich glaube nicht. Ich mag keine Pferde. Sie haben die gleiche Gewichtsverteilung zwischen Körper und Gehirn wie der Tyrannosaurus Rex. Und sind neurotisch wie Sopranistinnen«, sagte er abwesend.

Sie seufzte gereizt.

»Dann lassen Sie's halt bleiben.«

Damit war ihre Unterhaltung beendet, bis der Bus die Baumgrenze hinter sich ließ und den Blick, so weit das Auge reichte, auf Reihen grüner Baracken auf der Pajarito Mesa freigab. David schüttelte es beim Anblick der hohen Schneeverwehungen hinter den Gebäuden, Garagen und Fahrzeugen. Die Bulldozer des Ingenieurkorps hatten lange Schneisen in den umgebenden Zedern- und Kiefernwald gefressen. Der ganze Bereich war von einem hohen, mit Stacheldraht gekrönten Maschendrahtzaun eingefasst, außer dort, wo die Hochebene in eine Schlucht abstürzte.

In allen Himmelsrichtungen ragten kantige Hochspannungsmasten in den Himmel.

Die Siedlung lag unter einer dünnen, grauen Nebelschicht von den Kohlefeuern der Baracken.

Mit einem Quietschen der überhitzten Bremsen hielt der Bus vor dem weißen Torhaus von The Hill. Die Fahrgäste strömten durcheinander redend hinaus wie Kinder auf dem Weg ins Sommerlager.

David und Jeanette bildeten das Schlusslicht. Er zog ihren Schiffskoffer mit seinem Gepäck obendrauf hinter sich her. Sein Knie protestierte trotz Bandage gegen jeden Schritt.

Die Luft war trocken, frisch und kalt, es bildeten sich Atemwolken vor dem Mund. David fror in der dünnen Leinenjacke, die er in Selfridges' Safariabteilung gekauft hatte. Er wäre besser weitergegangen in die Abteilung für Ballonfahrer, Bergsteiger und Nordpolfahrer.

»Für Inhaber des Q-Passes geht es rechts weiter, Proletarier wie ich biegen links ab«, sagte Jeanette.

»Aber wir sehen uns doch irgendwo da drinnen?«

Sie schaute über seine linke Schulter und lächelte. Dann erlosch ihr Lächeln, und sie bat einen Militärpolizisten, ihr mit dem Koffer weiterzuhelfen.

»Ich habe es eilig«, sagte sie.

Sie bog um die Ecke, und obgleich David seine Schwierigkeiten mit Jeanette Stewart hatte, fühlte er sich seltsam verlassen.

Er trat einen Schritt zur Seite, ließ die anderen passieren und schob eine Hand in die Innentasche seiner Jacke. Eine Sekunde lang glaubte er, der Umschlag wäre nur Einbildung gewesen. Aber dann fühlte er das Papier zwischen den Fingern.

Jeanette stapfte währenddessen mit einer Handvoll Mitgliedern des Women's Army Corps, kurz WAC genannt, den schneebedeckten Weg hinauf. Sie wechselten sich mit ihrem Koffer ab und sie war genauso gut aufgelegt und aufgedreht wie alle anderen jungen Frauen.

Elena und Sara sahen wohlgenährt und gesund aus, und er konnte keine Angst in Elenas ernstem Gesicht erkennen. Ihr dickes Haar war gepflegt und lag in einem geflochtenen Zopf über ihrer Schulter. Sara trug einen sauberen Rock und einen Strickpullover. Elena hielt ein Exemplar des *Aftonbladet* vom 14. März in der Hand:

TITOS FORDERUNGEN AUF TRIEST BRINGEN NEUE
KOMPLIKATIONEN. Er schob das Foto zurück in den Umschlag und den Umschlag
in die Innentasche, ehe er am Torhaus seinen Q-Pass vorzeigte.
Der Militärpolizist hinter der Scheibe legte die Hand an die Schläfe
und hieß ihn freundlich lächelnd willkommen.
David erwiderte das Lächeln und betrat das Gelände von The
Hill. Hinter ihm fielen zwar keine schweren Tore ins Schloss, aber
dennoch hatte er das Gefühl, an einem Schlusspunkt angekommen zu sein.

Er blieb hinter dem Torhaus stehen, sein Gepäck unbeachtet
neben seinem linken Fuß. Er starrte auf den unfassbar glitzernd
weißen Schnee. Weiß wie das Nichts, die Unendlichkeit. So viel
Schnee hatte er das letzte Mal in den Birkenwäldern bei Murmansk gesehen.

An jenem Tag, an dem sein Leben bis zur Unkenntlichkeit zertrümmert worden war und diese absurde Reise begonnen hatte.

Bei Murmansk, Januar 1945

David saß auf dem Beifahrersitz eines langen dunkelgrünen Mercedes neben einem tadellos gekleideten Oberst namens Juri Kurjakin vom russischen Militärgeheimdienst GRU. Um sie herum in alle Himmelsrichtungen erstreckten sich endlose, schneebedeckte Birkenwälder. In dem schwindenden Licht des frühen Nachmittags waren schemenhaft die dunklen Holzgebäude einer Datscha zu erkennen. Die Sommerresidenz hatte vor der Revolution einem wohlhabenden Kaufmann aus Murmansk gehört, jetzt war sie in Volksbesitz.

»Ich mag den Schnee«, sagte Kurjakin.

»Warum?«

»Er ist so rein. Ich mag ihn, weil er rein ist.«

»Er wird wieder verschwinden«, sagte David.

Sein Atem bildete einen Kondensfleck auf der Windschutzscheibe.

Seit Tagen drückte ein starker Nordostwind seine eiskalte Faust von der Barentssee in die lang gestreckte, gewundene Kolabucht und ließ Murmansk wie ausgestorben zurück.

Kurjakin zog die Schultern in seinem dicken grauen Militärmantel hoch.

»Aber bis dahin ist er unverwüstlich.«

»Und kalt!« Davids Hände waren blau vor Kälte.

Der Oberst starrte vor sich hin. »Bitterkalt. Darum habe ich mir überlegt, Sie an einen Ort zu schicken, wo die Sonne immer scheint.«

Davids Herz schlug schneller. Das war die erste Öffnung im Geplauder des Obersts, seit er ihn vor drei Stunden abgeholt hatte.

»Wohin?«

»Gibt es einen sonnensichereren Platz als eine Wüste? Ich bin überzeugt, dass es Ihnen dort gefallen wird. Sie nennen den Ort Los Alamos. Ein trostloses Fleckchen Erde und vorübergehende Heimat für die klügsten Köpfe unseres Planeten.«

David sah den Oberst skeptisch von der Seite an. »Eine Wüste?«

»Eine Bergwüste in New Mexico. Aber vielleicht kommt es auch gar nicht dazu ... im Moment ist einiges in Bewegung. Jedenfalls hat sich eine Möglichkeit aufgetan, so viel ist gewiss.«

»Ich weiß noch nicht einmal, wo New Mexico liegt«, protestierte David benommen.

»Die wenigsten könnten New Mexico, geschweige denn Los Alamos, auf einer Karte zeigen, außer den Einwohnern. Weil die Amerikaner von absoluter Geheimhaltung besessen sind, haben sie mitten im Nichts von Grund auf eine Stadt aus dem Boden gestampft. Inzwischen sind dort sechstausend Techniker, Soldaten, Facharbeiter, Wissenschaftler und deren Frauen und Kinder untergebracht. Den abgelegenen Ort haben sie gewählt, um keine Aufmerksamkeit auf sich zu ziehen ... was natürlich jede Menge Aufmerksamkeit auf sich zieht. Möchte man einen Baum verstecken, sollte man das in einem Wald tun, dachte ich immer.«

Kurjakin streckte seine behandschuhte Hand aus und wischte das Kondenswasser von der Windschutzscheibe.

»Da sind sie ja«, sagte er.

Er schob den Jackenärmel zurück und konsultierte seine Armbanduhr.

Voll böser Vorahnungen betrachtete David eine lange Prozession von Menschen, die zwischen den Birken auf die Lichtung traten. Hauptsächlich Männer, aber auch ein paar Frauen und Kinder. Ihre aschgrauen Gesichter waren ausdruckslos und steif vor Kälte. Sie starrten auf ihre Füße. Den nächsten Schritt. Sie trugen mehrere Schichten Schals, Pullover, Jacken und Mäntel, alles, was sie aus ihren Schränken zerren konnten, als das NKWD nachts ihre Türen eintrat – nachdem in allen Haushalten das Stadtgas abgeschaltet worden war, damit niemand den bequemeren Fluchtweg wählte. Die meisten Kleider waren zerschlissen, aber vereinzelt waren auch elegante Mäntel mit Pelzkrägen aus der Zarenzeit zu sehen.

Die Prozession war endlos und riss nicht ab, als würde der Wald eine Armee der Verdammten gebären. Zwei jüngere Männer mit hohen Lederstiefeln kämpften sich mit einem antiken Rollstuhl durch den tiefen Schnee. In dem Stuhl saß eine gebrechliche, hinfällige alte Frau. Ihre spitze Nase ragte aus den Falten ihres Schals hervor wie ein Vogelschnabel. Der Frost verwandelte ihren Atem in Wolken feinster Eiskristalle.

Zwischen den gläsern wirkenden Bäumen standen Soldaten. Schäferhunde zerrten an ihren Leinen.

Die Ersten, die zwischen den Gebäuden auf dem Platz vor dem Hauptgebäude ankamen, bekamen von zwei unbewaffneten Soldaten graue Pappkartons mit dem Rote-Kreuz-Symbol überreicht. Hinter ihnen im Stall sah David unendliche Stapel identischer grauer Schachteln.

Nicht weit von der Datscha war ein beliebtes Sommerausflugsziel mit offenen Grasflächen, einem Bach und einem kleinen Kiosk, in dem man Limonade und Tabak kaufen konnte. David hatte an einem Sommersonntag in der Schlange vor dem Kiosk angestanden, während Sara Schmetterlinge gejagt und Elena im Schatten eines Baumes ein Buch gelesen hatte.

»Was ist in den Kartons?«, fragte er.

»Sägemehl und ein Fitzelchen Hoffnung.«

»Wie lange hält die an?«

»Ungefähr fünfzig Sekunden.«

David legte die Hand auf den Handgriff der Beifahrertür, was Kurjakin natürlich bemerkte.

»Sie sind tot, ehe Sie drei Schritte geschafft haben. In diesem Moment befinden Sie sich im Fadenkreuz einer Heckenschützin mit dreihundertneun bestätigten Treffern an der Ostfront und der Krim. Sie hat Orden verliehen bekommen und ist in Wintertarnkleidung auf einer Briefmarke verewigt. Eine sehr schöne Frau.«

David zog die Hand zurück.

»Ljudmila Pawlitschenko. Eine extrem geduldige und zielstrebige Frau. Die Kälte macht ihr nichts aus, und sie kümmert sich um die, die sich im Schutz der Bäume verdrücken wollen.« Der Oberst lächelte. »Ich glaube, sie kann gar nicht danebenschießen, selbst wenn sie es versucht. Habe ich mich verständlich ausgedrückt?«

»Ja.«

Die Erste aus der Reihe verschwand durch die Vordertür im Hauptgebäude der Datscha: eine junge Frau mit einem grauen Schal um den Hals, das blonde Haar zu einem dicken Zopf geflochten. Sie hatte ihren Karton unter den Arm geklemmt.

»Das freut mich«, sagte der Oberst. »Wenn Sie Dummheiten machen und sie Sie erledigen muss, muss ich mir jemand anderen suchen. Das wird nicht einfach sein.«

Er sah David von der Seite an.

»Aber auch nicht unmöglich.«

»Wieso zum Teufel bin ich hier. Und wo sind meine Frau und meine Tochter?«

Davids Stimme war kurz vorm Kippen, obgleich ihm klar war, wie unbedingt notwendig es war, dass er die lakonische Ruhe des Obersts widerspiegelte.

»Wenn die Zeit reif ist, werde ich es Ihnen sagen.«

Immer mehr Verdammte kamen aus dem Wald.

»Wie viele Menschen sind das?«, fragte David und kämpfte gegen das unwirkliche Gefühl an.

»Nicht viele. Nur siebenundachtzig.«

Aus dem Innern des dreistöckigen Hauptgebäudes der Datscha ertönte ein gedämpfter Knall. Zwei kurzbeinige, langfellige, vor einen Karren gespannte Gäule hinter dem Gebäude legten die Ohren an und zuckten unruhig zur Seite, ehe sie zu ihren gefüllten Futterbeuteln zurückkehrten. Ein paar Krähen stiegen aus ihrem Schwarm auf und bildeten kleine Malteserkreuze vor dem grauen Himmel, aber keine der Personen aus der Schlange blieb stehen oder hob den Blick. Vielleicht drückten sie ihren Rote-Kreuz-Karton etwas fester an sich, aber mehr auch nicht.

David betrachtete Kurjakins unbewegtes Profil.

Der Oberst zeigte auf das Gebäude.

»In dem Haus ist ein kleiner Raum. In diesem Raum befindet sich der einsamste Mann auf dieser Welt. Sein Name ist Valentin. Alle zehn Minuten wird eine neue Schicht Sägemehl auf dem Boden ausgestreut. In dem Raum gibt es außerdem noch einen Tisch, eine Pistole, vier debile, aber kräftige Grenadiere und eine Kiste Wodka. Valentin bevorzugt die deutsche Offizierspistole, wegen ihrer Zuverlässigkeit. Es wäre gar nicht gut, wenn sie versagt, besonders bei den Kindern.«

David sagte nichts.

Erneut tönte ein gedämpfter Pistolenschuss aus dem Gebäude.

»Vor dem Krieg war Valentin Schuhmacher. Er ist Veteran der Revolution und hoch dekoriert. Alle melden sich freiwillig, sie sind immer alt und glauben an die Sache.«

Die Soldaten trugen die erste Leiche raus auf den Karren. Die junge Frau. Der graue Schal war fort, genau wie ihr Gesicht.

Die Pferde wieherten, als sie das Blut witterten. Die Soldaten schlugen mit ihren Tragriemen nach ihnen. Sie trugen Unterhemden, Hosen und Stiefel. Im Gleichtakt schwangen sie die Frau auf den Wagen, dann begaben sie sich durch eine Seitentür zurück in das Gebäude, um die nächste Leiche zu holen. Das Blut dampfte im Schnee.

»Wie lange halten sie durch?«, fragte David heiser.

»Die Henker? Unterschiedlich. Valentin ist bisher am längsten hier. Er ist vermutlich sturzbetrunken, aber er hält stundenlang durch. Irgendwann richten sie dann die Pistole gegen sich selbst, das ist unausweichlich. Sie sind auch nur Menschen. Es kam auch schon vor, dass sie erst die Soldaten erschossen haben.«

»Das klingt fast so, als seien Sie stolz darauf.«

Kurjakin drehte sich zu David und zeigte erstmals ein Zeichen von Regung. »Das ist nicht meine Erfindung. Wir sind nur hier, um Sie in einen bestimmten Gemütszustand zu versetzen. Einen Gemütszustand, den ich für mich nutzen kann.«

David biss sich fest auf einen Knöchel. Er war kurz davor, den Verstand zu verlieren vor lauter Sorge um Elena und Sara, die seit drei Tagen spurlos verschwunden waren – drei Tage, an denen er weder geschlafen, gegessen noch irgendetwas von ihnen gehört hatte.

Ständig verschwanden Menschen.

Der Oberst atmete tief ein.

»Jede Gesellschaft muss abgehärtet und getrimmt, von unerwünschten Individuen befreit werden. Das ist notwendig und wünschenswert. Wir befinden uns im Krieg, und ich bin Darwinist.«

»Aber ihr habt diesen verfluchten Krieg doch längst gewonnen! Die Deutschen ziehen sich von allen Fronten zurück. Stalingrad, Leningrad, Rumänien, Italien, Normandie! Ich besitze ein Radio, verdammt. Sie haben zwei Millionen Menschen verloren!«

Kurjakin lächelte, als wäre David ein zurückgebliebenes, aber liebenswertes Kind.

»Es wird ein neuer Krieg kommen. Das ist unausweichlich.«

»Ist es das?«

»Das Weltgeschehen bewegt sich abnorm rasant vorwärts. Wir müssen mit ihm Schritt halten und es an unsere Bedürfnisse anpassen ... oder untergehen. Ich habe mich für Ersteres entschieden ... und Sie werden das hoffentlich auch tun.«

Der Oberst zeigte mit ausladender Geste zum Wald.

»Das ist angewandte Evolution. Wir sind gezwungen auszusieben, um der Degeneration Russlands vorzubeugen.«

»Hitler hätte es nicht besser formulieren können«, murmelte David.

»Dann sind wir in diesem Punkt einer Meinung«, sagte Kurjakin ungerührt.

Der Oberst beugte sich vor, und David beobachtete ihn nervös. Kurjakin drehte sich wieder zur Seite und stützte sich mit einem Ellenbogen auf dem Lenkrad ab. Er sah todernst aus.

»Noch neun Menschen in der Schlange. Kennen Sie jemanden von ihnen?«

David zählte – und alles in ihm verdichtete sich zu einer harten, kalten Kugel, schwer wie ein Planet.

Er erkannte Elena an ihrem ausladenden Schritt im platt getrampelten Schnee. Sara stolperte neben ihr her, und Elenas Hände lagen auf den Schultern ihrer Tochter. Saras roter Mantel war ein seltener Farbtupfer in der Schwarz-Weiß-Landschaft. Sie trug eine grüne Mütze, die Elena in diesem Herbst aus der Wolle eines aufgeribbelten Pullovers von ihm gestrickt hatte.

David riss die Tür auf und rief Elenas Namen, so laut er konnte, ehe der Oberst ihn zurück in die Kabine zerrte. David registrierte eine winzige Bewegung im Schnee unter einem Windbruch, wo die Scharfschützin offensichtlich ihren Unterschlupf hatte.

»Bleiben Sie sitzen«, fuhr Kurjakin ihn an.

David schlug nach ihm. Ein durch und durch harmloser Schlag, den Kurjakin beantwortete, indem er David fest im Nacken packte und seinen Kopf auf das Armaturenbrett donnerte. David kippte zurück in den Sitz und verlor für ein paar Sekunden die Besinnung. Er blutete aus beiden Nasenlöchern, und ein Zahn war locker. Als er wieder zu sich kam, befanden sich die grauen Augen des Obersts fünf Zentimeter vor seinen eigenen.

»Noch bleibt ihnen Zeit. Jetzt gucken Sie schon hin, verdammt noch mal!«

Elena war stehen geblieben. Ihr Hintermann lief in sie hinein und verharrte wie ein mechanisches Spielzeug vor einem Tischbein. Sie schaute zu David in dem Wagen. Sara sah ihre Mutter fragend an. Elena legte die Hände vors Gesicht. Als sie sie wegnahm, sah David ihre Lippen die beiden Silben seines Namens formen.

Zwei Soldaten näherten sich mit angelegten Gewehren, aber der Oberst winkte sie weg. Dann gab er das Zeichen, dass die Prozession weitergehen sollte. Die Soldaten trieben die Leute mit lauten Rufen und ungnädigen Stößen mit den Gewehrkolben an. Elena machte einen Schritt. Und noch einen.

Sie schaute immer noch zu David. Er versuchte zu lächeln, was kläglich scheiterte. Sara zupfte am Mantel ihrer Mutter. Elena wandte den Blick ab und schaute nach unten.

Kurjakin hielt David ein sauberes, weißes Taschentuch hin.

»Hören Sie, was ich sage?«

David nickte schwach.

»Wirklich?«

»Ja!«

Die Stimme des Obersts nahm einen versöhnlicheren Ton an. »Das hier muss nicht zwangsläufig das Ende von allem bedeuten. Aber Sie sollten wissen, dass jede Person in dieser Schlange einem Richter vorgeführt und wegen eines Verbrechens verurteilt wurde. So auch Ihre Frau, Elena Hirschfeld. Für die Verbreitung konterrevolutionärer Propaganda.«

David blinzelte und schaute zu Elena und Sara. Es standen noch acht Menschen in der Schlange vor ihnen. Wenn die nicht mehr dort waren, würde Elena einen Pappkarton in die Hand gedrückt bekommen. Sie würde sich vermutlich mit leiser Stimme bedanken, ehe sie mit Sara die Welt des Schuhmachers Valentin betrat.

»Wovon zum Teufel reden Sie?«

»Von der Anklage.«

»Ihr würde im Traum nicht einfallen, sich politisch zu äußern!« Der Oberst seufzte, als wäre David ein trotziges Kind, das sich weigerte, das Naheliegende zu begreifen.

»Mag sein, oder auch nicht. Bestimmt gibt es Zeugen.« Kurjakin sah David von der Seite an. »Das ist im Grunde gleichgültig.« Jetzt waren nur noch drei Menschen vor Sara.

Die Soldaten hievten eine weitere Leiche auf einen neuen, leeren Karren, der hinters Haus gefahren war.

»Das Schicksal hat uns also sozusagen in diesem Wald zusammengeführt«, sagte der Oberst.

David schaute in die blassen Augen des Obersts und sah zwei Dinge ein: 1. Das hier geschah wirklich. Und 2. Hinter seinen feingeschliffenen Oberklassemanieren war der Oberst ein Fanatiker.

»Und meine fünfjährige Tochter?«, murmelte David. »Hat sie sich auch konterrevolutionärer Propaganda schuldig gemacht?«

»Unter uns? Natürlich nicht. Das wäre eine wahnwitzige Annahme. Aber die Abwehrdienste in diesem Land haben sich auf die Altersgrenze von fünf Jahren geeinigt. Die Psychologen haben festgelegt, dass der Defätismus und die konterrevolutionären Überzeugungen der Eltern nach dem fünften Lebensjahr in den Kindern Wurzeln schlagen.«

»Was soll ich tun?«, fragte David verzweifelt.

»Alles, was ich von Ihnen verlange.«

Kurjakin schob erneut seinen Mantelärmel hoch und schaute auf die Uhr.

»Ihnen bleiben exakt eine Minute und zwanzig Sekunden, um eine Entscheidung zu treffen. Danach gehören sie Valentin.«

David presste das Taschentuch an die Nase.

»Was passiert mit ihnen, wenn ich zustimme?

»Nichts Böses. Darauf gebe ich Ihnen mein Wort.«

»Werde ich überleben?

»Das kann ich Ihnen wirklich nicht sagen.«

David schlug die Augen auf.

»Hier und jetzt kann ich Ihnen nur mein Wort geben«, sagte Kurjakin. »Man wird sich ordentlich um Ihre Frau und Tochter kümmern. Sie werden bis zum Abschluss Ihres Auftrags in Murmansk im Hausarrest gehalten. Wenn ich es für möglich und sicher erachte, werde ich dafür sorgen, dass Sie zwischendurch Beweise erhalten, dass sie leben und es ihnen gut geht. Alle Anklagen werden natürlich fallen gelassen.«

»Ich tue es.«

Der Oberst musterte ihn einen Augenblick. Dann nickte er und drückte zweimal auf die Hupe. Ein Offizier stapfte durch den Schnee zu Elena und Sara und eskortierte sie von der Schlange weg zu einem Lastwagen, der mit laufendem Motor auf dem Weg parkte. Der Offizier half ihnen ins Führerhaus, und der Lastwagen rollte los.

David atmete aus.

»Wieso ich?«

Zum ersten Mal lächelte Kurjakin.

»Dafür gibt es mehrere gute Gründe. Sie sind Däne, Sie sind mit Niels Bohr verwandt, und Sie haben an seinem berühmten Institut in Kopenhagen Physik studiert. Meiner Ansicht nach sind Sie die perfekte Wahl. Und das Timing ist günstig … Vielleicht ist die Chance morgen schon vorbei.«

David schüttelte den Kopf. »Das ist doch Wahnsinn. Ich habe Bohr und seinen Sohn Aage zu Geburtstagen und Weihnachten gesehen und vielleicht mal zwischendurch, als ich noch Fußball gespielt habe, aber das ist mindestens sieben Jahre her. Außerdem war ich nur ein halbes Jahr an dem Institut, ehe ich an die Polytechnische Lehranstalt gewechselt bin.«

Kurjakin wischte Davids Einwände beiseite. »Ich bin mir sicher, dass er sich mit Freude an Sie erinnert. Alle Leute erzählen mir, was für ein warmherziger Familienmensch er ist. Ein Heiliger. Naiv, politisch betrachtet, aber ein angenehmer Mensch. Außerdem ist Blut dicker als Wasser, wie Sie gerade eben selbst bewiesen haben. Und Ihre Mutter ist mit Bohrs Onkel verheiratet.«

Kurjakin drehte den Zündschlüssel um und erweckte den Mercedes zum Leben.

»Warum ist Bohr so wichtig?«

»Das kann ich Ihnen noch nicht sagen. Aber das ist er. Von entscheidender Bedeutung.«

»Sie wollen, dass ich ihn ausspioniere ... Geht es darum?«

»Ja.«

»Ich glaube nicht, dass ich ein sonderlich guter Spion bin.«

»Wir werden Ihnen schon alles Nötige dafür beibringen. Davon abgesehen sind Sie hoch motiviert. Sie wollen Ihre Frau und Ihre Tochter retten. Und Sie sind der beste Schachspieler, gegen den ich je gespielt habe, und ich habe im Laufe meines Lebens den einen oder anderen Großmeister geschlagen.«

»Ich habe nicht die geringste Ahnung, wo Bohr sich im Moment aufhält.«

Der Oberst sah völlig unbekümmert aus.

»Wir haben in jedem Land Freunde, David. Wir werden schon jemanden finden, der Sie an die Hand nimmt und Ihnen die richtigen Eingänge zeigt.«

Kurjakin setzte zurück und wendete das lange Vehikel. Er hielt David ein Silberetui hin, auf das über einem Hakenkreuz »Für Hansi, in großer Liebe. Mutter und Vater« eingraviert war. David nahm eine Zigarette heraus und gab Kurjakin das Etui zurück.

»Armer Hansi«, murmelte er.

Der Oberst gab ihnen Feuer mit einem Feuerzeug, auf das das gleiche Motiv eingraviert war.

»Das würde ich so nicht sagen. Offensichtlich war Hansi mit liebenden Eltern gesegnet. Im Gegensatz zu mir.«

Der Wagen schlitterte seitlich über den dichten Schnee, aber Kurjakin richtete ihn routiniert wieder aus. »Die schärfsten Hirne der Welt«, murmelte er. »Wie kann es angehen, dass acht der zehn letzten Nobelpreisträger in den Naturwissenschaften Juden sind?« David inhalierte den Rauch. Seine Nase blutete nicht mehr. Er starrte in das weiße Nichts. »Sie haben die Antwort selbst schon gegeben«, sagte er. »Darwinismus. Zweitausend Jahre Verfolgung und Pogrome filtern die Besten eines Volkes heraus.«

Kurjakin schaltete die Scheinwerfer ein. Zu dieser Jahreszeit war das Tageslicht nur ein vager Vorschlag.

»Sie haben sicher recht. Ich möchte mich übrigens entschuldigen für diese melodramatische Vorstellung, aber mir fehlte die Zeit, Sie auf andere und bessere Weise davon zu überzeugen, wie ernst die Angelegenheit ist. Wie bereits erwähnt, geht gerade alles sehr schnell. Überall.«

»Sie waren sehr überzeugend«, sagte David.

Kurjakin sah ihn von der Seite an – anscheinend nicht ohne eine gewisse Sympathie. »In Zukunft setze ich darauf, dass unsere professionelle Beziehung auf Pragmatismus, Vertrauen und gegenseitigem Respekt basiert.«

»Sie meinen Erpressung?«

»Nennen Sie mich Juri.«

»Wo fahren Sie mich hin, Oberst Kurjakin?«

»In eine Einrichtung der GRU. Eine der mit Abstand komfortabelsten. Ich hoffe, Sie lernen schnell. Wir haben nur ein paar Wochen … im besten Fall.«

»Bin ich der Einzige in New Mexico?«

»Eine Gitarre mit nur einer Saite ist ziemlich nutzlos, nicht wahr?«

Los Alamos

Die Angst lauerte irgendwo zwischen Davids Zwerchfell und seinem Herzen, eine eiskalte, zudrückende Faust. Unablässig. Aber er hatte gelernt, sie zu ignorieren. Sie hatten ihm alles über natürliche Reaktionen auf Angst und lähmende Sorge beigebracht, wie man seine Gefühle bezwingen und weitermachen, sich auf den Beinen halten konnte und dabei immer, immer, immer in der Lage blieb, ausgereifte und richtige Entscheidungen zu treffen, selbst wenn Körper und Herz einen ganz anderen Weg einschlagen wollten. Die Lehrer an der GRU-Akademie hatten ihn einen der besten Schüler genannt, den sie je gehabt hatten. Ein Naturtalent. David hatte ihnen an keiner Stelle geglaubt.

Er beobachtete überrascht die dampfende Atemwolke über seiner Schulter, begleitet von einem tiefen, seufzenden Schnaufer wie von einem aufsteigenden Wal. Etwas Warmes, Pelziges und Baumhartes schubste ihn einen Schritt nach vorn. Er stemmte sich dagegen, drehte sich um und schaute in ein achatglänzendes Auge von der Größe eines Apfels, umrahmt von langen schwarzen Wimpern.

David machte ein paar Schritte nach hinten, um Platz zu machen für das riesige kastanienbraune Pferd und den nicht minder imposanten Reiter, hinter denen die Landschaft plötzlich relativ klein und bedeutungslos erschien.

Der Reiter war ein Hüne, breitschultrig, kantig, barhäuptig, muskulös und mit langen Armen und Beinen. Er saß im Sattel, als wären Mann und Tier aus einem Granitblock gehauen. Das goldbraune

Haar wuchs in die Stirn, darunter ein Paar große, nachdenkliche und tiefblaue Augen. Die Nase war irgendwann mal gebrochen, und die Augenbrauen waren dick und vernarbt. Er trug eine Schaffelljacke mit den Rangabzeichen eines Hauptmanns, Khakihemd, helle Reithosen und braune Reitstiefel. David schätzte ihn auf Anfang vierzig, und sein Dienstgrad konnte nur bedeuten, dass er keinen Dienst an der Front in Europa oder im Pazifik geleistet hatte, weil er sonst unter Garantie mindestens Oberstleutnant gewesen wäre. Im Holster über der linken Hüfte des Hauptmanns steckte ein vernickelter .45 Colt mit Perlmuttgriff. Bei jedem anderen hätte die Waffe theatralisch gewirkt, aber nicht bei diesem Mann.

Der Hauptmann sprach mit leiser, tiefer und sanfter Stimme, während seine blauen Augen David ernst musterten.

»Hauptmann John James Urgayle, Sir. Sicherheitsdienst. Wenn ich bitte Ihren Ausweis sehen dürfte?«

David reichte dem Hauptmann seinen Q-Pass.

Das Ungeheuer kaute auf der Trense herum, und David wich seinen neugierig forschenden Maulstupsern aus. Das Pferd schnaubte, zog die Lippen zurück und entblößte ein beeindruckendes gelbes Gebiss.

»Sie sind kein Pferdefreund, Mr. Adler?«, fragte Urgayle, ohne den Blick vom Pass zu heben.

»Nicht direkt, nein.«

Er bekam seinen Pass mit einem grüblerischen Blick ausgehändigt, als wäre jeder Neuankömmling in The Hill eine weitere Bürde auf den Schultern des Hauptmanns, die ohnehin schon von einer Verantwortung beschwert waren, die nur sehr wenige Eingeweihte überhaupt ermessen konnten. Er schaute über Davids Kopf hinweg.

»Willkommen in The Hill, Mr. Adler. Ich hoffe, Sie haben einen angenehmen Aufenthalt während der Ausübung Ihrer Pflichten, worin auch immer sie bestehen mögen.«

»Ich bin Professor Bohrs Sekretär.«

Die Information löste keinerlei Regung in Urgayles unbewegtem Gesicht aus. Dann sagte er langsam und mit Bedacht: »Wir befinden uns hier auf einer geheimen Militäranlage, in der streng geheime Arbeiten ausgeführt werden. Alles, was Sie in The Hill hören oder sehen, soll in The Hill verbleiben, Mr. Adler. Die Informationen haben kein Verfallsdatum.«

»Selbstverständlich, Sir.«

Urgayle musterte ihn noch einmal ausgiebig. Dann nickte er und veranlasste sein Pferd mit unsichtbarem Druck in den Knien zum Wenden.

»Wenn Sie sich daran halten, bekommen Sie keine Probleme mit mir. Guten Tag noch.«

David schaute dem imposanten Paar nach. Kälteschauer liefen ihm den Rücken hinunter.

Wie um das letzte Wort zu haben, hob das Monsterpferd nach wenigen Metern seinen wedelnden Schweif und hinterließ einen Haufen dampfender Pferdeäpfel.

Fuller Lodge war die größte Holzkonstruktion, die David je gesehen hatte, ein dreigeschossiges Gebäude mit überhängendem Dach, das von entrindeten, lackierten Baumstämmen gestützt wurde. Es sah aus wie eine Mischung aus einem Luxushotel in den Alpen und einem Regierungsgebäude in Washington. Später fand er heraus, dass für die Konstruktion achthundert ausgewachsene Ponderosa-Kiefernstämme verarbeitet worden waren. Fuller Lodge stand am Ende einer hufeisenförmigen, von hohen Pappeln gerahmten Einfahrt, abgeschirmt von dem tristen, prosaischen Technikbereich. Die sechsundzwanzig dort stehenden Gebäude unterschiedlicher Größe waren das eigentliche Herz der Los-Alamos-Laboratorien: Hier wurden die Ideen entwickelt, hier fand eine wissenschaftliche Revolution statt.

David schlenderte langsam an dem Bauwerk vorbei und weiter

zu einem kleineren, zweigeschossigen Haus, das ihn an die Höfe erinnerte, von denen es in Südengland so viele gab. Er klopfte an die Tür, die von einer stämmigen Indianerin geöffnet wurde. In ihrem breiten braunen Gesicht mit den hohen Wangenknochen funkelten ein Paar schwarze Augen.

David lächelte.

»Guten Tag. Ist der Professor zu Hause? Ich bin David.«

Sie drehte sich um und führte ihn durch einen Gang in ein gemütliches Wohnzimmer mit Korbmöbeln und einem Tisch, der zum Nachmittagstee gedeckt war. Sie drückte ihn mit ihrer warmen, trockenen Hand in einen Korbsessel und schenkte Tee ein. Es gab frisch gebackene Brötchen und Maisbrot, Konfitüre und Marmelade, Butter und Sahne und verschiedene Käse.

Bohr tupfte sich den Mund ab und kam auf die Beine.

»David! Entschuldige, aber ich war mordshungrig und wusste nicht, wann du kommen würdest. Wie war die Fahrt?«

»Ausgezeichnet.«

»Ist das nicht ein fantastischer Ort? Das ist übrigens Mrs. Ramirez. Sie kümmert sich um uns. Sie redet nicht sehr viel, was ich sehr angenehm finde. Meiner Meinung nach wird viel zu viel geredet, findest du nicht auch?«

»Da stimme ich dir zu.«

David nahm einen Schluck von dem heißen Tee. Dann wickelte er sich fester in seine Jacke ein, obgleich im Kamin ein gemütliches Feuer knisterte.

»Hier ist es ganz schön kalt.«

Mrs. Ramirez zog sich zurück.

»Wie bitte? ... Ja, sehr kalt ist es hier. Kälter als letztes Jahr, soweit ich mich erinnere. Und der Schnee liegt viel länger als üblich.«

Bohr wedelte mit einem maschinengeschriebenen Brief.

»Wir sind übrigens rehabilitiert. Lord Cherwell und Anderson haben mit Churchill gesprochen und ihn positiver gestimmt.

Dieser Brief von Felix Frankfurter hat mich hier erwartet. Er ist Richter am Obersten Gerichtshof und ein enger Freund Roosevelts. Frankfurter hat mich seinerzeit Roosevelt vorgestellt. Darf ich dir einen Abschnitt vorlesen?«

»Selbstverständlich.«

»Gut … hör dir das an: *Es bestand natürlich nie und in keiner Weise Anlass zur Besorgnis, was Ihre Vorgehensweise betrifft. Alles, was Sie gesagt und getan haben, war immer im höchsten Maße der Wahrheit verpflichtet. Ich bin zutiefst froh darüber, dass sich die Wolken verzogen haben. Gestatten Sie mir, Ihnen zu sagen, dass Sie für mich die edelsten Traditionen und Ambitionen der Wissenschaft in sich vereinen* … Was sagst du dazu?«

Bohr freute sich wie ein Hundewelpe mit zwei Schwänzen.

»Fantastisch. Dann wirst du also nicht einen Kopf kürzer gemacht, sobald du das nächste Mal einen Fuß auf englischen Boden setzt?«

Der Professor runzelte die Stirn.

»Ich will hoffen, dass das vom Tisch ist. Wie auch immer, ich bin jedenfalls unglaublich erleichtert, dass kein Zweifel mehr an meinen Absichten und meiner Loyalität besteht. Das war unerträglich. Jetzt können wir uns endlich wieder auf das Wesentliche konzentrieren. Aage hat übrigens auch geschrieben. Ihm, Margrethe, deinen Eltern und Kirsten geht es gut. Ich soll Grüße ausrichten.«

»Danke.«

David schaute sich abwesend in dem niedrigen Wohnzimmer um, während seine Gedanken permanent um die Fotografie von Elena und Sara kreisten. Sein Blick blieb an einer Reihe von Fotos an der honiggelben Wand über dem Kamin hängen. Die Klassenfotos reichten zurück bis in die Zwanziger, und auf allen saßen, standen oder knieten Jungen um die fünfzehn, sechzehn Jahre in Shorts und Hemden, selbst auf den Fotos, auf denen Schnee zu sehen war. Im Hintergrund standen exakt so viele gesattelte Pferde, wie Jungs zu sehen waren.

»Wo sind die aufgenommen?«, fragte David.

Bohr lehnte sich zurück und brachte seine Pfeife zum Brennen. »Bei der Los Alamos Ranch School, einer Art Internat für kranke Kinder. Ich glaube, es waren immer um die zwanzig, fünfundzwanzig Kinder hier. Tuberkulose. Polio. Sie haben das ganze Jahr auf den Veranden um das Große Haus herum geschlafen, also dem eigentlichen Schulgebäude ein Stück die Straße hoch. Das war alles äußerst primitiv. Sie durften beispielsweise keine langen Hosen tragen, nicht einmal im Winter, und jeder Junge bekam ein Pferd zur Verfügung gestellt, um das er sich kümmern und auf dem er reiten lernen sollte.«

»Das hört sich sehr spartanisch an.«

»Trotzdem glaube ich, dass es eine ziemlich gute Einrichtung war«, sagte Bohr. »Das Schulgeld war höher als für Harvard oder Yale. Es waren hauptsächlich die Söhne wohlhabender Automobilfabrikanten aus Detroit, die hierherkamen.«

»War Oppie auch Schüler hier?«

Bevor der Professor antworten konnte, wurde das Haus durch eine Explosion in unmittelbarer Nähe erschüttert. Der südliche Himmel wurde erleuchtet. Die Äste der Pappeln schlugen gegen die Hauswand, die Fenster klirrten, und Putz und Staub rieselten von der Decke auf Bohrs Hosenbein. Er wischte ihn gelassen weg.

David war aus dem Sessel aufgesprungen. »Was zum Teufel war das?«

»Kistiakowsky und die Sprengmeister testen unten in Twomile Mesa hochexplosive Stoffe für Oppies Linsen. Daran gewöhnst du dich.«

Es folgte eine weitere Explosion, die die Wände zum Beben brachte.

»Ich kann mir nicht vorstellen, dass ich mich daran gewöhne«, sagte David.

»Aber sicher wirst du das. Und was deine Frage angeht, nein,

211

Oppie war nicht in dem Internat. Aber es hätte durchaus sein können, und vielleicht hätte es ihm sogar gutgetan, so kränklich, wie er als Junge war. Er ist das erste Mal 1922 mit einem seiner Lehrer aus New York hierhergekommen, da war er achtzehn. Sie haben den gesamten Sommer auf ihren Pferden New Mexico durchstreift. Damals hat Oppie sich in die Landschaft verliebt. Und 1929 hat er dann mit seinem Bruder zusammen eine kleine Hütte in den Bergen gekauft. ›Perro Caliente‹ haben sie das Anwesen getauft. Das heißt übersetzt ›Hotdog‹.«

Bohr leerte seine Teetasse und musterte David. »Bist du müde?«

»Ich weiß nicht. Nicht sonderlich. Wieso?«

»Da wäre noch immer dieser verflixte Brief an Churchill.«

»Bist du wirklich sicher, dass dieser Brief mit aller Macht geschrieben werden muss, Professor?«, fragte David, ohne seine Irritation zu verbergen. »Ich kann mir nicht vorstellen, dass der Brief irgendetwas an Churchills Einstellungen und seinen Entscheidungen ändern würde. Und er hat dir doch offensichtlich verziehen.«

Bohr starrte ins Feuer.

»Aber er hat nach wie vor nicht begriffen, worum es mir eigentlich geht! Ich weiß, dass es einem an einem Ort wie diesem völlig fern und belanglos vorkommen kann. Aber wir müssen das Ganze zu einem Abschluss bringen, und Churchill muss begreifen, mit was er es zu tun hat.«

David seufzte. Bei aller Väterlichkeit und Generosität hatte Bohr auch den Hang, sich stur, blind und taub zu stellen, wenn es ihm in den Kram passte.

Den restlichen Nachmittag arbeiteten sie an dem Brief. David und Mrs. Ramirez räumten den Tisch frei, um Platz für die Unterlagen, Notizbücher und eine große Underwood-Schreibmaschine zu schaffen, die wie eine Webmaschine klang. Bohr nutzte bei seinen meditativen Runden durch das Wohnzimmer die farbenprächtigen indianischen Teppiche ab, während das Diktat immer wieder von Explosionen unterbrochen wurde.

»... Natürlich obliegt die Handhabung dieser Situation einzig und allein den Staatsmännern ... Obwohl ich bei Gott wünschte, dem wäre nicht so«, murmelte Bohr.

»Soll ich das schreiben?«, fragte David tonlos.

»Besser nicht«, antwortete Bohr unbeirrt. *»... doch es ist eine unabwendbare Tatsache, dass eine Waffe von alles zerstörender Wucht, die alle bisherigen Möglichkeiten und Vorstellungen übertrifft, schon bald verfügbar sein wird ...* Wie ist das?«

»Umständlich, aber beeindruckend.«

»Gut. Ich kann etwas Beeindruckendes gebrauchen. *... Präsident Roosevelt hat sich ausführlich mit den weitreichenden Konsequenzen des Projekts auseinandergesetzt, in dem er sowohl ernsthafte Risiken, aber auch einzigartige ...«*

»Chancen?«, schlug David vor.

»Ja ... *einzigartige Chancen sieht. Zusammen mit Ihnen hofft er, Wege zu finden, die Situation zum Wohle der gesamten Menschheit zu lösen.* Was hältst du davon?«

David hielt gar nichts davon. Er an Churchills Stelle, der täglich oder wöchentlich direkt mit Roosevelt kommunizierte, würde sich als Letztes wünschen, dass ein Außenstehender sich einmischte und das Gesagte interpretierte.

»Okay«, murmelte er. »Noch besser wäre es, du würdest es nicht abschicken. Willst du sehen?«

Sie gingen den Brief noch ein halbes Dutzend Mal durch und korrigierten ihn, bis es dunkel wurde und Bohr endlich zufrieden war. David tippte den Text ein letztes Mal, zog das Blatt und das Karbonpapier aus der Walze, und Bohr signierte den Brief mit seiner charakteristischen großen Schrift: grundsätzlich nur den Namen ohne alle akademischen Titel. Er sah offensichtlich erleichtert aus.

»Wollen wir uns ein wenig die Beine vertreten?«

Draußen war es dunkel, aber aus allen Fenstern von Fuller Lodge fielen Lichtstreifen auf den Schnee. Die Scheiben waren beschlagen. Das Innere des Gebäudes war nicht weniger imposant als das Äußere: eine Kathedrale aus Baumstämmen. Mrs. Ramirez war so freundlich gewesen, ihnen zwei grüne Militärparkas zu besorgen. Es war beißend kalt, David hatte die Kapuze über den Kopf gezogen. Unter einem kleinen Schutzdach vor dem Gebäude hing eine Anschlagstafel mit den Veranstaltungen der kommenden Tage. Am heutigen Abend fand eine Einführung ins Esperanto statt: DIE EINZIGE FREMDSPRACHE, DIE MAN LERNEN BRAUCHT. KAFFEE UND DONUTS.

Den Fußspuren im Schnee nach zu urteilen, hielt das Interesse sich eher in Grenzen. Offenbar hatten die Bewohner von The Hill andere Dinge zu tun, als eine vereinende, universelle Sprache zu lernen.

David war sich noch nicht ganz über den tieferen Sinn hinter dem aus Geheimhaltungsgründen durchgesetzten Verzicht auf jedwede Straßenbeleuchtung im Klaren, da aus Tausenden von Fenstern in der gesamten Anlage Licht auf den Schnee fiel. Die rötlich schimmernden Wolken über Los Alamos mussten im weiten Umkreis zu sehen sein, so wie er die Lichter des Dorfes San Ildefonso Pueblo auf der anderen Seite des Rio Grande sehen konnte.

»Wo gehen wir hin, Professor?«

Bohr lief schnell, Pfeifenrauchwolken ausstoßend wie eine Lokomotive.

»Runter zum Ashley Pond.«

Wenige Minuten später breitete sich der Teich vor ihnen aus. David erkannte die Umrisse einiger schneebedeckter, umgedrehter Kanus.

Bohr lief auf das Eis hinaus, als hätte er das schon tausend Mal gemacht. Er nahm Anlauf und schlitterte mit zur Seite ausgestreckten Armen über die Eisfläche.

David blieb stehen.

»Professor, vielleicht solltest du lieber nicht ...«

»Ach was, David, komm schon! Sei kein Frosch.«

David schaute auf den schwarzen, schwappenden Wasserstreifen zwischen Grasufer und Eisrand. Bohr entschwand Pirouetten drehend im Frostnebel. Das Eis seufzte. Der Nebel waberte auf und ab, als würde er atmen.

»Jesus«, murmelte David.

»Mögen Sie Musik?«, fragte eine Stimme hinter ihm.

Es fuhr David schmerzhaft ins Knie, als er herumschnellte, um sich gegebenenfalls vor Hauptmann Urgayle und seinem Höllenhengst in Sicherheit bringen zu können. Aber es war nur Oppenheimer, der offenbar auch einen Abendspaziergang machte.

Den Direktor schien die Kälte ebenso wenig zu tangieren wie Martinis. Schmal wie er war, hätte er den offen stehenden, schwarzen Kaschmirmantel zweimal um sich wickeln können. Er stand da mit einer Zigarette in der Hand, dem obligatorischen, breitkrempigen Porkpie-Hut und einem angedeuteten Lächeln in dem verlebten Gesicht.

»Wie bitte?«

Bohr glitt kurz aus dem Nebel heraus, ehe die rote Glut seiner Pfeife wieder im Dunst verschwand.

»Wir haben nämlich eine eigene Radiostation«, erklärte Oppenheimer. »Natürlich lokal begrenzt. Wir bräuchten für übermorgen noch jemanden zum Plattenauflegen.«

David hielt vergeblich Ausschau nach dem verrückten Professor, hörte nur ein Lachen irgendwo aus der Dunkelheit.

»Ich höre gern Musik ... Aber ich habe keine Platten dabei«, murmelte er.

»Ich denke, Sie werden mit unserer Plattensammlung zufrieden sein«, sagte Oppenheimer in einem Ton, der eigentlich keinen Widerspruch duldete. »Von sieben bis zehn. Danach übernimmt Professor Frisch das Spätabendprogramm.«

»Warum nicht?«, sagte David, überrollt von einem Gefühl der Unwirklichkeit.

Oppenheimer schaute über Davids Schulter.

»Wer ist da auf dem Eis?«

»Onkel Nick.«

Eine gewaltige Explosion machte die Nacht zum Tag. Es war die heftigste Detonation, die David bisher erlebt hatte. Die Stämme der Pappeln ächzten knarrend, das Eis vibrierte, krachte und riss.

»Sehen Sie zu, dass Sie ihn vom Eis holen«, murmelte Oppenheimer.

David rief nach Bohr, bekam aber keine Antwort. Oppenheimer unterstützte ihn beim Rufen, und endlich glitt Bohr mit einem unschuldigen Lächeln auf den Lippen wie ein großer grüner Bär aus dem Nebel.

Oppenheimer sah David an. »Was um Himmels willen wäre gewesen, wenn er im Eis eingebrochen wäre? Was wäre dann aus uns allen geworden?«

»Oppie, das musst du auch mal probieren!«

»Du kannst nicht einfach so aufs Eis rauslaufen«, ermahnte Oppenheimer ihn freundlich. »Du hast uns einen Todesschrecken eingejagt. Nicht wahr, David?«

»Ja, hast du«, sagte David streng. Dann drehte er sich nach Süden. »Was zum Teufel geht da vor? Errichten japanische Fallschirmtruppen einen Brückenkopf in New Mexico, oder was?«

Oppenheimer schnipste die Zigarettenkippe in die Landschaft und zündete sich eine neue an. »Wir verbrauchen in einer Woche eine Tonne des besten und reinsten Sprengstoffs. Oder genauer gesagt: Kistiakowsky. Der Ukrainer schläft nie. Und das soll er auch nicht. Diese verdammten Linsen funktionieren noch nicht zuverlässig genug.«

»Die Druckwelle?«, fragte Bohr.

Oppenheimer nickte. »Eine enorme Herausforderung. Wenn

die Linsen nicht im exakt gleichen Bruchteil einer Sekunde detonieren oder auch nur die geringste Lücke zwischen ihnen ist, wird der Plutoniumkern durch die schwächste Stelle gepresst, und wir können wieder von vorn anfangen. Keine Implosion. Nichts.«

Plötzlich lächelte er und hob die Hand.

»Seht euch das an!«

Hinterm Sangre-de-Cristo-Gebirge war ein riesiger, goldener Halbmond aufgegangen und balancierte wie eine Schale auf den höchsten Gipfelzacken. Das Mondlicht warf dramatische Schatten über zerklüftete Schluchten, Steilhänge und Felsspitzen. Die obersten Gipfelzinnen führten wie Treppenstufen direkt in den Himmel.

»Das ist wunderschön«, sagte David.

»Seit ich das erste Mal hier war, habe ich diesen Flecken Erde als mein wahres Zuhause empfunden.« Oppenheimers Stimme war heiser vor Rührung. »Theoretische Physik und New Mexico sind die zwei Konstanten in meinem Leben. Die zwei großen Lieben meines Lebens. Bin ich nicht unglaublich gesegnet, dass ich beide zur gleichen Zeit ausleben kann?«

»Ist das nicht zu viel?«, fragte Bohr.

»Ich zweifle keine Sekunde daran, dass mein Karma stark genug ist, Onkel Nick.«

Welch ein glücklicher Mann, dachte David.

Mrs. Ramirez hatte David mit einer Wärmflasche ausgerüstet und Feuer im Kamin gemacht. Zum ersten Mal seit seiner Ankunft war David einigermaßen warm. Das Zimmer unter dem Dach war nicht sehr groß, aber gemütlich mit den Schrägwänden, das Bett eine Skulptur aus dampfgebogenen und lackierten Kiefernästen, und über der Bettwäsche lag ein kunstvoller Quilt. Der Boden war mit Navajo-Teppichen ausgelegt, ansonsten gab es noch einen Tisch, eine Waschkommode und einen Stuhl. Von seinem Fenster schaute David über den Garten, in dem verschneite Gartenmöbel auf das Frühjahr warteten.

Er hörte Bohrs Schnarchen von der anderen Gangseite. Sie hatten alle Unterlagen und Bücher zusammengeräumt, und Bohr hatte seine Aktentasche in einen antiken spanischen Tresor im Wohnzimmer eingeschlossen. Das unbrauchbare Schloss war durch ein paar neue, kräftige Vorhängeschlösser ersetzt worden.

David hatte sich wieder das Foto von seiner Frau und Tochter vorgenommen. Dem Foto und Negativ war ein kleiner, gefalteter Briefbogen beigelegt. *»Mein lieber David«*, stand ganz oben, der Rest bis zu *»Liebende Grüße, Elena & Sara«* war von einem Zensor geschwärzt worden. Der Text war nicht zu entziffern, selbst wenn er ihn dicht an die Petroleumlampe hielt und die Flamme hochdrehte.

Er stand auf, um ein Versteck für den Umschlag zu suchen, und entdeckte einen Spalt zwischen zwei Brettern hinter einem Aquarell.

Danach putzte er sich die Zähne, rauchte die letzte Camel des Tages und kroch unter die Decke. Auf dem Nachtschrank stand ein kleiner Radioapparat. Der Empfang der eigenen Radiostation war einwandfrei. Sie spielten gerade »A Night in Tunisia«. Am Ende der Nummer hörte er das Kratzen des Tonabnehmers, der ein wenig zu schnell entfernt wurde, und danach eine sanfte, tiefe Stimme:

»Sorry, Leute. Und für frisch hinzugekommene Hörer: Heute spielt der Nachtvogel eure Favoriten, damit ihr eine gute Nacht und süße Träume habt. Jetzt wird es Zeit für Buddy Johnson und sein Orchester mit ›Since I Fell for You‹. Das Stück ist einer ganz besonderen Frau gewidmet ... die hoffentlich zuhört ...«

David hatte die Arme unter dem Kopf verschränkt. Er legte die Stirn in Falten, als ein Tausendfüßler mit eiskalten Stiefeln seine Wirbelsäule hinabspazierte. Er drehte sich auf die Seite und wusste in dem Moment, woher er die Stimme im Radio kannte: Der Nachtvogel war Hauptmann John James Urgayle vom militärischen Sicherheitsdienst. Er fragte sich, wer wohl die ganz besondere Frau sein mochte, und überlegte, ob es ein Segen oder Fluch war, Ziel der Liebesbezeugungen des barschen Hauptmanns zu sein.

12. April 1945

David und Bohr hatten lange geschlafen, um das Schlafdefizit der langen, immer wieder unterbrochenen Zugreise nachzuholen. Danach hatte Bohr sich seine Notizen zum Igel vorgenommen und sich auf den Vortrag in Oppenheimers Büro vorbereitet.

Auf dem Weg zu Oppenheimers Hauptquartier in der oberen Etage einer weißen, zweistöckigen Holzbaracke, Block A, waren sie am Krankenhaus und am Ashley Pond vorbeigekommen.

Oppenheimers hübsche, blonde Sekretärin öffnete ihnen die Tür zum Allerheiligsten.

»Willkommen in der Irrenanstalt«, murmelte sie.

Der große, hohe Raum erinnerte David an ein Klassenzimmer. Zwei Dutzend unbequeme Holzstühle waren in Hufeisenform vor zwei Schultafeln und Oppies Schreibtisch arrangiert. In der Ecke glühte ein dickbauchiger Ofen. Oppenheimers Hut und sein Mantel hingen an Kleiderhaken hinter der Tür. Tabakrauch hing wie ein dicker Teppich über den versammelten Genies.

Die Stimmung war elektrisiert, aber ausnahmsweise war es einmal nicht Oppenheimer, der das Lob und die Gratulationen entgegennahm, sondern der hoch aufgeschossene, aristokratisch aussehende George Bogdan Kistiakowsky aus Harvard. Er hatte die scharfen Züge eines Raubvogels, ausdrucksvolle Lippen, und obgleich er lächelnd in die Runde schaute, spürte David, dass der

Ukrainer eigentlich ein menschenscheuer Mann war. In seinem Parka, der Reithose und den schneebedeckten Stiefeln sah er aus wie ein siegreicher Kavallerieoffizier.

Ein blutjunger amerikanischer Physiker, Richard Feynman, überschlug sich schier vor Aufregung, und doch war er der Einzige, der die Ankunft Bohrs und Davids bemerkte. Er lief zu Bohr und umarmte ihn.

»Es hat geklappt, Onkel Nick! Alles passt zusammen. Die Zahlen waren richtig. Die Vorhersagen ... alles, verdammt!«

»Das ist ja fantastisch, Kisti!«, rief Bohr. »Baratol und Composit B. War es das? Glückwunsch!«

»Die perfekte Implosion, Onkel Nick. Wunderbare Symmetrie. Wie eine Fuge von Bach. Sieh dir die Bilder an. Übrigens, willkommen zurück.«

Bohr stellte David Enrico Fermi vor. Der italienische Kernphysiker war ein schlanker Mann, der was von einem lebenslustigen Weinbauern hatte, mit wachem Blick und einem sanften Lächeln. Hans Bethe war ein junger deutscher Flüchtling mit blonder Haarmähne, die alle Aufmerksamkeit aus dem eher unauffälligen Gesicht abzog.

David schüttelte Hände und lächelte, und alle schienen ihn ohne Wenn und Aber in ihrer Runde zu akzeptieren. Nur wenige der Anwesenden waren älter als er, die Mehrzahl jünger, und Bohr war der Nestor der Gruppe. David war beeindruckt von der Lässigkeit, mit der sie unbeschwert in Englisch, Deutsch, Französisch und Italienisch miteinander kommunizierten. Kein Wunder, dass so wenig Interesse an dem Esperanto-Abend in Fuller Lodge bestand. Sie bildeten eine verschworene Gemeinschaft der hellsten Köpfe auf diesem Planeten und waren das Fundament zu Bohrs Utopie von einer offenen Welt. Eine Welt, der Bohr selber schon immer angehört hatte: mit Kooperationen über Landesgrenzen, Fachbereiche und Universitäten hinweg. Ein loser Interessenverband, der Wunder bewirkt hatte. Bohr war Mitglied der Zunft, seit er 1912 für ein Jahr Assistent im Labor von Ernest Rutherford in Manchester gewesen war.

Alle Anwesenden im Raum kannten sich von den Universitäten in Göttingen, Berlin, Paris, Cambridge, Manchester, Kopenhagen, Chicago, Stanford, Berkeley, dem MIT oder CALTECH. Spezialinteressen, Idiosynkrasien, persönliche Diskrepanzen und Exzentrizitäten wurden durch Oppenheimers Energie und Charisma zu einem gemeinsamen, übergeordneten Ziel zusammengeschmiedet: so schnell und so effektiv wie möglich eine militärisch einsetzbare Atomwaffe zu schaffen.

Sie versammelten sich um Oppenheimers Schreibtisch, auf dem Kistiakowsky fünf gespenstische Röntgenaufnahmen ausgebreitet hatte.

»Die Röntgenbilder wurden mit einem Spezialgerät aufgenommen«, erklärte Kistiakowsky. »Zwischen den Aufnahmen liegt jeweils nur eine Millionstel Sekunde.«

Er sah David an, der es offenbar an der erwarteten Begeisterung fehlen ließ, da der Ukrainer die Stirn in Falten legte. »Das ist schwer verständlich, nicht wahr?«

»Absolut«, gab David zu. »Aber ich bin auch kein Atomphysiker.«

Das Geständnis löste überraschtes Murmeln hinter ihm aus. Kistiakowsky musterte ihn aus seinen braunen, zusammengekniffenen Augen. »Was sind Sie dann?«

Der Ukrainer sah fragend zu Oppenheimer, der geduldig nickte. Es war völlig in Ordnung, an diesem gesegneten Tag Kistiakowskys Experiment so ausführlich zu erklären, dass selbst ein Laie es verstand.

»David ist Onkel Nicks Sekretär. Er ist Elektroingenieur und ein helles Köpfchen, Kisti. Wenn er es nicht versteht, verstehen wir anderen es wahrscheinlich nie.«

»Okey-dokey«, murmelte Kistiakowsky. »Wir haben ein zwanzigzölliges, exaktes Modell der Implosionsbombe verwendet. In der Mitte haben wir eine gewöhnliche Krocketkugel montiert. In der Realität säße an der Stelle eine Hohlkugel aus Plutonium-239.

Sobald die nach innen gerichtete Schockwelle auf den Kern trifft, wird das Plutonium von einer unterkritischen zu einer überkritischen Masse komprimiert, okay?«

Um etwas Intelligentes beizutragen, sagte David: »Weil das Volumen einer Kugel bei vermindertem Durchmesser langsamer abnimmt als das Oberflächenareal?«

»Ganz genau«, sagte Kistiakowsky.

Bohr zwinkerte David zu.

»Die Sprengstoffe sind in Blöcke gegossen, die zusammen die perfekte Kugelhülle um das Uranschild bilden, das die Explosion stabilisieren soll, und im Innern also unsere …«

»Krocketkugel«, sagte David.

»Exakt. Das Problem besteht darin, dass beim Gießen von Sprengstoffen unausweichlich Unebenheiten und Blasen an der Oberfläche entstehen. Ähnlich wie bei abgebundenem Beton, okay?«

»Ich kann folgen.«

Kistiakowsky lächelte.

»Darum habe ich die Nacht damit verbracht, diese Blasen und Unebenheiten in zig Kilo hochbrisantem Sprengstoff mit einem wassergekühlten Zahnarztbohrer aufzubohren und mit flüssigem Sprengstoff zu füllen. Natürlich habe ich alle aufgefordert, in den Bunkern zu bleiben, falls irgendetwas schiefgeht. Aber die Arbeit hat sich gelohnt. Wir haben zum allerersten Mal zweiunddreißig perfekte Linsen produziert.«

Der Ukrainer zeigte auf das erste Bild.

David sah einen Kreis aus zwölf hellen Lichtflecken, die eine tintenschwarze Scheibe einrahmten.

»Hier detonieren die Linsen«, erklärte Kistiakowsky.

Auf der nächsten Aufnahme sahen die Lichtflecken wie die Kronblätter einer Lotusblüte aus. Auf dem dritten Röntgenbild waren die Kronblätter in zwölf grelle Blitze verwandelt, die zum Zentrum des Bildes hin verliefen.

»Hier konvergieren die Druckwellen zum Zentrum, in unserem Fall also die Krocketkugel.«

Auf dem vierten Bild war die Krocketkugel von einer strahlenden Corona eingeschlossen, und auf dem fünften Bild waren die Linsen ausgebrannt und der Umfang der Krocketkugel auf die Hälfte geschrumpft.

Die Kugel war perfekt zu erkennen, ohne Verzerrungen oder Unebenheiten.

»Hier ist die Kugel auf die Hälfte ihrer ursprünglichen Größe komprimiert«, murmelte der Ukrainer.

Oppenheimer nahm die letzte Aufnahme vom Tisch, betrachtete sie durch den Zigarettenqualm und legte sie feierlich zurück auf den Tisch.

»Das ist einerseits furchtbar ... aber auch unbeschreiblich schön, Kisti, es ist also machbar. Und du hast es geschafft.«

Der junge Feynman schaute auf seine Uhr.

»Und das Beste ist: Wir sind noch am Leben ... das sind wir doch, oder?«

Im Vorzimmer begrüßte jemand überschwänglich Oppenheimers Sekretärin, dann waren schnelle Schritte zu hören.

»Du hast recht, Richard«, sagte Oppenheimer. »Wir sind am Leben. Natürlich sind wir das. Und da scheint Otto zu kommen.«

Ein weiterer junger Physiker-Gott rauschte in Oppenheimers Büro. Die Tür schlug mit einem lauten Knall gegen die Wand.

»Otto Frisch«, soufflierte Bohr.

David wusste, dass Otto Frisch 1933 aus Österreich nach England emigriert war, im selben Jahr, als Hitler Reichskanzler wurde. Frisch hatte zusammen mit seiner Tante, der bedeutenden Atomphysikerin Lise Meitner, die erste theoretische

Deutung von Hahns und Strassmanns Spaltung des Uranatoms formuliert.

Frisch blieb in der Mitte des Raumes stehen.

»Vor einer halben Stunde haben wir am Schwanz des Drachen gezogen, Freunde. Das war ein Riesenerfolg und ausnahmsweise mal eine harmonische Ehe zwischen Theorie und Praxis.«

Jetzt scharten sich alle um den Österreicher, um ihn hochleben zu lassen, aber Otto Frisch hob abwehrend die Hände und bat um Ruhe.

»Wir haben das Uranprojektil durch die Ringe geschossen, im Bruchteil einer Sekunde die kritische Masse überschritten und eine Salve extrem hitziger Neutronen freigesetzt, worauf die Temperatur senkrecht in die Höhe schoss. *Mamma mia!*«

Oppenheimer umarmte den Österreicher. Dann drehte er sich mit einem Arm um Frischs Schulter zu den anderen um und zeigte auf David. »Jetzt sind Kistis Plutoniumbombe und die Uranbombe bald in trockenen Tüchern. Führ uns das Experiment an der Tafel vor, Otto, wir haben einen Gast aus Dänemark. Einen Laien, sozusagen.«

»Selbstverständlich.«

Frisch trat an eine der beiden Tafeln.

»Wir haben, wie gesagt, am Schwanz des Drachen gezogen, was ihn alles andere als gefreut hat, aber lebensbedrohlich ist er deswegen nicht geworden. Alleiniges Ziel des Experiments war es, die Menge an Uran zu bestimmen, die für die Produktion einer Uranbombe notwendig ist, sonst nichts. Aber das ist natürlich ein wichtiger Schritt auf dem Weg.«

Der Physiker zeichnete eine Skizze des Experiments an die Tafel.

»Das Experiment ist im Grunde recht simpel«, sagte er. »Wir haben sozusagen einen Tisch mit einem Loch in der Mitte. Über dem Loch haben wir einen Stapel Uran-235-Ringe installiert wie einen Baumkuchen. Die Masse der einzelnen Ringe ist im Hinblick auf Radioaktivität unterkritisch.«

Frisch zeichnete ein Schafott über dem Tisch.

»Das nennen wir die Guillotine. Die Klinge ist durch einen Uranzylinder ersetzt, dessen Masse ebenfalls unterkritisch ist.«

David verstand das dahinterstehende Prinzip: Durch die Guillotine ausgelöst, schoss der Uranzylinder dank seines Eigengewichts durch die Uranringe, und in dem Augenblick, in dem der Zylinder sich in dem Ringstapel befand, wurde die Masse im Bruchteil einer Sekunde überkritisch.

Um David herum waren alle verstummt wie Vögel vor einem Gewitter. Der Zigarettenqualm waberte über ihren Köpfen, in Bewegung gesetzt durch die warme, vom Ofen aufsteigende Luft.

Frisch legte die Kreide weg.

»Was wäre passiert, wenn der Zylinder in den Ringen stecken geblieben wäre?«, fragte David.

Bohr sah Frisch aufmunternd an.

»Genau, Otto, magst du uns das schildern?«, sagte er. »Was wäre mit Los Alamos geschehen, uns allen und dem nördlichen New Mexico?«

Frisch schaute zögernd zu Oppenheimer, der sich lächelnd eine neue Zigarette anzündete. »Feynman hat es vorbildlich treffend und klar formuliert: Wir leben noch«, sagte der Direktor.

Flüsternd teilte Bohr David mit, dass Otto Frisch bei einem seiner ersten Versuche mit dem Schwanz des Drachen fast gestorben wäre: weil er sich zu dicht über den Stapel Uranringe gebeugt hatte, hatten die Wasserstoffatome in seinem Körper die radioaktive Bestrahlung der Ringe reflektiert, die auf ein lebensbedrohliches Niveau anstieg. Frisch hatte blitzschnell begriffen, was geschehen würde, und die Uranringe vom Tisch gewischt.

Oppenheimer nahm einen Stapel Pappbecher und eine Flasche zwölf Jahre alten Singe Malt Whisky aus seinem Schreibtisch. Feynman verteilte die Becher mit dem edlen Tropfen an die Anwesenden.

Kistiakowsky streckte den Arm hoch. »Ein Prosit ... auf die Radioaktivität!«

»Und hochbrisante Sprengstoffe!«, rief Feynman.

Oppenheimer stieg auf den Stuhl hinter seinem Schreibtisch und schaute auf die Versammlung herunter.

»Dieser Tag ist zweifelsohne einer der erfreulichsten und wichtigsten in unseren gemeinsamen Bestrebungen. Kisti hat demonstriert, dass die Linsen mit der erforderlichen Sorgfalt so ebenmäßig werden können, dass perfekt symmetrische Schockwellen entstehen. Das heißt, dass wir von nun an in der Lage sein werden, mit größter Genauigkeit die Sprengstoffmenge zu berechnen, die wir für das Gadget brauchen. Und, Otto und dem Drachen sei Dank, wir wissen nun, wie viel angereichertes Uran-235 wir für eine uranbasierte Atombombe benötigen.«

Oppenheimer sah Bohr an.

»Es gibt nach wie vor Hunderte unbeantworteter Fragen, aber vor dem Hintergrund der Großtaten des heutigen Tages werden sie verhältnismäßig bedeutungslos. So, Onkel Nick, jetzt müssen wir nur noch dein kleines, scheues Tier fangen. Gibt es was Neues aus der Igel-Fabrik?«

Der Direktor stieg von dem Stuhl, um Bohr Platz an der Tafel zu machen. Er ging zu der Fensterreihe, lehnte sich an einen Balken und blickte nach draußen.

»Was zum Teufel ist da los …?«, sagte er.

Obgleich er es nicht sehr laut gesagt hatte, eilten alle anderen umgehend an die Fenster.

Aus allen Richtungen strömten Menschen zum Block A: Militärpolizei, Mitglieder des Women's Army Corps, Techniker und Ärzte in weißen Kitteln, Soldaten und Arbeiter in Overalls und Stetson-Hüten. Einige Frauen stolperten untergehakt durch den Schnee und weinten untröstlich. In allen Gesichtern stand Trauer und Fassungslosigkeit.

Die Bewohner von Los Alamos versammelten sich um die Fahnenstange auf dem Platz vor dem Gebäude. Die Sonne schien von einem wolkenlosen blauen Himmel.

Die Tür zu Oppenheimers Büro wurde geöffnet, und die Sekretärin erschien im Türrahmen. Ihre Arme hingen schlaff herunter, und ihr Gesicht war tränenüberströmt.

»Roosevelt ist tot«, sagte sie. »Der Präsident ist gerade gestorben.« Sie hörten die Wiederholung der offiziellen Bekanntmachung aus dem kleinen Bakelitradio auf dem Schreibtisch der Sekretärin: *»Präsident Franklin Delano Roosevelt hat heute während einer Porträt-Sitzung in seinem Haus in Warm Springs eine Gehirnblutung erlitten und ist wenig später verstorben.«*

Oppenheimer fasste sich als Erster wieder. Er drückte die Zigarette aus und schnappte sich seinen schwarzen Mantel von dem Wandhaken.

»Ich gehe runter«, sagte er.

Die Physiker begaben sich nach draußen. David wollte sich ihnen anschließen, aber Bohr hielt ihn zurück.

»Das ist ihr Präsident, David. Lass sie trauern und uns hierbleiben.«

»Du hast recht«, sagte David.

»Ich habe ihn ein einziges Mal getroffen«, sagte Bohr nach einer Weile. »Ein unglaublich freundlicher Mann.«

Eine bessere Nachrede konnte man sich kaum wünschen, dachte David.

Sie standen immer noch am Fenster, als die Leute unten nach Oppenheimers kurzer Ansprache auseinandergingen und die Physiker zurück ins Büro kamen. Der Direktor nahm hinter dem Schreibtisch Platz und sah sie nacheinander mit seinen ungewöhnlich himmelblauen Augen an.

»Heute ist Donnerstag. Am Sonntag halten wir eine Gedenkfeier im Theater ab. Es sind natürlich alle herzlich eingeladen, daran teilzunehmen. Und ansonsten denke ich, dass wir weiterarbeiten sollten, was meint ihr?«

Vereinzeltes, zustimmendes Gemurmel war zu hören. Feynman räumte die Pappbecher und den Whisky weg. Dann setzte er sich auf einen der Stühle in dem Hufeisen.

»Wer wohl der Nächste werden wird ... Harry S. Truman?«, sagte er. »Und weiß er etwas von dem hier?«

»Das wird er mit Sicherheit im Laufe der nächsten Tage«, antwortete Oppenheimer. »Wenn nicht Stunden. Minister Stimson und General Groves nehmen sich der Sache an.«

Feynman stellte die Fragen, die sicher allen Anwesenden auf der Seele brannten.

»Und was glaubst du, wird er zu Los Alamos sagen? Zu alldem? Uns?«

Oppenheimer rieb sich erschöpft die Augen.

»Kommt ganz drauf an, von wem er beraten wird. Möglicherweise werde ich selbst nach Washington bestellt, um ihn einzuweisen.« Er seufzte. »Roosevelt war ein großer Architekt. Wir können nur hoffen, dass Truman ein geschickter Zimmermann ist. Ich halte ihn für solide, nüchtern und gerecht, und ich kann mir nicht vorstellen, dass sich hier nach seinem Amtsantritt viel ändern wird. Onkel Nick?«

Als Bohr auf dem Weg zur Tafel an Oppenheimer vorbeiging, legte er eine Hand auf die Schulter des Direktors. »Mein tief empfundenes Beileid, Oppie. Roosevelt war ein großer Staatsmann im wahrsten Sinn des Wortes. Eine wahre Führungskraft.«

Er nahm ein Stück Kreide in die Hand und schaute zu den Anwesenden. »Und nun zum Igel, den meine Leute unten im Sandia Canyon die letzten Monate zu fangen und zu zähmen versucht haben. Ohne wirklichen Erfolg, muss ich einräumen.«

Er zeichnete einen Plutoniumkern an die Tafel. Im Innern des Kerns skizzierte er ein kleines Ding mit vielen Stacheln, etwa so, wie ein Kind eine Sonne malt. Im Zentrum des Igels zeichnete er Furchen und deutete mit blauer und gelber Kreide an, dass sich im innersten Kern Schichten unterschiedlicher Materialien befanden.

Den Rest der Tafel füllte er mit Symbolen und Formeln, ehe er sich umdrehte.

»Um die Kernspaltung in der Plutoniumbombe einzuleiten, brauchen wir eine zuverlässige Neutronenquelle, die die Kettenreaktion lostreten kann und ihrerseits von der Implosion katalysiert wird. Etwas Statisches, das dynamisch wird. Andererseits wollen wir natürlich eine spontane Kettenreaktion durch verirrte Neutronen vermeiden.«

»Korrekt, das wollen wir um jeden Preis vermeiden«, kam es trocken von Oppenheimer.

»So ist es. Alle Neutronen, die wir uns nur wünschen können, liefert uns Beryllium-9. Darum bin ich mit Enrico einer Meinung, aber leider nicht mit dir, Hans, dass im Igel ein Gemisch aus Beryllium-9 und Polonium-210 verwendet werden sollte, auch wenn es die verfluchtesten Materialien sind, die es gibt. Bethe hat als Neutronenquelle Actinium-227 vorgeschlagen, aber schieben wir das für den Augenblick beiseite, außer es landet zufällig irgendwo in der Nähe ein Asteroid mit dem Stoff.«

Vereinzelt waren Lacher zu hören. Hans Bethe fasste sich in gespielter Verzweiflung an den Kopf, während Fermi triumphierend lächelte.

»Für Polonium spricht, dass die spontan emittierten Alphateilchen und Neutronen feste Stoffe höchstens in einer Tiefe von Hundertstel Millimetern durchdringen. Das heißt, dass die Neutronen zum Beispiel mit dünner Goldfolie im Zaum gehalten werden können, bis sie tatsächlich gebraucht werden.«

Er drehte sich um und begann Zahlen auf die Tafel zu kritzeln, während er weiter dozierte. Alle beugten sich vor, um ja kein Wort zu verpassen.

»Also, was brauchen wir? Wenn wir … beispielsweise … so viele Alphateilchen ernten wollen, dass sie für dreißig Gramm Radium reichen, erhalten wir …«

»Fünfundneunzig Millionen Neutronen pro Sekunde«, sagte Feynman wie aus der Pistole geschossen.

Die Kopfrechenkünste des jungen Physikers brachten Bohr kurz aus dem Konzept.

»Ähm ... Bist du sicher? ... Ja, du hast recht. Und das ergibt weiter ...«

»Neun oder zehn freie Neutronen im Zehntel der Mikrosekunde, die die Implosion dauert«, sagte Feynman.

Bohr sah ihn perplex an.

»Gut, Richard«, sagte Oppenheimer und lächelte seinen Protegé an. »Reicht das, Onkel Nick? Für die Zündung des Gadgets, meine ich?«

»Das muss es«, sagte Bohr. »Für die Neutronenquelle ist ja nur begrenzt Platz, ungefähr zwei Zentimeter. Das ist ein winziger Igel. Sozusagen ein Igelfrischling. Hans?«

Hans Bethe erhob sich.

»Ich stimme Onkel Nick zu. Im Kern sind gerade mal zwei Zentimeter Raum. Ansonsten müssten wir das Ganze noch einmal durchrechnen, was in dem engen Zeitfenster, das General Groves uns gesetzt hat, unmöglich ist. Außerdem darf das Gadget schlicht und ergreifend nicht größer ausfallen als das, was wir auf dem Zeichentisch entwickelt haben. Fällt es schwerer als geplant aus, kann die B-29 Superfortress nicht mehr von der Landebahn abheben. Die Herausforderung besteht also darin, Beryllium und Polonium zum exakt richtigen Zeitpunkt miteinander zu mischen und gleichzeitig zu verhindern, dass der Igel spontane Neutronen abgibt.«

Fermi wandte sich an Bohr.

»Und wie soll deiner Meinung nach die Mischung von Polonium und Beryllium rein praktisch vonstattengehen?«

Bohr schaute mit traurigem Blick und einem betrübten Lächeln um die Lippen aus dem Fenster. David beobachtete ihn genau und war sicher, dass die Resignation des Professors nur gespielt war.

»Gar nicht«, sagte Bohr. »Weil es unmöglich ist.«

Bis dahin hatte er die ungeteilte Aufmerksamkeit aller Anwesenden gehabt. Jetzt hingen sie wie hypnotisiert an seinen Lippen.

Bethe wandte sich mit einem zufriedenen Lächeln an Fermi.

»Hab ich es nicht gesagt, Enrico.«

Fermi errötete.

»Natürlich lässt sich das machen! Alles ist machbar. Wenn wir nicht daran glauben würden, wäre keiner von uns hier.«

»Und wie?«, fragte Bohr.

Der kleine Italiener zuckte mit den Schultern und biss auf sein Pfeifenmundstück.

»Ich weiß es nicht. Du bist das Genie.«

Oppenheimer hatte jetzt auch Lunte gerochen, dass Bohr nur spielte.

»Komm schon, Onkel Nick. Spann uns nicht auf die Folter. Dazu haben wir keine Zeit.«

Bohr zog die Schultern hoch.

»Also gut. Charles E. Munroe 1888. Ich weiß nicht, ob bei irgendeinem von euch eine Glocke klingelt. Er hatte bei seiner Arbeit mit brisanten Sprengstoffen entdeckt, dass eine konkave Sprengladung, also ein in den Sprengstoff eingeformter Hohlraum, für eine ausreichend hohe Durchschlagskraft sorgt, um Stahlplatten zu durchschlagen, während konvexe oder halbkugelförmige Sprengladungen streuen und den Stahl nicht durchdringen. Das war genau das Gegenteil von dem, was man erwartet hatte.«

»Na klar, du krempelst das Innere des Igels um! Eine Implosion im Kern des Kerns«, sagte Fermi, der als Erster Bohrs Idee begriff.

Oppenheimer saß mit offenem Mund da.

»Als Implosion, Enrico«, sagte Bohr. »Das ist korrekt. Denkt dran, dass jedes Problem ...«

»... seine eigene Lösung in sich trägt«, murmelte Fermi.

»Genau. Bei der Implosion verflüssigt sich alles im Zentrum der Bombe, darum schlage ich als innersten Kern eine kleine, mit Polonium überzogene Kugel Beryllium vor, wobei die beiden Schichten mit Goldfolie voneinander getrennt werden. Wenn es uns weiter gelingt, parallele Rillen in die Innenseite der Kugel zu gravieren, könnten wir das Oberflächenareal drastisch erhöhen und bleiben trotzdem noch unter Bethes Restriktion. Somit wäre der Igel sozusagen eine Kopie *en miniature* der eigentlichen Implosionsbombe.«

Ein paar endlose Sekunden lang war es totenstill im Raum.

Bis Enrico Fermi sagte: »Dein Gehirn ist wirklich eins der Weltwunder, Niels.«

Bohr lächelte verlegen.

»Danke. Ich habe den Igel übrigens Nikodemus getauft.«

»Ein passender Name, Onkel Nick«, sagte Oppenheimer.

»Wieso?«, fragte Hans Bethe. »Nicht alle von uns hatten das Privileg, auf eine Sonntagsschule zu gehen.«

»Es sei dir vergeben, Hans«, sagte Oppenheimer. »Nikodemus war der Pharisäer, der mit Josef von Arimathäa zusammen Jesu Körper nach der Kreuzigung für die Grablegung gesalbt hat.«

Bethes blonde Mähne war noch zerzauster als sonst. Er sprang hitzig von seinem Stuhl auf, der scharrend über den Boden rutschte.

»Jetzt ist die Bombe also plötzlich ein auf dem Silbertablett servierter Jesus? Dann hoffen wir mal, dass die japanische Zivilbevölkerung es auch zu schätzen weiß, den Tod auf so vornehme akademische Weise vorgesetzt zu bekommen.«

Alle Anwesenden starrten nach diesem Ausbruch des Deutschen auf ihre Schuhspitzen.

Bohrs Gesicht nahm eine tiefrote Färbung an.

»Hans ... du hast vollkommen recht. Das ist nichts, worüber man Scherze macht, obgleich ich bestimmt nicht im Sinn hatte ...«

»Hans, das ist nur ein Name«, versuchte Oppenheimer, die Wogen zu glätten, aber der Deutsche war unnachgiebig.

»Igel ist besser.«

Oppenheimer ging zu dem Deutschen und klopfte ihm auf die Schulter.

»Von nun an nur noch *Igel*, Hans. Bleibt nur noch die Frage, ob er funktioniert.«

»Das sollte er. Aber ich erinnere mich an einen gewissen, eingebildeten und jungen Direktor, der vor nicht allzu langer Zeit zu mir gesagt hat, dass alles Theorie ist, bis irgendjemand es tatsächlich ausführt«, sagte Bohr.

Oppenheimer zeigte auf sich.

»Meinst du mich?«

»Das Problem ist, dass wir nicht wissen, was oder wie viel auf der anderen Seite unserer Erkenntnisse herauskommt«, sagte Bohr. »Ich werde mit den Experimenten im Sandia Canyon mit Stahlkugeln weitermachen, bezweifle aber ernsthaft, jemals so handfeste Resultate wie Kisti oder Otto liefern zu können. Uns bleibt – wie so oft – nur die Mathematik und Beten.«

Oppenheimer schaute in die Runde. »Dann lass uns zusammen beten, Onkel Nick. Ich denke, die Mehrzahl von euch stimmt mir zu, dass dies ein besonders ereignisreicher und anstrengender Tag war. Große Offenbarungen vermischt mit großer Trauer. Beenden wir unser Treffen.«

Feynman hob die Hand.

»Und was ist mit der Begrüßungsfeier für Onkel Nick heute Abend? Wäre es sehr unpassend, wenn wir ...«

»Selbstverständlich nicht«, sagte Oppenheimer. »Ich lade hiermit alle Anwesenden ausdrücklich zu einem kleinen Imbiss und Umtrunk in mein Haus ein. Ich kann mir nicht vorstellen, dass der Präsident etwas dagegen einzuwenden hätte. Außerdem habe ich heute Morgen einen großen Teil meiner kostbaren Zeit in der Küche verbracht, um ein besonders wohlschmeckendes und ausgesuchtes Gericht vorzubereiten ...«

»Nicht etwa dein Nasi Goreng?«, stöhnte Feynman.

Oppenheimer lächelte. »Heute Abend um halb acht dürft ihr die Premiere einer neuen Version gehackten Rehrückens erleben. Mein Chauffeur hat es letzte Woche geschossen. Ich nenne es ›*Une Indonésienne dans la Haute Montagne de New Mexico*‹. Gewürzt mit rauen Mengen an ...«

»Mexikanischem Chili«, seufzte Feynman.

»Genau.«

»Hoffentlich haben heute ein paar fähige Ärzte Bereitschaftsdienst«, sagte Bethe.

»Am besten ein Proktologe«, sagte Fermi.

»Vielleicht sollten wir dein Nasi Goreng als Kickstarter der Kettenreaktion im Gadget nehmen, Oppie«, schlug Bethe vor. »Ich könnte mir vorstellen, dass das eine ordentliche Portion Alphateilchen emittiert.«

»Sehr komisch, Hans. Ich wusste schon immer, dass die Deutschen keinen Humor haben.«

Als David mit Bohr zusammen nach Fuller Lodge zurückspazierte, fragte er: »Was sollte die Frotzelei über das Nasi Goreng und mexikanisches Chili?«

Bohr lachte schallend.

»Du liebe Güte, ja. Irgendwann hat Oppie bei Paul Ehrenfest in Holland studiert. Er war ungefähr ein Jahr dort, bis Ehrenfest ihn nicht mehr ertragen und weiter zu Pauli nach Zürich geschickt hat, damit der dem jungen Mann ein gediegen Maß an Demut und Vernunft eintrichtert. Oppie war unerträglich arrogant ... unterbrach ständig die Vorlesungen der Professoren. Irgendwann mal sagte er in aller Öffentlichkeit über einen der jungen Professoren: ›Ach, so jung und schon so unwissend.‹ Wie auch immer, während seines Aufenthalts in Holland wurde er nahezu drogenabhängig von den schärfsten indonesischen Gerichten, die man sich überhaupt vorstellen kann. Und diese Sucht hat seitdem nicht nachgelassen. Sein Nasi Goreng ist mindestens so berüchtigt wie seine Martinis.«

Das Gästehaus tauchte vor ihnen auf. Bohr blieb stehen und sog nachdenklich an seiner Pfeife.

»Nach sechs Wochen in Amsterdam hielt Oppie eine Vorlesung über Heisenbergs Unschärferelation und Quantenmechanik. In fließendem Holländisch.«

»Er ist wirklich unmöglich«, sagte David. »Ich kann gut verstehen, dass jeder ihn so schnell wie möglich weitergeschickt hat.«

»Absolut. Er ist eine Ausnahmeerscheinung. Und Gott sei Dank dafür. Stell dir mal vor, es gäbe mehrere seiner Art. Das wäre ja nicht auszuhalten.«

Oppenheimers Bungalow war der vierte von fünf an dem kurzen Weg mit dem Namen Bathtub Row. Ursprünglich waren die Häuser für die Lehrer des Internats gebaut worden, und der Wegname war der Tatsache geschuldet, dass die Häuser als einzige auf dem gesamten Gelände mit dekadenten Badewannen ausgestattet waren. Das Haus war kaum zu sehen zwischen den hohen Büschen und Bäumen im Garten.

Alle Lichter brannten, und die Wissenschaftler und ihre Frauen hatten sich auf alle Räume verteilt. David sah keine Uniform. Die Möbel sahen bequem aus, spanisch inspiriert und rustikal. Auf dem Boden aus grauen, großen Steinfliesen bildeten indianische Teppiche farbenprächtige Inseln. An den Wänden standen Bücherregale und auf dem Kaminsims eine Sammlung indianischer Tonwaren sowie Oppenheimers Mineralproben und Pfeilspitzen. An der Wand neben dem Kamin hingen ein paar zweifelsohne originale Picasso-Lithographien: lüsterne Faune, die flüchtende Nymphen verfolgten. Ein Grammophon spielte Schuberts Klaviertrio Nr. 2 in Es-Dur für Klavier, Violine und Violoncello, eine passende Wahl für den Todestag des Präsidenten in seiner vierten Amtszeit.

David fühlte sich wie bei einer literarischen Soirée an der Rive Gauche und schaute noch einmal an seinem eleganten dunkelblauen

Anzug herunter. Sie hängten ihre Parkas an eine Garderobe, die bereits unter dem Gewicht der Mäntel und Jacken zusammenzubrechen drohte.

Bohr machte David auf Edward Teller aufmerksam, einen vierschrötigen, schwarzhäuptigen Ungarn mit rot-weiß gepunkteter Fliege und beeindruckenden Augenbrauen. Der Ungar erzählte Mrs. Fermi, einer zierlichen, dunklen Frau, gerade einen Witz und lachte polternd, als er zur Pointe kam, während Mrs. Fermi ihn höflich, aber verständnislos anlächelte.

Bohr erklärte David, dass Teller, dieses streitsüchtige, narzisstische Genie, schon früh im Manhattan-Projekt eigene Wege eingeschlagen hatte, sehr zum Verdruss Oppenheimers. Teller wollte nicht an der Entwicklung einer Atombombe teilnehmen, ob nun uran- oder plutoniumbasiert. Seine Entscheidung basierte nicht auf moralischen Bedenken, sondern auf seiner Einstellung, dass eine Atombombe viel zu konservativ war. Warum sich damit begnügen, die Hauptstadt eines Landes auszulöschen, wenn man mit einer Brandbombe, bei der die Atombombe letztlich nur als Zünder fungierte, das ganze Land auslöschen konnte?

Fermi diskutierte mit Oppenheimer in einer Ecke des Wohnzimmers. Der kleine Italiener trug einen auffälligen, doppelreihigen und ländlichen Tweedanzug, der aus der Mitte des vorigen Jahrhunderts zu stammen schien, und zur Feier des Tages Schuhe mit extra dicken Sohlen. Es herrschte eine muntere und herzliche Atmosphäre wie bei einer Cocktailparty, auch wenn ein unsichtbarer, in Melancholie getauchter Pinsel durch die Räume schwebte und sie alle berührte.

Davids Aufmerksamkeit wurde auf ein ungleiches Gästepaar in einem Korbsofa am entferntesten Ende des Wohnzimmers gelenkt. Der menschenscheue und schüchterne Klaus Fuchs unterhielt sich mit einem leeren Glas in den langen, spinnenartigen Fingern mit der glamourösen Jeanette Stewart, an diesem Abend eine Offenbarung im grün-schwarzen Seidenkleid mit

Mandarinkragen und hohen Seitenschlitzen, die einen Blick auf ihre wohlgeformten Beine freigaben. Sie war, ihrem lebhaften Wortstrom und den gestikulierenden Händen nach zu urteilen, mindestens bei ihrem dritten Calvados. Das schwarze Haar war mit weißen Elfenbeinkämmen hochgesteckt. Sie erinnerte David an Hedy Lamarr in dem Film *The Heavenly Body*, den er mit großem Vergnügen in Washington gesehen hatte. Sie drehte den Kopf, und ihr Blick glitt ohne ein Zeichen des Wiedererkennens an David vorbei. Die Mathematikerin mit der besonderen Passion für vorhersagbares Massensterben nahm ihr Gespräch mit Fuchs wieder auf, der zu genießen schien, das Objekt der Aufmerksamkeit einer so schönen Frau zu sein. Sie sprachen vertraut miteinander wie alte Freunde.

Jeanette drehte eine Zigarette in ihr schwarzes Mundstück, und Fuchs fischte ein Feuerzeug aus der Tasche und gab ihr Feuer. Sie schirmte die Flamme mit beiden Händen ab und sah Fuchs mit einem Ernst an, als hätte der ihr auf dem umtosten Außendeck der Titanic gerade von der Existenz von Eisbergen erzählt. Sie beugte sich näher zu Fuchs rüber und flüsterte dem jungen Physiker etwas zu, der sofort mit germanischer Ritterlichkeit aufsprang und sich zu Oppenheimers Hausbar begab. Währenddessen studierte Jeanette irgendetwas an einem ihrer perfekt lackierten Fingernägel.

Oppenheimer brach aus der üblichen Gruppe anhänglicher junger Bewunderer aus und kam auf sie zu.

»Hallo, ihr zwei Hübschen! David, sind Sie hungrig?«

»O ja.«

Oppenheimer zeigte zur Küchentür.

»Dann plündern Sie die Küche, wie es sich für einen anständigen Wikinger gehört. Als Kitty und ich eingezogen sind, gab es noch keine Küche, weil alle mit den Jungs zusammen im großen Haus gegessen haben. Das geht inzwischen natürlich nicht mehr. Ich bin der Koch in der Familie. Also haben wir uns eine Küche einbauen lassen. In dem gelben Topf ist Reis und in dem roten das Teufelszeug. Wie sieht es mit dir aus, Onkel Nick?«

Bohr legte eine Hand auf den Bauch.

»Ich setze dieses Mal aus, Oppie. Ich besitze nicht deinen galvanisierten Verdauungstrakt, und außerdem mästet Mrs. Ramirez uns wie Schiffbrüchige.«

»Aber einen Martini nimmst du, oder? Immerhin bist du der Ehrengast des Abends.«

»Selbstverständlich.«

David begab sich in die kleine, gemütliche Küche, in der es wie in einem asiatischen Restaurant roch. Es gab Weinregale, einen gusseisernen Ofen und Strohzöpfe mit Chilischoten und Knoblauchknollen sowie einen großen Philco-Kühlschrank. Er hob den Deckel von dem roten Topf und inhalierte das Aroma. Es duftete verführerisch, und er füllte einen tiefen Teller bis zum Rand.

Da fielen ihm die goldenen Reflexe in einem Glas mit flüssigem Honig ins Auge. Er nahm das Glas vom Regal, öffnete den Bügelverschluss und wurde von einer Sekunde auf die andere in ihre kleine Küche in der Wohnung in Murmansk katapultiert, kurz vor Chanukka: Elenas Eltern besaßen vor der Stadt eine kleine Landwirtschaft mit Bienenstöcken. Sie hatten etwas Honig, Weizenmehl und getrocknete Früchte an den wachsamen Kommissaren der Kolchose vorbei und zu der kleinen Familie in Murmansk geschmuggelt. Elena hatte Honigherzen gebacken und David von Kapitän Algernon Hawke ein paar Flaschen kalifornischen Rotwein organisiert: Sie waren reicher als so viele andere Familien in der Hafenstadt.

David zuckte erschrocken zusammen, als sich eine Hand auf seine Schulter legte. Seiner Kehle entrang sich ein Laut wie einem Hund, dem jemand auf den Schwanz getreten war.

Hinter ihm stand Klaus Fuchs mit besorgter Miene.

»Alles okay mit Ihnen?«

»Ja … danke. Doch … ich denke schon.«

Fuchs reichte ihm die Hand.

»Klaus Fuchs.«

»Ich bin David Adler und zusammen mit Bohr hier.«

Fuchs nahm einen Eiswürfelbehälter aus dem Gefrierfach, schlug ihn hart auf den Spülbeckenrand und füllte umständlich drei Würfel in ein fast randvolles Glas Calvados. Er sah David an.

»Das ist nicht für mich.«

»Für die Dame auf dem Sofa?«

Fuchs errötete. »Sicher, dass bei Ihnen alles okay ist?« Seine Augen hinter den dicken Brillengläsern waren gigantisch vergrößert. »Sie schienen mir einen Augenblick lang …«

»Das war einfach … ein sehr ereignisreicher Tag, finden Sie nicht?«, sagte David.

Fuchs schob die Brille hoch.

»Das können Sie laut sagen. Erst Kistis und Ottos Durchbruch an experimenteller Front und dann der überraschende Tod des Präsidenten. Man weiß gar nicht, was man dazu sagen soll, ohne herzlos, taktlos und oberflächlich zu klingen.«

»Ich verstehe genau, was Sie meinen«, sagte David.

In der Intimität der kleinen Küche sprach Fuchs mit David wie mit einem Kollegen.

»Was, glauben Sie, wird geschehen?«, fragte er ernst. »Der Tag rückt ja immer näher.«

»Welcher Tag?«

»Trinity, natürlich. Die Probesprengung.«

»Ich kann nicht ganz folgen, Klaus. Ich bin erst gestern hier angekommen und kenne längst nicht alle Details des Projekts.«

Fuchs stellte das Glas auf dem Küchentisch ab.

»Ich meine das Testgelände in Alamogordo, auch Jornada del Muerto, Wegstrecke des Toten, genannt. Ein passender Name. Die stecken dort mitten in den Vorbereitungen für die Probesprengung. Eigentlich ist es das Übungsgelände der US Air Force.

Oppie und General Groves wären bei der Suche nach einem passenden Testgelände um ein Haar in die Luft gesprengt worden, weil die B-29 ihr Lagerfeuer mit einer Bombenmarkierung verwechselt hat. Oppie hat erzählt, die MG-Schützen hätten auf Wildpferdherden geschossen, das wäre das reinste Massaker gewesen. Er war tief erschüttert, weil er Pferde doch so liebt.«

David stellte sich die MG-Salven auf eine Herde fliehender Pferde vor. »Das muss furchtbar gewesen sein«, sagte er und atmete tief ein. »Warum nennen sie es Trinity?«

»Da gibt es verschiedene Versionen. Ich glaube, die Bewohner und frühen spanischen Entdeckungsreisenden haben das Land nach den drei symmetrischen Berggipfeln des Oscuragebirges benannt. Aber ich habe auch schon den Namen Stallion Gate für den gleichen Bereich gehört. Oppie liebt ja Poesie, und er behauptet, er hätte das Testgelände nach einem Gedicht von John Donne getauft. Oppie will es immer so vergeistigt, wissen Sie.«

Der Deutsche hatte das Calvadosglas geleert, ohne dass David es mitbekommen hatte.

»Sie sollten ihr wohl besser ein neues Glas einschenken, wenn Sie nicht als Verlustzahl in einer ihrer Statistiken enden wollen«, sagte er.

»Natürlich. Aber Sie haben noch nicht gesagt, was Ihrer Meinung nach geschehen wird.«

»Wenn sie das Gadget sprengen?«

»Ja.«

David zuckte mit den Schultern.

»Ich bin kein Atomphysiker, Klaus, sondern ein einfacher Elektroingenieur, und zu den meisten Dingen, die hier vor sich gehen, habe ich keine qualifizierte Meinung. Bohr meint, es wäre wie die Geburt des Universums.«

»Mhm ... Oder es bedeutet die Auslöschung des möglicherweise einzigen Planeten im Universum, auf dem organisches Leben möglich ist. Hans Bethe hat ausgerechnet, dass das Gadget mit einer Wahrscheinlichkeit von eins zu dreitausend die Atmosphäre entzündet … Und ich habe allergrößten Respekt vor Professor Bethe.«

David stellte den Teller ab. Ihm war der Appetit vergangen.

»Mir fällt nichts ein, das es wert wäre, dieses Risiko einzugehen«, platzte er heraus.

»Nein, aber so wird es kommen«, sagte Fuchs.

»Dann können wir nur hoffen, dass sie unsere Erde nicht abfackeln, Klaus. Wir haben nur diese eine.«

Der Deutsche füllte frische Eiswürfel in das Glas. Er wirkte jetzt ausgeglichener. »Es war nett, mit Ihnen zu plaudern, David. Sehr hilfreich.«

»Das freut mich. Wenn Sie sich wieder einmal Sorgen wegen des Weltuntergangs machen, teilen Sie sie mit jemandem«, sagte David.

Der Deutsche verließ die Küche mit einem verlegenen Lächeln.

David ließ den Teller stehen und ging zurück ins Wohnzimmer. Oppenheimer stand mit dem Rücken zum Kamin und schlug gerade zwei Gläser gegeneinander.

Alle Blicke richteten sich erwartungsvoll auf ihn.

»Wie viele von euch wissen, liegen auf meinem Nachtschrank drei Bücher«, begann Oppenheimer seine Rede. »Manchmal mehr, aber immer diese drei. Das erste Buch ist die Bibel, natürlich, das zweite die Bhagavad Gita, selbstverständlich, und das dritte Buch …« Er legte eine Kunstpause ein, was gar nicht nötig war, da alle an seinen Lippen hingen. »Das dritte und wichtigste Buch ist *On the Constitution of Atoms and Molecules* von unserem Ehrengast des Abends, Onkel Nick. Band eins bis drei. Kalbsledergebunden mit Goldgravur. Zusammen mit seinem kompetenten Aide-de-camp, Mr. David Adler, heiße ich, meine Damen und Herren, Onkel Nick wieder bei uns willkommen. Unseren Beichtvater und Pfadfinder.«

Alle klatschten. Bohr lächelte herzlich und nickte in alle Richtungen gleichzeitig, wobei er verlegen errötete.

Oppenheimer hob die Arme. »Erst gestern hat er sich als unentbehrlich erwiesen, indem er das Rätsel des Igels gelöst hat. Er hat das verfluchte, stachelige Tier in ein ingenieursmäßiges Juwel verwandelt. Vor dem Igel hat er Uran-235 als das geeignetste Isotop für kontrollierte Kettenreaktionen identifiziert, und er hat das ›instabile‹ Kernmodell formuliert … auch wenn vermutlich niemand wirklich weiß, was man damit anfangen kann. Bislang!«

Es waren Lacher von denen zu hören, die Bescheid wussten. David gehörte nicht dazu.

Oppenheimers Gesicht wurde ernst.

»Obgleich wir uns natürlich alle wahnsinnig freuen, dich wieder bei uns zu haben, Nick, hätte ich uns und dir dafür einen ungetrübteren Tag gewünscht. Aber es hat nicht sollen sein. Heute Nachmittag ist Präsident Franklin Delano Roosevelt in seinem Heim in Warm Springs, Georgia, gestorben. Er war ein sicherer und kluger Steuermann durch einige der schwierigsten Phasen der Geschichte unseres jungen Landes. Roosevelt hat uns mit heiler Haut durch die Depression gebracht, den Wiederaufbau und New Deal, Pearl Harbor und den D-Day.«

Oppenheimer blinzelte und senkte den Blick. Er räusperte sich und bekam seine Stimme wieder in den Griff.

»Er war bei Gott der beste Mann zum richtigen Zeitpunkt. Und genau das kann auch über Professor Niels Bohr gesagt werden. Schön, dass du wieder da bist.«

Alle prosteten ihm zu, und kurz darauf war die melancholische Stimmung verdampft.

Oppenheimer verriet einer auserwählten Hörerschar an der Bar gerade das Geheimnis des perfekten Martinis. Aus unerfindlichen Gründen fand seine Lektion auf Deutsch statt. »Am wichtigsten: der Gin und die Trinkgläser …«

Mit der Sorgfalt eines Apothekers, der Impfmittel gegen Diphtherie für ein eingeschneites Dorf versiegelte, füllte Oppenheimer Gin und gecrushtes Eis in den Shaker und schraubte ihn zu. David stand am Kamin und überlegte, ob er Oppenheimers Nasi Goreng doch noch eine Chance geben sollte. Er rauchte die erste Zigarette an diesem Abend und bewunderte eine tiefschwarz glänzende Vase von der Größe eines Menschenkopfes auf dem Kaminsims. Als Erstes nahm er ihr diskretes Parfum wahr. Gleich darauf stellten sich die Härchen auf seinem Handrücken durch die Wärme ihres Körpers auf.

Jeanette Stewarts Stimme war leise und belegt vom Calvados. »Das ist eine Montoya-Vase«, vertraute sie David an. »Unschätzbar wertvoll, aber Robert schließt trotzdem nie die Tür ab.«

Sie schaute mit schläfrigen, halb geschlossenen Augen zu ihm auf, als würde das Licht sie blenden.

»Ich könnte mir vorstellen, dass dies einer der sichersten Orte der Welt ist«, sagte David. »Er wird schließlich rund um die Uhr bewacht. Die Meister der Mikrofonüberwachung werden ja wohl in der Lage sein, ein Auge auf seine Pötte zu haben.«

Sie funkelte ihn mit ihren grauen Augen an wie eine Katze.

»Das sind keine *Pötte* ...«

Jeanette folgte mit einem Fingernagel den Konturen der weißen, sich um den oberen Vasenrand windenden Schlange, während sie an ihrem Getränk nippte.

»Das ist *Avanyu* ... der Schlangengott des Wassers«, murmelte sie langsam.

David schnippte eine Zigarettenkippe in die Flammen.

»Wunderschöne Verzierung«, sagte er.

Sie starrte ihn an. Selbst in ihren hochhackigen Sandalen reichte sie David nur bis an die Schultern. Wenn Blicke töten könnten, wäre er vermutlich auf der Stelle tot umgekippt.

»Das ist keine Verzierung«, zischte sie. »Das ist echte Kunst ... Sie haben aber auch gar keine Ahnung.«

Jeanettes Stimmführung veranlasste Oppenheimer, den Blick zu heben. Er legte die Stirn in Falten, als wäre Jeanette der archetypische peinliche Onkel, der sich dem Stadium eines jeden Festes näherte, an dem ein Lampenschirm auf dem Kopf unwiderstehlich wird. Jeanette schien davon nichts mitzubekommen. Oder aber sie ignorierte es einfach.

Sie zog die Schultern hoch vor so viel Unwissenheit Davids. »Aber«, murmelte sie großzügig, »woher sollten Sie das auch wissen? Wie auch immer, die Schlange symbolisiert die Reise der Welt durch die Zeit. Alles bewegt sich im Kreis. Das, was Sie hier vor sich haben, ist ein Symbol der Unendlichkeit. Wissen Sie, wie man dieses ... dieses vollkommene, absolute Schwarz der Glasur erreicht? Selbstverständlich wissen Sie das nicht.«

»Selbstverständlich.«

»Brennöfen im Freien.« Sie nickte energisch und bestimmt, als hätte sie ihm soeben den Aufbewahrungsort des Heiligen Grals offenbart. »Sie verwenden Dung für den Brennvorgang. Das ist Ruß ... schlicht und ergreifend Ruß. Und natürlich ungeheure Originalität und Jahrzehnte an Experimenten mit Ton und Glasuren.«

Jeanette sprach jedes einzelne Wort mit großer Konzentration aus und schwankte leicht. David hätte sich dieser kurzsichtigen Intensität gerne entzogen, kam sich vor wie eine Schlange in Gesellschaft eines gereizten Mungos.

»Super. Ruß also. Dung. Wissen Sie was, ich glaube, ich ...«

Er machte einen Schritt zur Seite, aber Jeanette hielt ihn mit einem erstaunlich festen Griff um den Oberarm zurück.

»Schön hiergeblieben ... okay? ... Es sei denn, Sie wollen mir einen neuen Drink organisieren.« Sie schloss die Augen und sah aus, als könne sie jeden Moment ohnmächtig werden. »Selbstverständlich nur, solange es nicht Ihrer religiösen Überzeugung widerspricht, ein Gentleman zu sein.«

»Tut es nicht«, antwortete David. »Aber sind Sie sicher, dass Sie noch was trinken wollen? Ehrlich gesagt kommen Sie mir jetzt schon sturzbetrunken ...«

»Aber natürlich bin ich sicher!«, rief Jeanette, schlug sich im nächsten Augenblick eine Hand vor den Mund und sah ihn mit betrunkenem Lächeln an.

Betont würdevoll reichte sie David ihr leeres Glas. David ging wieder in die Küche, fand eine halb volle Flasche Calvados, füllte das Glas bis knapp unter den Rand und gab ein paar Eiswürfel dazu.

Jeanette schien in seiner Abwesenheit keinen Muskel bewegt zu haben. Sie schwankte mit halb geschlossenen Augen wie zu einem Musikstück, das nur sie hören konnte.

Sie leerte das halbe Glas in einem Zug.

Um sie herum zog sich automatisch ein Halbkreis mit der Aufschrift *Zutritt verboten*. Die anderen Gäste in ihrer Nähe schienen sich instinktiv von ihr zurückzuziehen. Bohr war am anderen Ende des Raumes ins Gespräch mit Fermi vertieft, von der Seite war keine Hilfe zu erwarten.

»Maria Montoya Martinez«, sagte Jeanette und dribbelte sich elegant durch die Konsonanten. »Sie ist der menschenscheuste Mensch, den ich kenne. Sie lebt in San Ildefonso Pueblo auf der anderen Seite des Tals. Das ist gar nicht so weit entfernt. Einen halben Tagesritt.«

Sie studierten gemeinsam intensiv die Vase.

»Sie ist wirklich sehr hübsch«, sagte David. Das Letzte, was er wollte, war unnötig Aufmerksamkeit auf sich zu ziehen.

Jeanette nickte eifrig und verschüttete ihren Calvados, ohne es zu merken.

»Und ob«, sagte sie. »Sie ist vollkommen. Das hat es seit der Steinzeit nicht mehr gegeben. Montoya hat die Technik wiederentdeckt.«

David zündete sich eine Zigarette an.

»Sie sind ja eine richtige Expertin«, sagte er.

»Ich weiß nicht. Nein, bin ich nicht. Aber ich lege großen Wert auf Perfektion ... Doch, das tue ich wirklich.«

Sie stellte ihr Glas auf den Kaminsims und legte die Hände an die Vase. Dann hob sie den einzigartigen und unschätzbar wertvollen Gegenstand hoch, der ihr prompt aus den Händen rutschte wie ein nasses Stück Seife und unweigerlich auf dem Steinboden zerschellt wäre, wenn David nicht blitzschnell in die Knie gegangen wäre und ihn aufgefangen hätte.

Er stöhnte und verzerrte das Gesicht. Sein Knie mochte solche unvorhergesehenen Bewegungen gar nicht. Mit angehaltenem Atem stellte er die Vase zurück an ihren Platz. Jeanette Stewart hatte die Hände vor das leichenblasse Gesicht gelegt.

Oppenheimer kam zu ihnen und sah Jeanette streng an. Wortlos tauschten die alten Klassenkameraden Nachrichten aus. Die Luft vibrierte, und sie hatte den Blick gesenkt wie ein ausgescholtenes Kind.

Oppenheimer wandte sich an David.

»Tausend Dank, David. Diese Montoya-Vase bedeutet mir sehr viel. Darum habe ich sie auch auf eine stabile Unterlage gestellt.«

Jeanette hüllte sich in Schweigen, als Oppenheimer sich zu David vorbeugte und sagte:

»Ich wäre Ihnen sehr dankbar, wenn Sie Miss Stewart nach Hause begleiten würden. Das wäre sicher das Beste für alle Seiten. Myrtle Street Nummer 5, es stehen überall Hinweisschilder. Ich werde Sie bei Onkel Nick entschuldigen.«

Obgleich sie zweifelsohne zumindest Teile von Oppenheimers Aufforderung mitbekommen haben musste, verzog Jeanette keine Miene.

»Aber selbstverständlich, mit Vergnügen. Miss Stewart, gehen wir?«

»Danke«, flüsterte sie.

David spürte die Blicke aller im Nacken. Es dauerte eine Ewigkeit, die berauschte Mathematikerin aus dem Haus zu manövrieren.

Zuerst musste er ihr helfen, ihre Tasche und einen kurzen, bestickten Bolero zu finden. Danach musste er ihren Dufflecoat aus dem Garderobenberg herausschaufeln, um zu guter Letzt im Windfang ihre Silbersandaletten gegen passendere Gummistiefel einzutauschen.

Er nickte Klaus Fuchs zu, der von dem maschinengewehrschnell sprechenden und sozial inkompetenten Edward Teller in eine Ecke gedrängt wurde. Fuchs schickte ihm ein mitleidiges Lächeln zurück.

Die eiskalte Nachtluft hatte eine drastische Wirkung auf Jeanette. Nach fünf Schritten fiel sie auf die Knie, würgte krampfartig und erbrach sich. Sie stützte sich mit ihren roten Strickhandschuhen ab und stieß wimmernde Laute aus.

David studierte unterdessen den Sternenhimmel über dem Jemez-Gebirge. Das letzte Mal hatte er so viele Sterne in den Nächten auf dem Eismeer gesehen.

»Geht es besser?«, fragte er ein wenig später.

»… Ich will sterben …«

Sie schaute unglücklich zu ihm hoch.

»Gott im Himmel … Was müssen Sie von mir denken … Betrunken wie ein Schulmädchen. Ich bin so abstoßend.«

»Seien Sie nicht so hart zu sich«, sagte David. »Kommen Sie.«

Er reichte ihr eine Hand und zog sie auf die Beine. In ihrem dunkelblauen Dufflecoat, den roten Fäustlingen und Gummistiefeln sah sie tatsächlich ein bisschen aus wie ein Schulmädchen.

Sie schwankten weiter. Jeanette hatte sich bei ihm untergehakt.

Nach zehn Minuten unsicherer Wanderung tauchten die ersten Baracken auf.

»Ich wohne in der ersten Reihe links«, murmelte sie. »Danke für Ihre Hilfe. Den Rest schaffe ich alleine.«

»Ich würde es mir niemals verzeihen, wenn Sie auf den letzten Metern von einem Puma gerissen oder über die Kante des Abgrunds hinausspazieren und erst im Frühjahr wieder auftauchen würden, wenn der Schnee geschmolzen ist«, sagte David.

»Wie ein Mammut?«

»Genau.«

Ihre Stimme klang wieder fester.

Sie erreichten die primitive Holzbaracke, in der sie wohnte. Ihre Schritte hallten auf der schneebedeckten Holzveranda. Vor der Nummer 5 tastete sie über dem Türrahmen nach dem Schlüssel. Er nahm ihn ihr ab, schloss auf und lief gegen eine Wand aus warmer Luft und einem Duftmix aus Terpentin und Ölfarbe.

David wich einen Schritt zurück.

»Das ist ja die reinste Sauna«, sagte er. »Oder ein brennendes Maleratelier.«

»Das ist die Army. Keine Ahnung, wieso sie immer so heizen, vor allem in den brandgefährdeten Baracken.«

»Wie japanische Häuser?«

Sie seufzte.

»Ja, wie japanische Häuser, David. Kommen Sie noch mit rein?«

Er sah sich um. Die Straße war menschenleer.

»Das halte ich für keine gute Idee«, sagte er.

Sie zog ihn am Ärmel.

»Doch! Kommen Sie schon. Ich koche Ihnen einen Kaffee ... Ich finde den Gedanken ganz ehrlich unerträglich, dass dies Ihr letzter Eindruck von mir ist, bevor Sie sich schlafen legen.«

Die Räume waren niedrig, aber gemütlich. Überall lagen und standen Bücher und Bilder in den Regalen, wenn sie nicht an den Wänden hingen oder auf dem Boden gestapelt waren. Die allgegenwärtigen Navajo-Teppiche schufen eine gemütliche Atmosphäre. Eine chinesische Seidenlampe hinter der Staffelei tauchte das Wohnzimmer in verführerisch gedimmtes Licht.

»Setzen Sie sich aufs Sofa. Kaffee?«

»Einfach ein Glas Wasser. Ist es in Ordnung, wenn ich hier rauche?«

Ihre Augen waren wieder klar, der Blick wach. Ihr Stoffwechsel ist unglaublich, dachte er.

»Selbstverständlich. Und ich stelle mich wohl mal unter die Dusche.«

Sie brachte ihm ein großes Glas mit kaltem Wasser.

»Zwei Sekunden«, sagte sie und verschwand.

David legte den Parka ab und ließ sich auf dem grünen Sofa nieder. Er genoss die feminine Atmosphäre und die alltäglichen Geräusche aus dem Bad hinter der kleinen Küche. Er sah sich um. Jeanettes Bilder hatten ein eigenes, farbstrahlendes Leben. Die Kompositionen wirkten natürlich, keine der Farben zu kräftig oder elementar für New Mexico – als hätte sie sie direkt aus den Tuben auf die Leinwand gedrückt.

David stand auf und sah sich die Bücher in den Regalen an. Das Exemplar von Hemingways *Wem die Stunde schlägt* schien oft gelesen worden zu sein. Auf dem Cover war eine Bergkette abgebildet, nicht unähnlich dem Sangre-de-Cristo- oder Jemez-Gebirge. Am Regal hing an einem Nagel ein Paar rosa Seiden-schuhe, zierlich, wie sie fünfjährige Brautmädchen bei einer Hochzeit trugen.

Er setzte sich wieder auf das Sofa, legte den Kopf auf die Rückenlehne und döste, bis ein Laut ihn veranlasste, die Augen zu öffnen. Jeanette stand in einem japanischen Seidenkimono im Türrahmen. Sie sah ihn mit klaren Augen an und rubbelte sich die Haare energisch mit einem weißen Handtuch trocken. Wasser-dampf und der weibliche Duft von Seife, Shampoo und Zahn-pasta trieb an ihr vorbei und weiter zu ihm auf dem Sofa.

»Geht es Ihnen gut?«, fragte sie.

David rieb sich die Augen. »Ihre Bilder gefallen mir sehr«, sagte er.

»Tatsächlich?«

»Richtig gut. Ich habe noch nicht viel von der Landschaft gese-hen, und bestimmt ist es noch viel farbenprächtiger im Frühling und Sommer, aber Ihre Bilder sind fantastisch. Sie ... leben, finde ich. Oder höre ich mich jetzt schon wieder an wie ein Kunstbanause?«

»Das finde ich nicht, nein«, sagte sie und bedachte ihn mit dem aufrichtigsten Lächeln, das er bisher an ihr gesehen hatte. »Niemand weiß, wann dieser verfluchte Krieg vorbei sein wird. Da sollte man es sich doch so behaglich wie möglich einrichten und dabei gerne ein wenig produktiv sein.«

Sie machte einen Schritt ins Zimmer, und es schien fast unausweichlich, dass der Gürtel des Kimonos an der Türklinke hängen blieb und mit einem seidenen Wispern aus der Schlaufe glitt.

David vermochte es in den folgenden barmherzigen Sekunden, in denen die Welt stillstand, nicht, seinen Blick abzuwenden: vom flachen Bauch und dem schwarzen Haarbüschel auf ihrem Schamhügel, von der Cellotaille und von ihren wohlgeformten Brüsten mit den dunklen Brustwarzen.

Und von den unregelmäßigen blassen Streifen in der olivfarbenen Haut über ihrer Hüfte.

Jeanette sah ihn mit überrascht aufgerissenen Augen an und wurde rot. Dann drehte sie sich um und hob den Gürtel auf. David schaute verlegen zu Boden. Es kam ihm vor, als wäre eine Ewigkeit vergangen.

Er hörte rauschende Seide neben sich und spürte, wie das Sofa unter ihrem Gewicht nachgab.

»Sie können die Augen wieder aufmachen. Ich bin wieder sittsam bekleidet. Ich entschuldige mich vielmals, Mister.«

»Nicht doch«, murmelte er heiser.

Sie stand wieder auf und lief barfuß über die Holzdielen. Gleich darauf kam sie mit einer Flasche Calvados, einem Aschenbecher und zwei Gläsern zurück.

»Sie machen mich nervös«, sagte sie. »Gehören Sie zu den Menschen, die das Negativste im anderen hervorlocken? Ich meine ... Zuerst erleben Sie mich sternhagelvoll, dann zerdeppere ich um ein Haar Roberts unschätzbar wertvolle Montoya-Vase, bevor ich mich im Schnee übergebe und schließlich einen Kasernenstrip hinlege. Und das alles an einem ganz gewöhnlichen Abend.«

David dachte eine Weile über die Frage nach, ehe er antwortete.

»Das trifft tatsächlich auf mich zu, Sie haben recht. Ich locke die negativen Seiten in anderen Menschen hervor. So war es schon immer. Keine Ahnung, woran das liegt. Ich habe keine Erklärung dafür.«

»So sind Sie eben. Calvados?«

»Warum nicht? Lassen Sie uns gemeinsam Selbstmord begehen.«

Sie setzte sich mit züchtig angewinkelten Beinen aufs Sofa, während er ihnen Zigaretten anzündete.

»Sie mögen Hemingway?«, fragte er.» *Wem die Stunde schlägt* sieht viel gelesen aus.«

Sie blies den Rauch langsam in einer dünnen Säule aus.

»Wer mag ihn nicht?«, sagte sie leise. »Das ist ein gutes Buch, elegant geschrieben. Und ehrlich. Haben Sie es gelesen?«

»Ein paar Mal, bis meine Frau meinte, ich solle endlich mal erwachsen werden und Tolstoi lesen. Sie ist Bibliothekarin.«

»Mhm … Wenn man fünfhundert Personen im Blick behalten kann.« Sie sah David von der Seite an, zögerte, aber dann legte sich ein entschlossener Zug um ihren Mund. »Wissen Sie, dass es den Helden, Robert Jordan, tatsächlich gegeben hat? Er hat fast die gleichen Dinge getan wie Jordan in dem Buch: im Spanischen Bürgerkrieg Brücken gesprengt und sich in ein blutjunges spanisches Mädchen verliebt.«

»Hört sich an, als würden Sie ihn kennen?«

Jeanette drückte die Zigarette aus und zündete sich eine neue an.

»Hat der Calvados Spuren in meinem Gesicht hinterlassen, David?«

Er studierte ihr Profil unter dem pechschwarzen Haarhelm und stellte sich vor, wie es wäre, mit den Fingern durch die dicke Kurzhaarfrisur zu fahren, die Kontur des Schädels zu ertasten.

»Finde ich nicht«, sagte er lächelnd.

Sie streckte die Hand aus und berührte seinen Arm.

»Ich bin froh, dass es so klang, als würden Sie es ernst meinen.« David nippte an dem Glas voll Sonne und Äpfeln aus einer Plantage in der Normandie. »Ich glaube, ich könnte mich an Calvados gewöhnen.«

»Es gibt nichts, was auch nur halb so gut ist«, sagte sie. »Robert kann meinetwegen seine verflixten Martinis behalten.«

»Von wem haben Sie das Calvadostrinken gelernt?«

»Ich erinnere mich nicht mehr.«

Jeanette verfiel wieder in eine ihrer zweiminütigen Pausen. David hatte sich inzwischen daran gewöhnt und gelernt, das Schweigen besser nicht zu brechen.

Eine einzelne Träne löste sich von ihren Wimpern und rollte über ihre Wange. Nur die eine, soweit David es sehen konnte.

»Mein kleiner Bruder ist der Robert Jordan im wahren Leben. Er hieß Ethan Stewart. Er hat aufseiten der Republikaner in der amerikanischen Lincoln-Brigade gekämpft. Ich habe ihn '37 in Madrid besucht, um ihm einen ordentlichen Wintermantel und einen Schlafsack zu bringen, obgleich ich eigentlich vorhatte, ihn zu überreden, mit mir nach Illinois zurückzukommen und sein Veterinärstudium wiederaufzunehmen. Er wollte nicht, und kurz darauf ist er gestorben. Völlig idiotisch, wenn Sie mich fragen. Niemand kann ohne Luftraumkontrolle einen modernen Krieg gewinnen. Das hatten die Fiat-Falco-Jäger der Nationalisten und die deutschen Stukas übernommen. Eine hoffnungslose, romantische Geste. Die tödlich endete.«

»Warum ist er nicht mit Ihnen nach Hause zurückgekehrt?«

»Er war verliebt. In das Mädchen und in den Krieg. Er ist nur wenige Tage später unweit vom Ebro gestorben. Er wurde verraten, gefoltert und erschossen. Seine Geliebte wurde vergewaltigt, ehe sie ihr einen Kopfschuss verpasst haben. Sie war neunzehn Jahre alt. Man hat sie bei einer Gegenoffensive der Lincoln-Brigade in einem Erdloch gefunden. Ein alter baskischer Hirte hat es erzählt, der alles aus seinem Versteck beobachtet hatte.«

Jeanettes Stimme war leidenschaftslos, als würde sie aus einem mit uninteressanten Figuren bevölkerten Buch vorlesen. »Einer der Offiziere der amerikanischen Brigade hat die beiden gefunden und zusammen begraben. Er hat mich später in den Staaten aufgesucht und mir das überbracht, was von meinem Bruder übrig war. Einen Füllfederhalter und einen Kompass.« Jetzt schluchzte sie und legte die Hände vors Gesicht.

David erhob sich. Sie zog die Beine hoch und lag jetzt auf dem Sofa. Er holte eine Decke und breitete sie über ihr aus.

»Ich denke, Sie gehen jetzt besser«, murmelte sie.

»Gute Nacht«, sagte er.

Jeanette antwortete nicht, lag jetzt mit einer Hand unter der Wange auf der Seite. Ihr Atem ging gleichmäßig und tief. Er hatte das Wohnzimmer halb durchquert und seinen Parka genommen, als er sie etwas flüstern hörte.

»Was haben Sie gesagt?«

»Ihre hübsche Tochter hat Ihre Augen und die Nase ihrer Mutter geerbt.«

David blieb wie angewurzelt stehen. Trotz der brüllenden Hitze im Zimmer wurde ihm eiskalt.

Da fügte sie mit schläfrigem Lachen hinzu: »Seien Sie froh, dass es nicht andersherum ist.«

»Das bin ich«, sagte er steif.

Jeanettes Augen waren fest geschlossen. Sie sah aus wie ein Kind. Vielleicht ein bösartiges Kind.

Er blieb mehrere Minuten unter dem Vordach stehen, während seine Gedanken nach Jeanettes letzter Bemerkung wie ein Schwarm Wespen in seinem Schädel herumschwirrten, aus dem es keinen Ausweg gab.

Sie hatte also das Foto von Elena und Sara gesehen, so viel

stand fest, und sie hätte während der Busfahrt mehrfach Gelegenheit gehabt, den Umschlag mit dem Foto und dem Brief in seine Jackentasche zu stecken. Dabei hätte er schwören können, dass sie die ganze Zeit nur die Landschaft betrachtet hatte, während er verstohlen den Inhalt des Kuverts überprüft hatte.

Und was war mit den Kinderschuhen am Regal? Und den feinen Dehnungsstreifen über ihrer Hüfte wie nach einer Schwangerschaft? Soweit er wusste, hatte sie keine Kinder. Fragen über Fragen. Irgendetwas stimmte hier nicht.

Keine zehn Meter entfernt strich ein kleiner Präriewolf über die Straße und verschwand zwischen zwei Gebäuden. Einen Augenblick später folgte ihm eine große, braungraue Hauskatze. Es sah aus, als hätte sie den gleichen Weg wie er.

Ein paar kräftige Karbidlampen vor den Garagen warfen ein gnadenloses Licht über die Straße und die Gebäude. Am Ende der Straße sprang ein Motor an, und ein tarnfarbener Streifenwagen überfuhr die Grenze zwischen Licht und Schatten und kam mit quietschenden Reifen vielleicht siebzig Meter entfernt zum Stehen. Zwei Militärpolizisten sprangen aus dem Wagen und liefen auf David zu, obgleich sie ihn im Schatten unter dem Vordach unmöglich sehen konnten.

Direkt hinter ihm sprach ihn eine bekannte Stimme aus der Dunkelheit an. Hauptmann John James Urgayle war geräuschlos wie eine rieselnde Schneeflocke an ihn herangetreten.

»Guten Abend, Mr. Adler. Wenn Sie sich nicht bewegen und nichts sagen, ist das Ganze in wenigen Sekunden überstanden.«

Der Hauptmann war größer, als David gedacht hatte. Er wippte auf den Zehenballen auf und ab wie ein Athlet, war ansonsten aber völlig ruhig und entspannt. David konnte sich den Hauptmann nicht anders vorstellen, egal in welcher Situation er sich gerade befand. Seine Hände waren in den Taschen der Schaffelljacke vergraben.

»Was passiert da?«, fragte David.

Der Hauptmann beobachtete die beiden Polizisten, die ein paar Garagen, Wachschuppen und die schmalen, eingezäunten Passagen zwischen den Baracken durchsuchten.

»Ich werde es Ihnen beizeiten erklären, Sir. Seien Sie jetzt so freundlich und verhalten Sie sich ganz ruhig.«

Der lange Schatten eines laufenden Mannes schob sich ins Licht. Der Flüchtende stolperte vorwärts, überquerte die Straße und versuchte, über den Maschendrahtzaun mit Stacheldrahtkrone zu klettern, der die Passage zwischen zwei Werkstattgebäuden versperrte. Der Zaun quietschte und gab nach. Um ein Haar hätte er es geschafft, er scheiterte aber an dem aufgerollten Stacheldraht. Er ließ sich fallen und glitt auf dem aufgeweichten Boden aus, rappelte sich wieder auf und kam direkt auf sie zugelaufen. Ganz offensichtlich hatte er David und Hauptmann Urgayle unter dem Vordach nicht gesehen. Seine zwei Verfolger holten auf und riefen sich Anweisungen zu.

Der Flüchtende trug ebenfalls Militäruniform: Lederjacke mit Unteroffiziersabzeichen, Khakihose und Khakihemd. Der schwarze Schlips flatterte wie ein Wimpel über seiner Schulter.

Als er noch etwa zehn Meter entfernt war, trat Urgayle unter dem Vordach hervor und stellte sich mitten auf die Straße. Das markante Gesicht drückte tiefe Verachtung aus.

»Halt, Tom. Es ist vorbei«, rief der Hauptmann.

Der Mann blieb stehen. Sein Gesicht war schweißnass, die Lunge pumpte. Er warf einen Blick über die Schulter hinter sich, sackte ein wenig in sich zusammen und versuchte halbherzig, noch irgendwie an Urgayle vorbeizukommen.

Genauso gut hätte er versuchen können, sich in einem engen Tunnel an einer Riesenkrake vorbeizudrängen. Im exakt abgepassten Moment streckte der Hauptmann seinen langen Arm aus und stieß den Flüchtenden zu Boden. Fluchend rappelte der Mann sich wieder auf und schlug um sich. Der Hauptmann wich dem Schlag geschickt aus und parierte seinerseits mit einem rechten Haken.

Der Flüchtende kippte um wie ein Baumstamm und war bewusstlos, noch ehe er im Schnee landete.

David hatte selten jemanden sich so fließend und koordiniert bewegen sehen wie den Hauptmann.

Die Militärpolizisten hatten den Streifenwagen rückwärts bis zu ihnen herangefahren und dem Niedergestreckten Handschellen angelegt, eher er wieder zu Bewusstsein kam. Danach schoben sie ihn mit dem Kopf voran in den Laderaum.

Die Polizisten verließen die Bühne, und David hätte sich nicht gewundert, wenn ein Regisseur »CUT!« gerufen hätte, Kameras ins Bild geschoben und die Scheinwerfer gelöscht worden wären.

Urgayle leckte seine blutigen Knöchel wie eine Katze und schob die Hände zurück in die Taschen. Dabei musterte er David mit seinen dunklen Augen.

»Alles in Ordnung mit ihr?«, fragte er.

»Jeanette?«

»Dr. Stewart, ja.«

»Ähm … Ja, sie schläft jetzt, aber sie hat …«

»Zu viel getrunken«, murmelte der Hauptmann.

»Ja.«

David fragte sich, wie lange Urgayle wohl schon vor Jeanettes Baracke stand.

Ein besorgter Ausdruck huschte über das derbe Gesicht des Hauptmanns. »Ich kann dieses Bedürfnis nur schwer nachvollziehen.«

»Möglicherweise versteht sie es selber nicht«, sagte David. »Und Sie sind also der Nachtvogel?«

David ahnte ein angedeutetes Lächeln. Es war, als würde die Granitfassade bröckeln. Dem einen Schneidezahn fehlte eine Ecke.

»Ja, so wie Sie es morgen Abend sein werden, David. Ich darf Sie doch David nennen?«

»Natürlich. Meine Vorfreude hält sich in Grenzen. Ich habe überhaupt keine Erfahrung mit Mikrofonen und Plattenauflegen.«

»Wird schon werden«, sagte der Hauptmann. »Jazz ist die großartigste Erfindung unseres Landes.«

David drehte sich zu der jetzt wieder menschenleeren Straße.

»Und was war das gerade?«

»Gier. Und ausgerechnet einer von unseren Leuten!« Urgayle klang verbittert. »Das ist immer am schwersten zu begreifen. Er hat hochexplosive Sprengstoffe aus Professor Kistiakowskys Depot an die Indianer verkauft.«

Der Hauptmann legte den Kopf in den Nacken und schaute zu den fernen, schneebedeckten und mondbeschienenen Gipfeln.

»Nach Türkis graben ist illegal, obwohl wir uns da eigentlich nicht einmischen. Das ist eine uralte Tradition, und wir sind hier zu Gast. Aber Diebstahl von Sprengstoffen nehmen wir sehr ernst. Außerdem gibt es etliche indianische Priester, denen unsere Anwesenheit gar nicht schmeckt. Wir dürfen ihnen keine Chance für Sabotageakte geben.«

David betrachtete insgeheim den großen Mann neben sich mit einer offensichtlich tief in sich verankerten Aufrichtigkeit. Man erntete, was man säte.

»Was wird mit ihm geschehen?«

»Kriegsgericht. Militärgefängnis Fort Leavenworth. Ich weiß nicht, wie lange er inhaftiert wird, trotz …«

»Trotz was?«

Urgayle lächelte wieder.

»Tom war äußerst erfinderisch. Er hatte die Vorhängeschlösser in den Lagern gegen eigene ausgetauscht und die Schlüssel in den Schlössern stecken lassen. Die Wissenschaftler waren davon ausgegangen, dass die Schlösser offiziell ausgetauscht worden waren, und haben auf die Schlüssel aufgepasst wie auf Splitter des Kreuzes Jesu. Die Ersatzschlüssel hat Tom natürlich für sich behalten.«

»Ausgefuchst.«

»Wollen wir für ihn hoffen, dass der Richter einen Sinn für solche Ausgefuchstheiten hat.«

Sie gingen in Richtung Technikbereich. Die Schritte des Hauptmanns waren ausladend und zielstrebig. David musste sich anstrengen, um mit ihm mitzuhalten.

»Sie und Professor Bohr sind übrigens nicht die einzigen Dänen hier in The Hill«, sagte Urgayle.

David blieb stehen und zwang damit den Hauptmann, ebenfalls stehen zu bleiben.

»Das ist wirklich ein multinationaler Haufen hier. Mit Ausnahme der Russen, natürlich. Es ist noch ein dänisches Zwillingspaar hier.« Urgayle zeigte zu einem hohen Backsteingebäude in dem Durcheinander an unterschiedlichen Bauten im Technikbereich.

»Sie arbeiten im Block D hinter der Heizzentrale. Das ist ein extrem heißes Gebäude mit dem Spitznamen ›Die Mine‹. Dort werden die kleinsten und wichtigsten Teile … des endgültigen Produkts hergestellt.«

»Sie meinen die radioaktiven Teile?«

»Das tu ich wohl. Für das Projekt wurden die erfolgreichsten und erfahrensten Metallhandwerker des Landes ausgewählt: Maschinenbauer, Schlosser, Dreher und Instrumentenbauer. Henrik und Jakob arbeiten an den Drehbänken. Besuchen Sie sie mal. Sie sind sehr nett. Ich trainiere mit ihnen.«

»Trainieren?«

»Sie boxen. So wie ich. Jakob ist ein richtig guter Sparringpartner. Ich mag die beiden sehr.«

»Boxen Sie für Geld? Ich habe gehört, dass hier jeden Samstagabend eine Menge … Unterhaltung geboten ist.«

Das Gesicht des Hauptmanns war unergründlich.

»Das habe ich auch gehört …« Dann lachte er. »Das ist eine isolierte Gemeinschaft hier, David. Ein Haufen junger Männer und ansonsten nur Berge und Klüfte. Man muss ihnen zwischendurch erlauben, ein bisschen Amok zu laufen, sonst heulen sie irgendwann den Mond an wie die Wölfe. Das ist ganz natürlich. Wir mischen uns nicht in die Samstagabende ein, wenn nicht unbedingt notwendig.«

»Wie in den Türkisabbau der Indianer?«

Urgayle zuckte mit den Schultern. Sein Atem stand in einer Wolke über ihm wie über einem kochenden Kessel.

»Wenn er mit Sprengstoffen der Armee praktiziert wird, ja. Aber wir können nicht überall zugleich sein. Wir müssen Prioritäten setzen. Wie gesagt, sie heißen Henrik und Jakob.«

»Ich werde sie schon finden«, sagte David.

»Tun Sie das. Mit Ihrem Q-Ausweis kommen Sie ja überall rein. Sie wohnen direkt neben dem Block D.«

Der Hauptmann musste beim Ashley Pond links weiter, David rechts.

»Wie lange sind Sie schon hier?«, fragte David.

Urgayle musterte David. Sein Gesicht lag halb im Schatten.

»Noch nicht gefährlich lange«, sagte er mit gedämpfter Stimme. »Vor vier Monaten wurde meinem Versetzungsantrag hierher stattgegeben.«

»Von wo?«

»Aus den Ardennen. Drei Soldaten und ich waren alles, was von der Alpha-Kompanie noch übrig war. Es war sinnlos, uns noch zusammenzuhalten.«

»Das tut mir leid zu hören.«

David war nicht sicher, ob Urgayle ihn gehört hatte.

Er sah der kleiner werdenden Gestalt hinterher und versuchte sich vorzustellen, wie der Winter in den Ardennen gewesen war. Der deutsche Führungsstab hatte alles darangesetzt, das Kriegsglück in den Ardennen zu wenden. Der dortige Sieg der Alliierten sollte die Radnabe sein, die den Krieg in Westeuropa nach der Invasion in die richtige Richtung lenkte. Die amerikanischen Verluste waren katastrophal gewesen. Wer nicht verhungert oder erfroren war, war in den flachen, bewaldeten belgischen Hügeln von den 88ern der Deutschen zerfetzt worden. Eine Kompanie umfasste ungefähr siebzig Mann. Vier Überlebende von siebzig? Das erklärte in jedem Fall die Ordensbänder am Uniformhemd des Hauptmanns, die ihm vorher gar nicht aufgefallen waren.

Bohr schlief bereits, als David im Gästehaus ankam. Mrs. Ramirez hatte den Bus ins Pueblo um zehn Uhr genommen. Indianische Küchenhilfen, Haushälterinnen und Kindermädchen durften sich hier nur zwischen acht Uhr morgens und zehn Uhr abends aufhalten. Es war ganz still. Keine Explosionen, die den Himmel zerrissen. David saß lange im dunklen Wohnzimmer. Den Tresor mit dem neuen Vorhängeschloss konnte er nur erahnen.

Es war acht Uhr am nächsten Abend, die folgenden drei Stunden gehörten David in der kleinen Radiostation und sonst niemandem. Er saß in einem schallgedämpften Verschlag im ersten Stockwerk des ehemaligen Internats-Haupthauses The Big House und hatte einen jungen Leutnant aus der Materialverwaltung mit allumfassendem Wissen über moderne Musik, massiv selbstbewusstem Auftreten und einer Stimme wie plätscherndes Wasser abgelöst. Auf der anderen Seite der schalldichten Glasscheibe saß ein magerer, flachsblonder Student mit einer Dodgers-Baseballcap auf dem Kopf. Sein Name war Steve Kessler, und er war Herrscher über das Mischpult, den RCA-Transmitter und die Plattenregale. Der junge Mann hatte ein Kugelgelenk, wo andere ihre Halswirbel hatten, und nickte unbeschwert und zu egal welcher Musik mit dem Kopf.

David war mit Kopfhörern ausgestattet und auf einen Drehstuhl vor einem Tisch mit zwei Plattenspielern und einem Mikrofon auf einem Ständer platziert worden. An der Wand hing eine Uhr mit Sekundenzeiger, und Steve hatte einen Stapel von ihren Hüllen befreiter Platten vor ihm aufgebaut, zusammen mit einer Titelliste, Künstlernamen, Länge der Stücke und Reihenfolge.

Nach einem kurzen Vorgespräch mit David – den er von da an konsequent Dave nannte – hatte der Student vorgeschlagen, selber die Nummern für die diestägige Ausgabe des Nachtvogels zusammenzustellen, was David dankbar angenommen hatte.

Der Tonkopf bewegte sich nur noch wenige Rillen vor dem Ende von »Baby, It's Cold Outside«. David starrte panisch auf den Plattenteller. Als er den Blick hob, sah er Steve, der fünf Finger hochhielt und mit jeder Sekunde einen Finger bei seinem kurzen Countdown anwinkelte. Dann gab er David das Zeichen, dass er das Mikrofon einschalten sollte und *on air* war.

Er hörte seinen eigenen Atem in den Kopfhörern. Nicht ein einziges brauchbares Wort drang in sein Bewusstsein vor.

Steve wedelte mit den Armen.

David schloss die Augen.

»Ähm ... Guten Abend, alle zusammen, und willkommen beim Nachtvogel. Ich würde jetzt gerne ... also, nach der schönen Nummer mit Johnny Mercer und Margaret Whitey, die wir gerade gehört haben ... also, ja, da würde ich jetzt gerne ›Till the End of Time‹ mit Perry Como nachlegen.«

Er schaute zu Steve raus, der energisch und mit aufgerissenen Augen den Kopf schüttelte. David runzelte die Stirn und überprüfte das Etikett der Platte.

Er wollte etwas sagen, stellte aber fest, dass er das Mikrofon ausgestellt hatte. Mit zittrigen Fingern schaltete er es wieder ein.

»Äh ... Sorry, ich meinte natürlich Lena Horne mit ›Stormy Weather‹. Und Leute, draußen ist es tatsächlich stürmisch und gewaltig kalt ...«

Er setzte die Nadel in die Rille und lehnte sich mit geschlossenen Augen zurück. Lena Hornes klare Stimme füllte den Äther.

Steves Stimme meldete sich in seinem Kopfhörer.

»Es stürmt nicht, Dave. Ich meine nur so.«

»Nicht?«

»Nein. Du solltest dich schon an die Fakten halten, okay? Und du klingst, als hättest du eine Lobotomie hinter dir. Das hier ist ein Unterhaltungsprogramm und keine Selbstmord-Hotline.«

David checkte seufzend und sorgfältig die nächste Platte, die dummerweise kein Etikett hatte, aber nach Steves Liste die karibische Parodie von »Rum and Coca-Cola« mit The Andrew Sisters sein sollte.

Ab jetzt wollte er der gut aufgelegte und topprofessionelle DJ sein, komme, was da wolle.

Als Lena Hornes Nummer ausklang, schaltete er das Mikrofon ein und holte tief Luft.

Steve zählte mit besorgter Miene runter.

»Well, so stürmisch ist es in Wahrheit gar nicht, wie ich gesagt habe, aber das mit der Kälte stimmt in jedem Fall. Darum spreche ich sicher allen hier aus der Seele, wenn ich sage, dass wir da gut ein bisschen karibische Sonne gebrauchen können. Meine Damen und Herren: es folgen The Andrew Sisters mit ›Rum and Coca-Cola‹. Danach ist uns garantiert allen schön heiß.«

David legte den Tonkopf auf und schaute triumphierend zu Steve raus, als in seinem Kopfhörer lebhafte, rasant schnelle Polkamusik ertönte: Harmonika, Blechbläser und Geigen.

Steve legte das Gesicht in die Hände.

Das Fegefeuer nahm kein Ende.

Nach einer halben Ewigkeit wurde David von dem entspannt Pfeife rauchenden Otto Frisch abgelöst, der einen Stapel eigener Platten dabeihatte. Er sah David mit einer Mischung aus Mitleid und Amüsement an.

»Radio ist halt nicht für jeden was«, sagte er freundlich. »Haben Sie Lust auf einen zweiten Versuch?«

Steve hämmerte gegen die Glasscheibe.

David verließ das Studio. Er war schweißgebadet und sich nur zu gut im Klaren darüber, dass er die nächsten Tage die Lachnummer in The Hill sein würde. Wenn nicht gar für Wochen oder Monate. Er hoffte inständig, dass eins von Otto Frischs Experimenten schiefgehen und diesen Schandfleck von der Erdoberfläche tilgen würde, inklusive ihn und alle Bewohner. Besonders Steve Kessler.

Ohne besonderes Ziel schlenderte David durch diese merkwürdige Stadt. Der Himmel war grau verhangen, es fielen ein paar Schneeflocken, was er kaum wahrnahm.

Vor einer der Baracken, in denen die ledigen Männer untergebracht waren, standen drei junge, herumalbernde Frauen und rauchten. Die Fenster aller Wohnungen standen offen, und laute Tanzmusik schallte heraus. Die Frauen trugen trotz der Kälte dünne Kleider, Nylonstrümpfe und hochhackige Schuhe. Im gelben Schein der Karbidbeleuchtung strahlten ihre Münder knallrot, und das kräftige Make-up erinnerte ein bisschen an Clownsmasken.

Die meisten Barackenfeste kamen spontan zustande, und als Treibstoff dienten 40-Liter-Tonnen mit 98-prozentigem Laboralkohol, der mit Grapefruitsaft verdünnt wurde. Wenn es raffiniert sein sollte, wurde ein Klumpen Trockeneis in die Tonne geworfen, die billigste und effektivste Kühlungsmethode.

David stellte fest, dass er in der Myrtle Street war, nicht weit von Jeanettes Wohnung entfernt.

Er dachte an Hauptmann Urgayles Knock-out des flüchtenden Sprengstoffdiebes am Abend zuvor. Ein aufwühlendes Erlebnis. Er sah Licht hinter Jeanettes Fenstern. Als er näher kam, bemerkte er Fußabdrücke, die bis zur Türschwelle führten. Die Abdrücke zeigten mit den Spitzen nach außen. Er trat an eins der Fenster. Die Gardinen waren zugezogen, aber wenn er sich bückte, konnte er durch den unteren Spalt ins Wohnzimmer schauen.

Auf dem Plattenspieler lag Schubert. Jeanette saß auf ihrem grünen Sofa. Kimono und schwarze Strümpfe. Unwiderstehlich. Auf dem Sofatisch standen eine Flasche und Gläser. Oppenheimer war bei ihr. Eine Hand lag auf ihrer Schulter, während er mit der anderen gestikulierte.

Jeanette beugte sich vor und lachte. Dann hob sie den Kopf, den Blick direkt auf David gerichtet. Ihr Gesicht versteinerte, ehe es sich zu einer empörten Grimasse verzog.

Er richtete sich hastig auf und schlich eilig davon, fest damit rechnend, dass die Tür hinter ihm aufgerissen und eine Lawine an Verwünschungen über seinem sündigen Haupt ausgeschüttet würde.

»Du bist so ein hoffnungsloser Idiot, David«, murmelte er vor sich hin.

Trotz des Adrenalinrausches in seinem Kopf und dem Säurebad an Selbstvorwürfen, in dem er sich suhlte, entging ihm nicht das weitere Paar Fußspuren in dem frischen Schnee auf dem Weg. Derjenige, von dem sie stammten, hatte vor Jeanettes Baracke kehrtgemacht. Die Fußspuren waren die eines Riesen, genau wie die Abdrücke der Kampfstiefel, die David am Vorabend an Urgayles Füßen gesehen hatte.

Ob es ihr recht war oder nicht – Jeanette Stewart schien einen Schutzengel zu haben, bewaffnet mit einem vernickelten .45 Colt Peacemaker.

Die Sehnsucht nach Elena und Sara überrollte ihn ohne Vorwarnung und gnadenlos. In seinen Augen brannten Tränen, sein Brustkorb schmerzte, als ob sich etwas Raues, Scharfkantiges in sein Herz bohrte. Er krümmte sich um den völlig unerwarteten Schmerz zusammen.

Nach einem ewigen Augenblick, in dem er kaum Luft bekam, richtete er sich auf, wischte sich mit dem Jackenärmel die Tränen aus dem Gesicht und zwang mit einer enormen Kraftanstrengung das Gespenst des Selbstmords zurück in seine Höhle.

Nicht zum ersten Mal.

David hatte nie einen Hang zur Melancholie oder Selbstzerstörung gehabt. Er hatte im Akademisk Boldklub als talentierter

Mittelfeldspieler in der Elitemannschaft gespielt, solange er denken konnte. Er war ein hervorragender Student an der Polytechnischen Lehranstalt gewesen und ein Star im Schachclub Hellerup. Er war mit liebevollen, wohlhabenden und fortschrittlichen Eltern gesegnet, einer sicheren Kindheit und einer Schwester, die zu ihm aufschaute. Seine Abenteuerlust hatte ihn zu Great Nordic gebracht und auf die Stelle als leitender Zivilingenieur in der Abteilung in Murmansk.

Am 1. September 1939 war Deutschland in Polen und Danzig einmarschiert und hatte das Leben aller Europäer bis zur Unkenntlichkeit verändert.

Pass dich an oder stirb, war sein Motto geworden. Das zumindest hatte er von Oberst Kurjakin gelernt.

Aber inzwischen stand zu viel auf dem Spiel, und er war vielleicht nicht stark genug. Nicht intelligent genug, das Spiel bis zum Ende durchzuziehen.

JUNI 1945

Santa Fe, 23. Juni 1945, 23 Tage bis Trinity

David leerte den Becher mit dünnem Kaffee, wischte sich die Lippen ab, zerknüllte die Papierserviette und legte sie auf den fettigen Teller. Er hatte in einem ungemütlichen Diner am Rand von Santa Fe einen Burger mit Pommes frites gegessen. Er hatte sich für dieses Lokal entschieden, weil es hier eine Telefonzelle gab, die hoffentlich nicht vom FBI abgehört wurde.

Die Sekretärin hatte ihn gebeten, sich um halb vier noch einmal zu melden, wenn Mr. Carter nach einem Geschäftsessen wieder in seinem Büro wäre.

Er betrat mit den Hosentaschen voller Fünf-Cent-Münzen die Zelle neben dem Eingang. Die Vermittlungsstelle bat er um Weiterleitung an das Detektivbüro Emerson, Valentine & Carter in Chicago.

Die Sekretärin antwortete frisch und zackig, als David bat, mit Mr. Carter sprechen zu können.

»Selbstverständlich, Mr. Carter erwartet Ihren Anruf bereits, Sir. Einen Augenblick.«

Die Verbindung war ausgezeichnet, gleich darauf hatte er Mr. Carters sonoren Bariton am Ohr.

»Mr. Hawke hier«, sagte David und hoffte, dass der verstorbene Kapitän der Mary Jane, Algernon Hawke, nichts dagegen hatte, seinen Namen für diese Gelegenheit zu verleihen.

»Ah, Mr. Hawke. Pünktlichkeit ist eine wichtige Tugend, nicht wahr? Ausgezeichnet. Ich habe die Akte vor mir liegen. Zeitungsausschnitte. Kopien der Heirats- und Geburtsurkunden. Fotos. Ich bin sicher, dass Sie nicht enttäuscht sein werden.« Carter gluckste gutmütig. »Wir fanden die Informationen selber auch sehr interessant. Bemerkenswert.«

David betrachtete sein Spiegelbild in der Glastür. Er hatte sich die Haare von The Hills einzigem Barbier schneiden lassen und sah aus wie ein Marineinfanterist. Dafür sah sein Gesicht etwas runder aus.

»Das freut mich, Mr. Carter, aber warum haben es die Unterlagen nicht weiter als bis auf Ihren Schreibtisch geschafft?«

Carter verfiel aus unerfindlichen Gründen in einen britischen Akzent und klang wie der Schauspieler Basil Rathbone, der zurzeit im Kino als Sherlock Holmes große Erfolge feierte.

»Mr. Hawke, ich kann Ihre Frage gut nachvollziehen ...«

»Und ...?«

Carter räusperte sich in seinem fernen Büro in Chicago.

»Wir hatten uns auf ein Honorar von hundert Dollar geeinigt, Mr. Hawke.«

»Die ich über die Western Union überwiesen habe.«

»Das haben Sie getan, Mr. Hawke. Und sie wurden mit großer Freude in Empfang genommen.«

David zündete sich eine Zigarette an und schob die Tür einen Spaltbreit auf. Das konnte dauern.

»Und weiter?«

»Wir haben eine Abmachung, Mr. Hawke. Ich werde die Fallakte per Express an das Postamt in Santa Fe schicken ... Andererseits möchte ich nicht versäumen, Sie darauf hinzuweisen, dass sich im Laufe der Ermittlungen einige Extraausgaben ergeben haben. Ich musste die Überstunden der Leute in den Bibliotheken und Zeitungsarchiven erstatten und war selbst gezwungen, nach Ann Arbor im schönen Michigan zu fahren. Ich bin sicher, dass Sie mich verstehen, Mr. Hawke.«

»Wie viel?«

»Noch einmal fünfzig Dollar würden unsere Auslagen voll und ganz ausgleichen.«

David seufzte.

»Ich werde das Geld gleich anweisen.«

»Großartig, Sir. Die Akte wird in wenigen Tagen bei Ihnen sein. Einen guten Tag.«

Ein Klicken in der Leitung, die Unterhaltung war beendet.

Nachdem David am Bahnhof über Western Union weitere fünfzig Dollar an Mr. Carter überwiesen hatte, fand David einen freien Tisch auf der schattigen Veranda vom Hotel La Fonda, von wo aus er das Treiben auf der Plaza beobachtete. Das Frühjahr hatte in New Mexico Einzug gehalten, Meisen und Hüttensänger flogen ihre Nester in den Baumkronen der Pappeln über seinem Kopf an, um ihre piepsende Brut zu füttern. David war jetzt länger als zwei Monate in The Hill und nutzte jede Gelegenheit, um zusammen mit anderen Bewohnern mit dem Bus nach Santa Fe zu fahren. In der Regel ergab sich diese Gelegenheit nur an den Samstagen.

Die meisten Angestellten nutzten ihren Tagesurlaub, um bei Sears, Woolworths, Maytags oder im Rexall Drugstore einzukaufen. Andere gingen zum Nachmittagsvergnügen ins Lensic-Filmtheater, einem imposanten Gebäude an der Westseite der Plaza, das sich nicht zwischen pseudomaurischem Stil und spanischer Renaissance entscheiden konnte. Mit Neonreklame.

David hatte Devon mit New Mexico ausgetauscht. Das Klima hier war sehr viel angenehmer als an der englischen Südküste im März, aber er war immer noch genauso weit von seinem Ziel entfernt wie zuvor.

Aber an diesem Tag hatte er möglicherweise einen entscheidenden ersten Schritt nach vorn gemacht, in Form des kleinen, aber schweren Päckchens vom Eisenwarenhändler Smith & Co, das nun in seinem Rucksack lag. Er hatte die Bestellung vor anderthalb Monaten aufgegeben und nicht mehr zu hoffen gewagt, sie jemals zu bekommen. Aber heute war sie endlich eingetroffen.

An Mr. Hawke.

Obgleich sich an seiner persönlichen Situation hier seit seiner Ankunft nicht viel geändert hatte, war die Welt vollkommen verändert und aus den Fugen: Am 30. April hatte Hitler im Führerbunker in Berlin Selbstmord begangen, und am 7. Mai unterzeichnete General Jodl in Reims die bedingungslose Kapitulation der deutschen Wehrmacht. Am 5. Mai war Dänemark befreit worden.

David und Bohr hatten die Befreiung mit einem Sonnenuntergangspicknick am Rand eines der vielen Canyons bei Los Alamos gefeiert. David hatte Decken und Geschirr mitgebracht und Mrs. Ramirez hatte einen Korb mit kaltem Brathuhn, Maisbrot, Kartoffelbrei, Äpfeln und Trauben gepackt. Sie hatten mit Champagner angestoßen und über die gewaltige, ungezähmte Landschaft geschaut. Der Sonnenuntergang hatte die Schluchten und Canyons, die Flüsse, Mesas und Hänge in eine nahezu überirdische Farbenpracht aus tiefen Ockertönen, Blau, Purpurrot und Violett getaucht. Dunkle Gewitterwolken hatten sich über das Sangre-de-Cristo-Gebirge nach Südosten geschoben.

Bohr hatte sich die Lippen abgetupft und das Glas erhoben. Die untergehende Sonne färbte den Champagner blutrot.

»Skål, David. Die Befreiung kam schneller, als ich erwartet habe, wenn ich ehrlich sein soll.«

»Ja, plötzlich hat sich alles überschlagen.«

»Und glücklicherweise hat Monty Kopenhagen vor Rokossowski erreicht.«

Bohr ließ den Korken der nächsten Flasche knallen.

»Die Russen hätten Dänemark niemals mehr verlassen«, sagte David.

Bohr schenkte ein und zündete seine Lieblingspfeife an.

»Möchtest du gerne nach Hause?«, fragte er ruhig.

David folgte einem Wanderfalken mit dem Blick, der mit ganz leichten Bewegungen der Steuerfedern über die tiefen Becken des Canyons segelte.

»Willst du?«

»Ja, verdammt. Nur zu gerne. Aber ich bin mir nicht sicher, ob das richtig wäre.«

»Sie verlieren jeden Tag tausend Mann auf Okinawa«, sagte David. »Das ist brutal und jenseits von allem, was man noch begreifen kann, sagen alle. Sie schaffen es nicht, die Leichen der Gefallenen zu bergen, geschweige denn sie zu begraben.«

»Ich weiß.«

Bohr zog einen Umschlag aus der Innentasche seiner Jacke.

»Ich habe ein Telegramm von Margrethe bekommen. Es geht ihnen allen gut. Auch deinen Eltern und Kirsten.«

David lächelte erleichtert.

»Ich bin sehr froh, das zu hören, Professor. Skål.«

»Skål. Sie sagt auch, dass ich hierbleiben soll, wenn meine Arbeit wichtig ist. Sie ist eine bemerkenswerte Frau. Ich kann mich wirklich glücklich schätzen.«

»Sie sich auch. Wie geht es dem Igel?«

»Ein kleines, widerborstiges Biest.« Bohr seufzte. »Die mathematischen Berechnungen zeigen Resultate: die richtigen Mengen im richtigen Mischungsverhältnis von Beryllium und Polonium, aber darüber hinaus treibt das kleine Tier die Metallurgen in den Wahnsinn. Wenn der Igel nicht funktioniert, können wir den ganzen Rest vergessen.«

»Viele der Leute, die hier arbeiten, denken darüber nach, nach Hause zurückzukehren«, sagte David.

Bohrs Gesicht verfinsterte sich.

»Das ist mal wieder typisch! Der Krieg in Europa ist beendet, und die Amerikaner haben in hohem Maße zum Sieg beigetragen.

Genau wie im Ersten Weltkrieg. Sie haben viele Tausend junge Männer für uns geopfert. Aber im Pazifik geht der Krieg immer weiter. Dem kann man doch nicht einfach den Rücken zukehren.«

»Viele der Wissenschaftler sind Europäer«, wandte David ein.

Bohr lächelte zynisch.

»Oppie hat völlig recht. Du hast die Gedenkrede für Roosevelt ja selbst gehört und wie er aus der Bhagavad Gita zitiert hat. ›Der Mensch ist ein Wesen, dessen Substanz der Glaube ist. Der Glaube des Menschen ist der Mensch selbst.‹ Das löste eine Welle der Solidarität und des Amerikanismus aus, wenn ich mich richtig erinnere, und ich bezweifle ernsthaft, dass besonders viele meiner Kollegen tatsächlich zurück nach Europa wollen. Die Karrieremöglichkeiten sind hier so viel größer, die Lebensbedingungen für sie, ihre Frauen und Kinder um so vieles besser als dort, wo sie herkommen.«

»Das heißt, wir machen weiter?«, fragte David.

»Das werden wir müssen.«

Die Wettertrolle hatten sich entschieden: ein Teppich dunkelblauer, regenschwangerer Wolken breitete sich mit hoher Windgeschwindigkeit und Blitzen zwischen den Bergketten aus. Die Wolkenfront leuchtete schwefelgelb und purpurn.

David erhob sich.

»Wir sollten uns besser auf den Heimweg machen, Professor. Die Wolken da draußen machen gelinde gesagt einen bedrohlichen Eindruck.«

Bohr wandte den Blick nach Osten. Dann sah er wieder David an.

»Ich weiß, dass du deine Frau und Tochter ganz furchtbar vermisst.«

»Natürlich tue ich das. Aber im Moment wüsste ich nicht, wie ich nach Murmansk kommen sollte. Ich kann mir nicht vorstellen, dass die Grenzen in den nächsten Monaten geöffnet werden.

Wenn ich jetzt versuchen würde, dorthin zu gelangen, würde ich nur festgenommen und der Spionage bezichtigt werden. Vermutlich würde ich auf der Stelle hingerichtet.«

Bohr zog David in eine tabakduftende Bärenumarmung.

»Ich bin dir so dankbar, mein Junge.«

»Ist schon in Ordnung, Professor«, murmelte David und fühlte sich wie der verlogenste Mensch auf Erden.

An jenem Abend hatte David sich allein in dem leeren, dunklen Wohnzimmer in The Hill mit dem 98-prozentigen Laboralkohol besinnungslos betrunken.

Ein Überlandbus nach dem anderen aus Albuquerque und Las Cruces spuckte Touristen aus, die sich auf der Plaza verteilten. David legte Geld auf den Tisch, schlenderte die W. San Francisco Street hinunter und endete vor seiner Lieblingsgalerie, die indianische Tonwaren vom oberen, teuren Ende der Skala sowie Bilder lokaler Künstler und den besonderen Türkis- und Silberschmuck, der so typisch für New Mexico war, verkaufte. In der Galerie war es kühl und sauber, die Wände wurden von der Esse des Silberschmieds in seiner angrenzenden Werkstatt erleuchtet. Der Hammer des Silberschmieds spielte seine beständige, klangvolle Melodie, und David betrachtete auf der Wand die Schatten des vierschrötigen Schmieds und seiner Gehilfin, einem zierlichen Mädchen von zehn oder elf Jahren. Jeden Samstagnachmittag scherte das Mädchen aus der Gruppe der Klassenkameradinnen und Nonnen aus und lief zum Hintereingang von Mrs. Flores' Fine Native Arts Gallery.

David hatte das Mädchen erst einmal aus der Nähe gesehen, als er dort ein hübsches Silberarmband für Elena und eine Kette für Sara erstanden hatte.

Er war wohlhabender als je zuvor in seinem Leben. Am Ersten jedes Monats zahlte der Buchhalter von The Hill ihm ein Vermögen in knisternden Dollarnoten aus: einen 500 Pfund Sterling entsprechenden Betrag, genau wie Kim Carpenter es zugesagt hatte. Das war mehr, als ein englischer Mittelklasse-Angestellter im Jahr verdiente.

Dabei hatte er kaum Gelegenheit, das Geld auszugeben.

Im Laden bediente Mrs. Flores persönlich, eine grauhaarige, immer lächelnde Navajo-Frau mittleren Alters. Ihre Galerie bot als Einzige der vielen Galerien und Läden in der Stadt Jeanette Stewarts Bilder zum Verkauf an.

Sie waren relativ teuer, aber die Ausstellung im Fenster wurde trotzdem ungefähr alle drei Wochen ausgetauscht. Die Bilder waren in der unteren rechten Ecke mit einem roten Jeanette S signiert. In den Räumen der Galerie hingen größere bis sehr große Malereien von ihr, aber als David für einige von ihnen Interesse bekundete, erklärte Mrs. Flores ihm, alle Bilder seien für eine Kunsthändlerin in Los Angeles reserviert.

David hatte die Frau ein paarmal gesehen. Sie kam jeden dritten Samstag am Nachmittag um Schlag vier Uhr in einem offenen, milchweißen und glänzenden Pontiac Streamliner mit weißen Radkappen, weinrotem Polster und einem schwarzen Chauffeur in Uniform vorgefahren. Der Chauffeur öffnete ihr die hintere Tür, und die gertenschlanke, außergewöhnlich braun gebrannte Frau mit Turban, riesiger Sonnenbrille und langen, flatternden Gewändern schwebte, gefolgt von dem ältlichen Chauffeur, in die Galerie.

Kurze Zeit später verließ das Paar die Galerie wieder. Der Chauffeur trug zwei oder drei in braunes Packpapier eingeschnürte Jeanette-Stewart-Bilder und legte sie vorsichtig in den Kofferraum des Pontiac, ehe der Streamliner in einer Staubwolke verschwand.

Mrs. Flores lächelte David bedauernd an, als er sich nach dem Bild einer Missionskirche erkundigte.

»Das tut mir wirklich leid, Mr. Adler. Kent Galleries in New

York arrangiert gerade eine Sonderausstellung. Ich wollte gerade ein Reserviert-Schild an das Bild mit der hübschen kleinen Kirche hängen, das in Miss Stewarts Heimatstadt reisen wird.«

»Sehr beeindruckend«, sagte David. »Das mit der Sonderausstellung.«

»Sie ist unsere erste Klientin, die in einer wunderbaren Galerie wie dem Kent ausstellt«, sagte Mrs. Flores voller Stolz.

Von der Plaza waren Trommeln und Stimmen zu hören.

»Sie müssen sich den Tanz der Navajos ansehen, Mr. Adler.«

Sie schob ihn freundlich, aber bestimmt aus der Galerie.

David warf einen letzten Blick auf das Bild, ehe er ins Freie trat und sich von dem Menschenstrom mit zur Plaza ziehen ließ.

In der Mitte des Platzes rahmte eine Reihe älterer, auf dem Boden sitzender Indianer die viereckige Tanzfläche ein. Sie trugen blaue, traditionelle Trachten und klatschten, schlugen auf Trommeln und gaben monotone Sprechgesänge von sich. Eine hin und her wogende Prozession zog auf den Tanzplatz ein: Mann, Frau, Mann, Frau. Sie trugen steife, bestickte und türkisbesetzte Gewänder und weiße Federkronen auf dem Kopf. Die Männer hielten lange Garben trocken raschelnder Maisstiele in der Hand, die Frauen Tonschalen mit Früchten.

Der Rhythmus war schwer und langsam wie von einem alten Menuett. Die Tänzer bewegten sich stoisch und mit ausdruckslosen Gesichtern. Zwischendurch knicksten oder verbeugten sie sich feierlich.

Nicht weit von dem Tanzplatz entfernt entdeckte David Oppenheimers Porkpie. Der Hut bewegte sich im zeremoniellen Rhythmus der Tänzer. Neben Oppenheimer stand Jeanette in einem kurzärmeligen weißen Hemd, eng anliegender Jeans und einem braunen Herren-Borsalino auf dem Kopf. Ihre Augen waren hinter einer Pilotensonnenbrille versteckt.

Hinter David ertönte ein herzhaftes Niesen.

Oppenheimer schaute über den Platz, entdeckte David, strahlte und winkte ihn zu sich. David bahnte sich einen Weg durch die Menge. Oppenheimer begrüßte ihn mit einem breiten Lächeln, während die regungslose Jeanette ihn keines Blickes würdigte.

»Wir haben Sie schon viel zu lange nicht mehr gesehen«, sagte Oppenheimer. »Was sagen Sie zu dem Tanz? Ein verblüffendes Ritual, nicht wahr?«

David gab sich Mühe, Enthusiasmus zu zeigen. »O ja. Vermute ich richtig, dass es sich um einen Erntetanz handelt?«

Oppenheimer nickte begeistert. »Genau, aber nur zum Teil. Das ist ein zeitloses Fruchtbarkeitsritual. Wenn man in die Vergangenheit reisen könnte zu all den großen, prähistorischen Flusskulturen, würden wir vermutlich viele solcher und ähnlicher Rituale und Tänze sehen, zum Beispiel im Niltal, entlang des Euphrat und Tigris in Mesopotamien, am Indus und am Gelben Fluss in China. Alles Orte, wo künstliche Bewässerung und der damit verbundene Bedarf an Vorratskammern und Handel eine Zusammenarbeit der Menschen forderte und damit eine Schriftsprache und Kalender, um Dinge zu bewahren und festzuhalten, der Keim für Staatenbildung und Zivilisation.«

»Und für Kriege und Sklavenhandel«, sagte Jeanette.

Oppenheimer seufzte, sagte aber nichts.

Die Tänzer verteilten sich fächerförmig auf dem Platz. Der Trommeltakt und Singsang der alten Männer steigerte sich in seiner Intensität. David hatte das Gefühl, dass sie sich einem Höhepunkt näherten, wenn auch einem beherrschten.

Jeanette sah Oppenheimer von der Seite an.

»Also ganz unter uns, Robert, ich finde das unsäglich langweilig. Die bewegen sich wie Schlafwandler. Wollen wir nicht lieber auf einen Drink ins La Fonda gehen?«

Der Direktor kniff empört die Augen zusammen. »Wie kannst du so etwas sagen? Es gibt Momente, da verstehe ich dich wirklich nicht, Jeanette.«

Er wedelte verärgert mit der Hand.

»Irgendwann wird das alles verschwunden sein und nie mehr wiederkehren.«

»Okay ... okay. Entschuldige. Du hast natürlich recht. Wie immer.«

Jemand zupfte Oppenheimer am Ärmel, und Oppenheimer begann ein Gespräch mit einem jungen Mann, der extrem schwitzte und jede von Oppies Äußerungen devot benickte.

Der Tanz ging seinem Ende entgegen.

»Was stellen die Ihrer Meinung nach dar?«, fragte Jeanette, ohne David anzusehen.

»Die Mesopotamier. Es ist übrigens lange her, dass ...«

»Ich bin Ihnen aus dem Weg gegangen.«

»Warum?«

»Ich denke, das wissen Sie«, sagte sie scharf. »Ich kann es nicht leiden, ausspioniert und belagert zu werden.«

»Das verstehe ich gut.«

David spürte, wie es ihm Zornesröte ins Gesicht trieb. Das war ein ungewohntes Gefühl.

Jetzt sah sie ihn an.

»Was ich tue und wen ich treffe, geht Sie überhaupt nichts an. Ich kenne Sie überhaupt nicht!«

Er schaute an ihrem Kopf vorbei zu Mrs. Flores' Galerie.

»Gut! Ich wollte Sie eigentlich etwas fragen ...«, begann er, brach aber mitten im Satz ab.

Jeanettes Arme hingen herunter, aber ihre Hände waren flach ausgestreckt wie Axtschneiden, ihr Atem ging schnell, und ihre Pupillen waren bedrohlich geweitet. Eine Kindheit in New Yorks Mietskasernen und als Tochter eines Hafenarbeiters überlebte man vermutlich nur, wenn man lernte zu kämpfen. Im Vergleich zu ihr war seine privilegierte Kindheit absolut ereignislos.

»Was wollen Sie fragen? Wenn es um den Abend geht, an dem Sie mich nach Hause gebracht haben, vergessen Sie es, okay? Ich kann mich an nichts erinnern, und ich habe auch nicht das geringste Bedürfnis, es zu tun.«

Er hatte sie nach dem Foto von Elena und Sara fragen wollen … sich aber glücklicherweise rechtzeitig anders besonnen. Sie würde jede Kenntnis davon abstreiten und ihn womöglich noch verdächtiger finden, als sie es ohnehin schon tat und es ihm lieb war.

»Wer ist der Mann, mit dem Oppie sich unterhält?«, fragte David stattdessen, obwohl es ihm vollkommen egal war.

Sie entspannte sich sichtlich. Ihre Schultern sanken herab, und die Hände schoben sich in die Hosentaschen. Sie war die einzige Frau, die er jemals ohne Tasche gesehen hatte.

»Er nennt sich Harry Gold, aber sein richtiger Name ist Heinrich Golodnitsky. Er ist Ungeziefer und genauso lange hier wie ich. Schleicht herum und sucht einflussreiche Freunde, die seine Projekte unterstützen.«

»Was sind das für Projekte?«

»Gold will aus Santa Fe eine Kopie von Las Vegas machen mit Casinos, Striplokalen, Shows und Galopprennbahnen. Der Gouverneur hat mehrmals abgelehnt, jetzt versucht er es bei Privatinvestoren. Und Robert mag alle Menschen, egal, wie unsympathisch sie sind.«

Sie sah ihn von der Seite an, und David überlegte, ob sie ihn in genau diese Kategorie einordnete.

Harry Gold glitt zurück in die Menschenmenge, und Oppenheimer kam zu ihnen zurück.

Er schaute auf seine Uhr.

»Well, ich denke, die Sonne steht jetzt über der Rahnock oder einem anderen Punkt über den sieben Meeren, die richtige Zeit für einen Drink. David, leisten Sie uns Gesellschaft?«

Jeanette öffnete den Mund, sagte aber nichts.

David lächelte sie an.

»Sehr gerne«, antwortete er.

David sah Harry Gold vorm Maytags, wo der Unternehmer die Angebote der Woche studierte.

Sie durchquerten La Fondas großzügige Eingangshalle und fanden einen stillen Tisch in einer Ecke der großen, kühlen Bar. Oppenheimer ging zum Tresen, und Jeanette legte Hut und Sonnenbrille auf dem Tisch ab. Sie sah ruhig und gefasst aus.

»Ich habe mich in eins Ihrer Bilder drüben bei Mrs. Flores verguckt«, sagte David. »Und ich könnte es mir sogar leisten. Glaube ich.«

Sie betrachtete Oppenheimer an der Bar und schien komplett uninteressiert.

»Die Missionskirche«, fuhr er unverdrossen fort. »Rote Adobe-Bauten und violette Schatten. Farben und Form. Es erinnert mich ein bisschen an Cézanne.«

Sie musterte ihn mit einer Falte zwischen den Augenbrauen.

»Und, haben Sie es gekauft?«

»Es ist auf dem Weg nach New York, hat Mrs. Flores gesagt. Zu der Sonderausstellung. Herzlichen Glückwunsch dazu.«

»Danke.«

Jeanettes Augen wurden schmaler, sie sah nachdenklich aus. Als Oppenheimer mit den Drinks an den Tisch kam, stand sie abrupt auf und nahm ihre Tasche.

»Jungs, ich muss mir mal die Nase pudern«, sagte sie. »Ach was, ich muss mit Mrs. Flores reden. Über etwas, das David gesagt hat.«

Sie verschwand schnellen Schrittes. Oppenheimer schaute ihr nach. »Was haben Sie zu ihr gesagt?«

»Nur, dass mir eins ihrer Bilder sehr gut gefallen hat.«

»Sie ist verflixt gut. Es kann mal was richtig Großes aus ihr werden.«

Der Direktor gähnte.

»Und wie geht es sonst so, David?«

»Gut, danke. Ich habe übrigens gestern den Igel gesehen. Sie sind gerade dabei, ihn mit Gold zu umhüllen. Sieht aus wie eine Christbaumkugel.«

Oppenheimer sah ihn äußerst zufrieden an. »Ich habe ihn mir auch heute angeschaut, nachdem ich aus Washington zurück war. Das wird eine hübsche Bombe. Auch wenn sie vielleicht am Ende gar nicht funktioniert.«

»Sie wird schon funktionieren«, sagte David.

»Kisti ist übrigens ganz begeistert von Ihnen, David. Seine Röntgenaufnahmen wären noch nie so gut gewesen, sagt er.«

Das war eine ultrakurze Rekrutierung gewesen.

David hatte im Wohnzimmer des Gästehauses gesessen und Patiencen gelegt, als Mrs. Ramirez Oppenheimer hereinführte. David hatte Oppenheimer eingeladen, sich doch zu setzen, aber er wollte lieber stehen bleiben.

»Ich habe nur eine halbe Sekunde«, sagte er. »Haben Sie Angst vor Sprengstoffen?«

»Ja.«

»Das sollten Sie nicht. Wir haben in der Twomile Mesa 52 000 Sprengungen durchgeführt, bei denen niemand zu Schaden gekommen ist.«

»Ich würde ungern Ihre wunderbare Statistik zunichtemachen«, konterte David.

»Das werden Sie auch nicht. Kisti braucht für die Bedienung der Röntgenapparatur im Bunker eine technisch versierte Person. Onkel Nick ist einverstanden.«

David richtete sich auf.

»Was ist mit dem Vorgänger passiert?«, fragte er misstrauisch.

»Er musste heim nach Delaware. Sein Vater ist überraschend gestorben.«

»... Ich weiß nicht ...«

Oppenheimer hatte nicht nur liebenswürdige Seiten.

»Also, abgemacht«, sagte er knapp. »Melden Sie sich so schnell wie möglich bei Kisti.«

An der Tür blieb Oppenheimer kurz stehen.

»Die USA und ihre Alliierten befinden sich noch immer im Krieg, David. Technisch gesehen sind Sie britischer Staatsbürger ... und darum im Krieg.«

So hatte David die letzten drei Wochen während Kistiakowskys Testsprengungen die Röntgenapparatur bedient. Das war nicht weiter kompliziert, wenn man sich erst einmal eingearbeitet hatte. Bohr sah er nur noch selten. Der Professor war vollauf mit seinen eigenen Experimenten im Sandia Canyon beschäftigt.

»Das ist eine eigenartig befriedigende Arbeit«, sagte er zu Oppenheimer. »Aber lange nicht so ungefährlich, wie Sie behauptet haben.«

»Nicht?«

»Gestern hätte es mich fast meinen Kopf gekostet, weil die automatischen Schotten sich nicht wie geplant geschlossen haben.«

Oppenheimer wurde blass.

»Shit!«

Wenn Kistiakowskys Modelle detonierten, sorgten federbelastete, automatische Rückschlagklappen dafür, die Teams in den zahlreichen Bunkern um die Sprengplattform herum zu schützen. Davids Klappen hatten sich aber nicht geschlossen, und hinterher hatte er zwanzig Zentimeter neben seinem Hals, tief in einen Holzbalken gebohrt, ein handtellergroßes, fünfkantiges Stück Stahl gefunden.

Von diesem Nahtoderlebnis erzählte er Oppenheimer nun mit einer gewissen Schadenfreude.

»Zum Teufel, David!«

Oppenheimers Hand lag auf Davids Schulter, als Jeanette mit einem in braunes Packpapier eingeschlagenen Paket unter dem Arm zurück in die Bar kam.

Als wäre es das Selbstverständlichste von der Welt, lehnte sie das Paket an seinen Stuhl, ehe sie sich setzte und an ihrem Glas nippte.

David sah zu Oppenheimer und zurück zu ihr.

»Für mich?«

»Ein Geschenk, ja. Der Vergleich mit Cézanne hat mich berührt. Sehr.«

Sie schenkte David ihr freundlichstes Lächeln. Plötzlich ganz Dame von Welt bis in die Fingerspitzen und weit entfernt von dem arroganten, tatkräftigen Wesen, das er nur kurz zuvor auf der Plaza erlebt hatte.

Oppenheimer kippte fast vom Stuhl.

»Du schenkst David eines deiner Bilder?«

»Ja, das tue ich.«

Der Direktor musterte David, als suche er Seiten an dem jungen Dänen, die seiner Aufmerksamkeit bisher entgangen waren.

»Ich kenne diese Frau, seit ich sechs Jahre alt war, und sie hat *mir* noch nie eins ihrer Bilder geschenkt.«

Jeanette lächelte. »Wie gut kennt man eigentlich einen anderen Menschen, Robert? Das ist die Frage. Du hast mich nie mit Cézanne verglichen.«

David fuhr mit einem Finger über den Rahmen.

»Tausend Dank.«

»Gerne. Das ist die Kirche von Santuario de Chimayo. Das war eine anstrengende Tour. Warst du schon einmal dort, Robert?«

»Nur ein einziges Mal. Die Strecke ist zäh für die Pferde. Na, dann skål und Glückwunsch, David. Ich muss zugeben, dass ich ein bisschen neidisch bin.«

»Das musst du nicht sein«, sagte Jeanette ruhig. »Es gibt solche und solche Meisterwerke. Du bist nicht benachteiligt, J. Robert Oppenheimer. Wie war es übrigens in Washington?«

Der Direktor sah sich in der Bar um, die sich allmählich mit durstigen Touristen füllte. David und Jeanette beugten sich über den Tisch.

»Unerträglich heiß und feucht. Also, da es ohnehin bald in

The Hill die Runde machen wird, könnt ihr es genauso gut auch jetzt schon erfahren. Ich habe an der abschließenden Sitzung des Interim Committee teilgenommen. Als allerspätestes Datum für die Probesprengung wurde der 16. Juli festgesetzt. Obgleich Groves das für zu spät hält.«

Jeanette musterte ihn eingehend.

»Aber das wäre ja bereits in ... wie viel? ... dreiundzwanzig Tagen? Das ist doch unmöglich. Warum plötzlich diese Eile?«

Oppenheimer signalisierte dem Barmann, dass sie noch etwas wollten, und schwieg, bis die frischen Drinks auf dem Tisch standen.

»Das Gadget soll Trumans Ass im Ärmel sein, wenn er sich am 17. Juli mit Churchill und Stalin in Potsdam trifft, wo es unter anderem um die Aufteilung von Berlin und Wien geht. Wenn die Testsprengung planmäßig verläuft, könnte die Bombe sich als entscheidender Faktor für die Verhandlungen erweisen. Roosevelt war der Meinung, dass Joe Stalin ein wertvoller und zuverlässiger Alliierter ist. Truman hasst ihn und hält ihn für den Antichrist. Das Komitee schließt sich Trumans Meinung an. Sie sehen im Vorgehen der Russen eine neue, barbarische Invasion Europas.«

Oppenheimer lehnte sich zurück. Seine blauen Augen waren matt vor Müdigkeit und Anspannung.

»Aber ist das zu schaffen?«, fragte David. »Besteht nicht die Gefahr einer Entzündung der Atmosphäre durch das Gadget? Ich habe gehört, dass das eine reelle Möglichkeit ist ... Und wenn das der Fall ist, würde ich es gerne wissen.«

»Natürlich passiert das nicht«, sagte Oppenheimer. »Aber ja, die theoretische Möglichkeit besteht. Kenneth Bainbridge obliegt die Verantwortung für das Testgelände in der Jornada del Muerto, und er hat Wunder bewirkt. Alle Fotobunker und Messstationen sind installiert, den Testturm bauen sie gerade auf. Sie haben mehrere Hundert Kilometer Straßen gebaut, fast dreihundert

Kilometer Kabel verlegt, und sie arbeiteten unter extremsten Bedingungen: unablässige Gewitterstürme, feindlich gesonnene Indianer und Klapperschlangen! Man muss jeden Morgen erst einmal Taranteln und Skorpione aus den Schuhen schütteln. Es ist irrsinnig heiß und trocken, und das natürliche Brunnenwasser ist von basischen Mineralien vergiftet und ungenießbar. Das gesamte Trinkwasser muss aus Albuquerque herangeschafft werden. Das ist Dantes siebter Höllenkreis, und es ist heroisch, was sie dort geleistet haben.«

Jeanette erhob ihr Glas. »Ein Prosit auf Kenneth Bainbridge.«

»Einer der besten und kompetentesten Menschen, die ich kenne«, sagte Oppenheimer ernst.

Obgleich keiner von ihnen etwas bestellt hatte, brachte der Kellner Platten mit Tortillas, Quesadillas, Guacamole, Jalapeño-Salsa und gegrillten, gewürzten Maiskolben.

Oppenheimer bestellte Bier, und David merkte erst jetzt, wie ausgehungert er war.

Eine Weile war an ihrem Tisch nur das Klappern der Bestecke zu hören. Dann schob der Direktor seinen Teller beiseite und steckte sich eine Zigarette an.

Er sah sie bedeutungsvoll an.

»Seid ihr bereit?«

»Zu was?«, fragte Jeanette.

»Seid – ihr – bereit?«

»Natürlich«, sagte sie. »Sind wir doch, David, oder?«

»Absolut.«

»Es gab drei Punkte auf der Tagesordnung«, leitete Oppenheimer seinen Vortrag ein, gedämpft, fast flüsternd. »Der erste Punkt war eine technische Zusammenfassung der Arbeit am Gadget und die Möglichkeit, eine Fat-Man-Plutoniumbombe und eine Little-Boy-Uranbombe von den auf den Marianen stationierten B-29ern in das japanische Zielgebiet zu transportieren. Das ist möglich. Die Luftwaffe hat mit Erfolg eine

Serie Testabwürfe von Kopien der Uran- und Plutoniumbomben in den von uns festgelegten Dimensionen und Gewichten ausgeführt.«

David und Jeanette tauschten Blicke, sagten aber nichts.

»Beim nächsten Punkt ging es darum, sich auf die Ziele in Japan zu einigen. Dabei kam eine Liste mit vier dicht bevölkerten Städten heraus. Ich kann euch natürlich nicht sagen, um welche Städte es sich handelt.«

Oppenheimer trank einen Schluck Bier.

»Und der dritte Tagesordnungspunkt?«, fragte Jeanette.

»Nach dem Mittagessen und den Rest des Nachmittags drehte sich die Diskussion hauptsächlich um den Strom klassifizierten Materials, das aus The Hill herausgeschmuggelt wird.«

»Wissen sie das oder vermuten sie es?«, fragte sie nach.

Davids und Jeanettes Blicke streiften sich. Er schaute schnell in sein Bierglas, während ihr Blick auf beherrschter halber Distanz verharrte.

»Sie wissen es. Boris Pash, der Hexenjäger der Military Intelligence, wird demnächst mit seinem Stab in The Hill eintreffen. Sie werden jeden Stein umdrehen, das kann ich euch garantieren. Sie behaupten, einen Kommunisten mehrere Kilometer gegen den Wind zu wittern. Wie ihr wisst, haben mein Bruder und seine Frau von ihrem verfassungsmäßigen Recht Gebrauch gemacht, der Amerikanischen Kommunistischen Partei beizutreten. Ich habe mich nie darum gekümmert, weil es schließlich ihr gutes Recht ist, das zu tun. Boris Pash nährt laut Gerücht den feuchten Traum, meinen Bruder und seine Freunde auf ein Kriegsschiff einzuladen und mit ihnen in den Pazifischen Ozean zu fahren, sie nach russischer Manier zu verhören und danach das, was von ihnen übrig ist, den Haien zum Fraß vorzuwerfen. Die Verhörmethoden des NKWD sind offenbar das einzig Sowjetrussische, das Pash interessiert. Kaviar, die russische Literatur und Wodka sind ihm egal.«

»Und er kommt nach The Hill?«, fragte David. Er wusste nicht, wie er die Information einordnen sollte, aber ein unsichtbares Gewicht senkte sich auf seine Schultern.

Noch eins.

»Das Signalkorps der Army hat Funkverkehr von sowjetischen *Rezidenturas* in New York, Washington, Toronto und zurück nach Moskau entschlüsselt«, sagte Oppenheimer. »In den Mitteilungen ging es ausschließlich um unsere Arbeit hier. Unter dem Codenamen ENORMOZ. Viel Gerede mit steigender Tendenz.«

»Namen? Eindeutige Identifizierungen?«, fragte Jeanette tonlos.

Oppenheimer zog die Schultern hoch.

»Ich wäre mit Sicherheit der Letzte, den sie in Kenntnis setzen würden, wenn sie eine bestimmte Person oder einen speziellen Personenkreis im Visier hätten.«

Jeanette legte ihre Hand auf Oppenheimers.

»Sie können doch nicht noch mehr von dir verlangen, Robert. Niemand außer dir hätte das hier zustande gebracht. Niemand.«

»Danke, meine Liebe. Aber wisst ihr, wofür was ich mir trotz allem während meines Aufenthalts in Washington noch Zeit genommen habe?«

»Wofür?«

»Ich habe zwei Hektar grünes Hügelland am Gibney Beach auf den Jungferninseln gekauft. Dort stehen zwei topmoderne und traumhafte Sommerhäuser zwanzig Meter von dem schönsten weißesten Sandstrand und dem klarsten blauesten Wasser der Welt entfernt.«

Jeanette schlug ihm mit verblüffender Kraft auf die Schulter, dass er fast vom Stuhl kippte.

»Ich habe dich noch nie so sehr gehasst, Oppenheimer«, fauchte sie.

Der Direktor rieb sich die Schulter und lächelte Jeanette an.

»Das Haus steht jederzeit offen für Gäste. Ich bezweifle, dass Kitty und ich uns in den ersten Jahren allzu oft dort aufhalten werden.«

Jeanette senkte den Blick. »Okay. Danke.«

Oppenheimer signalisierte, dass er die Rechnung haben wollte.

Santa Fe bereitete sich darauf vor, für diesen Samstag seine Bürgersteige hochzuklappen. Die Busse hatten die Touristen wieder eingesammelt, die indianischen Verkäufer vor dem Gouverneurspalast packten ihre unverkauften Waren in Decken ein und wurden von verbeulten Pick-ups abgeholt. Bei Woolworth waren die Lichter bereits gelöscht.

Jeanette hatte noch eine letzte kleine Angelegenheit in Mrs. Flores' Galerie zu regeln. David hatte im Rexall Drugstore Zigaretten gekauft und genoss die milde Abendluft. Ein Dachfenster über Flores' Galerie war erleuchtet, und er sah die Konturen des Mädchens hinter der Gardine mit den Peter-Pan-Motiven vorbeigehen. Es sah aus, als hielte sie eine Gitarre in der Hand. David schloss die Augen und lauschte den zarten Tönen.

Als er aus dem Drugstore gekommen war, hatte er den freundlich-devoten Harry Gold eilig die Don Gaspar Street hinunterlaufen sehen. Der Unternehmer hatte seinen grauen Baumwollmantel über die Schulter gehängt wie ein italienischer Impresario, und aus einer der Taschen ragte eine zusammengefaltete Zeitung.

Es entstand eine komische Situation, als der schlanke, tadellos gekleidete Klaus Fuchs an einem offenen Kiosk für eine Zeitung bezahlte und beim Umdrehen und Loslaufen Golds Bahn kreuzte. Die Luft verließ die Lunge des Deutschen in einem zischenden Atemzug. Brillen, Baumwollmäntel, Zeitungen und alle möglichen anderen Kleinteile verteilten sich um sie herum auf dem Boden. Sie entschuldigten sich beide überschwänglich, stießen beim Bücken mit den Köpfen zusammen, was einen neuen Schwall an Entschuldigungen auslöste, und verteilten Baumwollmäntel,

Zeitungen und Schlüssel, bis der Status quo ante wiederhergestellt war. Gold eilte über eine Brücke davon und verschwand aus dem Sichtfeld, während Fuchs kopfschüttelnd den Staub von seinem Mantel klopfte.

Die Gitarre schwieg, und das Licht hinter dem Fenster des Mädchens wurde gelöscht.

David fand Jeanette und Oppenheimer wartend neben dem schwarzen Buick des Direktors. Hinterm Steuer saß Oppenheimers Chauffeur und Bodyguard, ein in sich ruhender, indianischer Stabsunteroffizier namens John Rubio. Der junge, lebhafte Richard Feynman hatte sich zu ihnen gesellt.

Oppenheimer winkte David zu.

»Wollen Sie mit uns fahren?«

»Sehr gerne. Ich glaube übrigens, dass mir Klaus Fuchs auf den Fersen ist.«

»Dann warten wir noch etwas.«

Rubio stieg aus dem Wagen und verstaute vorsichtig Davids Bild im Kofferraum. Unterdessen zog Oppenheimer ein kleines Notizbuch und einen Bleistift aus der Innentasche.

»Wir haben eine Wette laufen. Wollen Sie mitmachen?«

»Worum geht es?«

»Trinity. Wie viele Tonnen?«

»Tonnen?«

»Wie vielen Tonnen TNT die Sprengkraft des Gadgets entspricht«, erklärte Jeanette. »Wenn es denn funktioniert.«

David sah Oppenheimer an.

»Was haben Sie gesagt? Ich gehe davon aus, dass Sie das erste Gebot abgegeben haben?«

»Fünfhundert.«

»Du bist zu bescheiden, Robert«, zog Jeanette ihn auf. »Ich habe zehntausend Tonnen geschätzt. Gerne mehr, sonst brechen alle meine Voraussagen in sich zusammen.«

Oppenheimer lächelte David an.

»Und das können wir selbstverständlich nicht zulassen.«

»Bohr?«

»Zwölftausend.«

David zuckte mit den Schultern.

»Dann tragen Sie mich mit dreizehntausend ein, okay?«

Oppenheimer notierte.

»Ausgezeichnet. Zwanzig Dollar.«

David reichte ihm den Geldschein, der sorgfältig zwischen zwei leere Seiten im Notizbuch des Direktors gesteckt wurde. Dann hob er den Blick.

»Tatsächlich, da kommt Klaus.«

Jeanette verdrehte die Augen.

»Du bist wie eine alte Frau mit wilden Katzen, Robert.«

»Klaus! Willst du zurück nach The Hill?«

Der Deutsche errötete.

»Ähm … doch, ja, danke …«

»Dann komm. Je mehr, desto kuscheliger, nicht wahr, Jeanette?«

»Aber sicher.«

Feynman saß mit Oppenheimer vorn, während der Rest sich hinten in den Wagen zwängte. Jeanettes warmer Oberschenkel presste sich an Davids.

Klaus Fuchs hatte seinen Baumwollmantel umständlich zusammengefaltet und auf den Schoß gelegt.

Oppenheimer liebte es, schnell zu fahren, und der Unteroffizier beherrschte den Buick mit dem kraftvollen V8 wie ein Rennfahrerprofi. Bald schon war Santa Fe nur noch als ferne Ansammlung leuchtender Punkte durch die Heckscheibe zu sehen.

Jeanette hatte einen Ellenbogen in das offene Seitenfenster gelegt und ließ sich den Fahrtwind ins Gesicht wehen. Ihre Augen waren geschlossen und ihr Gesicht entspannt und glatt. Im nächsten

Augenblick zog sie den Kopf zurück und tippte Oppenheimer auf die Schulter.

»Robert, können wir durch den Jemez Canyon fahren? Das ist im Mondschein so traumhaft schön.«

Der Chauffeur sah seinen Chef an, der nickte.

»Warum nicht.«

Eine kurvige Landstraße führte sie am Jemez-Fluss entlang. Der Wegverlauf war durch weiß gekalkte Steine markiert. Der Himmel war ein Wirbelsturm aus Sternen, die hinter Zedern und Kiefern verschwanden und wieder auftauchten. Harzduft und kühle Luft strömten durch das offene Fenster in die Kabine. Streckenweise floss der Fluss glatt und ruhig, unterbrochen von Stromschnellen und Katarakten, in denen das Wasser schäumte und dampfte.

Auf Jeanettes Bitte hin hielten sie an einem Aussichtspunkt mit Picknick-Bänken neben einem ruhigeren Becken. Das schwarze Wasser roch schwefelig.

Oppenheimer drehte sich zu ihnen um.

»Willkommen bei den berühmten, heilbringenden und schwefelstinkenden Jemez-Quellen. Ich empfehle ein zehnminütiges Bad.«

Oppenheimer nahm eine Flasche Whisky und Pappbecher aus dem Handschuhfach und stieg aus. Die Männer drehten sich um, während Jeanette sich entkleidete, die Kleider in einem ordentlichen Haufen auf einen Stein legte, um danach mit einem lauten Schrei kopfüber ins Wasser zu springen. Die von ihr geweckten Frösche stimmten ein verwirrtes Quakkonzert an.

David sah sie mit langsamen Bewegungen in die Mitte des Flusses crawlen. Ihre Pobacken brachen immer wieder durch die schwarze Oberfläche wie zwei kleine weiße Inseln. Irgendwann drehte sie sich auf den Rücken und betrachtete den Sternenhimmel über sich.

»Kommt schon! Das ist wunderbar«, rief sie.

Der Stabsunteroffizier lehnte an der Kühlerhaube und drehte sich einhändig eine Zigarette. Seine Zähne leuchteten weiß im Mondlicht.

Feynman zuckte mit den Schultern, zog sich hastig aus und ließ die Kleider fallen, wo er stand. Mit einem Tarzan-Schrei, um den Johnny Weissmuller ihn beneidet hätte, sprang er ins Wasser und schwamm zu Jeanette.

»Ich denke, ich bleibe an Land«, sagte Oppenheimer.

»Ich auch«, schloss sich Klaus Fuchs an.

»Ist was in der Flasche?«, fragte David.

Oppenheimer schenkte ein.

Sie stießen wortlos an und tranken aus den Pappbechern. David hustete hinter vorgehaltener Hand. Das war ein fantastischer Whisky, der schmeckte, als ob man in ein geteertes schottisches Hanftau biss.

Er setzte sich auf eine Bank und legte den Kopf in den Nacken.

»Seht euch das an!«

Er zeigte an den Himmel im Osten, wo ein Meteorschauer wie flammende Diamanten durch die Atmosphäre rauschte.

»Sehr schön«, sagte Fuchs.

Die beiden Schwimmer juchzten ausgelassen und spritzten sich gegenseitig nass. Jeanette schrie laut auf, als Feynman ihren Fußknöchel packte und sie herumdrehte.

Oppenheimer betrachtete sie wohlwollend.

»Wie kommt es eigentlich, dass eine gehörige Menge Wasser erwachsene Menschen in Kinder verwandelt?«

»Kindheitserinnerungen«, murmelte Fuchs.

»Da hast du recht, Klaus«, sagte Oppenheimer. »Hast du dir was gewünscht für die Sternschnuppen?«

Der deutsche Physiker lächelte verlegen. »Ja, habe ich. Etwas mit Heimkehren.«

Die Angespanntheit in Oppenheimers Stimme war nicht zu

überhören. »Es wird in The Hill viel übers Heimkehren geredet, nicht wahr?«

»Das stimmt wohl. Aber das hat nichts mit Meuterei oder mangelnder Loyalität zu tun, Oppie. Das ist die logische Konsequenz. Der Krieg in Europa ist vorbei. Da sind solche Gedanken ganz natürlich. Vielleicht solltest du alle zusammenrufen und zu ihnen sprechen.«

Oppenheimer schenkte nach.

»Das ist eine gute Idee, Klaus.«

David merkte nichts von dem Whisky. Er war unruhig wie ein Hund, der von Katzen träumt. Seine Gedanken veranstalteten ein bizarres Bockspringen in seinem Kopf, wenn auch in eigenartig konsequenten Mustern: der Zusammenstoß von Gold und Fuchs in der Don Gaspar Street wiederholte sich in einer Endlosschleife in seinem Bewusstsein.

»Die Testsprengung ist allerspätestens für den 16. Juli geplant. Danach ... können die Leute machen, was sie wollen.«

Fuchs nickte.

»Okay. Danke, Oppie.«

»Wo ist zu Hause, Klaus?«, fragte David.

Der Physiker schaute in den Pappbecher in seiner Hand, als läge die Antwort auf dem Grund.

»Genau das ist das Problem. Kanada, Deutschland, England? Ich bin nicht sicher. Und ich vermute, dass in diesem Augenblick Millionen von Flüchtlingen auf Europas Straßen sich genau die gleiche Frage stellen.«

»Ohne Zweifel«, sagte David.

Feynman kämpfte sich ans Ufer, während Jeanette an seinen Schultern hing und ihn anfeuerte.

Ihr Kopf und ihre nassen Haare glänzten wie ein Seehundkopf.

»Los, mein Seepferd«, rief sie. »Schneller!«

Die zwei wateten kichernd an Land wie Teenager.

»Jetzt dürft ihr euch gerne wieder umdrehen, Jungs, bis ich angezogen bin.«

Feynman trocknete sich immer noch lachend mit seinem karierten Hemd ab und schüttelte das Wasser aus den Haaren.

Obgleich sie sich abgewendet hatten, spürten die Männer, wie sich die Atmosphäre von einer Sekunde auf die andere verdichtete. Vollkommene und unnatürliche Stille. Selbst die Frösche schwiegen. David, Feynman, Fuchs und Oppenheimer sahen sich an. Da hörten sie die Klapperschlange.

Jeanette stand reglos da. Vor ihren Füßen lag sie: fett, erdfarben und ausgewachsen. Sie war lang für eine Schlange. Ein Zittern ging durch ihren Leib, und das Rasseln ihres Schwanzes wurde lauter. Die schwarze, gespaltene Zunge schmeckte die Luft und die Angst der Frau. Die Schlange hob den Kopf und bewegte ihn von links nach rechts. Die Ausschläge verkürzten sich, und irgendwann neigte der Kopf sich nach hinten wie ein Hahn, der gespannt wird. David wusste, dass sie in wenigen Sekunden vorschnellen würde und dass sie nichts dagegen machen konnten.

Jeanette sah David mit weit aufgerissenen Augen an. Ihr nass schimmernder Körper sah unbeschreiblich hinreißend aus im Mondlicht. Ihr Gesicht war ausdruckslos, die Kiefermuskeln zitterten. Von ihren Fingerspitzen fielen glänzende Wassertropfen auf den Boden.

Der Stabsunteroffizier bewegte sich leise wie ein fallendes Blatt.

Das Krachen von Rubios .45 Colt war der lauteste Knall, den David je gehört hatte. Sie stießen alle unterschiedliche Schreckenslaute aus, als der kopflose Schlangenkörper sich zu einem erdfarbenen Knäuel zusammenrollte. Dann entspannten sich die Nerven und Muskeln, und sie blieb tot vor Jeanettes Füßen liegen.

Rubio hob die Klapperschlange am Schwanz hoch und warf sie ins Gebüsch.

»Sie kommen wegen der Frösche«, sagte er.

Oppenheimer umarmte Jeanette und flüsterte ihr etwas ins Ohr. Sie sah immer noch in Davids Augen. Dann kniff sie die Augen zusammen und legte das Kinn auf die Schulter des Direktors.

Nach mehreren Probetouren wusste David exakt, welche Bodenbretter knarrten und welche nicht.

Bohr schnarchte friedlich auf der anderen Seite des Flures. David hatte seine Schuhe ausgezogen und schlich sich in das Schlafzimmer des Professors. Er wusste, dass der Professor seine Tweedjacke immer über den Stuhlrücken vor dem Fenster hängte und dass der Schlüsselbund in der rechten Jackentasche steckte.

David schob die Hand in die Tasche und schloss behutsam die Finger um die Schlüssel. Dann glitt er so lautlos, wie er gekommen war, aus Bohrs Schlafzimmer, schloss leise die Tür, schlich über den Flur in sein Zimmer, schloss seine eigene Tür ab und setzte sich an den Tisch.

Vor ihm lagen die zwei nagelneuen Vorhängeschlösser, die er vormittags beim Eisenwarenhändler Smith & Co in Santa Fe abgeholt hatte. Sie waren identisch mit den Schlössern, die am Tresor im Wohnzimmer angebracht waren. Er tauschte die Schlüssel an Bohrs Schlüsselbund gegen zwei neue aus. Darauf schlich er erneut in Bohrs Schlafzimmer und ließ die Schlüssel zurück in die Jackentasche gleiten.

Unten im Wohnzimmer versicherte David sich, dass die Vorhänge kein Licht nach draußen sickern ließen. Dann zündete er eine Petroleumlampe an, öffnete den Tresor, nahm Bohrs dicke Ledertasche heraus und legte sie auf den Esstisch. Er untersuchte die Mappe gründlich, ignorierte die zwei Zahlenschlösser an der Schnalle und konzentrierte sich auf die Stelle, die Bohr während ihres Transatlantikfluges repariert hatte. Er schnitt den Zwirn mit einer Rasierklinge durch, öffnete die Mappe und breitete den Inhalt vor sich aus.

Es war halb vier morgens.

Er achtete darauf, die korrekte Reihenfolge der vielen Dokumente, Formeln, Entwürfe, Skizzen und technischen Blaupausen zur Implosionsbombe mit ihren Myriaden an technischen Details einzuhalten. Er öffnete sein kostbares Reiseschachspiel und stellte die Figuren in der Reihenfolge auf das Tischtuch, wie die geduldigen Techniker es ihm an Tagen mit unendlichen Wiederholungen eingebläut hatten. Bis sie sicher sein konnten, dass David mit verbundenen Augen den Boden der richtigen Figuren abschrauben und ihren Inhalt an Objektiven, Mikrofilmen, Auslösevorrichtungen, Verschlüssen und Blenden herausnehmen und korrekt zusammensetzen konnte. Teile des Schachbretts und der Schachtel für die Figuren ließen sich mit wenigen Handgriffen zu einem lichtundurchlässigen Kästchen umbauen, das die kleine, aber effektive Mikrokamera vollendete. Alle seine Lehrer an der GRU-Akademie waren verständnisvoll und höflich gewesen, aber auch unermüdlich und gnadenlos, weil ihnen so wenig Zeit für die Ausbildung des Dänen blieb, bevor der Geleitzug nach Schottland aufbrach.

David zündete eine weitere Petroleumlampe an und positionierte die beiden Lampen so, dass die Lichtkegel sich überlappten und für eine optimal beleuchtete zentrale Fläche auf dem Tisch sorgten.

Danach legte er das erste Blatt in das Aufnahmefeld und maß mit dem im Schachbrett eingebauten Lineal exakt dreißig Zentimeter von der Tischplatte bis zum Objektiv der Kamera. Keinen Zentimeter mehr oder weniger, hatten die Techniker ihm eingeschärft.

David brauchte zwanzig Minuten, um den Inhalt der Mappe abzufotografieren. Danach legte er die Papiere und Ordner zurück und nähte den Boden mit den gleichen Stichen und derselben Art Nadel und Garn wieder zu, die Bohr verwendet hatte. Er legte die Aktenmappe zurück in das obere Tresorfach und verschloss den Schrank mit den zwei neuen Vorhängeschlössern.

Die belichteten Mikrofilme wurden in den schwarzen Bauern untergebracht, die ungenutzten Filme in den weißen.

Den Rest der Nacht lag er auf dem Bettüberwurf, rauchte und betrachtete Jeanette Stewarts Malerei von der Kirche in Santuario de Chimayo. Das Bild gefiel ihm wirklich ausnehmend gut, und im flackernden Schein der Petroleumlampe entdeckte er immer neue Details.

»Die Mine«, Block D, Montag, 25. Juni 1945, 21 Tage bis Trinity

Den Rest der Woche ging David Bohr so gut wie möglich aus dem Weg, teils, weil er überzeugt war, dass sein Gesicht oder seine Stimme ihn verraten würde, teils, weil die unverwüstliche Munterkeit des Professors ihm auf die Nerven ging. So wurde es Montag, und David verließ das Gästehaus von Fuller Lodge, bevor der Professor wach wurde.

Die Sonne war längst aufgegangen, und es wurde schon wieder warm. Schwärme von Meisen, Sperlingen und Staren bevölkerten den klaren blauen Himmel. Es wurde ein ungewöhnlich heißer und trockener Sommer vorhergesagt. Die ersten indianischen Kindermädchen spazierten mit Kinderwagen durch die Straßen, die älteren Kinder waren auf dem Weg in die Schule, und der Inhaber des Gemischtwarenladens fegte die Holzveranda vor seinem Geschäft.

Die Kirchenglocke schlug acht Schläge.

David kannte inzwischen jeden Winkel dieser aus Zeit und Raum gehobenen Siedlung, und er wusste, dass es einen Ort gab, an dem er jederzeit willkommen war, wo es immer einen Kaffee und etwas zu essen gab. Die Fachkräfte im Block D wurden wie Könige behandelt und genossen nahezu uneingeschränkte Privilegien: Denn wenn sie nicht auf konstant hohem Niveau arbeiteten, funktionierte gar nichts mehr.

Er hatte noch eine Stunde Zeit für die Zwillinge Henrik und Jakob, ehe er an der Apparatur im Röntgenbunker sein musste.

Es waren noch drei Wochen bis Trinity. Die meisten Bewohner

arbeiteten rund um die Uhr in einem letzten, fieberhaften Einsatz und gegen eigentlich nicht einhaltbare Deadlines. Alle waren nervös und gereizt – selbst die Mehrheit der Einwohner, die keine Ahnung hatten, worum es bei Trinity überhaupt ging.

Block D war gigantisch. Er erinnerte David an ein Kraftwerk, das eine ganze Stadt mit Energie versorgte. Die Decken der großen Hallen waren fünfzehn Meter hoch, und es gab mehr Kontrollpunkte und bewaffnete Militärpolizisten als irgendwo sonst, wo er seinen Q-Pass vorzeigen musste, obgleich er inzwischen die meisten duzte.

In der eigentlichen »Mine« war es verhältnismäßig ruhig. Die Produktion von Plutonium- und Urankernen wurde an speziellen Drehbänken in geschlossenen, bleiverkleideten Handschuhboxen vorgenommen, in denen die Facharbeiter über in den Seitenwänden montierten dicken Gummihandschuhen mit dem radioaktiven Material hantieren konnten. Was im Innern der Box vor sich ging, sahen die Dreher nur durch kleine, verzerrende Bleiglasscheiben. Das war eine extrem anspruchsvolle Arbeit, die keine Fehler gestattete.

Danach übernahmen Henrik und Jakob die Kerne.

Die Zwillinge waren groß und blond und Anfang dreißig. Sie waren unkompliziert, dynamisch und humorvoll. Von unbändiger Abenteuerlust getrieben, waren sie 1933 nach beendeter Schlosser-Ausbildung aus dem dänischen Vordingborg in die USA ausgewandert.

Die ersten acht Jahre hatten sie in Detroit bei Chrysler und Ford gearbeitet und eine zusätzliche Fachausbildung als Dreher absolviert. Los Alamos hatte sie mit einer Anzeige gelockt, die außergewöhnlich hohe Gehälter für Facharbeiter in den Bereichen Konstruktionsmechanik, Metallarbeit, Elektroinstallation und Instrumentenbau versprach. Beim Besuch des örtlichen Bewerbungsbüros hatten sie die Sicherheitsüberprüfung absolviert und saßen bereits am nächsten Tag im Zug nach Santa Fe.

Henrik und Jakob teilten drei große Leidenschaften: Frauen, Boxen und den Traum, eines Tages Sportwagen in Kalifornien zu bauen. Ihre gesamten Einkünfte flossen in die Patentanträge neuer Erfindungen für Schaltungen, Brems- oder Lenksysteme. Sie wussten, welche Sekretärinnen, Krankenschwestern oder WAC-Mitglieder in The Hill für passende Geschenke zu haben waren und wer einem mit großer Wahrscheinlichkeit Filzläuse oder einen Tripper bescherte. Die Zwillinge hatten David mehrfach zu überreden versucht, sie bei ihren nächtlichen Ausflügen in die Baracken und Trailer zu begleiten, in denen die ledigen Frauen untergebracht waren, aber er hatte immer abgelehnt.

Irgendwann fragten sie nicht mehr und hatten ihn vermutlich unter homosexuell oder einfach nur merkwürdig abgelegt.

Henrik und Jakob sprachen grammatisch korrektes Dänisch mit stark amerikanischem Akzent. Am liebsten sprachen sie ohnehin Englisch, auch wenn sie mit David zusammen waren.

Er stieg in der Sicherheitsschleuse in einen hermetisch geschlossenen und strahlensicheren Schutzanzug mit Gummistiefeln, watete durch ein flaches Becken mit strömendem Wasser und drückte schließlich auf den Klingelknopf neben der Schleusentür.

Jakob begrüßte ihn mit einem breiten Lächeln durch das Bullauge. Der Dreher trug weder Schutzbrille noch Atemschutzmaske. Er streckte einen Daumen in die Höhe, um zu signalisieren, dass das radioaktive Niveau auf der anderen Seite im unbedenklichen Bereich lag.

»Ich werde nicht gebraten?«, fragte David, als die Tür aufging.

Er schielte zu den Geigerzählern, die über den eingekapselten Drehbänken hingen und ein leises Hintergrundknistern von sich gaben.

»Überall grünes Licht«, versicherte Jakob.

Henrik bereitete in der großen Handschuhbox in der Mitte des Raumes die Drechselarbeit des Tages vor. Der halbkugelförmige Plutoniumkern, den Henrik gerade in der Drehbank zentrierte, wog ungefähr drei Kilo. Bereits die Strahlungsmenge von gerade einmal achthundert Milligramm hatte fatale Konsequenzen. Zwar konnte man durchaus eine kleine Portion Plutonium-239 schlucken, worauf das Metall den Darmtrakt ohne besondere Folgeerscheinungen passierte, doch bereits das Einatmen einer unsichtbaren Menge Plutoniumstaubs war lebensgefährlich. Das Isotop gelangte über die Lunge in die Blutbahn und verursachte eine langsame, aber tödliche Alphabestrahlung des Knochenmarks und der inneren Organe.

»Wann ist er gekommen?«, fragte David.

»Gestern Nachmittag«, antwortete Jakob.

Henrik sah David nicht an. Die Montage des Plutoniumklumpens in der Drehbank nahm seine gesamte Konzentration in Anspruch. Er hatte sich ein rotes Tuch um die Stirn gebunden, damit ihm der Schweiß nicht in die Augen lief.

Die kräftigen Ventilatoren zerrten an Davids Haaren.

Henrik nickte seinem Bruder zu.

»Ich könnte etwas Hilfe gebrauchen.«

Jakob begab sich auf die andere Seite der Handschuhbox und schob seine Hände in das symmetrisch angebrachte zweite Handschuhpaar. Sein Blick war konzentriert auf das Gesicht seines Bruders gerichtet.

Der Rest war Telepathie.

David stellte sich seitwärts neben die Handschuhbox und sah zu, wie die graue Metallmasse unter dem Metallschneider in der Drehbank zentriert und festgeschraubt wurde. Der Plutoniumklumpen hatte die Größe einer halben Grapefruit und war die seltenste und wertvollste Substanz auf der Welt. Ihr Wert übertraf um ein Vielfaches das Gewicht in Diamanten.

Henrik klemmte den Kern fest und zog die Hände aus den Handschuhen. Sein Gesicht und sein Hals glänzten von Schweiß. Er verknotete die Ärmel des Schutzanzugs vor seinem Bauch. Das militärgrüne T-Shirt war durchnässt.

Er lächelte David an und zeigte auf den Plutoniumkern.

»Magst du ihn auch mal anfassen?«

»Ist das dein Ernst?«

»Klar.«

Er griff nach Davids rechter Hand und schob sie in den Gummi-handschuh. David wölbte die Hand um den Plutoniumkern und sah Henrik überrascht an.

»Der ist ganz warm!«

»Wie eine Frauenbrust. Das ist die Alphastrahlung.«

David zog die Hand aus dem Handschuh und sah sie an. Sie sah aus wie immer.

»Jetzt gibt's Frühstück«, sagte Jakob. »Komm mit.«

Sie zogen die Reißverschlüsse der Anzüge hoch und gingen durch einen weiß gekachelten Raum mit kräftigen Brausen. Das Wasser trommelte auf die Kapuzen. In der nächsten Schleuse zogen sie die Schutzanzüge aus und gingen in das Privatquartier der Zwillinge, das aus zwei kleinen Zimmern bestand, in denen die Dänen über einen Formicatisch, drei Stühle mit Nappalederpolster, ein Sofa, eine Teeküche mit Kühlschrank und vier mit Pin-ups von Rita Hayworth, Ava Gardner und Veronica Lake tapezierte Wände herrschten. Der Ehrenplatz über dem Tisch gehörte dem einzigartigen Foto einer nackten, schwimmenden Hedy Lamarr.

In der Ecke hing ein abgewetzter Sandsack neben einem Stän-der mit Hanteln, Boxhandschuhen und Springseilen.

In dem kleinen Raum neben der Küche standen drei Betten mit Militärdecken.

Der Kaffee war richtig gut. David wischte den Rest des Spiegeleis mit einem Stückchen Brot auf, kaute und schluckte.

»Das tat jetzt gut«, murmelte er.

Jakob zündete sich eine Zigarette an. »Wann soll sie stattfin-den? Die Probesprengung.«

»Keine Ahnung«, log David.

Henrik beobachtete ihn. »Du würdest auch nichts sagen, wenn du Bescheid wüsstest, oder?«

»Sicher nicht.«

»Es kann nicht mehr lange dauern«, sagte Jakob philosophisch. »Ich kann mir nicht vorstellen, dass wir den Kern bearbeiten sollen, um ihn dann ins Regal zu legen, oder?«

Henrik zog ein Paar rote Boxhandschuhe an, die über den Knöcheln ziemlich abgewetzt waren. Er verpasste dem Sandsack ein paar mittelstarke linke Jabs, immer auf exakt den gleichen Punkt. Dann begann er, sich hin und her zu bewegen, sich zu ducken und auszuweichen.

Jakob schenkte David Kaffee nach.

»Der Hauptmann tritt heute Abend an. Kommst du mit? Mach schon, verdammt. Höchste Zeit, dass du was vom Leben im Lager außerhalb der vornehmen Büros mitkriegst.«

»Urgayle? Findet das nicht immer samstags statt?«

»Alles ist im Moment im Umbruch«, sagte Jakob. »Keine Regeln. Ein neues Lamm auf der Schlachtbank des Hauptmanns. Sein Name ist Tesla.«

Henrik machte eine Pause.

»Ein verflucht großes Lamm, Bruderherz. Eins siebenundneunzig und hundertzwanzig Kilo Schlachtgewicht. Dazu mindestens zwölf Jahre jünger als der Hauptmann ... Und er kann boxen.«

Jakob nickte nachdenklich.

»Vielleicht hast du recht.« Er drehte sich zu David um und blies Rauch aus den Nasenlöchern. »Normalerweise steht Urgayle in den Wetten immer lächerliche zehn zu eins, weil er so verdammt unbezwingbar ist, aber ich hab gehört, dass für heute Abend die Wetten auf acht zu eins gesunken sind.«

»Wer ist Tesla?«, fragte David.

Jakob drückte die Zigarette aus. »Ein bösartiger Pole. Elektriker. Ist vor zehn Tagen mit einem Rattenschwanz an Gerüchten hier angekommen. Es heißt, er sei Profiboxer gewesen. Ein paar Leute haben ihn '43 im Madison Square Garden boxen sehen. Gerüchte sagen, er hätte einen Mann im Ring getötet.«

»Das weiß niemand genau«, sagte Henrik.

Jakob brauste auf. »Clarke wurde nicht von der Straßenbahn überfahren, oder? Er ist zwei Tage nach seinem Kampf gegen Tesla gestorben. Die Ärzte meinten, sein Hirn hätte sich aus dem Schädel gelöst wie eine Nuss aus ihrer Schale. Er war bereits hirntot, als sie ihn aus dem Ring getragen haben.«

Henrik sah David an und verdrehte die Augen.

»Und der kämpft heute um Mitternacht gegen Urgayle!«, sagte Jakob.

»Wie viele Runden?«, fragte David.

Die Zwillinge sahen ihn fragend an.

»Wie viele ...? Bis einer von ihnen am Boden liegt und nicht mehr auf die Beine kommt. Das ist kein Backwettbewerb«, sagte Jakob.

Henrik zog die Boxhandschuhe aus. »Zerschneiden wir die Kugel?«, fragte er.

»Was sagen die Nerven?«, fragte Jakob.

»Okay.«

Henrik verpasste dem Sandsack einen freundschaftlichen Haken zum Abschied.

Jakob sah David an.

»Warum so niedergeschlagen? An so einem schönen Tag.«

David nahm sich vor, zukünftig besser auf seinen Gesichtsausdruck zu achten. Er wurde in regelmäßigen Abständen von Schuldgefühlen, Verzweiflung und Panik überrollt – immer, wenn er an Bohr, Elena und Sara dachte. Was viel zu oft der Fall war.

»Ich habe heute Nacht nicht sonderlich gut geschlafen«, sagte er.

Der lockere Ton und die Flachsereien waren wie weggeblasen. Die Brüder bewegten sich mit sporadischen Kommentaren um die Box herum. Jakob drechselte mikroskopische Unebenheiten von dem Plutoniumkern, während Henrik Kühlemulsion zufügte und die Geschwindigkeit der Drehmaschine justierte. Der Elektromotor und die Antriebs- und Zahnriemen befanden sich außerhalb der Handschuhbox und der Strahlenbarriere.

David sah fasziniert zu. Kleine Flocken und Staubkörner auf der Drehbank wurden von kräftigen Saugapparaten am Boden der Box schneller abgesaugt, als das Auge folgen konnte. Der abgesaugte Staub wurde in Filtern gesammelt und danach in luftdichten, bleieingefassten Kisten gelagert, die in den großen Tresorräumen vom Block D verwahrt wurden. Nicht ein überflüssiges Atom würde Los Alamos wieder verlassen.

Jakob wechselte die Diamantschleifscheibe alle zwei Minuten gegen eine feinere aus, obgleich die Halbkugel, soweit David das beurteilen konnte, völlig glatt und blank aussah.

Henrik fluchte leise. »Warum benutzen die nicht das gleiche metrische System wie alle anderen zivilisierten Länder ... und nicht diese verfluchten altnordischen Zollmaße und Trillionstel Teile eines Zolls?«

Jakob summte »That Old Black Magic« und sah David mit hochgezogenen Augenbrauen an.

»Und? Wann fliegt der Nachtvogel wieder, David? Wann breitet er seine Flügel aus und steigt empor gen Himmel?«

Henrik riss die Hände aus den Gummihandschuhen und krümmte sich zusammen. Seine Augen verengten sich zu blauen Schlitzen. Ihm kamen Tränen vor Lachen. David konnte nicht anders als mitlachen. Das war richtig befreiend. Seine Schultern sanken zum ersten Mal seit sehr langer Zeit auf Normalhöhe herab.

»Sie haben dich nicht gefragt, ob du noch mal kommen willst, oder?«, fragte Henrik zwischen den Lachattacken.

»Nein. Ich bin etwas enttäuscht.«

Henrik konnte Davids DJ-Stimme erschreckend präzise imitieren. *»Also, ich würde jetzt gerne dieses ... ja, ich würde gerne ›Till the End* *of Time*‹ mit Perry Como spielen. *Ähm … Sorry, ich meinte eigentlich Lena Horne mit* ›Stormy Weather‹. *Ach ja, Leute, draußen ist es ordentlich stürmisch und kalt …*«

»Sehr, sehr kalt«, nickte Jakob ernsthaft.

»Haltet die Klappe, alle beide«, sagte David. »Ihr seid echte Drecksäcke.«

Die Zwillinge brachen lachend zusammen. Als sie sich wieder einigermaßen eingekriegt hatten, fuhren sie mit dem Schleifen des Plutoniumkerns fort. Zum Schluss drechselten sie eine leichte Aushöhlung in die Flachseite der Halbkugel, in der Bohrs Igel wohnen sollte.

Jakob richtete sich mit knackenden Lendenwirbeln auf.

»Jetzt ist es glatt wie die Schenkelinnenseite eines Indianermädchens«, sagte er.

Henrik saugte die Handschuhbox ab und steckte die Sonde des Geigerzählers durch eine Gummimuffe, um sicherzugehen, dass kein überschüssiger Plutoniumstaub mehr in der Box war.

»Sauber«, sagte er.

Er schob einen bleiausgeschlagenen Kasten in einen separaten Raum am einen Ende der Handschuhbox und öffnete eine Klappe zwischen den beiden Sektionen, damit der Plutoniumkern abmontiert und in der strahlensicheren Kiste verstaut werden konnte. Danach maß er erneut das Strahlenniveau, bevor die Kiste mit dem Plutoniumkern aus der Handschuhbox entfernt und auf den Boden gestellt wurde.

»Ich hasse diese Arbeit«, sagte er.

»Warum?«, fragte David.

»Weil damit Menschen getötet werden.«

»Es ist nicht sicher, ob es jemals dazu kommen wird«, sagte David.

Henrik zündete eine Zigarette an, blies das Streichholz aus und sah David an. »Hast du jemals von einer Waffe gehört, die nicht zu ihrem Zweck eingesetzt wurde? Ich nicht.«

»Wir haben die ganze Zeit gewusst, dass wir nicht hier sind, um Toaster zu bauen«, sagte Jakob.

»Das stimmt wohl. Trotzdem.«

Sie schauten auf den Kasten vor ihren Füßen.

»Und jetzt?«, fragte David.

»Jetzt wird er mit Nickel verkleidet«, sagte Jakob. »Das neutralisiert die Strahlung. Und dann wird er mit einer Polizeieskorte nach Jornada del Muerto gefahren wie die Kronjuwelen.«

»Gute Reise, du kleiner Satan«, murmelte Henrik.

Es war zehn Minuten vor Mitternacht. Alle Fahrzeuge waren auf das eingezäunte Gelände umgeparkt und Werkbänke und Hebebühnen an die Wände geschoben worden, um Platz für dreihundert Zuschauer und provisorische Theken mit Zapfanlagen zu schaffen. Die behelfsmäßige Kampfarena war ein Konstrukt aus mit Ketten zusammengebundenen, schulterhohen Stahlbarrieren. Es gab keine Ecke, in die man sich zurückziehen oder in der man sich wieder erholen konnte. Der Boden war ölfleckiger Beton wie im Rest der Garage. Ein paar Männer waren damit beschäftigt, Blut vom letzten Kampf wegzuwischen.

Der Großteil der Zuschauer waren Männer: harte Erd- und Betonarbeiter aus Texas mit roten Gesichtern und weißen Falten im Nacken, wo die Sonne nicht hingekommen war, Soldaten und eine erstaunliche Anzahl Militärpolizisten, was David wunderte, bis ihm aufging, dass sie dort waren, damit es nach dem Kampf nicht zu Ausschreitungen kam. Es waren aber auch einige Frauen dort, Uniformierte vom Women's Army Corps, Krankenschwestern und Sekretärinnen, die mindestens so laut lärmten und brüllten wie die Männer.

Wie als leises Zugeständnis an eine zivilisierte Abwicklung des blutigen Spektakels saß auf einem Hocker ein mit Gong, Hammer und Stoppuhr ausgerüsteter Mann, ein vernarbter, glatzköpfiger Kampfrichter mit in den lippenlosen Mund geschraubter Zigarette, weißem Hemd, schwarzer Fliege und weißer Hose. Buchmacher in gestreiften Westen liefen herum und nahmen Wetten an. An einer Wand stand ein Junge auf einer Leiter und schrieb mit Kreide die Odds auf eine Tafel.

Durch die Garage waberte ein Duftmix aus Schweiß, schalem Bier und Zigaretten.

David und die Zwillinge schoben sich durch die Reihen und fanden ein paar freie Plätze wenige Meter vom Ring entfernt.

»Das sieht aber ziemlich blutig aus«, bemerkte David.

»Sie kämpfen ohne Handschuhe ... nur mit Binden«, erklärte Jakob. »Es gibt die, die bluten, und die, die nicht bluten.«

»Was ist mit Urgayle?«

»Er wird fast nie direkt getroffen, ist einfach zu schnell.«

Ein Brüllen erhob sich in der Halle, als Tesla mit seinen Helfern, Masseuren und Sekundanten den Ring betrat. Der junge Mann war ein Riese, Schultern wie ein Schrank, breite behaarte Brust und schlanke Taille. Sein Körper war der reinste Anatomieatlas. Er trug eine Uniformhose und Kampfstiefel. Oberkörper und Arme waren von verwischten, verblassten und plumpen Tätowierungen überzogen, die Stirn war hoch und vernarbt, die Nase klein, die Gesichtshaut ledrig und pockennarbig, und seine Knöchel weiß bandagiert.

Der Pole tänzelte auf der Stelle und lockerte Schultern und Nacken.

Im nächsten Augenblick senkte sich nahezu andächtige Stille über die Halle. Das Geschrei verebbte.

Hauptmann John James Urgayles wohlproportionierter Körper ließ den Polen noch größer und breiter erscheinen. Hände, Unterarme und Hals des Hauptmanns waren mahagonibraun, der Rest des Körpers weiß und glatt wie Marmor. David dachte unwillkürlich an die Statuen griechischer Athleten und römischer Gladiatoren in der Glyptothek in Kopenhagen.

Der Hauptmann steppte und tänzelte nicht. Er stand ganz ruhig da und beobachtete seinen Gegner.

Der Ringrichter schlug dreimal den Gong und rief die Boxer zu sich.

David schaute zu der Tafel unter den Dachsparren: Sechs zu eins zugunsten des Hauptmanns.

Die Zwillinge verhandelten mit einem der Buchmacher.

»Bist du dabei?«, fragte Jakob.

»Ich warte noch ein bisschen«, sagte David.

»Die Chancen werden nicht besser«, warnte Henrik ihn.

David zuckte mit den Schultern.

»Wie du willst, Däne«, sagte der Buchmacher.

Der Kampfrichter war mit seinen Anweisungen fertig. Die Boxer legten kurz die Fäuste aneinander, und der Schiedsrichter senkte den Arm.

Der Kampf begann.

Die Boxer fixierten sich, täuschten an, kreisten umeinander, blockten, tänzelten. Es war Können und Respekt auf beiden Seiten: zwei große Männer bei der Einleitung einer ehrlichen Konversation.

Die ersten drei Minuten vergingen wie ein Augenblick. Die Haut der Boxer glänzte schweißnass, aber sie waren unverletzt. Sie begaben sich auf ihre Seite des Rings und hängten die Unterarme über die Barriere, um den Atem zu beruhigen.

In der zweiten Runde wurde der Hauptmann von einer blitzschnellen Serie Schläge gegen die Rippen und aufs Zwerchfell getroffen und ging fast zu Boden, ehe er sich freikämpfen konnte. Ein kollektives Stöhnen ging durch den Raum. Die Militärpolizisten warfen sich nervöse Blicke zu.

»Fuck, der Pole ist schnell«, murmelte Henrik.

Die Quote stand jetzt fünf zu eins. Nach einem weiteren Treffer platzierte Tesla einen scharfen Haken auf Urgayles Schläfe, gefolgt von einer Serie präziser Schläge gegen den Körper, die den Hauptmann in eine hohe Deckung zwangen. Er schien jede Initiative gegen seinen jüngeren Gegner aufgegeben zu haben.

Drei zu eins.

Henrik schaute auf seinen Wettschein.

»Shit ...«

Urgayle wurde vom Gong gerettet.

Der Pole schien ihn nicht gehört zu haben und setzte zu einem Uppercut an, als der Kampfrichter sich zwischen die Kämpfenden schob. Tesla zog die Schultern hoch und stapfte zu seinen Sekundanten. Der Hauptmann hatte den Kopf gesenkt, das hellbraune Haar klebte in nassen Strähnen an der Kopfhaut, und seine Helfer kühlten sein Gesicht und den Nacken mit Eisbeuteln. Sie feuerten ihn flüsternd an, aber Urgayle schien nicht zuzuhören.

David spürte erste Zweifel im Lager des Hauptmanns aufkeimen.

Tesla stand aufrecht auf seiner Seite, als wäre er gerade nach acht Stunden erholsamen Schlafes aus dem Bett gestiegen. Er trank Wasser durch ein Saugrohr und studierte mit ausdrucksloser Miene seinen Gegner. Aber Tesla zeigte keine Spur von jugendlichem Übermut. Er ging genauso vorsichtig und wachsam in die nächste Runde hinein wie in die davor, während Urgayle sich immer mehr hinter seine Deckung zurückzog.

Der Hauptmann versuchte, Tesla mit seiner linken Führhand auf Abstand zu halten, der unangestrengt den Schlägen auswich. Dann plötzlich machte der Pole ein paar rasche Schritte nach vorn und setzte einen Konter. Seine Fäuste waren so schnell, dass man den Schlägen kaum folgen konnte, und im nächsten Augenblick saß der Hauptmann mit ausgestreckten Armen auf dem Boden, um die Balance zu halten, und drehte verwirrt den Kopf hin und her. Blut tropfte aus einer Platzwunde über dem rechten Auge. Der Schiedsrichter beugte sich mit gespreizten Beinen über Urgayle und schirmte den Hauptmann mit seinem breiten Rücken ab – was nicht nötig gewesen wäre. Tesla war bereits auf dem Weg auf seine Seite des Rings, den Blick ausdruckslos auf den Boden gerichtet.

Die Zwillinge starrten entgeistert vor sich hin.

Der Gong ertönte.

Fünf zu eins – zugunsten Teslas.

»Ich würde jetzt gerne eine Wette abgeben. Wie macht man das?«, fragte David. Henrik winkte einen Buchmacher zu sich. David fischte eine Hundertdollarnote aus seiner Brieftasche.

»Bist du sicher?«, fragte Jakob.

»Wenn du noch ein bisschen wartest, geht Teslas Quote bestimmt noch weiter in die Höhe.«

»Ich setze kein Geld auf Tesla«, sagte David.

Die Zwillinge sahen sich ungläubig an.

»Ich glaube, du hast das Prinzip nicht ganz verstanden«, sagte Henrik.

David bekam seine Quittung ausgehändigt, begleitet von einem Kopfschütteln des Buchmachers.

Die Platzwunde über dem Auge des Hauptmanns wurde mit dem Stück Stahl eines Eisbeutels eingefroren und mit einer Lage fetter Salbe abgedeckt.

Die folgenden zwei Runden überlebte Urgayle mit reiner Willensstärke.

In der nächsten Runde schien der Hauptmann dann eine winzige Lücke, einen kleinen Schwachpunkt in Teslas formidablem Verteidigungsbollwerk zu entdecken, die er geduldig zu bearbeiten begann. Behände und hartnäckig schlug er immer und immer wieder auf Punkte um den Solarplexus, und der Pole begann instinktiv, dieser peinigenden Folter auszuweichen. Aber er schien keine passende Antwort auf die anhaltenden Attacken des Hauptmanns gegen seinen Körper zu finden.

Die Wunde über Urgayles Auge platzte wieder auf und verwandelte sein Gesicht in eine Blutmaske. Zum ersten Mal zeigte Tesla eine Reaktion. Seine Lippen zogen sich über der Zahnschiene nach hinten, und er machte einen raschen Vorstoß, um den Kampf zu beenden – und lief direkt in drei blitzschnelle

Schläge auf die Rippen, gefolgt von einem eisenharten und chirurgisch präzisen linken Cross vom Hauptmann.

Es klang wie eine von der Ladefläche fallende Wassermelone. Teslas Hände sackten nach unten. Der Hauptmann starrte ihn angespannt durch den Blutschleier an. Die Augen des Polen wurden erst gläsern, dann kippte er mit dem Gesicht voran wie ein gefällter Baum auf den Boden.

Drei, vier, fünf Sekunden herrschte Totenstille in der Halle. Dann hob das aufsteigende Brüllen der Zuschauer fast das Dach von dem Gebäude. Die Stahlbarrieren wurden geöffnet, um Sekundanten und Masseure zu ihren Boxern zu lassen.

Den Polizisten stand die Erleichterung ins Gesicht geschrieben, als sie die Leute zu den Ausgängen und den relativ geordneten Schlangen vor den Tischen der Buchmacher schoben.

Der Blick auf den Ring wurde frei, und David sah, wie Tesla wieder zu Bewusstsein kam. Urgayle half ihm auf die Beine und sprach ihm ein Kompliment aus. Sie umarmten sich kurz, und Tesla hob Urgayles rechte Hand über ihre Köpfe.

Henrik musterte David und knüllte seinen Wettschein zusammen.

»Woher zum Teufel hast du das gewusst, du verfluchter Amateur?«

David hob lächelnd die Hände.

»Ich hab es nicht gewusst … ehrlich. Aber ich war mir sicher.«

David stand mit den Zwillingen auf dem überdachten Randstreifen an der Hauptstraße von The Hill. Sie rauchten und unterhielten sich über den Kampf. Einzeln oder in kleinen Gruppen verließen die Zuschauer das Garagengelände.

Eine Frau vom Women's Army Corps in der Uniform eines Oberleutnants, die allein mitten auf der Straße an ihnen vorbeiging, zog Davids Aufmerksamkeit auf sich. Wahrscheinlich lag es an ihrem traurigen Blick inmitten der begeisterten Stimmung um sie herum.

Im nächsten Augenblick erkannte David Jeanette Stewart wieder. Er sah sie zum ersten Mal in Uniform. Sie ging langsam wie auf dem Weg zu ihrer eigenen Hinrichtung, umgeben von einer Aura der Reserviertheit, die sie von allen anderen absonderte. Sie hatte das Haar unter die Uniformmütze gesteckt, war ungeschminkt und weit entfernt von ihrem sonst so eleganten und mondänen Ich.

Er überlegte, ob er sich zu erkennen geben sollte, aber etwas an ihrer Haltung und ihrer gemessenen Gangart hielt ihn davon ab.

Sie kam offensichtlich aus dem Garagenbereich und hatte vermutlich den Boxkampf gesehen – aber er konnte sich nur schwerlich vorstellen, dass Teslas Niederlage ihr so naheging.

»Wie viel verdient Urgayle eigentlich an so einem Abend?«, fragte er Henrik.

»Kommt drauf an, wie viel seine Freunde von den MPs auf ihn gesetzt haben. Oder wie stark er geschauspielert hat, um die Quote zu drücken.«

Jakob seufzte.

»Die Platzwunde überm Auge war ja wohl kaum gespielt.«

»Fünftausend, vielleicht«, sagte Henrik.

David pfiff leise.

»Er dürfte hier einer der reichsten Männer sein«, sagte Henrik.

»Nicht nur hier, in ganz New Mexico«, fügte Jakob hinzu.

JULI 1945

Donnerstag, 5. Juli 1945, 11 Tage bis Trinity

Oberst Boris Pash vom Militärnachrichtendienst und sein Stab hatten The Hill eingenommen wie die Spanische Inquisition. Zufällig ausgewählte Einwohner wurden vor das Tribunal gezerrt und sollten bis ins kleinste Detail ihre Leben offenlegen, am besten bis ins Embryonalstadium.

Die Zwillinge waren einem stundenlangen Verhör unterzogen worden.

Hinterher waren die sonst unerschütterlichen Brüder bis ins Mark erschüttert und betitelten Boris Pash als Erzarschloch.

Der wöchentliche Tagesurlaub, der für Ausflüge nach Santa Fe genutzt werden konnte, war eingestellt worden, und so hatte David seine dringlich erwartete Postsendung von den Herren Emerson, Valentine & Carter nicht vom Postamt abholen können. Alle waren nervös und gereizt. Täglich fanden Demonstrationen statt, auf denen die Frauen der Wissenschaftler mit Megafonen und Bannern forderten, wenigstens in Miss Warner's Tea House bei Ottowi fahren zu dürfen, einem beliebten Ausflugsziel für sie und ihre Kinder und eine der wenigen Abwechslungen in dem eintönigen Kasernenleben.

So kurz vor Trinity waren ihre Proteste bislang erfolglos verhallt.

An diesem Vormittag lief David mit seinem Rucksack über der Schulter die steile Bathtub Row hinauf. Am Ende der Straße lagen die Ställe der Militärpolizei, offene Anlagen mit Wellblechdächern,

Boxen und Vorratskammern, Heuböden und Koppeln. Er sah zwei junge, sonnengebräunte und schweißglänzende Texaner, die mit nackten Oberkörpern und ihren Stetsons auf den Köpfen Mist in Schubkarren schaufelten, um ihn zum großen Misthaufen zu fahren.

David stellte sich unter die schattige Überdachung, wo es nach Heu und Pferden roch.

In einer der Boxen an dem langen Mittelgang war Jeanette Stewart damit beschäftigt, eine lebhafte Grauschimmelstute zu satteln. Sie hob in einer fließenden Bewegung einen elegant aussehenden Sattel auf den Rücken des Tieres und streichelte den Hals der Stute, als sie den Bauchgurt spannte, murmelte freundlich tröstende Worte wie zu einem fiebernden Kind.

Sie trug hautenge, beige Reithosen, Jodhpurstiefel und ein kurzärmeliges, dunkelblaues Hemd und machte einen kompetenten und frischen Eindruck.

David stellte den Rucksack auf den Boden und schob die Hände in die Taschen seiner Jeans.

»Sie haben eine Nachricht bei Mrs. Ramirez hinterlassen, dass Sie mich sprechen wollen«, sagte er förmlich. »Ausgerüstet mit Wasser, Sonnenbrille und Hut.«

Jeanette lächelte unbekümmert und schnallte mithilfe von Ledergurten eine Tragevorrichtung hinter den Sattel, gefolgt von einer aufgerollten Decke und am Ende den Satteltaschen. Und einer Winchester.

»Wollen Sie nach Kanada auswandern?«, fragte er.

Ihre Handgriffe waren routiniert und schnell.

»Im Moment noch nicht. Aber man kann ja nie wissen, wann das notwendig wird.«

»Das weiß man nicht, nein«, sagte David.

Sie setzte ihren braunen Borsalino auf. Ihre Haare waren mit Spangen hochgesteckt, und sie trug Perlenohrringe. Sie stützte die Ellenbogen auf den Sattel und betrachtete ihn milde lächelnd.

»Hören Sie, David. Sie können nicht zu Ihrer süßen Tochter und Ihrer hübschen Frau zurückkehren und ihnen erzählen, dass Sie mehrere Monate im Wilden Westen zugebracht haben, ohne einmal auf einem Pferd gesessen oder es wenigstens probiert zu haben. Unmöglich. Das würde Ihre Tochter Ihnen niemals verzeihen.«

»Viel Spaß«, sagte David, nahm seinen Rucksack und drehte sich um.

»David …«

Er blieb stehen.

»Was?«

»Ich würde Ihnen gerne etwas zeigen.«

Er drehte sich mit einem Seufzer um. Jeanette führte ein solide gebautes braunes Pferd mit grauem Maul in den Mittelgang. Es war fertig gesattelt mit Westernsattel und geschlossenen Steigbügeln, bereit für einen Ausritt. Die Stute schnaubte eifersüchtig.

»Ich habe uns ein Picknick zusammengepackt«, sagte Jeanette und sah ihn durchdringend an. »Sie müssen das Land kennenlernen. Gerade jetzt ist es so wunderschön.«

David betrachtete das braune Pferd. Es schien einigermaßen friedlich. Es sah ihn direkt an und kaute auf seiner Trense. Dann wieherte es leise und schüttelte die Mähne. Es legte seinen Kopf auf Jeanettes Schulter, und sie streichelte seinen Hals mit ihrer behandschuhten Hand.

»Das ist Mabel, eine reizende, ältere Dame, und sie würde Sie gerne kennenlernen.«

Das Pferd sah wirklich leutselig aus, vielleicht sogar verlässlich. David spiegelte sich in ihren klaren braunen Augen. Mabel hatte lange Wimpern wie ein Mädchen.

»Ich weiß nicht …«

Jeanette zeigte auf einen Eimer vor seinen Füßen.

»In dem Eimer sind Äpfel. Mabel liebt Äpfel. Stimmt's, altes Mädchen?«

Mabel wieherte zustimmend. Zögernd nahm David einen Apfel aus dem Eimer, streckte die Hand aus und verabschiedete sich insgeheim schon mal von dem Körperteil.

Ganz vorsichtig schnappte das Tier die Frucht aus seiner Hand. Das Maul war unbeschreiblich weich. Das Pferd zermalmte den Apfel zwischen seinen Zahnreihen, während ihm der Saft von den Lippen tropfte.

»Gehen wir mit ihnen ins Freie. Haben Sie Wasser dabei?«

»Ja.«

»Und einen Hut? Die Sonne ist heute stark.«

»Ich hab ihn auf dem Kopf, verdammt.«

Sie sah ihn zerstreut an.

»Ah ja, gut … Entschuldigung …«

Jeanette führte beide Pferde in die Koppel vor den Ställen und schwang sich in den Sattel der jungen Stute. Die zwei Texaner legten die Hände auf die Schaufelgriffe und bewunderten ihre Rückansicht und die langen Beine. Sie hielt Mabels Zügel in der Hand.

»Ich habe einen Westernsattel und extra große Steigbügel für Sie gewählt«, erklärte sie. »Der ist stabil wie ein Sessel. Sie müssen nur den linken Fuß in den Steigbügel setzen und das rechte Bein über den Sattel schwingen. Aber Sie müssen es energisch angehen und nicht auf halbem Weg aufgeben. Am besten am Sattelhorn festhalten und hochziehen.«

Mabel schaute ihn über die Schulter an, als wollte sie ihm Mut machen für das Projekt. David schob einen Fuß in den Steigbügel, legte beide Hände um das Horn und zog sich hoch. Die Kniebandage protestierte ächzend.

Die Texaner applaudierten.

Er saß vermutlich mit gehörig dämlichem Gesichtsausdruck auf dem Pferd. Es war höchstens ein Meter von den Fußsohlen bis zur Erde, aber er fühlte sich wie Ikarus auf dem Weg zur Sonne.

Jeanette warf ihm lächelnd die Zügel zu. Mabel schnaufte stoisch.

»Haben die Steigbügel die richtige Länge?«

»Ich glaube schon«, murmelte David.

Einer der Stallburschen öffnete das Gatter für sie.

Mabel folgte in aller Seelenruhe der grauen Stute.

Jeanette beugte sich seitwärts zu dem Jungen runter, als sie durch das Gatter schritten.

»Und du starrst mir nicht noch mal so auf den Arsch. Das ist mein Arsch, verstanden!«

Der Bursche grinste schuldbewusst, errötete und legte eine Hand an die Krempe seines Stetson.

»Klar, Ma'am. Ich meine, nein, Ma'am«, nuschelte er mit Südstaatenakzent. »Aber Sie haben einen fantastischen Arsch, wenn ich das sagen darf, Ma'am.«

Sie drehte sich im Sattel um und sah David an, während sie ein Lachen zu unterdrücken versuchte.

»Jesus! Machen Sie sich keine Sorgen. Mabel läuft einfach brav hinter Gretchen her. Alles in Ordnung bei Ihnen?«

»Alles bestens, wirklich. Ich fühle mich wie ein König, danke.«

Sie kniff skeptisch die Augen zu, nickte dann aber.

»Wieso habe ich eigentlich diesen Westernsattel und Sie so ein elegantes Teil?«, fragte er.

»Weil ich reiten kann und Sie nicht. Wie geht es Ihrem Knie?«

David stellte sich zum Test in die Steigbügel. Ein nervöses Zucken lief durch Mabels Körper.

»Gut«, sagte er.

»Okay … Wenn Sie jetzt noch die Zügel nicht die ganze Zeit in Kinnhöhe halten würden, das sieht etwas albern aus. Legen Sie Ihre Hände hinter den Sattelknauf. Und pressen Sie die Knie zusammen … Und ein bisschen Körperspannung, wenn ich bitten darf.«

»Wird gemacht, Ma'am … Entschuldigung, Ma'am …«

Zwei Stunden später fühlte David sich so gut wie schon lange nicht mehr. Die Landschaft war abwechslungsreich, von tiefen, trockenen Flussbetten mit sanften Sandufern über üppige Wald-strecken mit duftenden Kiefern und Zedern zu einsamen Weide-flächen und Lichtungen mit glitzernden, rauschenden Bächen, und immer wieder durchs Unterholz brechendes, flüchtendes Wild. Als sie höher kamen, mischten sich Eichen und Eschen in die Vegetation. Der Himmel war klar und die Sonne eine glühende Scheibe, aber die Temperatur war in der Höhe angenehm.

David dachte ausnahmsweise kaum an Bohr und seine nächt-lichen Einbrüche in dessen Tresor. Seine Mikrofilme gingen bereits zur Neige. Bislang hatte er keine Veränderung in Bohrs Benehmen festgestellt, der Professor war genauso freundlich und aufmerksam wie immer – was David das Gefühl gab, der größte Verräter auf diesem Erdenrund zu sein.

Wenn der Weg es zuließ, ritten sie nebeneinander. David tät-schelte Mabels Hals und fühlte sich ein bisschen wie der geborene Reiter. Als sie eine alpine Lichtung überquerten, wo keine Bäume die Aussicht nach Süden verwehrten, entdeckte David weit unter ihnen einen einsamen Reiter.

Er legte eine Hand über die Augen und identifizierte Haupt-mann Urgayle auf seinem riesigen Hengst.

»Sie wissen schon, dass Sie einen persönlichen Schutzengel haben, oder?«

Jeanette folgte Davids ausgestreckter Hand mit dem Blick und lächelte.

»Der Hauptmann mag mich«, sagte sie.

»Hat er einen speziellen Grund, Sie zu mögen?«

Der Ausdruck ihrer Augen hinter ihrer Sonnenbrille war nur schwer zu deuten.

»Sie meinen, ob ich mit ihm ins Bett gehe?«

David drehte sich zur Seite.

»Nein, das meine ich natürlich nicht …«

»Doch, meinen Sie.«

»Vergessen Sie meine Frage, okay? Haben Sie ihn neulich Abend boxen sehen? Gegen Tesla?«

Jetzt drehte sie sich zu ihm um.

»Verdammt, David ... das wissen Sie doch genau. Sie haben mich gesehen. Können wir das Thema wechseln?«

»Gerne. Was ist das für ein Ding, das Sie hinter den Sattel geschnallt haben? Ein Zelt?«

»Das ist meine Staffelei. Ich wollte die Gelegenheit nutzen, ein wenig zu malen. Und halten Sie jetzt den Mund und genießen Sie die Landschaft ... und Mabel.«

»Warum haben Sie das Gewehr dabei?«, fragte er unbeeindruckt weiter mit dem Blick auf den Kolben der Winchester, der aus einem speckigen Lederhalfter unter ihrem linken Knie ragte.

David redete weiter, während der nüchterne Teil seines Gehirns ihm klarmachte, wie ausgeliefert er ihr im Grunde genommen war, der mit einer Winchester bewaffneten Jeanette Stewart, die vermutlich die Schießfertigkeit eines Eichhörnchenjägers hatte, flankiert von einem extrem kompetenten Hauptmann Urgayle. Keine Menschenseele wusste, wo er war, abgesehen von den beiden texanischen Stallburschen. Es würde auf alle Fälle sehr schwierig werden zu rekonstruieren, wie der unroutinierte Däne ums Leben gekommen war. Ob er in eine Bergspalte oder einen Abgrund gestürzt war. Oder in einem der reißenden Nebenflüsse ertrunken.

»Das hier ist der Wilde Westen.« Sie schüttelte sich. »Und außerdem habe ich kein Bedürfnis nach einer Wiederholung meiner Begegnung mit der Klapperschlange. Der nächsten Schlange, die ich sehe, blase ich den Kopf weg.«

»Das Gewehr ist also geladen?«, fragte David mit mühsam beherrschter Stimme.

»Natürlich.« Sie sah ihn mit hochgezogenen Augenbrauen an. »Was bitte schön soll ich mit einem Gewehr anfangen, das nicht geladen ist?«

»Genau, was sollten Sie schon damit anfangen?«, murmelte David.

Urgayle verschwand hinter dem Horizont.

»Wie heißt sein Monstergaul noch gleich?«, fragte David. »Warten Sie, lassen Sie mich raten ... Satan? Bukephalos?«

Jeanette schaute nach vorn und seufzte, und David fühlte sich wie der archetypische, zu Tode nervende kleine Bruder.

»Fandango«, sagte sie schließlich. »Und es ist ein sehr liebenswertes, ehrliches Pferd. Gut erzogen. Wie sein Besitzer.«

»Ah, ein Ritter Lancelot!«

»... Ja, genau. Er hat eine ganz besondere, edle Gesinnung. Ich kann es nicht erklären. Und schon gar nicht Ihnen.«

»Und Sie sind seine Guinevere?«

»Jetzt schweigen Sie. Oder Sie werden erschossen.« Jeanette stieß ihre Sporen in die Flanke der Stute, die in einen kurzen Galopp überging. Mabel folgte ihr unangestrengt, und David klammerte sich an dem Sattelhorn fest, um in dem unebenen, steilen Gelände nicht heruntergeworfen zu werden.

Nach einer weiteren Stunde hatte die Sonne fast ihren höchsten Punkt erreicht. Die Pferde trotteten gemächlich vor sich hin. Der Pfad folgte den Wellen des faltigen Berghangs, aber tendenziell ging es stetig bergauf. Über dem Jemez-Gebirge hingen weiße Wolken.

»Hätten Sie etwas dagegen, mir zu verraten, wohin wir unterwegs sind?«, fragte David.

»Zu dem traumhaftesten Ort, den Sie jemals sehen werden. Chicoma Mountain. Ich bin dort, so oft ich kann, und ich habe dort viele Bilder gemalt. Es ist nicht mehr weit.«

Der Baumbewuchs war hier niedriger, knorziger und windgepeitscht und bestand hauptsächlich aus Pinyon-Kiefern, die sich an Felsen und Hänge klammerten. Die Luft war wunderbar klar und sauber.

Weit über ihren Köpfen kreisten zwei kleine, schwarze Kreuze.

»Sind das Raubvögel?«

»Wo?«

»Da oben?«

Sie richtete sich mit einem begeisterten Aufruf in den Steigbügeln auf, ließ die Zügel los, drehte sich nach hinten und fischte ein Fernglas aus der Satteltasche, während ihr Körper geschmeidig den Bewegungen des Pferdes folgte.

Sie schob die Sonnenbrille ins Haar und suchte den Himmel nach den Vögeln ab.

»Das sind Merlin und seine Frau Morgana!«

»Haben Sie ihnen Namen gegeben?«

Sie strahlte wie ein Kind vor der Weihnachtsbescherung.

»Ja, ich habe sie getauft. Sie haben ihr Nest in der Nähe meines Lagers auf der Bergspitze. Sie sind immer zusammen. Vielleicht haben sie ja Junge.« Sie nahm das Fernglas von den Augen und sah ihn an. »Glauben Sie, dass sie Junge haben, oder ist es zu spät für die Brutzeit?«

»Ich habe nicht den blassesten Schimmer.«

»Sind Sie hinterm Mond aufgewachsen?«

»In Kopenhagen schwirren uns keine großen Raubvögel um die Ohren, höchstens Spatzen und Möwen.«

»Sie sind wirklich ein richtiger Abenteurer, Herr Adler.«

»Auf meine stille Art bin ich das tatsächlich.«

Die weitere Strecke wurde schwierig und anstrengend für die Pferde. Sie schnauften und hatten Schaum vorm Maul vor Anstrengung, und ihre Köpfe hingen dicht über dem Boden. Unter ihnen nach Westen und Süden erstreckten sich weite, leere Grassteppen und Täler, so weit das Auge reichte. Der Pfad führte durch dichtes Gestrüpp auf eine windgeschützte Lichtung.

Das Gras war grün, und ein kleiner Bach schlängelte sich aus dem Gebüsch über die Lichtung und stürzte in einem dünnen, melodiösen Wasserfall über die Felskante. Das war ein friedlicher, traumhaft schöner und versteckter Zufluchtsort am Rand der

Welt, und David konnte verstehen, warum sie so oft wie möglich hierherkam.

Sie stiegen ab. Jeanette band die Vorderbeine der Pferde mit Lederschnüren zusammen, ließ sie ansonsten aber grasen und trinken, wo sie wollten. David spazierte steifbeinig an die Felskante und blieb stehen. Einen halben Meter vor seinen Füßen fiel die glatte Granitwand senkrecht in einen mehrere Hundert Meter tiefen Abgrund ab. Er hörte nur das Rauschen des Windes und ein sonores, lockendes Summen aus der Leere.

David machte ein paar Schritte rückwärts und drehte sich um: ein vierjähriges Kind konnte ihn mit einem einfachen Schubser von der Kante stoßen.

»Kein Ort für Schlafwandler«, sagte er.

Jeanette lachte und zeigte auf verschiedene Gipfel der unzähligen Bergketten.

»Dort im Südosten haben Sie den Cerro Santa Rosa. Da drüben den Caballo und scharf nach Süden die Cerros de Trasquilar.«

Sie drehte sich nach Norden.

»Der hohe Gipfel ist der Polvadero. Da war ich auch schon mal.«

»Hört sich nach einem spanischen Liebeslied an.«

Jeanette schloss die Augen und drehte das Gesicht in die Sonne.

»Das sind meine Wächter. Sie passen auf mich auf. Ich würde gerne für immer hier bleiben ... Wasser gibt es genug ... und Brennholz. Ich könnte eine Hütte bauen wie Roberts Perro Caliente.«

»Und es gibt Pumas, Grizzlys, Orkane und Schneestürme. Wie hoch sind wir eigentlich?«

»Dreieinhalbtausend Meter. Sie sind wirklich durch und durch Ingenieur, David.«

»Wie meinen Sie das?«

»Sie sind ein obervernünftiger Ausbremser der Träume anderer Menschen.«

»Sie sind doch selber Mathematikerin«, sagte er. »Und Sie kennen sich mit Überlebensstatistiken aus und können Ihre Chancen selbst berechnen. Versprechen Sie mir wenigstens, dass Sie sich einen großen Hund zulegen.«

»Das tue ich gerne. Ich mag Hunde.«

Auf der Lichtung gab es eine Feuerstelle aus rußschwarzen Steinen mit einem Eisengestell, an das man seinen Topf oder Kessel hängen konnte, und es lag ein Haufen Äste und trockene Zweige daneben, um ein Feuer zu machen,

Jeanette verkeilte eine in Zeitungspapier eingewickelte Flasche Weißwein zwischen zwei Steinen im Bach, füllte den Kessel mit Wasser und mahlte Kaffee für die Kaffeekanne. David breitete die Decken auf dem Gras aus und verteilte Teller, Becher und Gläser darauf.

Die Pferde grasten friedlich.

»Nehmen Sie Zucker?«

»Ja, gerne«, sagte David.

Er ging zurück an die Felskante und beobachtete die Vogelschwärme unter sich und den immer wieder auftauchenden Raubvogel, der in weiten Kreisen auf der Thermik über den warmen Tälern kreiste.

Er fühlte sich wie in einem frei zwischen Himmel und Erde schwebenden Ballonkorb, und wenn es so etwas wie einen Meister der Senkrechten gäbe, dachte David, könnte er sich für den Titel bewerben: Er hatte die endlose Tiefe des Eismeeres unter sich gespürt, und nun das hier – wie mit einem Reißbrettstift an den Himmel geheftet.

Das Einzige, was ihm jetzt noch fehlte, waren Flügel – oder Kiemen.

David lag mit einer Hand unter dem Kinn im Gras und rauchte, die Sonne wärmte sein Gesicht. Die Mahlzeit und der Wein waren einfach, aber köstlich, und neben ihm stand ein Becher mit dampfendem Kaffee. Jeanette saß dicht an der Felskante auf einem aufklappbaren Jagdstuhl mit einer Zigarette im Mundstück. Sie drehte ihr Silberarmband in der Sonne.

»... David?«

»Mmh ...«

»Wie war es in Murmansk?«

Er drehte den Kopf zur Seite und sah sie an.

»Wer hat Ihnen von Murmansk erzählt?«

Sie zog die Augenbrauen hoch.

»Sie selbst.«

»Wann?«

Er war sich sicher, dass er nie etwas darüber zu ihr gesagt hatte. Sie errötete.

»Im Zug. Aber vielleicht haben Sie auch nichts gesagt, und ich habe es irgendwo aufgeschnappt. Vermutlich von Robert. Aber, wie war es dort?«

Er setzte sich auf und schlang die Arme um die angezogenen Knie. Sie hatte einen geschickten Zeitpunkt für ihr Verhör gewählt. Nach dem Essen und dem Wein, wenn seine Wachsamkeit geschwächt war.

»Wollen Sie das wirklich wissen?«

»Ja, ich möchte es wirklich gerne wissen.«

David riss ein Büschel Grashalme aus, warf sie in die Luft und folgte ihnen mit dem Blick, als sie, vom Wind getrieben, hinter der Felskante im Abgrund verschwanden.

»Haben Sie die Grashalme gesehen? Einfach hinter der Felskante verschwunden. So ergeht es Tausenden und Abertausenden von sowjetischen Durchschnittsbürgern. Ein Menschenleben ist dort nicht viel wert. Ich habe vor und während des Krieges sieben Jahre in Murmansk verbracht. Meine Frau lebt seit einunddreißig Jahren in Russland. Über viele Dinge waren wir uns nicht einig, aber zumindest in der einen Sache, dass nämlich die Sowjetunion ein Schandfleck ist. Einer der bösartigsten Tumore der Menschheit. Genau wie Nazideutschland.«

»Aber in der Sowjetunion sind wenigstens alle Menschen gleich«, protestierte Jeanette. »Frauen und Männer. Es gibt Frauen in Russland, die fliegen Jagdflugzeuge. Hier in den Staaten dürfen Frauen sie höchstens bauen, aber nicht fliegen. Es gibt keine parasitäre Adelsklasse. Keine degenerierte Königsfamilie. All die angeborenen und vererbten Privilegien. Allen gehört alles. Das muss doch etwas bedeuten.«

David betrachtete sie fassungslos. »Was haben Sie für eine Vorstellung von der Sowjetunion!? Es gibt sehr wohl eine privilegierte und parasitäre Adelsklasse. Stalins Kinder leben wie die Zaren. Nicht zu vergessen der Adel im Kreml, jeder Bürokrat der Union, jeder, der in den Parteikongress gewählt wurde. Im Übrigen gibt es nur *eine* Partei! Das NKWD terrorisiert die Bevölkerung. Wer ohne seinen verfluchten Ausweis auf der Straße angetroffen wird, sitzt am nächsten Tag in einem Güterzug nach Sibirien. Während der Schauprozesse '37 und '38 wurden Millionen unschuldiger Menschen verhaftet und liquidiert. Es gibt nichts zu essen, Jeanette. Es gibt nichts, es sei denn, man ist Mitglied der Partei oder ein verfluchter Bürokrat.«

David konnte nicht länger still sitzen. Er stand auf und begann in immer enger werdenden Zirkeln im Kreis zu laufen.

»Das Ganze kann ich nur als gigantischen, kollektiven Selbstmord bezeichnen. Russland ist im Kern despotisch. Sie haben nie eine andere Regierungsform gekannt, und so wird es auch bleiben. Wir glauben, dass alle gerne in einer Demokratie leben würden, aber in Wirklichkeit interessiert es die meisten Menschen dort einen Scheißdreck. Den meisten ist Demokratie so egal wie die Rückseite des Mondes. Sie interessiert nur, wie sie ihre Kinder satt bekommen und dass sie Tee mit ihren Freunden trinken, bei einer Hochzeit oder Taufe singen und tanzen können. Und ein einigermaßen vorhersehbarer nächster Tag. Was die weiblichen Jagdpiloten betrifft, haben Sie recht. Die gibt es. Und damit die uneingeschränkte Gleichberechtigung, für sein Vaterland zu sterben, egal ob Mann oder Frau. Aber sie alle sind Opfer von Stalins Politbüro.«

Jeanette schüttelte den Kopf und schlug die Beine übereinander.

»Ich glaube Ihnen nicht«, sagte sie.

David streckte flehend die Arme gen Himmel.

»Warum zum Teufel sollte ich Sie anlügen? Nennen Sie mir einen triftigen Grund! Oder noch besser … Fahren Sie selber dorthin und sehen Sie es sich an. Ich bin sicher, dass sie in der Sowjetunion mehr Verwendung für Experten im Massensterben haben als irgendwo sonst auf der Welt.«

Jeanette sprang zornig auf und begann mit hitzigen Bewegungen die Staffelei an der Felskante aufzubauen. Sie heftete mit Reißzwecken ein Stück weiß grundiertes Leinen an einen Arbeitsrahmen und öffnete den Malkasten. Sie drehe ihm den Rücken zu, ihre Schultern waren hochgezogen: eine Studie in Verachtung.

»Sie sind also fertig mit Russland?«, fragte sie ihn mit einem kurzen Blick über die Schulter.

»Ja, aber ich glaube nicht, dass Russland mit mir fertig ist.«

»Was wollen Sie damit sagen?«

»Nichts.«

Sie breitete die Arme aus.

»Jetzt hören Sie schon auf! Was meinen Sie damit?«

David erwiderte ihren Blick.

»Nicht dass Sie das irgendetwas anginge, aber meine Frau und meine Tochter sind noch dort, verdammt noch mal.«

»Verstanden«, sagte sie.

Vielleicht bildete er es sich nur ein, aber ihre Stimme klang traurig.

David ging zu Mabel, die freundlich schnaufte. Sie schien ihn wiederzuerkennen.

Später, als er das Gefühl hatte, dass ihre Wut sich etwas gelegt hatte, ging er zu ihr und schaute ihr über die Schulter.

»Ich möchte gerne die drei Gipfel Santa Rosa, Trasquilar und del Abrigo auf demselben Bild einfangen«, sagte sie.

»Sie sehen aus wie Pyramiden«, sagte er.

Jeanette legte die Hände in den Schoß.

»David, ich habe viel darüber nachgedacht … über uns, und ich habe beschlossen, dass dieses merkwürdige, feindliche Ritual zwischen uns aufhören muss. Jetzt. Auf der Stelle.«

»Für welche Gegenleistung?«

Sie schüttelte den Kopf und malte weiter. Die Komposition begann Form anzunehmen. »Ich bräuchte ein paar Schatten … einen Sonnenuntergang«, murmelte sie. »Warum glauben Sie, dass alle Menschen Ihnen etwas wegnehmen wollen?«

Sie schraffierte den unteren Rand einiger Wolken, die sich über dem Horizont zusammenballten.

»Erfahrung?«

»So jung und so zynisch …«

Sie legte die Kohlestifte zurück in den Malkasten, steckte eine Zigarette in das Mundstück und zündete sie an. Ihre Finger waren schwarz verschmiert. Wie gut, dass sie ein Mundstück hat, dachte David.

Sie schaute ins Gras.

»Was Männer betrifft, bin ich retardiert, okay? Ich bin ein hirnloser Schwachkopf, der immer und immer wieder die gleichen Fehler begeht. Ich bin wahrlich nicht stolz darauf, aber so ist es nun mal. Okay?«

»Was meinen Sie damit … genau?«

»Was ich damit meine? Das heißt, dass mein Liebesleben eine Aneinanderreihung von Katastrophen ist. Das meine ich damit.«

»Aha.«

»Ich weiß nicht, ob Sie es bereits vermutet haben, gehe aber davon aus: Robert und ich hatten ein Verhältnis. Vor langer Zeit.«

»Die Gastvorträge in Michigan?«

»Mein Gott, daran erinnern Sie sich? Ja. Das Problem war, dass er zeitgleich sehr verliebt in eine andere Frau war … Das arme Mädchen, das Selbstmord begangen hat. Aber das war nicht seine Schuld, sondern meine. Ich habe sie wie Luft behandelt. Darin bin ich Meisterin.«

»Warum erzählen Sie mir das?«

Sie sah ihn mit ihren bemerkenswert grauen Augen mit dem winzig kleinen dunklen Defekt am unteren Rand der linken Iris an.

»David … verdammt … Sie sind ein netter … ein sehr feiner Mensch … Christ! Das hört sich schon wieder retardiert an.«

»Ich weiß nicht, was ich sagen soll, Jeanette.«

Sie überhörte ihn und sprach weiter.

»Sie sind nur der absolut letzte Mensch, von dem ich mich angezogen fühlen will. Darum war ich die ganze Zeit so … unsympathisch. Grässlich. Kalt.«

»So schlimm sind Sie gar nicht.«

»Doch, bin ich!«

Sie richtete sich auf, verschränkte die Arme vor der Brust und richtete einen kritischen Blick durch den Rauchschleier in die Landschaft, als würde sie am liebsten ein paar Dinge dort unten umdekorieren.

»Aber da besteht inzwischen keine Gefahr mehr«, sagte sie schließlich. »Das sollten Sie wissen. Nach Robert und ein paar anderen Männern, an deren Namen ich mich nicht mal mehr erinnere, funktioniert mein Herz wieder perfekt. Genau so, wie ich es haben möchte. Es gibt also überhaupt keinen Grund, garstig zu Ihnen zu sein.«

»Danke!«

Sie setzte sich wieder und betrachtete die Leinwand mit schräg gelegtem Kopf. Dann nahm sie einen Bleistift aus dem Kasten.

»Wie finden Sie das?«

»Richtig gut. Was passiert mit den Bleistiftstrichen?«

»Die werden mit Farbe überdeckt, bleiben aber erhalten.« Ihre Schultern sackten ein wenig herab. »Außerdem sind Sie glücklich verheiratet. Sie lieben Ihre Frau, wo immer sie gerade ist, und Sie haben eine Tochter … also …«

Sie starrte über die Flussebene. Der Bleistift zerbrach zwischen ihren Fingern.

»Fuck!«

Sie wischte die Hände an einem Lappen ab.

»Ich glaube, wir könnten jetzt beide einen Drink vertragen«, sagte David. »Ich habe in Santa Fe eine Flasche Calvados für besondere Gelegenheiten gekauft. Und das hier ist eine besondere Gelegenheit, würde ich sagen.«

Jeanette sah ihn an.

»Gott segne dich, David Adler.«

Sie saßen lange an der Feuerstelle, ohne viel miteinander zu reden, schauten in die Flammen und tranken Calvados. Es war kühl geworden, und David legte Holz nach. Jeanette hatte sich in eine Decke gewickelt. Eine friedvolle Stimmung lag über der kleinen Lichtung.

»Wir sollten uns bald auf den Heimweg machen«, sagte sie irgendwann.

»Schau!« David zeigte nach oben. »Da ist Merlin … oder seine Frau.«

Der Falke glitt mit ausgebreiteten Flügeln über die Lichtung und landete auf einem Zweig im Gebüsch. Sie hörten das aufgeregte Piepsen der hungrigen Jungen. Der Raubvogel zerlegte das kleine Säugetier, das er in den Krallen hielt.

Jeanette stiegen Tränen in die Augen.

»Es ist so schön hier«, flüsterte sie.

David verteilte lächelnd den Rest Calvados auf ihre Kaffeebecher. Er spürte ihren forschenden Blick auf sich.

»Was ist?«

»Ich wollte nur fragen, ob du Neuigkeiten von deiner Familie hast.«

»Sie befinden sich irgendwo in Russland. Meine Frau ist Jüdin, was es nicht einfacher macht.«

»Das ist ja furchtbar«, platzte sie heraus.

»Ja.«

David betrachtete Jeanettes Gesicht. Entweder war sie die geborene Schauspielerin und damit extrem gefährlich, oder sie war tatsächlich harmlos und hatte im Bus nur einen Blick auf das Foto von Elena und Sara erhascht. Vielleicht reichte das für eine Künstlerin wie sie.

Sie streckte die Hand aus und legte sie mitfühlend auf seinen Arm.

»Dann musst du dorthin zurückkehren. Und sie suchen.«

»Wenn du mir sagen kannst, wie ich die neuen Grenzen überwinden kann, bin ich der Erste, der weg ist«, sagte er.

»Was ist mit Bohr? Kann er dir nicht helfen? Er wird überall respektiert. Und er kennt Churchill …«

»Und Roosevelt. Ein englischer Premierminister, der Bohr hasst, und ein toter Präsident. Das wird mir viel nützen.« David leerte seinen Becher und starrte vor sich hin. »Wenn ich jetzt versuchen würde, mich nach Murmansk durchzuschlagen, stecken sie mich in ein Lager oder richten mich gleich hin, weil sie mich als amerikanischen Spion verdächtigen. Damit wäre niemandem geholfen.«

»Wahrscheinlich hast du recht«, sagte sie seufzend und stand auf. »Bald ist es zu dunkel für die Pferde, David.«

»Was ist mit deinem Bild?«

»Ich male es aus dem Gedächtnis zu Ende.«

»Kannst du das?«

»Ich bin eine Meisterin darin, mir Dinge vorzustellen, die nicht existieren.«

Twomile Mesa, Montag, 9. Juli 1945, 7 Tage bis Trinity

David näherte sich Kistiakowskys Spielplatz in Twomile Mesa – oder den Schwebenden Gärten, wie das Plateau wegen des widerstandsfähigen Bewuchses mit Beifuß, Efeu und Schachtelhalm auch genannt wurde, die den ständigen Explosionen trotzten oder vielleicht gerade deshalb so gut gediehen.

Die Bulldozer der Armee hatten den Hügel von allen Bäumen und Büschen befreit. Dann hatten sie die Bergkuppe gekappt und ein Plateau von fünfzig auf fünfzig Metern angelegt. Mit der überschüssigen Erde bedeckte das Ingenieurkorps die vielen Betonbunker, in denen Röntgenapparaturen, Werkstätten, Sprengstoffdepots, Generatoren und seismologische Instrumente, Periskope, rotierende Hochgeschwindigkeitskameras, Gammastrahlendetektoren und Manometer untergebracht waren.

Aus der Distanz hatten die Betonbunker etwas von riesigen Raumwesen: eine Ansammlung von Käfern, die im Untergrund geschlummert hatten und jetzt, von einem intergalaktischen Morgenappell geweckt, an die Oberfläche krochen.

Verkohlte, faserige und angeschmolzene Kabel und verbogene Metallröhren liefen von den Bunkern zu dem Sprengtisch, einem viereckigen, mit dicken vernieteten Stahlplatten verkleideten Betonaltar.

Die Sonne war aufgegangen und tauchte Kistiakowskys aristokratische Gesichtszüge in rosa Licht. Er trug ein weißes, kurzärmeliges Hemd, Breeches und hohe Stiefel. Abgesehen von der

Mensurnarbe, dem Monokel, einem Megafon und einem ange-pflockten Geparden sah der Ukrainer aus wie der archetypische Stummfilmregisseur.

Kistiakowsky herrschte über eine Horde redseliger und mun-terer Universitätsstudenten in Cargoshorts, Gummischuhen, Som-breros oder Baseballcaps. Eine fast fertig montierte, mattgraue Attrappe des Gadgets lag auf einer Matte in der Mitte der Spreng-plattform. Der Ukrainer winkte David zu sich. Einer der Studen-ten verbolzte gerade die letzte sechskantige Stahlplatte. Schwarze Stromkabel verteilten sich auf zweiunddreißig Zünder, die dem Modell etwas von einem unterseeischen Wesen verliehen.

»Was passiert, wenn eins der Kabel an einen falschen Zünder angeschlossen wird?«, fragte David.

»Ah, Impulsverzögerung, asymmetrische Implosion, ein gehö-riger Anschiss für den verantwortlichen Studenten und vier Tage Arbeit umsonst. Aber versuch lieber, die Schönheit darin zu sehen, David.«

Der Professor kniete sich wie ein bußfertiger Sünder vor einen massiven, mit Holzwolle gepolsterten Holzkasten, in dem sich glatte Aluminiumzylinder mit roten Plastikschutzkappen befan-den. Kistiakowsky nahm einen der Zylinder aus seinem Polster-bett und zeigte ihn David.

»Und weißt du was?«, sagte der Ukrainer nachdenklich.

»Nein.«

»Von all den wunderbaren Dingen, die in The Hill produziert und entwickelt werden, gehört dies zu den wunderbarsten und am gründlichsten ausgeführten Arbeiten.«

Der Ukrainer reichte den Zylinder weiter an einen der Studenten. Der Student grinste breit, als er David ansah, und David erkannte in ihm Steve Kessler, den Techniker aus der Radiostation.

»Was ist das?«, fragte er.

»Elektrische Sprengzünder. Ein enormer Fortschritt gegen-über den alten, mit Knallquecksilber gefüllten Sprengkapseln, bei denen man immer Gefahr läuft, sich das Gesicht oder die Hände wegzusprengen. Außerdem eignen sich die alten Sprengzünder nicht hierfür. Der Impuls an die zweiunddreißig Linsen muss in der exakt gleichen Mikrosekunde ankommen.«

»Dann sind sie noch wichtiger als der Igel?«, fragte David mit einem Lächeln.

»Alles ist natürlich essenziell und hängt voneinander ab«, erwiderte Kistiakowsky. »Aber diese Sprengzünder sind meiner Meinung nach eine Klasse für sich. Und ich bin mir sicher, dass die Russen sie nicht haben.«

»Du hast gesagt, die alten Quecksilberzünder haben den Leuten die Gesichter weggesprengt. Wieso?«

»Das gehörte die letzten hundert Jahre zum Berufsrisiko von Pionieren und Sprengstoffexperten«, sagte Kistiakowsky. »Es gibt ein spezielles Werkzeug, mit dem die Zündschnur am Ende des Sprengzünders festgeklemmt wird. Wenn das nicht in greifbarer Nähe ist, ist man schnell verleitet, die Zähne zu nehmen. Aber wenn man etwas zu dicht am Sprengzünder zubeißt, dann …«

»Verstehe«, sagte David.

Ein Student – er musste über besonders ruhige Hände verfügen – schob die Sprengzylinder durch schmale Messingschächte in die obere Schicht des Modells und tief in die keilförmigen Sprengstofflinsen. Die Zündkapseln wurden mit einem Messinghammer festgeschlagen. Alle Werkzeuge, die im Zusammenhang mit hochexplosiven Stoffen gebraucht wurden, waren entweder aus Messing oder Bronze und produzierten keine zufälligen Funken, auf die die Sprengstoffe eventuell unplanmäßig reagierten.

Der junge Sprengingenieur schloss das Hauptkabel des Generators für Hochvoltimpulse an einen Verteilerkasten an, von wo die Impulse weiter an die Sprengzünder geleitet wurden.

Dann blies er in eine Pfeife, woraufhin an der Flaggenstange unten an der Straße eine rote Fahne gehisst wurde.

Alle Anwesenden verteilten sich auf ihre Bunker.

Normalerweise bediente David mit einem der jüngsten Wissenschaftler in The Hill die Röntgenapparatur, aber an diesem Morgen kurbelte Klaus Fuchs die schweren Riegel der sprengsicheren Tür bis zum Anschlag zu und trat mit dem üblichen verlegenen Lächeln in den Bunker. Ansonsten war er in seinen ausgebeulten Cargoshorts, dem Khakihemd und den Wüstenstiefeln kaum wiederzuerkennen.

»T minus 45 Sekunden … 44 … 43 …«, tönte es aus den Lautsprechern.

Durch den schmalen Fensterschlitz in der Bunkerwand sah David das siebzig Meter entfernte Testmodell. Es lag reglos auf der Matte wie ein von der Sonne ausgebrütetes Metallei. Vor dem Schlitz war ein kräftiges Drahtnetz angebracht worden, hinter dem sich die elektrischen Stahlklappen befanden, die sich blitzschnell schlossen, sobald das Modell in die Luft flog und Fragmente in alle Himmelsrichtungen verteilte.

Über dem Schlitz ragte die Schutzkappe der Röntgenröhre heraus wie ein Torpedo.

David drehte sich zu Klaus um.

»Was ist mit Teddy?«

»Kater, soweit ich weiß«, murmelte Fuchs. »Er hat sich krankgemeldet. Aber ich kenne die Apparate hier drinnen in- und auswendig.«

»Das heißt, Sie waren hier schon öfter?«

»Sehr oft.«

»… 35 … 34 … 33 …«

Der Countdown verlief nach Plan.

»Wir sollten besser die Filme beschriften«, sagte David.

Sie legten die dünnen Filmkassetten auf die Arbeitsplatte und nummerierten sie eilig mit einem weichen Bleistift von eins bis zwanzig. Die Bleistiftaufschrift hielt der Röntgenstrahlung stand und war auf den entwickelten Filmen sichtbar. Dann steckten sie die Filme in ein hydraulisches Karussell, das Fuchs mit Schwung unter die Bunkerdecke hob und in die Apparatur über ihren Köpfen hängte. Wenn alles wie geplant lief, würde jede Kassette mit einer Mikrosekunde zwischen den Aufnahmen belichtet werden.

David steckte noch sein Erlebnis mit den defekten Rückschlagklappen in den Knochen. Er duckte sich unter den Fensterschlitz.

»Gehen Sie lieber in Deckung«, rief er.

»Warum?«

»Letztes Mal haben die Schotten nicht funktioniert. Um zwanzig Zentimeter bin ich meiner Enthauptung entgangen.«

»... 5 ... 4 ... 3 ...«

Als Klaus Fuchs vor der Wand auf die Knie fiel, rutschte ein kleines gelbes Päckchen aus seiner Tasche. Ohne David anzusehen, schnappte der Deutsche sich das Päckchen und verbarg es in seiner Hand. David starrte auf einen völlig unspektakulären Fleck auf der Wand vor sich.

Die Explosionswelle rollte über den Bunker. Ehe die Schotten zuklappten, wurden kleine Steine und Schotter durch das Gitter ins Innere des Bunkers gedrückt. Dann wurde es dunkel, und der Apparat unter der Decke rotierte so schnell, dass die einzelnen Aufnahmen nicht voneinander unterschieden werden konnten

Als der Kieselschauer sich legte, öffnete David die Schotten und ließ Tageslicht herein. Das Modell auf dem Sprengtisch war atomisiert, und Kistiakowsky schritt aufrecht und mit langen Schritten auf das Epizentrum zu wie ein siegreicher Cäsar.

Hinter David hängte Fuchs das Karussell aus. Es roch nach heißem Öl.

»Scheint geklappt zu haben«, sagte er.

»Jaaa ...«

Gemeinsam luden sie die Filmkassetten in einen speziellen zweirädrigen Handkarren. Um nicht zu viele hochempfindliche Instrumente und Apparate an einer Stelle versammelt zu haben, wurde die Entwicklung der Röntgenfilme in einem anderen Bunker vorgenommen.

»Soll ich das Aufräumen übernehmen und neue Filme einlegen?«, fragte Fuchs.

»Ja, danke. Super.«

David öffnete die schwere Tür, hakte sie an dem Beschlag an der Wand ein und zog den Handkarren die Rampe hoch.

»Brauchen Sie Unterstützung?«, fragte Fuchs.

David winkte abwehrend.

»Geht schon. Bis später.«

»Bis später, David.«

Der Deutsche wirkte ernst und nachdenklich.

Als David das Ende der Rampe erreicht hatte, stellte er den Karren ab und schlich zurück durch die weiche, umgewühlte Erde zu dem Fensterschlitz. Fuchs hatte die schwere Sicherheitstür geschlossen, was gar nicht notwendig gewesen wäre. David kniete sich hin, um sicherzugehen, dass sein Schatten nicht durch die Sichtschlitze in der Wand fiel. Danach hörte er in einem Abstand von jeweils zwanzig Sekunden vier Klicks und sah genauso oft das Blitzlicht aufleuchten.

Auf dem Weg zurück zu dem Handkarren überlegte er, aus welchem Grund Fuchs den Röntgenapparat fotografierte. Er hatte das gelbe Päckchen, das Fuchs aus der Tasche gefallen war, als Kodak-Verpackung für einen Vierer-Blitzwürfel erkannt.

Santa Fe, Samstag, 14. Juli 1945, 2 Tage bis Trinity

So überraschend und unerklärlich die Ausflugssperre nach Santa Fe von Boris Pash verhängt worden war, wurde sie auch wieder aufgehoben.

David saß auf einer Bank neben einem Grabstein auf dem kleinen Friedhof hinter der Loretto-Kapelle an Santa Fes Plaza. Jemand hatte frische Blumen in die farbigen Metallvasen vor dem Grabstein gesteckt.

Maria d'Oriol 1895 – *Descansa en Paz* – 1914.

Im oberen Teil war eine Adelskrone in den Grabstein gemeißelt. Die Frau war sehr jung gestorben. Diphtherie? Grippe? Gebrochenes Herz? Eine schwierige Geburt?

David dachte an Maria, die junge Frau in *Wem die Stunde schlägt*, die der Held, Robert Jordan, liebte. Vielleicht hatte sich das Leben von Jeanettes kleinem Bruder wie das von Robert Jordan entwickelt. Oder auch nicht. David zweifelte inzwischen an allem, was Jeanette ihm je erzählt hatte.

Im Wüstenwind tanzten ein paar trockene Blätter über die sorgsam geharkten Wege des Friedhofs.

Wenige Stunden zuvor hatte David endlich seine Postsendung von Emerson, Valentine & Carter vom Postamt abholen können, poste restante Algernon Hawke. Er hatte sich einen ruhigen Tisch in der öffentlichen Bibliothek gesucht und den Inhalt studiert. Wie Carter gesagt hatte, erzählten die Zeitungsausschnitte, Kopien von Tauf- und Heiratsurkunden, Jahrbücher diverser Universitäten, Abschriften aus Kirchenbüchern und Fotos bemerkenswerte und alternative Geschichten über mehrere der Menschen, die er in den letzten Monaten kennengelernt hatte. Das Zusatzhonorar war gut investiert, er wäre allein niemals imstande gewesen, so viel Material zusammenzutragen.

Er hatte lange Zeit seine kruden, ziellosen Gedanken schweifen lassen, bis die Bibliothekarin ihm einen Stapel Bücher über Medizin und Genetik gebracht hatte.

Er hatte alles gelesen, was es über vererbte Defekte in der Iris des menschlichen Auges zu lesen gab.

David zündete sich eine Zigarette an und stützte sich mit den Ellbogen auf den Knien ab. Von seinem Platz neben dem Grabstein der jungen Frau hatte er eine gute Aussicht auf Mrs. Flores' Galerie. Vor zehn Minuten hatte er Jeanette Stewart die Galerie durch den Hintereingang betreten sehen. Und um vier Uhr – pünktlich wie der Tod – hatte der weiße Pontiac Streamliner vor der Galerie gehalten, und die schlanke, sonnengebräunte Frau, diesmal in einem langen geblümten Gewand, war ausgestiegen und in den Laden gegangen, gefolgt von ihrem müden schwarzen Chauffeur. Seit dem letzten Besuch waren drei Wochen vergangen, und Jeanette war zum ersten Mal seit der Ausgangssperre wieder in der Stadt.

Drei in braunes Packpapier verpackte Stewart-Bilder lehnten an der Stoßstange, als der Chauffeur den Kofferraum öffnete.

Ein dreister Windstoß kippte eins der Bilder um, blies es auf die Straße, und ein Junge auf seinem Fahrrad konnte gerade noch ausweichen, um nicht darüberzufahren. Der Chauffeur lief rasch los, um es aufzuheben, und richtete sich mit dem Bild in den Händen auf.

Blass vor Zorn und mit feuerroten Nägeln schlug die Frau dem Chauffeur hart ins Gesicht. Sie zischte ihm etwas Unverständliches zu und setzte sich auf die Rückbank.

Der eingeschüchterte Chauffeur schloss den Kofferraum und setzte sich hinters Steuer.

Der Wagen rollte davon.

David schlenderte über die Straße, öffnete die Hintertür zu Mrs. Flores' Galerie und fand sich in einem kleinen Raum wieder, in dem bis unter die Decke duftende Holzscheite gestapelt waren.

Aus der Werkstatt waren Stimmen zu hören. Zwei gehörten zu Frauen.

Er öffnete die Tür und wartete, bis sich seine Augen an die Dunkelheit gewöhnt hatten. Ein dunkelhäutiger Indianer mittleren Alters von untersetzter Statur mit vorgebundener Lederschürze fütterte die Esse mit Holzkohle. Auf einem hohen Schemel zu seiner Linken saß das Mädchen, die Werkzeuge eines Silberschmieds um sich verteilt. Sie setzte gerade ein Stück Türkis in ein Armband ein, das in einen kleinen Schraubstock auf dem Arbeitstisch eingespannt war.

David schätzte das Mädchen auf etwa elf Jahre. Sie war hochkonzentriert, hatte die Zungenspitze in den Mundwinkel geschoben. Sie trug ihre Schuluniform, das dunkle Haar war zu einem Pferdeschwanz zurückgebunden.

Jeanette Stewart saß mit einer Zigarette zwischen den Fingern an einem vollgestellten Tisch. Die Kaffeetasse blieb auf halber Strecke in der Luft hängen, als David den Raum betrat. Ihre Pupillen weiteten sich, der Mund stand offen, als wäre sie mitten in einem Satz unterbrochen worden.

Das Mädchen sah Jeanette an. Dann drehte sie den Kopf in Davids Richtung.

Die Augen des Mädchens waren nicht grau wie Jeanettes, sondern himmelblau – und mitten in dem Blau der linken Iris war ein winziger kreisförmiger Defekt.

David nickte Jeanette zu.

»Alle Frauen in deiner Familie haben diesen Defekt in der Regenbogenhaut, nicht wahr?«

Die Hand des Indianers schloss sich um eine Spaltaxt, aber Jeanette schüttelte den Kopf.

»David ...«

»Mama?«, fragte das Mädchen unsicher.

David betrachtete Mutter und Tochter.

»Im Zug hast du gesagt, der Silberschmied hätte ein gewisses Talent. Da stimme ich dir zu. Du hast eine begabte Tochter. Ich verstehe nicht, wieso du sie versteckst.«

»Nein, das verstehst du nicht«, sagte Jeanette leise. »Weil ich nicht riskieren will, dass sie ...«

»Benutzt wird, um dich zu erpressen? Natürlich nicht. Ich wünschte, ich hätte diese Möglichkeit auch gehabt. Wirklich.«

Jeanettes Mund öffnete sich, aber es kam kein Ton heraus. Das Mädchen begann zu weinen, als sie den Ausdruck im Gesicht ihrer Mutter sah.

Da machte David auf dem Absatz kehrt und verließ die Werkstatt.

Die Zwillinge feierten zusammen mit David.

Sie waren alle drei ziemlich angetrunken, obwohl Davids Gründe, sich zu betrinken, nichts mit Triumph oder Freude zu tun hatten. Die Ereignisse des Nachmittags spielten sich in einer Endlosschleife in seinem Kopf ab. Er hatte sich in der Nähe von Dink McKibbins Kontor in der East Palace Avenue rumgedrückt und den letzten Bus nach The Hills genommen. Jeanette war nicht im Bus gewesen, aber vielleicht hatte sie ja eine andere Mitfahrgelegenheit, um vor der Sperrstunde wieder zurück zu sein.

Niels Bohr würde er erst am nächsten Tag sehen, und er hatte keine Lust, die Nacht allein im Gästehaus zu verbringen.

Die Zwillinge waren völlig aus dem Häuschen, weil sie absolut unerwartet das Patent auf ein revolutionär neues Bremssystem mit asbestbeschichteten Bremsscheiben statt geschlossener Trommelbremsen bekommen hatten. Sie waren überzeugt, mit der neuen Technologie die Bremswege der Autos halbieren zu können. Es waren bereits Anfragen aus Detroit gekommen. In einer Woche wollten sie in die Autostadt fahren und mit den größten Produzenten verhandeln.

Dieses Mal in den Chef-Etagen und nicht am Fließband.

Zur Feier des Tages tranken sie zwölf Jahre alten Single Malt.

Henrik füllte Davids Glas. Sein Blick war noch einigermaßen klar. »Also, wann wird es passieren?«, fragte er. »Jetzt musst du es uns erzählen.«

»Sonntag oder Montag«, sagte David. »Truman ist zu einer Konferenz nach Potsdam bei Berlin gefahren, in der es um Europas Zukunft geht. Er wird dort Churchill und Stalin treffen. Er hat die Konferenz bereits einmal verschoben, aber jetzt soll die Probesprengung durchgeführt werden, damit er weiß, was für eine Verhandlungsbasis er hat.«

Jakob leerte sein Glas. »Ich gehe davon aus, dass das im Hinblick auf die Roten sehr sinnvoll ist. Die Russen sind die nächsten Kandidaten für einen kräftigen Arschtritt, wenn du mich fragst ...«

»Vielleicht«, murmelte David.

Henrik sah sich um wie vor einem endgültigen Abschied.

»Fuck ...«

Sein Bruder nickte.

»Wir haben vor ein paar Tagen eine zweite Halbkugel geschliffen, die zwei Minuten, nachdem wir fertig waren, abgeholt wurde.«

»Und danach ist kein Auftrag mehr gekommen«, ergänzte Henrik. »Wir haben nichts mehr zu tun. Wie sieht's bei dir aus, David?«

»Ich werde wohl mit Bohr zurück nach Dänemark fahren, nehme ich an.«

Jakob machte sich daran, mit einer Lötlampe Würste zu grillen. Die Würste zischten, als die Haut platzte, und Fett tropfte auf den Boden.

Henrik schnitt Hotdogbrötchen auf. Dann legte er das Messer auf den Tisch und hob sein Glas.

»Auf Dänemark.«

»Dänemark«, antworteten Jakob und David im Chor.

Zu den Hotdogs tranken sie Bier.

»Was passiert wohl mit alldem hier nach dem Test? Glaubst du, dass das Labor zerstört wird?«, fragte Jakob.

»Das kann ich mir nicht vorstellen«, murmelte David, dessen Gedanken unablässig um Jeanette kreisten und ihre Tochter mit dem Muttermal in der Iris und der Augenfarbe ihres Vaters, die Frau aus Los Angeles. Die Bilder. Das Gedankenkarussell mahlte in seinem Schädel, seit er die Galerie verlassen hatte. Er wusste, dass alle Punkte der Skizze da waren, direkt vor seiner Nase, aber es gelang ihm einfach nicht, sie sinnvoll miteinander zu verbinden. »Wenn der Test nicht nach Plan läuft, dann …«

»Dann musst du bis in alle Ewigkeit hierbleiben, David, mein Junge«, sagte Jakob. »Aber wir nicht. Wir werden Autos in Detroit bauen. Und keine verfluchten Flugzeuge mehr.«

»Kommt, jetzt erzählt mir schon von eurer fantastischen Erfindung«, sagte David, um sich von seinen Grübeleien abzulenken.

Henrik war derjenige der Brüder mit den ruhigsten Händen. Er zog einen Bleistift aus der Brusttasche und malte eine Skizze auf die weiße Tischplatte.

David hatte das Kinn auf der Hand abgestützt und blinzelte schläfrig, während er auf Henriks Skizze starrte. Plötzlich lichteten sich die Wolken in seinem Gehirn, und ein klarer, reiner Sonnenstrahl erhellte das Universum.

Er starrte auf den Bleistift in Henriks Hand und sprang auf.

»Zum Teufel aber auch!«, platzte er heraus, nahm Henriks Kopf zwischen beide Hände und drückte ihm einen feuchten Kuss auf die Stirn.

»Piss off!«, rief der Däne.

Aber da war David bereits auf dem Weg durch die Schleusen.

David hatte lange Zeit damit verbracht, Fuller Lodge und das Gästehaus zu umkreisen, um ganz sicher zu sein, dass keins der Gebäude überwacht wurde. Dann hatte er Jeanettes Bild in eine Decke eingewickelt und aus seinem Zimmer geholt.

Jetzt stand er in dem Bunker mit den Röntgengeräten. Er legte das Bild unter den Röntgenapparat, verließ die bleiabgeschirmte Kammer und schaltete den Generator ein. Der Röntgenapparat wärmte sich mit einem leisen Summen auf. David kratzte sich im Nacken, als er die Strahlungsdauer und -dosis und Tiefe einstellte.

Er wählte eine relativ hohe Dosis, entschied sich aber wegen der dünnen Leinwand für eine geringe Tiefe.

Die folgenden fünf Minuten, bis der Film in den Korb fiel, noch feucht von der Fixierflüssigkeit, fühlten sich an wie Stunden.

Er hielt den Film gegen das Licht und fluchte frustriert: die Bilder waren komplett schwarz.

David halbierte die Röntgendosis, machte eine neue Aufnahme und legte die Kassette in die Entwicklungsmaschine. Er rauchte nervös direkt unter dem RAUCHEN VERBOTEN-Schild.

Nach einer Serie klickender und schnurrender Geräusche spuckte der Apparat den Film in den Korb, wo er trocknen konnte. David nahm ihn aus dem Korb und hängte ihn vor eine milchweiße Leuchttafel.

Er trat einen Schritt zurück und seufzte bewegt.

Es war alles da: Die von der Bleistiftschraffur der Komposition eingerahmten, formell formatierten und präzisen Ingenieurskizzen, Notizen, Auszüge aus Handbüchern und Formeln für die hochexplosiven Linsen des Gadgets. Alles mit feinem, akkuratem und gleichmäßigem Bleistiftstrich direkt auf die Leinwand übertragen. Eine beeindruckende, pedantische und zweifellos zeitaufwendige Arbeit.

Das Herzblut des Los-Alamos-Projekts war damit für jeden zugänglich, der über einen Röntgenapparat verfügte, und David zweifelte keine Sekunde daran, dass der Abnehmer der Bilder über die beste Ausrüstung verfügte, die für Geld zu haben war.

Er erinnerte sich an ihr Gespräch auf dem Gipfel des Chicoma.

»Wie findest du das?«, hatte Jeanette gefragt.

»Richtig gut. Was passiert mit den Bleistiftstrichen?«

»Die werden mit Farbe überdeckt, bleiben aber erhalten.«

Er dachte daran, wie viele von Jeanette Stewarts Bildern die schlanke, braun gebrannte Frau aus Los Angeles bereits abgeholt hatte und wie viele noch dort waren.

War das der eigentliche Grund, dass J. Robert Oppenheimer an dem Tag in der Bar des La Fonda so empört gewesen war, als Jeanette David eins ihrer Bilder geschenkt hatte? Und auch noch eins der reservierten?

Er nahm eine der Leica-Kameras aus dem Labor, legte einen Film ein und machte eine Reihe von Aufnahmen von dem Bild, der Röntgenaufnahme und den Einstellungen auf der Armatur.

David blieb noch so lange im Bunker, wie er für einen Brief mit detaillierten, aber anonymisierten Informationen an Oberst Boris Pash brauchte, dem er die Nummer eines Kennzeichens aus Los Angeles beifügte sowie einundzwanzig Schwarz-Weiß-Fotos einer Leuchttafel, eines Bildes und einer Schalttafel. Er versiegelte den Umschlag mit Lack und schrieb den Namen des Obersts darauf.

Danach verließ er den Bunker.

Auf dem Weg zurück in die Unterkunft der Zwillinge in Block D machte David einen kleinen Umweg über die Myrtle Street und stellte sich fünfzig Meter von ihrer Wohnung entfernt in den Schutz der nächtlichen Schatten. Offenbar hatte Jeanette eine Mitfahrgelegenheit gefunden, da hinter ihren Fenstern Licht brannte. Er sah sie rastlos hinter den vorgezogenen Gardinen im Wohnzimmer auf und ab gehen. Vor ihrer Wohnung war

Hauptmann Urgayles Pferd angebunden. Fandango? Es stand ganz still da und schaute in Davids Richtung. Es überraschte ihn nicht im Geringsten, es dort zu sehen.

Die Hand eines Riesen schüttelte David, wie ein Terrier eine Ratte schüttelt. Unnachgiebig. Er versuchte, die Hand wegzuschlagen, und drehte sich auf die andere Seite.

»… Lass mich in Ruhe«, murmelte er unglücklich.

»David, verdammt, wach auf. Sofort!«

Der ungewohnt eindringliche Unterton in Jakobs Stimme ließ ihn schlagartig wach werden. Er richtete sich auf der Pritsche auf, rieb sich die Augen und sah Jakob an.

Er konnte sich nicht erinnern, wann er das letzte Mal so müde gewesen war.

»Was ist los?«

Jakobs Atem roch nach Kaffee und Zigaretten.

»Sie suchen dich. Jetzt steh schon auf, zum Teufel.«

»Wer?«

Jakob breitete die Arme aus.

»Die Indianer! Militärpolizei, Pashs Leute. Jetzt kommst du auf die Folterbank.«

»Kaffee?«, krächzte David.

Er torkelte in die Küche der Zwillinge und stolperte fast über seine eigenen Füße. Er bückte sich und schloss die Schnallen seiner Kniebandage.

Das Bild und der Brief an Oberst Pash lagen unter der Pritsche.

Henrik musterte ihn verschwörerisch.

»Dann sind sie dir doch noch auf die Schliche gekommen, dass du ein deutscher Spion bist«, sagte er.

David nippte dankbar an dem schwarzen Kaffee.

»Das konnte ja nicht gut gehen«, murmelte er.

Jakob legte eine Hand auf seine Schulter.

»Wir kommen dich im Todestrakt besuchen. An den Geburtstagen und zu Weihnachten ... Mit unseren Frauen und Kindern.«

»Ich bin gerührt.«

»Aber es gibt auch gute Neuigkeiten«, sagte Henrik. »Sie haben gerade im Radio gesagt, dass Italien Japan offiziell den Krieg erklärt hat.«

Jakob prustete los, und selbst David lächelte.

»Dann werden sie sich ja wohl hoffentlich endlich ergeben«, sagte er.

»Das dachte ich auch.«

David holte den Umschlag aus dem Nachbarzimmer, legte ihn auf den Tisch und sah die Zwillinge an.

»Wann brecht ihr auf?«, fragte er.

Henrik sah den Brief an.

»Wir haben es eigentlich nicht sonderlich eilig«, sagte er.

Jakob sah seinen Bruder fragend an.

»Nicht?«

»Was willst du von uns, David? Natürlich tun wir es.«

»Natürlich«, echote Jakob.

»Wenn ich innerhalb der nächsten drei Tage nicht zurück bin, um diesen Umschlag abzuholen, wäre ich euch äußerst dankbar, wenn ihr ihn Oberst Pash persönlich aushändigt. Zusammen mit dem Bild. Würdet ihr das für mich tun?«

»No problemo«, sagte Henrik.

»Worum geht es?«, wollte Jakob wissen.

»Das geht uns nichts an, Bruder.«

Es war still vor dem Verschlag der Zwillinge. Es waren keine Aufträge mehr aus den Werkstätten eingegangen, und das Gebäude war so gut wie verlassen.

David sah die Brüder an.

»Falls wir uns nicht mehr sehen, möchte ich euch noch sagen, dass es ein großes Vergnügen war, euch kennenzulernen. Ein sehr großes Vergnügen.«

Sie umarmten ihn.

»Hasta la vista«, sagte Henrik.

»Euch auch.«

Der Militärnachrichtendienst hatte Büroräume im Erdgeschoss von Block A zugeteilt bekommen. Ein Militärpolizist führte David in einen Warteraum. An den Wänden hingen die üblichen Plakate: »Was Sie hier sehen, hören, erleben, bleibt auch hier« und »Die Wände haben Ohren« und »Wenn Sie sich verplappern, bringen Sie Schiffe auf dem Meer in Gefahr«.

»Der Oberst ist gleich so weit, Sir«, sagte der junge und freundliche Polizist.

David nahm auf der Bank Platz und hörte zwischendurch aufgeregte Stimmen aus dem Büro. Dann hörte er eine Tür gehen und sah einen leichenblassen Klaus Fuchs das Gebäude verlassen.

Es vergingen noch einmal fünf Minuten, bis die Tür aufging. Eine junge Sekretärin in Armee-Uniform lächelte ihn an.

»Mr. Adler?«

David betrat Pashs Büro, das größer war als erwartet. Lange Sonnenstreifen fielen über den Holzboden, und unter der Decke drehte sich langsam ein Ventilator. Ein Militärpolizist saß auf einem Stuhl hinter der Tür. Sein Pistolenholster war nicht geschlossen. In der hinteren Ecke saß ein schlanker Mann in den Vierzigern. Er trug Zivil, und seinen schmalen Augen schien nichts zu entgehen.

Die Sekretärin setzte sich an die Stenomaschine und strich ihren Rock glatt. Ihre Nägel waren rosa lackiert.

Pash winkte David zu einem Stuhl vor seinem Schreibtisch. Er hatte sich zur Begrüßung halb erhoben.

Oberst Boris Pash war ein großer, breitschultriger Mann mit schütterem, dunklem, zurückgekämmtem Haar, einer schief ge schlagenen Nase, einem kantigen Kinn und einer Metallrahmenbrille vor den braunen Augen, seine Tränensäcke waren pflaumen-farben.

Der Oberst war sparsam mit Gesichtsausdrücken und Gesten, seine Stimme war tief und autoritär. Er klappte ein Dossier auf, das vor ihm lag.

»Der Herr in der Ecke ist Special Agent Josh Ferris vom FBI. Wenn Sie so freundlich wären, uns Ihren Namen zu nennen, Alter, Nationalität und Stellung.«

David nickte entgegenkommend.

»Mein Name ist Adler, David. Ich bin vierunddreißig Jahre alt und aus Dänemark. In meinem zivilen Leben arbeite ich als Elektroingenieur. Hier in Los Alamos bin ich Professor Bohrs Sekretär.«

»Familienstand? Kinder?«

»Ich bin verheiratet und habe eine fünfjährige Tochter.«

Pash drehte ein Blatt Papier um.

»Frau und Tochter halten sich in Russland auf?«

»Soweit ich weiß, ja.«

»Wann haben Sie sie das letzte Mal gesehen, Mr. Adler?«

David sah den Oberst an. Er war sicher, dass sein Gesicht nichts verriet, aber plötzlich fühlte er sich zurückversetzt in den kleinen, kahlen Raum in der Akademie der GRU. Es gab eine Tür, einen Samowar, zwei Stühle und einen Tisch. Auf der anderen Seite des Holztisches saß ein namenloser Nachrichtenoffizier, ein Veteran aus Felix Dserschinskis Tscheka, dem Vorläufer des NKWD, der auf mirakulöse Weise Stalins Säuberungsaktionen ohne Nacken-schuss und anonymes Grab überlebt hatte. Der Mann war mön-chisch, asketisch, unermüdlich und alt wie die Erbsünde. Seine Aufgabe war es, David gegen unterschiedliche Verhörmethoden zu immunisieren.

»Mehr Kaffee?«, fragte er David, der sich vor Müdigkeit kaum noch aufrecht halten konnte. »Eine Pille?«

»Kaffee, danke. Keine Pillen.«

Der Mönch schenkte Kaffee ein. Der Becher klirrte gegen Davids Zähne.

»Hören Sie zu?«, fragte der Nachrichtenoffizier.

»Nein.« David gähnte.

»Seien Sie nicht zu eifrig. Nur Lügner sind eifrig. Blinzeln Sie nicht. Nur Lügner blinzeln. Lassen Sie die Geschichte frei fließen. Nur Lügner erzählen die Dinge immer wieder in der gleichen Reihenfolge. Andere vergessen auch mal Fakten. Werden Sie wütend. Nur Lügner sind devot.«

Davids Kopf war vollkommen leer.

»Schmücken Sie nichts aus. Nur Lügner sagen ungefragt etwas. Und ... Das ist sehr wichtig«, sagte der Mönch jetzt streng. »Schauen Sie nicht nach links. Oder nach rechts, wenn Sie Linkshänder sind. Das tun nur Lügner.«

»Und erzählen Sie nicht zweimal dieselbe Geschichte.«

Der Mönch bedachte ihn mit einem seltenen Lächeln.

David öffnete die Augen und war zurück bei Pash und Ferris, die ihn erwartungsvoll ansahen.

»Ähm ... Ich habe sie das letzte Mal gesehen, kurz bevor ich Murmansk verlassen habe. Ende Januar.«

»Ehe Sie an Bord der Mary Jane gegangen sind, die auf dem Weg nach Schottland war?«

»Ja.«

Instinktiv beugte David sich vor und fasste an sein verletztes Knie. Seine Geste war nicht an Oberst Pash verschwendet.

»Eine traurige Katastrophe«, sagte der Oberst nickend. »Aber Sie haben es auf einem Zerstörer Ihrer Majestät bis nach Schottland geschafft und sind in einem Militärhospital in Devon gelandet?«

»Das ist korrekt.«

»Haben Sie etwas von Ihrer Frau gehört, seit Sie Russland verlassen haben?«, fragte Special Agent Josh Ferris.

David schaute aus dem Fenster.

»Warum?«

»Seien Sie so freundlich, die Frage zu beantworten«, sagte Oberst Pash, ohne den leidenschaftslosen bürokratischen Ton abzulegen.

David sah ihn an.

»Ich glaube, das will ich nicht. Wieso bin ich hier? Sind der Direktor oder Bohr informiert?«

Pash wirkte völlig unberührt. »Eine Routinebefragung, Mr. Adler. Sie sind nicht der Erste, der auf diesem Stuhl sitzt. Ich denke, darüber sind Sie sich im Klaren.«

David lächelte ohne Empathie. »Routinebefragung?«

Der FBI-Mann nahm eine andere Sitzhaltung an. Er war solchen Widerstand offensichtlich nicht gewohnt.

»Mr. Adler, wir sind uns völlig darüber im Klaren, dass manche Fragen, die wir Immigranten oder Flüchtlingen bezüglich ihrer Familien stellen, die die Betreffenden möglicherweise gezwungen waren zurückzulassen, durchaus sensibel sind. Können wir trotzdem weitermachen?«

David faltete die Hände auf dem Schoß. »Ich habe nichts von ihnen gehört.«

Pash machte sich eine Notiz.

»Sie haben in Murmansk gearbeitet … Wie lange?«

David beugte sich hitzig vor.

»Sieben Jahre. Sitze ich deswegen hier? Weil ich in Russland gearbeitet habe?«

Oberst Pash lächelte zum ersten Mal. Er nahm die Brille ab und rieb sich die Augen.

»Ganz und gar nicht, Mr. Adler. Ich habe selbst zwischen '06 und '23 in Russland gelebt. Und habe bei der russischen Marine gedient.«

»*Was* haben Sie?«

»Um präzise zu sein, bei der Weißen Flotte. Der Flotte der

konterrevolutionären Zaristen. Der Name meines Vaters ist Theophilus Paschkovsky. Ich habe ihn in Pash geändert. Ich gebe zu, nicht sehr originell. Es verhält sich also ganz und gar nicht so, dass wir die Russen nicht mögen, Mr. Adler.«

Ferris lächelte ebenfalls.

»Nur die bösartigen. Wenn es sich anders verhielte, müsste ich ja beispielsweise Oberst Pash festnehmen ... und die Hälfte von New Yorks Einwohnern.«

Das Lächeln in den Gesichtern der beiden Männer verflüchtigte sich so schnell, wie es aufgetaucht war.

»Sie sind im Besitz eines Q-Passes, Mr. Adler«, stellte Pash fest.

»Ausgestellt von Mrs. McKibbin.«

David nahm den Ausweis aus der Innentasche und legte ihn vor dem Oberst auf den Tisch. Der Oberst würdigte ihn keines Blickes.

»Ein ungewöhnliches Privileg«, sagte er knapp.

»Sehr ungewöhnlich«, bestätigte Ferris.

»Ich habe nicht darum gebeten«, sagte David.

»Darüber sind wir uns im Klaren. Er wurde auf die Initiative des Direktors ausgestellt. Wissen Sie, warum?«

David zuckte mit den Schultern. »Ich bin Bohrs Sekretär. In allen Bereichen von The Hill wird sein Rat und seine Hilfe gesucht. Ich könnte wenig ausrichten als sein Sekretär, wenn ich ihm nicht überallhin folgen könnte.«

»So ist es wohl«, sagte Pash. »Sie dürfen Ihren Pass wieder einstecken. Wasser?«

»Ja, gerne.«

Die Sekretärin schenkte Wasser in ein Glas und reichte es ihm. David sah sie an und meinte in ihr eine der drei jungen Frauen wiederzuerkennen, die er an einem späten Abend vor einer der festlich erleuchteten Baracken gesehen hatte. Mit feuerroten Lippen, weißen Zähnen, einem hübschen, erwartungsvollen Gesicht und strahlenden Augen.

Sie duftete gut.

Pash und Ferris wechselten Blicke. Ferris nickte.

»Frank, möchtest du Mr. Adler nicht behilflich sein, seinen Stuhl näher an den Schreibtisch zu rücken?«, wandte er sich an den Militärpolizisten.

Der Militärpolizist schob Davids Stuhl näher an den Tisch und schloss die Jalousien. Pash knipste die Schreibtischlampe an. Ferris lehnte sich vor. Er und Pash trugen Eheringe am linken Ringfinger, Pash zusätzlich noch einen eleganten, smaragdbesetzten Ring mit einem russisch-orthodoxen Kreuz über einem Halbmond an der rechten Hand.

Ferris breitete ein Dutzend grobkörnige Fotos auf der Tischplatte aus und forderte David auf, sich das erste anzusehen. Die Stimme des FBI-Mannes war leicht heiser.

»Erkennen Sie jemanden darauf?«

David tippte auf das Foto.

»Das ist Klaus Fuchs. Das muss vor dem Rexall Drugstore in Santa Fe aufgenommen worden sein.«

Ferris nickte.

»Und das hier?«

David sah höflich interessiert das Foto an, auf dem Harry Gold auf dem Gehweg auf einen Zeitungskiosk zuging.

Er kniff die Augen zusammen.

»Ähm … Ich weiß nicht genau … Das könnte an dem Tag aufgenommen worden sein, als so eine Art indianisches Erntefest auf der Plaza stattgefunden hat. Ich bin mir nicht ganz sicher.«

Ferris lächelte andeutungsweise.

»Sie haben ein hervorragendes Gedächtnis, Mr. Adler. Das war genau der Tag, an dem einer meiner Mitarbeiter die Fotos gemacht hat. Am frühen Samstagabend, den 23. Juni. Das ist korrekt.«

Ferris nahm eine andere Fotografie.

»Auf dieser sind auch Sie mit drauf. Sie hatten gerade Zigaretten gekauft.«

David war von den Schaufenstern des Drugstore angeleuchtet. Er zündete sich gerade eine Zigarette an und schaute Harry Gold auf seinem Weg die Don Gaspar Street hinunter nach. Er fand, dass er blass und bedrückt aussah. Jeanettes eingepacktes Bild stand hochkant zwischen seinen Beinen.

»… Gold? Harry Gold?«, fragte er.

Die Verhörleiter wechselten wieder Blicke.

»Harry Gold, ja. Wann ist Ihnen Mr. Gold zum ersten Mal begegnet?«

David seufzte und faltete konzentriert die Hände auf dem Schoß, als betete er um eine göttliche Eingebung und als wollte er alles tun, um alle zufriedenzustellen. Alle denkbaren Antworten auf alle denkbaren Fragen lagen bereit, standen Schlange, um aktiviert zu werden.

»Ich glaube, das war sogar an diesem Tag des Erntefestes. Jeanette – also Dr. Stewart – hat mir von ihm erzählt, während er sich mit Oppenheimer unterhalten hat. Wenn ich mich recht entsinne, hat sie gesagt, Gold wäre ein Unternehmer, der Kasinos in Santa Fe bauen will.«

»Haben Sie etwas von Oppenheimers Unterhaltung mit Gold mitbekommen?«

David lachte. »Das war unmöglich. Direkt neben uns wurde laut getrommelt und gesungen. So laut, dass man kaum seine eigenen Worte verstanden hat.«

Ferris legte David das nächste Foto vor, auf dem Harry Gold vor dem Zeitungskiosk in der Don Gaspar Street mit Klaus Fuchs kollidierte. Und noch eins: Chaos. Ihre Mäntel, Brillen, Schlüssel, Zeitungen auf dem Bürgersteig. Golds Aktentasche. Auf dem nächsten Foto stießen die zwei Pechvögel mit den Köpfen zusammen. Entschuldigungen.

Auf dem letzten Foto ging Fuchs weiter, während er mit irritiertem Gesichtsausdruck den Staub vom Mantel wischte.

Pash sah David an. »Erinnern Sie sich zufällig an diese Szene?«

David lehnte sich zurück und neutralisierte seine Gesichtszüge. »Das tue ich. Ist Fuchs Gegenstand Ihrer Untersuchungen? Ich würde Ihnen natürlich gerne helfen, wenn ich kann.«

Aus dem Augenwinkel sah David Special Agent Ferris mit dem Kopf schütteln, aber Pash, der ehemalige Kadett der russischen Weißen Flotte, zögerte.

»Das ist er«, sagte Pash langsam. »Und er ist nicht der Einzige. Sie haben sicher gehört, dass streng geheimes Material aus Los Alamos geschmuggelt wird. Das ist unhaltbar, verdammte Scheiße.« Pash sah entschuldigend zu der Sekretärin. »Entschuldigen Sie bitte meine Ausdrucksweise.«

»Schon okay, Oberst. Das ist ja auch eine verdammte Scheiße, Sir«, sagte sie.

»Ja, ich kenne die Gerüchte«, sagte David.

Special Agent Josh Ferris stemmte sich von seinem Stuhl hoch. Selbst der Polizist hinter der Tür hatte eine tiefe Furche zwischen den Augenbrauen.

»Oberst Pash«, sagte der FBI-Mann streng. »Sie weihen gerade einen Zivilisten in laufende, geheime Ermittlungen ein.«

Pash hob seine große Hand von der Tischplatte und sprach, ohne den Agenten anzusehen.

»Special Agent Ferris, Ihr Protest wurde zur Kenntnis genommen. Dies ist eine wissenschaftliche Anlage, die der US Army untersteht, und ich bin Offizier der Army. Dieses Verhör fällt unter meine Jurisdiktion, und ich übernehme die Verantwortung für den weiteren Verlauf.«

Die Tasten der Stenomaschine klickten schnell.

Ferris sank auf seinen Stuhl zurück und ließ die Arme hängen.

»Vielleicht beruhigt es Sie ja, wenn ich Ihnen sage, dass ich ein guter Menschenkenner bin«, sagte Oberst Pash.

»Das glauben viele von sich«, murmelte Ferris. »Ich habe noch nie jemanden von sich sagen hören, er sei ein schlechter Menschenkenner.«

Pash ignorierte den FBI-Mann und lehnte sich über seine ineinander verschränkten Hände.

»Haben Sie an dem Abend in Santa Fe irgendetwas gehört oder beobachtet, das Ihnen auffällig oder sonst irgendwie bemerkenswert schien?«

»Zum Beispiel?«

»Eine Übergabe zwischen den beiden.«

Ferris stöhnte, als ob sich ein lange ruhiges Magengeschwür wieder meldete.

»Zwischen Gold und Fuchs?«

»Ja, verdammt«, platzte der Oberst mit einem Seitenblick auf die Sekretärin heraus.

»Nein. Nein, das habe ich nicht.«

Pash sackte in sich zusammen, er schien hinter dem Schreibtisch zu schrumpfen. Frustriert nahm er das letzte Foto in die Hand und sah David an.

»Ferris und ich haben uns diese Bilder sicher zweihundert Mal angesehen. Wir können nicht erkennen, wie es vor sich gegangen ist, aber es hat stattgefunden! Die Zeitungen. Die Schlüssel. Fuchs' Brille. Golds Aktentasche. Alles ist zurück an den rechtmäßigen Eigentümer gegangen. Alles.«

David spreizte die Hände in einer Geste, die Hilflosigkeit und Bedauern ausdrücken sollte. Oberst Pash schien sich gedanklich verabschiedet zu haben. David suchte daher Ferris' Blick, wartete auf sein Nicken und erhob sich.

»Danke für Ihre Zusammenarbeit, Mr. Adler. Wir lassen von uns hören«, murmelte der Agent.

»Oberst, Sir?«

Pash schaute auf. Die Tränensäcke unter seinen müden Hundeaugen sahen noch dunkler aus.

»... Ähm, wollen Sie sich die Probesprengung in Alamogordo anschauen?« David sah auf seine Uhr. »Bohr wird mich in etwa einer Stunde einsammeln. Wollen Sie auch dorthin, Sir?«

Pash sah David überrascht an.

»Ich? Nein, wie kommen Sie darauf? Das ist nur für VIPs. Die Honoratioren aus Washington. Es kommt sogar ein Reporter von der *New York Times*, habe ich gehört. Aber General Groves wird natürlich den Test überwachen.«

Die Sekretärin lächelte David an. Sie zwirbelte eine lange, glänzende Locke um einen schlanken Finger, ihre Schulterblätter schoben sich aufeinander zu unter dem dünnen Khakihemd, und ihre Brüste pressten gegen den Stoff. David hatte die Kunst des Flirtens verlernt – wobei er sowieso nie ein Meister darin gewesen war und nie so recht verstanden hatte, wozu das gut sein sollte.

Die Sekretärin ließ mit einem Seufzer ihre Locke los.

David hatte fast die Tür erreicht, die der Polizist ihm aufhielt, als Ferris sich noch einmal meldete.

»Mr. Adler?«

David drehte sich ruhig um.

»Ja?«

»Dr. Fuchs ist nicht zufällig ein enger Freund von Ihnen?«

David lächelte. »Würde ich das zugeben, wenn es so wäre?«

»Sicher nicht.«

David schaute mit leerem Blick auf den Boden. Dann richtete er sich auf wie vom Blitz göttlicher Erkenntnis getroffen. Mit gerunzelter Stirn ging er zurück an den Tisch und nahm das Foto in die Hand, auf der Fuchs' und Golds Zusammenstoß verewigt war.

»Das ist seltsam …«, murmelte er.

Pash und Ferris beobachteten ihn.

Pash räusperte sich.

»Ja?«

David machte eine Kunstpause.

Er sah, dass die Nerven der Verhörleiter zum Zerreißen gespannt waren. Die Götter wussten, wie viele Nieten sie in ihren Ermittlungen bislang schon gezogen hatten.

»Ja. Am nächsten Tag in Twomile Mesa. Wie Sie vielleicht wissen, bediene ich bei Professor Kistiakowskys Modellsprengungen die Röntgenapparatur. Zusammen mit dem Kollegen Theodore Hall. Letztes Mal hatte er sich krankgemeldet, obgleich er am Tag vorher noch bei bester Gesundheit war. Fuchs ist für ihn eingesprungen.«

»… Und?«, hauchte Ferris.

»Ihm ist eine Schachtel Blitzlichtbirnen aus der Tasche gerutscht, und er hat sie schnell wieder eingesammelt. Ich hab mich nur gefragt, was er im Bunker damit will. Fotografieren?«

»Danke«, sagte der Oberst.

David drehte sich um, um zu gehen, immer noch mit dem Foto in der Hand. Er lächelte.

»Sehen Sie genau hin. Das ist eine ganz klare Übergabe, können Sie es wirklich nicht erkennen?«

Ferris sah David an, als würde er ihn am liebsten auf der Stelle erschießen. »Nein, können wir nicht. Was haben wir übersehen, Mr. Adler?«

David gab sich unerträglich besserwisserisch.

»Also, es wurde nichts Kleines ausgetauscht, Sir. Nicht die Zeitungen, zum Beispiel, obwohl sie beide die gleiche Ausgabe von *The Albuquerque Journal* hatten. Es war auch kein Schlüsselbund, keine Brieftasche oder etwas in der Art …«

Pash war kurz vorm Explodieren. Die braunen Augen funkelten bedrohlich hinter den Brillengläsern. »Was zum Teufel war es dann, Mr. Adler?«

»Ihre Baumwollmäntel mit welchem Inhalt auch immer. Sie sind fast identisch, aber nur fast. Golds Mantel ist einen Tick dunkler als der von Fuchs. Nach der Kollision ist er heller … Und umgekehrt bei Fuchs.«

Pash riss David das Foto aus der Hand. Ferris war aufgestanden und schaute dem Oberst über die Schulter.

Dann sah er David an.

»Mr. Adler. Sollten Sie je in Erwägung ziehen, die amerikanische Staatsbürgerschaft und einen Job im Bureau anzunehmen, seien Sie so freundlich, und rufen Sie mich an, okay?«

»Das werde ich«, sagte David und verließ das Büro.

Als die Tür hinter ihm ins Schloss fiel, verschwand sein Lächeln.

TRINITY

Als David Anfang April nach Los Alamos gekommen war, waren die Gartenmöbel noch unter einer dicken Schneeschicht versteckt gewesen. Jetzt saß er in einem Stuhl unter den schweren Baumkronen. Die Vögel in dem Laubdach über seinem Kopf zwitscherten aufgeregt, und träge Insekten mit gelben Nektarklumpen an den haarigen Beinen summten zufrieden umher.

Es war schwer zu glauben, dass dies derselbe Ort war.

Er rauchte Kette mit geschlossenen Augen und dachte an Pash und Ferris. Die zwei Geheimdienstler sollte man besser nicht unterschätzen.

Er hörte das Knirschen des Kieses unter den Reifen eines Wagens, und Oppenheimers Buick schob sich in sein Blickfeld. Der Chauffeur, Stabsunteroffizier John Rubio, drehte den Kopf zur Seite und lächelte David zu.

Bohr stieg mühsam aus dem Wagen und begrüßte David. Im Laufe der letzten Wochen war der Professor erheblich dünner geworden und gealtert, aber der Blick war nach wie vor der eines neugierigen Kindes.

David ging Bohr entgegen.

»Hallo, Professor.«

»David, Junge, bist du bereit?«

David schaute auf den Rucksack in seiner Hand. Er hatte einen von Mrs. Ramirez' Parkas geliehen, weil er wusste, dass es in der Wüste nachts Frosttemperaturen geben konnte.

»Ich konnte mich nicht entscheiden, was ich mitnehmen soll«, sagte er.

Bohr sah ihn zerstreut an.

»Wird schon gehen. Hauptsache, du hast eine Schweißbrille und deinen Katechismus dabei.«

»Keins von beidem.«

Bohr lächelte.

»Das lösen wir. Lass uns aufbrechen«, sagte er.

Ausnahmsweise trug der Professor statt seines akademischen Tweedanzugs ein Denim-Hemd, eine Khakihose, solide Stiefel und einen breitkrempigen Hut.

Sie fuhren an den weißen Pförtnerhäuschen vorbei vom Gelände. Rubio, der die kurvige Bergstraße nach Santa Fe wie eine Mutter das Gesicht ihres Kindes kannte, drückte das Gaspedal durch. Sein markantes Gesicht strahlte Ruhe und Konzentration aus. Die dunklen Augen waren hinter der Sonnenbrille nicht zu sehen. Er hatte den Ellenbogen in das offene Seitenfenster gelegt und pfiff vor sich hin.

Hinter sich wirbelte der Wagen eine lang gestreckte Staubwolke auf, die sich wie eine Decke über die Wegränder legte.

»Was wird jetzt geschehen?«, fragte David.

»Etwas, das du noch nie erlebt hast und niemals wieder erleben wirst, so viel kann ich dir garantieren.«

Bohr knetete den Hut auf seinem Schoß. »Aber weißt du, wonach mir eigentlich der Sinn steht?«

»Nein.

»Rubio zu bitten, uns am Bahnhof in Santa Fe abzusetzen und die Heimreise anzutreten.«

»Das glaube ich dir nicht«, sagte David fassungslos.

»Aber das ist die Wahrheit ... Ich weiß sehr wohl, dass ich ein Feigling bin.«

»Stimmt, im Moment hörst du dich wie einer an«, sagte David und sah dem Professor tief in die Augen. »Du bist den Weg von Anfang an mitgegangen, jetzt musst du dir auch das Ergebnis anschauen«, sagte er hart.

Bohr wich seinem Blick aus und seufzte, fischte seine Pfeife aus der Brusttasche und zündete sie an, wofür er drei Streichhölzer brauchte.

»Dort ist so gut wie nichts«, sagte er. »Ein großes Nichts. Gnadenlos. Jornada del Muerto. Wegstrecke des Toten. Ein passender, fast unausweichlicher Name.«

David hatte keine Lust, Bohr nach dem Mund zu reden.

»Es war nicht zu erwarten, dass sie die Probesprengung einer Atombombe mitten auf dem Times Square in New York machen würden«, sagte er spitz.

Bohr sah ihn an. »Natürlich nicht. David, du musst ein Nachsehen mit mir haben. Ich werde mich zusammenreißen. Versprochen. Natürlich mache ich vor der letzten Tür nicht kehrt. Und wenn es das Tor zur Hölle ist.«

»Gut.«

»Weißt du, was die Soldaten jeden Morgen machen?«

»Nein.«

»Sie fahren in ihren Jeeps raus und jagen Antilopen mit Maschinengewehren.«

»Wegen des Fleisches oder des Sportes?«

»Von beidem etwas, nehme ich an.«

Bis Santa Fe, wo Rubio auf den Highway 25 nach Süden Richtung Rosario und Albuquerque fuhr, hing jeder seinen Gedanken nach. Der Asphalt flimmerte, und der Buick fraß das endlos schwarze Band in sich hinein.

Von hier waren es 223 Kilometer nach Alamogordo.

Bohr sah nachdenklich vor sich hin.

»Ich habe, ehrlich gesagt, kein großes Vertrauen, dass die Probesprengung gelingt«, sagte er. »Inzwischen hat das kaum noch jemand.«

David sah ihn an. »Warum nicht?«

»Sie haben gestern eine Eins-zu-eins-Modellsprengung durchgeführt. Jedes mikroskopische Detail war identisch wie im Gadget,

367

außer dem Plutoniumkern, selbstverständlich. Der ist etwas zu kostbar. Sie haben das Modell ›Chinesische Kopie‹ getauft, keine Ahnung, warum. Die Bombe ist detoniert wie geplant, aber die Implosion war ungleichmäßig, weshalb im Kern zu keinem Augenblick überkritische Masse erreicht wurde.«

»Mist«, murmelte David.

»In der Tat. Es herrscht natürlich große Aufregung. General Groves ist gestern Abend in Albuquerque gelandet und alles andere als erfreut. Ganz und gar nicht. Armer Kisti. Er wird wahrscheinlich gerade mit Vorwürfen zugeschüttet.«

»Was ist schiefgegangen?«

Bohr nahm die Pfeife aus dem Mund und hustete hinter vorgehaltener Hand.

»Das ist das Problem: Niemand begreift, wo der Fehler liegen könnte. Hans Bethe ist gerade dabei, das gesamte Experiment noch einmal Schritt für Schritt durchzugehen. Eine kolossale Arbeit.«

»Wie hat Oppie es weggesteckt?«

Bohr senkte die Stimme mit Rücksicht auf den Unteroffizier, für den Oppie ein Gott war.

»Ein Schatten seiner selbst. Manisch. Überprüft alles noch einmal … zweimal. Endlos. Obendrein hat er bis vor ein paar Tagen noch mit Masern im Bett gelegen. Ich dachte, das wäre eine verdammte Kinderkrankheit.«

Bohr lehnte sich näher zu David rüber.

»Er zitiert ständig die Bhagavad Gita: *Alleine, auf dem großen dunklen Ozean, inmitten eines Regens von Lanzen und Pfeilen … Im Schlaf … Im Tumult. In den Tiefen der Scham …* Es ist ein einziger großer Mist, David.«

»Er hat zumindest die Bhagavad Gita«, sagte David. »Mit ihren offensichtlich tröstlichen Zitaten, die einen einigermaßen unbeschadet durchs Leben bringen.«

»Vielleicht sollte ich mir auch ein Exemplar zulegen«, sagte Bohr.

»Wir alle«, sagte David.

Er zündete eine Zigarette an, die er an Rubio weiterreichte, der sie mit einem Nicken im Rückspiegel nahm. Außer ein paar Armeelastwagen und Halbkettenfahrzeugen auf dem Weg nach Süden war wenig Verkehr auf der schnurgeraden Straße. Der Buick zog mühelos an ihnen vorbei. David warf einen Blick auf den Tachometer: 120 km/h. Demnächst würden sie Albuquerque erreichen. Danach ging es weiter den Rio Grande entlang bis nach Socorro und weiter nach Süden über die Brücke in San Antonio ans andere Ufer des trägen Flusses.

Von dort führte ein Sandweg tief in die Wüste hinein nach Alamogordo – und Trinity.

»Ich verstehe das nicht. Wir haben Dutzende Modellsprengungen durchgeführt, die absolut planmäßig verlaufen sind«, sagte David. »Ich halte Kistiakowsky für einen gründlichen und absolut kompetenten Mann. Gut, er ist kein Atomphysiker, aber trotzdem.«

Bohr nickte zustimmend.

»Das ist er. Das ist er absolut. Ein wirklich fähiger Mann. Der Fehler kann sonst wo stecken. Und meiner Erfahrung nach liegt es nicht an einem eklatanten Fehler, wenn ein Experiment schiefgeht. Bei genauer Untersuchung stößt man meistens auf viele kleine, irgendwie miteinander zusammenhängende Fehler in der Grundidee oder der Ausführung. Wie beim Untergang der Titanic. Das war eins der ersten Dinge, die Rutherford mich in Manchester gelehrt hat.«

»Dann können wir nur hoffen, dass Rutherfords Geist über Hans Bethe schwebt«, sagte David.

Bohr lächelte.

»Ernest Rutherford ist kein Geist. Ich bin sicher, dass er ein Engel ist.«

Jornada del Muerto, Cerro de la Campana, Sonntag, 15. Juli 1945, 12 Stunden bis Trinity

Sie machten Rast am offiziellen Aussichtspunkt auf dem Campana-Hügel mit Blick auf den Sprengturm zweiunddreißig Kilometer in südöstlicher Richtung – innerhalb der Sicherheitszone für radioaktiven Niederschlag.

Das Ingenieurkorps der Armee hatte Tribünen, Zelte und Pavillons für geladene Gäste aufgebaut: Politiker aus Washington, Stabschefs, überzähliges Personal des Trinity-Tests und einen einzelnen Journalisten der *New York Times*.

Es wimmelte von Militärpolizisten.

Von der Campana-Höhe erstreckte sich die Jornada del Muerto über zweihundert Kilometer nach Süden bis Ciudad Juárez an der mexikanischen Grenze. Unteroffizier Rubio betankte den Buick mit Benzin aus den grünen Metalltanks der Armee, während Bohr und David sich ein wenig die Beine vertraten. Am Fuß der Oscura-Bergkette weit im Osten wirbelten dünne weiße Wolken, während vom Golf von Mexiko turbulente und warme Luftmassen gewitterschwarze Wolkenbänke nach New Mexico hereindrückten.

Die Jornada war endlos weit und öde. David hatte noch nie eine so unwirtlich trockene und nackte Landschaft gesehen. Die Salzebene war in Urzeiten Meeresgrund gewesen und flach wie ein Billardtisch. In der lebensfeindlichen Ebene war kein grüner Flecken zu sehen.

Die Sonne hatte ihren Höchststand überschritten: eine weiß-gelb strahlende Scheibe am Himmel, die auf dem Amboss der Ebene alles Leben zerschlug.

»Ich kann nachvollziehen, warum ihr diesen Ort gewählt habt«, sagte David.

»Das kommt der Oberfläche des Mondes am nächsten«, stimmte Bohr zu.

»Und niemand wird vor oder nach der Probesprengung einen Unterschied erkennen.«

»Das größte von Menschen erdachte Experiment. Das hat fast was Surreales«, murmelte Bohr ehrfürchtig.

»Nicht nur fast. Das ist ganz und gar unwirklich«, sagte David. »Ich hätte mir eine Sonnenbrille kaufen sollen.«

Schweiß tropfte von seinen Augenbrauen, unter seinen Achseln bildeten sich rasch dunkle Halbmonde.

»Die kriegst du im Basislager«, sagte Bohr. »Dort sind gut zweihundertsechzig Leute beschäftigt. Sie haben alles, was du brauchst.«

Der Professor zeigte in das Nichts.

»Sie haben einen dreißig Meter hohen Sprengturm für das Gadget gebaut. Wir halten uns während der Sprengung im Südbunker etwa zehn Kilometer vom Sprengturm entfernt auf. Aber die Gewitterwolken da drüben gefallen mir gar nicht. Wir können keinen radioaktiven Niederschlag über Albuquerque gebrauchen.«

Unteroffizier Rubio rief sie. Er hielt ein Walkie-Talkie in der Hand.

»Wir müssen weiter, Sir«, sagte er. »Und der Direktor möchte Sie sprechen, Professor. Drücken Sie auf die große, schwarze Taste, wenn Sie etwas sagen wollen.«

»Mit mir?«

Der Unteroffizier lächelte breit.

»Ich glaube, er hat gute Neuigkeiten, Sir.«

David stellte sich neben Bohr. Oppenheimers Stimme klang erschöpft, aber klar.

»Onkel Nick ...?«

»Oppie?«

»Bethe hat gerade angerufen. Er hat den Übeltäter der ›Chinesischen Kopie‹ gefunden. Das hat keine Auswirkungen auf uns hier ... Ich wiederhole: Das spielt für Trinity keine Rolle.«

Bohr strahlte. »Das ist ja wunderbar, Oppie. Ganz einfach wunderbar. Ich freue mich so für dich.«

»Danke. Jetzt müssen wir uns nur noch um das beschissene Wetter kümmern ... Hubbard sagt voraus, dass es heftig wird ...«

Oppenheimers Stimme verschwand.

Bohr und David spitzten die Ohren und lauschten intensiv.

»... McDonald Ranch ...«

»Fahren wir dorthin, Sir«, sagte Rubio.

»Wie bitte ... Ja, selbstverständlich«, antwortete Bohr und gab Rubio das Funkgerät zurück.

»Wer ist Hubbard?«, fragte David.

»Oppies Chefmeteorologe. Er war immer gegen den 16. Juli.«

Base Camp, McDonald Ranchhouse, 15. Juli 1945, 17:45 GMT

Das Basislager war im ehemaligen McDonald Ranchhouse drei Kilometer südlich des Sprengturms untergebracht. Das Haus war nichts Besonderes, ein ebenerdiges Adobe-Haus mit Wellblechdach, umgeben von einer niedrigen Mauer. Es gab ein paar Pferche vor dem Haus, ein Außenklo und einen Wassertank für die Tiere, der jetzt als Pool diente. Die Besitzer waren '42 enteignet und die Tiere waren geschlachtet worden, als das amerikanische Militär das Grundstück übernommen hatte.

Vor den Fenstern hingen Plastikplanen, um die empfindlichen Instrumente und Drehbänke im Haus vor dem Staub zu schützen.

Auf der Strecke die Campana-Hügel hinunter hatten sie drei Busse mit weiß getünchten Scheiben passiert, die in der entgegengesetzten Richtung unterwegs waren. Vermutlich transportierten sie VIPs und Mitarbeiter, die in diesen letzten Stunden nicht mehr vor Ort gebraucht wurden.

In den verlassenen Räumen des McDonald Ranchhouse war das Gadget Stück für Stück auf einen Lastwagen verladen und unter den Testturm gefahren worden. Mit einer elektrischen Winde wurde es auf seine letzte Ruhestätte gehievt: eine Eichenholzplattform, dreißig Meter über dem Boden. Dort wurden die letzten Justierungen vorgenommen und die Kabel an die zweiunddreißig Zündkapseln angeschlossen.

Als sie aus dem Wagen stiegen, sah David einen Strahlenbiologen lebende weiße Mäuse an den Schwänzen an eine zwischen zwei Sträuchern gespannte Wäscheleine hängen. Die Mäuse wanden sich und fiepten aus ihren hellrosa Mündern. Er sah zwei über eine Kühlerhaube gebundene, tote Antilopen, deren Blut sich in langen, roten Zungen einen Weg durch die Staubschicht auf dem Metall bahnte.

Bohr zeigte zu den Hochspannungs- und Telefonmasten, die aus allen Richtungen auf das Basislager und den Sprengturm zuliefen. »Die haben hier vierhundert Kilometer Stromkabel und Telefonleitungen verlegt, ist das nicht unglaublich?«

David konnte den Blick nicht von den toten, anmutigen Tieren wenden.

»Was sagst du dazu?«, fragte Bohr und zeigte zu dem drei Kilometer entfernten Sprengturm.

»Er sieht ein wenig wackelig aus«, sagte David.

»Du hast recht. Aber das ist er nicht. Die vier Beine sind fünf Meter tief in die Erde eingelassen und stehen auf Betonfundamenten. Ich war dabei, als das Gadget gen Himmel aufgefahren ist. Weißt du, was sie gemacht haben, als sie es hochgezogen haben?«

»Nein.«

Bohr zündete sich lächelnd die Pfeife an. Die Nähe zu Trinity schien ihn zu beleben. Jeder Zweifel oder nagende Gewissensbisse waren wie weggeblasen.

»Sie haben ein paar gewöhnliche Matratzen unter dem Turm ausgebreitet, falls die Kette reißt.«

»Das hört sich durchaus clever an«, sagte David.

»Nicht wahr? Auf halber Höhe steckte es fest, hat sich keinen Millimeter mehr gerührt, und dann war der Plutoniumkern zu groß, ein oder zwei Millimeter, glaube ich. Oppie war rasend vor Wut. Sie mussten ihn gewaltsam vom Platz entfernen. Er war kurz davor, jemanden eigenhändig zu erwürgen. Es stellte sich heraus, dass das Gadget eine Ahnung kälter war als der Kern und sich deshalb ein winziges bisschen zusammengezogen hatte. Als beide Teile wieder die gleiche Temperatur aufwiesen, glitt der Kern widerstandslos an seinen Platz. Und die Himmelfahrt konnte fortgesetzt werden.«

Sie hörten das Geräusch eines kräftigen Flugmotors irgendwo über den Wolken.

»Sie haben eine B-29 Superfortress da oben zum Sammeln atmosphärischer Proben«, erklärte Bohr. »Und um Fotos zu machen. Magst du dir den Turm näher anschauen? Ich denke, Oppie wird auch dort sein.«

»Gerne!«

Der Sand unter ihren Füßen färbte sich rot in der untergehenden Sonne, während sich am Horizont immer noch unheilverkündende, tiefblaue Wolken auftürmten.

Sie wurden von einem weiß gestrichenen Sherman-Panzer mit abmontiertem Kanonenrohr überholt. Aus dem vorderen Schützenloch tauchte Enrico Fermis mit einem Lederhelm und Motorradbrille geschützter Kopf auf. Er winkte ihnen breit grinsend zu.

»Hast du schon die Neuigkeiten gehört, Niels?«

Der Panzer setzte zurück, drehte sich um seine Hinterachse und kam knirschend näher, um gleich darauf mit laut rumpelndem Motor stehen zu bleiben. Der Auspuff stieß schwarze Wolken aus.

»Von Bethe? Ich habe über Funk mit Oppie gesprochen.«

Das Grinsen des Italieners wurde noch breiter. »Ist das nicht fantastisch? Ich habe übrigens eine Wette laufen, ob das Gadget zur Entzündung der Atmosphäre führt oder nicht.«

»Und wie gedenken Sie den Gewinn einzustreichen, wenn Sie gewinnen?«, fragte David.

Fermi sah ihn verdutzt an.

»Da sagen Sie was ... das habe ich gar nicht berücksichtigt. Egal, Bainbridge hat es eh untersagt. Gedankenlos hat er es genannt. Schlecht für die Moral.«

»Und er hat recht, Enrico«, sagte Bohr ernst. »Das hättest du nicht tun sollen.«

Sie bekamen ein italienisches Schulterzucken zur Antwort.

»Wollt ihr mitfahren?«

Bohr sah den bedrohlich rumpelnden weißen Kasten an. »Ein paar Schritte tun uns ganz gut, aber danke fürs Angebot.«

Fermi winkte.

»Arrivederci. Wir sehen uns im Südbunker.«

Die schwere Stahlluke klappte zu, und wie ein grunzendes Albino-Gürteltier walzte der Sherman-Panzer weiter.

David schaute dem bizarren Fahrzeug hinterher.

»Was für einen Zweck zum Henker erfüllt das Ding?«, fragte er.

»Sie haben die nicht sonderlich beneidenswerte Aufgabe, unmittelbar nach der Explosion zum Krater zu fahren und geologische Proben zu nehmen. Soweit ich weiß, ist der Panzer mit einer bleiverstärkten, versiegelten und drucksicheren Kabine versehen«, sagte Bohr.

»Hat er sich freiwillig gemeldet?«

»Enrico ist der größte Experimentalphysiker, den die Welt je gesehen hat. Er muss alles mit eigenen Augen sehen. Das meiste Wissen über Kernspaltung und die Eigenschaften radioaktiver Isotope haben wir seinen Anstrengungen und seiner Kreativität zu verdanken. Er ist ein absolutes Phänomen, selbst in diesem exklusiven Haufen.«

Am Fuß des Sprengturms hielten mehrere Militärfahrzeuge, und Leuchtkegel von entfernt aufgestellten Scheinwerfern tauchten Point Zero in grelles weißes Licht. David wurde dem Leiter des Testgeländes vorgestellt, dem einundvierzigjährigen Kenneth Bainbridge, einem schlaksigen blonden Physiker aus Harvard mit Jungengesicht und nüchternem Auftreten.

Nach der Präsentation nahm Bainbridge das Gespräch mit seinem Chefmeteorologen Jack Hubbard wieder auf, der wie ein durchgebrannter Konfirmand aussah. Neben dem Turm kämpften ein paar Unteroffiziere mit zwei riesigen, silbrig glänzenden Heliumballons, die nicht aufsteigen wollten.

»Wo ist der Meister?«, fragte Bohr.

Bainbridge zeigte hoch zum Turm.

»Wo sonst?«

»Ist er alleine?«

»Ja.«

Ein ferner Donnerknall unterbrach Bainbridge, und alle schauten nach Süden, wo sich ein tropischer Sturm zusammenbraute. Bainbridge musterte den Meteorologen kritisch, als wäre Hubbard maßgeblich für das Unwetter verantwortlich – um sie alle zu ärgern und ihnen Sand ins Getriebe des größten technischen Experiments der Menschheit zu streuen.

»Jack …«, sagte Bainbridge müde. »Du bist dir schon darüber im Klaren, dass kein einziges Gerät hier, also weder Generatoren, Sprengsätze oder all die Kilometer an Kabelage – dass nichts von alldem zivilisiert auf ein Unwetter reagieren würde. Das weißt du schon, oder?«

Hubbard war damit beschäftigt, die Messgeräte seiner transportablen Wetterstation zu justieren.

»Ich zeichne das Wetter auf, Ken. Ich versuche, es so exakt wie möglich vorherzusagen, aber ich kontrolliere es nicht.«

»Bist du sicher? Dass du nicht doch ein böswilliger, kommunistischer Pazifist bist?«

Hubbard schüttelte den Kopf und machte mit seiner Arbeit weiter.

Ein Windstoß erfasste einen der silberfarbenen, halb gefüllten Heliumballone und zog die Unteroffiziere hinter sich her.

Jack Hubbard folgte mit finsterem Blick den Anstrengungen der Soldaten. David schloss daraus, dass die Ballone mit meteorologischen Instrumenten ausgestattet waren, die seine Vorhersagen mit Sicherheit massiv erleichtert und verbessert hätten.

»Woran zum Teufel liegt es, dass die Dinger nicht fliegen wollen?«, platzte Bainbridge gereizt heraus.

»An der Höhe«, kam die lakonische Antwort von Hubbard. »Die Luft ist zu dünn, kaum schwerer als das Helium.«

Sie hörten ein Geräusch über ihren Köpfen. Bainbridge seufzte.

»Da kommt er«, murmelte er resigniert. »Er gehört auf die Intensivstation.«

Eine insektenähnliche Gestalt kam langsam Stiegen und Leitern herabgeklettert. Etwa zehn Meter über dem Boden rutschte Oppenheimers Fuß von einer Sprosse, und alle hielten die Luft an, bis er sich wieder gefangen hatte.

Als der Direktor endlich wieder festen Sand unter den Füßen hatte, steckte er sich als Erstes eine Zigarette an und hustete ausgiebig und rasselnd. Sein Gesicht war im Schatten des Hutes verborgen, man sah nur das Weiße seiner Augen. Als er näher kam, entfuhr David ein erschrockener Ausruf. Das Gesicht des Direktors war ein Schlachtfeld der Erschöpfung und des Masern-Ausschlags. Er war ausgemergelt, und es grenzte an ein Wunder, dass er sich auf den Beinen halten konnte.

»Alles vorbereitet«, nuschelte Oppenheimer. »Der Hauptschalter ist eingeschaltet.«

Die Worte waren ein Flüstern auf dem schwachen Luftstrom aus der zerstörten Lunge.

»Willst du dich nicht setzen, Oppie?«, fragte Bohr.

»Wo?«

»Jaaa ...«

Bohr zeigte unbestimmt auf den Sand.

Oppenheimer führte die Hand mit der Zigarette zum Mund, inhalierte und beugte sich in einer neuerlichen Hustenattacke vornüber. Bainbridge verzog das Gesicht, Hubbard starrte auf den Boden.

Da richtete sich der Projektleiter auf und sah sie an.

»Ich weiß sehr wohl, dass ich miserabel aussehe«, flüsterte er. »Aber das spielt jetzt keine Rolle. Jack ... hast du gute Neuigkeiten?«

»Es wird regnen«, sagte Hubbard vorsichtig. »Stark.«

»Teilst du das bitte General Groves mit?«

»Ich hatte gehofft, das würdest du übernehmen.«

»Und wie sieht es mit der Kurzzeitvorhersage aus, Jack?«, fragte Bainbridge.

»Vielleicht sollten wir einen der Schamanen oder Medizinmänner der Mescaleros fragen«, murmelte Oppenheimer.

Hubbard wurde rot.

Oppenheimer schaute zu den zwei glücklosen Unteroffizieren, die nach wie vor versuchten, die schlappen und zugleich widerspenstigen Ballone zu zähmen.

»Jesus ... wenigstens eine gute Nachricht ... Ken ...?«

Bainbridge schob die Hände in die Taschen. »Wenn das Wetter nicht total verrückt spielt, sind zumindest alle Systeme intakt, alle Lampen zeigen grünes Licht. Jack ...?«

»Das Ganze liegt an einer tropischen Luftmasse, die vom Golf herüberdrückt«, sagte Hubbard. »Es gibt zwei Luftschichten, die kältere liegt oben. Ich schätze, dass es vor Morgengrauen aufklart. Sollte es zumindest. Ich würde die Zündung zwischen 05:00 und 06:00 empfehlen.«

Oppenheimer musterte seinen jungen Chefmeteorologen.

»Du hast wirklich eine Vorliebe für extrem enge Zeitfenster, oder?«

Hubbard blieb eine Antwort schuldig.

»Also gut, dann halten wir das fest«, sagte Oppenheimer. »Zwischen 05:00 und 06:00. Jack, sag deinen Männern, dass sie nicht mehr Zeit auf die verfluchten Ballone vergeuden sollen. Das kann man ja nicht mit ansehen. Und im Grunde genommen ist es scheißegal. Entweder ziehen wir Trinity durch, oder wir verschieben es.«

Er sah Bohr mit einem galgenhumorigen Lächeln an. »Ich würde es Groves überlassen, Truman an den Verhandlungstisch in Potsdam zu telegrafieren, dass wir ihn leider nicht mit der großen Keule ausrüsten können, die er Stalin über den Schädel ziehen kann. Dann muss halb Europa eben noch eine Weile länger ohne uns auskommen ...«

Bohr erwiderte das Lächeln. »Ich bin sicher, dass er zufriedengestellt werden wird.«

Oppenheimer steckte sich die nächste Zigarette an, sah sie kurz an und schmiss sie weg.

»Ich fahre euch beide zum Südbunker. Es gibt keinen Grund, noch länger hierzubleiben.«

Der schwarze Buick rollte heran, als stünden Oppenheimer und Unteroffizier Rubio in telepathischem Kontakt.

Südbunker, 16. Juli 1945, 02:00 SMT

Der Sturm raste mit zwanzig Metern in der Sekunde über sie hinweg, unablässig schlugen Blitze um den Bunker herum ein, Regenschauer peitschten gegen die unnatürliche Betonkonstruktion, und das Donnergrollen machte jede Form von Konversation fast unmöglich.

Außer einem winzigen Sichtschlitz in der hinteren, dicken Betonmauer gab es keine Öffnungen oder Periskope im Bunker. In dem niedrigen Raum roch es nach Zigaretten, kaltem Kaffee, heißem Öl und Schweiß. Es blieb kaum noch Luft zum Atmen, so viele Menschen hielten sich dort auf: Oppenheimer und die Physiker Joseph McKibben und Samuel Allison, Kistiakowsky, Fermi, Bohr und David. McKibben und Allison saßen an einem langen Instrumententisch, an dem sie permanent Kreisläufe und Messgeräte kontrollierten und ablasen.

Jack Hubbard war noch immer am Turm und stand in Funkkontakt mit den Physikern. Er war nach wie vor der Überzeugung, dass es unmittelbar vor dem Morgengrauen aufklaren würde. Der Sturm würde kollabieren. Ganz sicher.

Ein Koch aus dem Basislager hatte sie mit Fuhren an Kaffee, Eiern und French Toast versorgt, aber keiner von ihnen war sonderlich hungrig. Die Stimmung war beherrscht, aber zum Schneiden angespannt.

Der Quartiermeister hatte David mit einer Schweißerbrille ausgerüstet: Lincoln Super Visibility Shade # 10. Es war ihnen immer und immer wieder eingeschärft worden, nicht direkt in die Explosion zu schauen.

McKibben: »Scheinwerfer?«

Allison: »Klar, Grünes Licht.«

McKibben: »Hauptschalter?«

Allison: »Grünes Licht.«

McKibben: »Röntgen?«

Allison: »Grünes Licht.«

McKibben: »Highspeed-Kameras?«

Allison: »Klar.«

McKibben: »Seismographen, Geophone, Ionisationskammern?«

Allison: »Alles klar … Grünes Licht auf ganzer Linie.«

Die Checkliste nahm noch zwei weitere volle Minuten in Anspruch.

Dann drehte McKibben sich zu Oppenheimer um und gab das Klarzeichen.

»Jetzt bleibt uns nichts anderes mehr, als abzuwarten, Leute«, sagte der Direktor.

Oppenheimer befand sich in einer privaten Zone. Er rauchte Kette, war zwar körperlich anwesend, aber zugleich weit weg.

03:15 SMT

Hubbard kam vom Sprengturm herüber, sein gelbes Ölzeug glänzte nass. »Das reinste Ragnarök. Aber beim Turm ist es relativ trocken«, sagte er.

Oppenheimer musterte ihn skeptisch. »Relativ?«

»Nieselregen. Ich bleibe bei 05:30.«

Oppenheimer hob die Stimme.

»Alle hergehört: 05:30.«

Er bekam zustimmendes Nicken und nach oben gerichtete Daumen von den Physikern. McKibben und Allison stellten den Start des Countdowns auf 05:10 SMT, ehe sie noch einmal von vorn mit der Litanei der Checkliste begannen.

04:00 SMT

Jack Hubbard rief den aktuellsten Stand der Wetterbedingungen von Point Zero ab. »Der Wind dreht nach Südwest, bei fallender Windgeschwindigkeit. 05:30«, sagte er so laut, dass alle es hören konnten.

05:08 SMT

Kenneth Bainbridge traf an der Spitze des Ausrüstungstrupps ein. Der Bunker war jetzt gepackt voll. »Der Hauptkreislauf ist geschlossen. Point Zero ist verlassen und klar. Hat irgendjemand Sonnenöl dabei?«

Die Männer lachten nervös.

05:10 SMT

Sam Allison startete den zwanzigminütigen Countdown. Er schaltete das Kurzwellenradio ein, das Musik von Voice of America empfing. Er sah mit einem Stirnrunzeln zu Oppenheimer. »Ein bisschen Musik wird uns schon nicht schaden.«

05:25 T minus 5 Minuten

Sie hörten das Krachen einer Warnrakete vor dem Bunker. Alle verkrampften sich wie die Besatzung eines U-Bootes beim Ertönen der ersten Wasserbombe.

05:27 T minus 3 Minuten

David drehte sich in die Richtung eines lauten Krachens: Bohr hatte das Mundstück seiner Pfeife durchgebissen. Er lächelte entschuldigend und steckte die Pfeife in die Tasche.

Kistiakowsky zog David am Ärmel. »Kommen Sie mit, David. Hier können wir ohnehin nichts mehr ausrichten.«

David folgte dem Physiker durch den Hintereingang. Sie stellten sich hinter einen Erdwall oberhalb des Bunkers und starrten nach Norden.

Der Himmel war schwarz. Das einzige Licht kam von den Scheinwerfern, deren lange Lichtkegel sich über dem Sprengturm kreuzten. David wandte sich nach Osten und betrachtete die ersten orangefarbenen Streifen der Morgendämmerung, die sich über die Täler des Oscura-Gebirges erhoben und die Unterseiten der Wolken einfärbten.

05:29 T minus 1 Minute
Eine grüne Warnrakete fuhr über den Himmel.

»Sehen wir dem Ungeheuer in die Augen. Setzen Sie die Brille auf. Es ist so weit«, sagte Kistiakowsky.

Sie legten sich auf den Bauch, Kistiakowsky hatte seinen Arm fest um Davids Schulter gelegt.

T minus 45 Sekunden
Mit einer Serie Klicks übernahm der automatische Auslösemechanismus den Countdown.

T minus 30 Sekunden
»Gestern haben sie die Uranbombe auf die Marianen geflogen«, sagte Kistiakowsky. »Sie ist bereit für Hiroshima. Sie haben sie Little Boy getauft, was sich in meinen Ohren pervers anhört.«

David sah den Physiker fassungslos an.

T minus 10 Sekunden
Aus dem Innern des Bunkers ertönte ein Gong. Die Sekunden tropften davon.

Detonation 05:29:45 SMT
Der Hochspannungsstrom aus den kräftigen Generatoren im Basislager wurde losgelassen. Eine Mikrosekunde später erreichte der Impuls die Verteilerbox am Gadget auf der Eichenplattform des Sprengturms und danach die zweiunddreißig Zündkapseln im

Innern des rasant expandierenden Composit B in den Sprengstofflinsen. Zweiunddreißig Golddrähte verglühten und entzündeten zeitgleich die Linsen. Die explodierende äußere Schicht
umschloss die nächste, langsam abbrennende Baratolschicht und
nahm sie in sich auf. Die Kraft der zwei Sprengstoffschichten
verband sich zu einer symmetrischen Schockwelle, die die innere
Schicht des Composit-B-Sprengstoffs erreichte. Die schnell expandierende Implosion traf auf die den Plutoniumkern einkap-
selnde, schwere Uran-Schicht, durchdrang das Metall wie Reis-
papier, komprimierte und verflüssigte es. Die volle Sprengkraft
von zweieinhalb Tonnen hochexplosiven Sprengstoffs erreichte
schließlich den nickelumhüllten Plutoniumkern im Innersten und
presste, drückte und quetschte die Plutoniummasse zu einer Kugel
von der Größe eines menschlichen Augapfels zusammen.

Damit erreichte die Explosion das kleine Igeltier und sorgte
für die Vermischung von Beryllium und Polonium. Atome schossen durch die Rillen im Bauch des Igels: die Alphateilchen des
Poloniums meißelten Neutronen von den empfindlichen Beryl-
liumatomen, worauf die Neutronen in die nun überkritische
Plutoniummasse einschlugen und die Kettenreaktion auslösten.
Achtzig expandierende Spaltgenerationen zerschlugen Milliarden von Plutoniumatomen und setzten eine Kernenergie frei,
die eine Millionen Tonnen kräftige Druckwelle an die Umgebung abgab.

Die Temperatur im Kern der Bombe überstieg die der Sonne.
All dies lief in einer Mikrosekunde ab, und die Voraussetzungen
und Gegebenheiten im Gadget in diesem Moment entsprachen
ungefähr denen des Urknalls.

Als Erstes entwichen dem Zentrum der Bombe mit Lichtge-
schwindigkeit weiche Röntgenstrahlen.

Danach kollidierte die monströse Kraft der Atombombe mit
der fremdartigen und innerlich begrenzten physischen Welt.

Kistiakowskys Finger hinterließen fünf blaue Abdrücke auf Davids Schulter.

Der Himmel im Norden wurde taghell erleuchtet von einem blendend weißen Licht, das von überall und nirgends herkam. Weiße, gelbe und grüne Lichtsäulen und Blitze streckten sich durch die darüberliegende Wolkendecke, und die Welt wurde plötzlich flach und zweidimensional: Das Licht schälte Felsen und Menschen aus der Dunkelheit heraus und warf kilometerlange, pechschwarze Schatten hinter sie.

Das Licht bohrte sich quer durch seine Seele – in dem weißesten Weiß, das je ein Mensch gesehen hatte. Davids Gesicht glühte an diesem kalten Wüstenmorgen, und trotz Schutzbrille konnte er die Knochen in seinen Händen sehen. Es war wie ein Sonnenaufgang, nur vielfach stärker als jeder Sonnenaufgang, den er je erlebt hatte. Das Weiß gebar eine Feuerkugel, die aus ihrem Zentrum herauswuchs und über die leblose Jornada rollte, ehe sie sich von einem Sockel gelber, roter und grün ionisierter Luft emporgehoben von der Erdkruste löste.

Der Sockel wuchs und weitete sich zu einer spektral leuchtenden, sich abflachenden Pilzwolke aus, die den ganzen Himmel bedeckte. Vierzig Sekunden später erreichte der Explosionsknall die winzigen Menschen vor dem Bunker und hallte von allen Hängen, Felsen und von Menschen geschaffenen Gegenständen wider.

Als David sich umsah, stellte er fest, dass alle anderen auch die Bunker verlassen hatten und regungslos wie Salzsäulen um ihn herumstanden.

Oppenheimer stand aufrecht wie ein Ladestock und ohne Schutzbrille da. Die Nachglut der Explosion färbte seine Wangen.

Er wirkte verjüngt und füllte wieder seine Kleider aus. Müder Triumph strahlte aus seinen umschatteten blauen Augen.

Die erste Stimme: »Ich hab gesehen, wie sie den Mond erleuchtet hat.«

Zweite Stimme: »... Jesus ...«

Dritte Stimme: »Licht der tausend Sonnen.«

Bainbridge: »Jetzt sind wir alle Hundesöhne.«

Dritte Stimme: »Was hast du gesagt, Ken? Was zum Teufel meinst du damit?«

Vierte Stimme: »Eine neu geborene Welt.«

In Davids Ohren waren all ihre Kommentare leer und bedeutungslos. Wie Ameisen, die die Unterseite einer Stiefelsohle beschrieben.

Er wechselte Blicke mit Kistiakowsky, dem Einzigen, der noch kein Wort gesagt hatte. Der Ukrainer wirkte verloren.

Das Echo rollte grummelnd über die Ebene.

David entdeckte Bohr einen Meter entfernt. Der Professor war offensichtlich bis in die Tiefe seiner Seele und seiner innersten Überzeugungen erschüttert. Seine Schweißerbrille hing unbeachtet von seiner Hand herunter. Die unschuldige Neugier war aus seinen nun dunklen und leeren Augen verschwunden.

Er sah David mit flackerndem Blick an.

»Ich werde nie mehr wieder forschen«, sagte er.

Etwas in David zerriss, er stolperte eilig zu dem Erdwall hinter dem Bunker.

»David!«

Er fuhr herum.

»Halt deine Fresse! Halt deine verfluchte Fresse!«

David taumelte in die Dunkelheit, während er in einer Endlosschleife vor sich hin murmelte: »Ich kann nicht ... Gott, hilf mir ... Ich kann einfach nicht ...«

Morgen

Er wusste nicht, wie lange er gelaufen war, aber er wusste, dass, selbst wenn die Wüste endlos wäre, sie doch zu klein war, um vor sich selbst wegzulaufen.

Das Licht brachte mehr und mehr Details in der goldenen Landschaft zum Vorschein.

Davids Stiefel hinterließen kaum Abdrücke auf der salzigen, verkrusteten Erde ... die weiß wie Schnee war. Er dachte an den Wald bei Murmansk, blieb stehen, stöhnte. Würgte galligen Schleim vor seine Füße, der schnell aufgesaugt wurde.

Später Vormittag

David war völlig dehydriert, seine Lippen waren aufgesprungen, und die Zunge klebte am Gaumen. Der Wassermangel ließ ihn Dinge sehen und hören, die gar nicht da waren. Er schaute zurück, aber der Wind hatte seine Fußspuren verweht: Er existierte kaum noch. Er hatte nichts mehr, was er ausschwitzen konnte, und war sicher, dass es weit über vierzig Grad heiß war. Wenn er weiterginge, würde er diesen Tag vielleicht noch überleben, aber den nächsten sicher nicht mehr.

Er kam an einem toten Präriewolf vorbei, der noch nicht von Raubvögeln oder anderen Aasfressern entdeckt worden war, und dachte an die Mäuse im Basislager, die an der Wäscheleine aufgehängt worden waren. Der einzige glasklare Gedanke in seinem ausgetrockneten Hirn war, dass nie, niemals er derjenige sein würde, der die Geheimnisse der Atombombe weitergeben würde.

Er hörte Geräusche hinter sich, drehte sich aber nicht um, war sich sicher, wieder Dinge zu hören, die nicht da waren.

Die gleich darauf ertönende Hupe des Buick war aber nur schwerlich als Sinnestäuschung abzutun.

David drehte sich langsam um, in der Erwartung, nichts anderes als den toten Präriewolf zu sehen.

Oppenheimers schwarzer Buick rollte knirschend über die Salzkruste und blieb in ein paar Metern Entfernung stehen. Unteroffizier Rubio stieg aus, lehnte sich an die Kühlerhaube und verschränkte die Arme vor der Brust.

Er hatte seinen hellgrauen Stetson auf dem Kopf und eine dunkle Sonnenbrille vor den Augen.

»Haben Sie sich verirrt, Sir?«

David schaute mit zusammengekniffenen Augen zum Himmel. Er konnte kaum sprechen. Mit Mühe öffnete er die Lippen, nickte und räusperte sich.

»… ähm … ja … ja, ich glaube, das habe ich …«

Der Unteroffizier kam auf David zu und reichte ihm eine Feldflasche. Der filzbekleidete Aluminiumbehälter gluckste verlockend, und David sah ihn begierig an, ehe er ihn vorsichtig und mit zittrigen Händen nahm, an die Lippen setzte und mit geschlossenen Augen trank. Noch nie war ihm etwas köstlicher erschienen als dieses lauwarme Wasser.

Er wischte behutsam mit dem Handrücken über seine verbrannten Lippen.

»Wie haben Sie mich gefunden?«

»Ihre Fußspuren, Sir. Ich bin Indianer.«

Rubios strahlendes Lächeln war sehr tröstlich.

David sah sich um. »Und jetzt?«

»Professor Oppenheimer bat mich, Sie zu suchen und an jeden von Ihnen gewünschten Ort zu fahren. Der Direktor ist sehr besorgt um Ihr Wohlbefinden. Genau wie Professor Bohr.«

David starrte auf seine verstaubten Stiefelspitzen.

»Ich bin mir nicht sicher, ob ich gerettet werden will, Rubio«, murmelte er mit schmerzenden, aufgeplatzten Lippen.

Der Unteroffizier lächelte. »Sie dürfen nicht aufgeben, Sir. Ich glaube schon, dass Sie gerettet werden wollen. Sonst hätten Sie kein Wasser getrunken.«

»Kanada?«, sagte David.

»Das ist vielleicht doch ein bisschen zu weit, Sir.«

»Dann würde ich gerne zurück nach The Hill.«

»Auf die Antwort habe ich gehofft, Sir.«

David sah sich um und leerte die Feldflasche.

»Es gibt noch ein paar Dinge, die ich zu Ende bringen muss.«

»Das habe ich mir gedacht, Sir«, sagte Rubio ruhig und hielt David die Tür auf.

Das Dachgeschoss des Kesselhauses 2 war riesig, still und bis auf David menschenleer, der nun schon eine ganze Weile an einem Balken lehnte und Jeanette Stewart durch ein Fernglas beobachtete. Die Abteilung, die mit der Berechnung der Opferzahlen nach atomaren Explosionen in Stadtgebieten befasst war, war im zweiten Stock von Block B gegenüber vom Kesselhaus.

Jeanette trug ihre Uniform und stand vor einer Reihe Lochkartenmaschinen und riesigen elektronischen Rechenanlagen mit schnurrenden Papierspulen und weißen Apparaten. Sie sah besorgt aus. Eine Sekretärin drückte ihr einen Stapel Aktenordner in die Hand, mit denen sie in ihr Büro neben dem Maschinenpark verschwand.

Sie setzte sich an eine Underwood-Schreibmaschine der Army und begann zu tippen. Es sah nicht so aus, als ob sie ihr Büro allzu bald verlassen würde. Wenn Kistiakowsky tatsächlich recht hatte und die Atombomben bereits zu den Marianen südöstlich vom japanischen Festland unterwegs waren, hatte sie alle Hände voll zu tun mit ihren Berechnungen.

David nahm das Fernglas herunter und schloss das Dachfenster.

Das Tor in dem weißen Zaun von Jeanette Stewarts kleinem Hintergarten stand offen. An der Wäscheleine hing Bettwäsche und flatterte in der Sommerbrise. Im Nachbargarten fütterte ein kleiner Junge mit kurzer Hose und dicker Brille ein Kaninchen mit Karottenscheiben, die er durch die Gitterstäbe des Käfigs schob.

Der Junge schaute ernst zu David rüber.

»Willst du Miss Stewart besuchen?«, fragte er. »Die ist nicht zu Hause.«

»Ähm, nein … Das weiß ich wohl, aber sie hat bald Geburtstag, deswegen bin ich hier, um eine Überraschung für sie abzugeben. Aber das ist geheim, okay? Du darfst niemandem davon erzählen.«

»Klar, Mister.«

»Wie heißt dein Kaninchen?«

»Albert. Wie Einstein.«

»Klar. Und wie heißt du?«

»William.«

»Wie Shakespeare?«

Der Junge lachte. Ihm fehlten zwei Schneidezähne.

»Wie mein Opa.«

»Natürlich. Also, sag niemandem was davon, okay?«

Der Junge zuckte mit den Schultern. Er hatte es schon beim ersten Mal verstanden.

David hebelte mit einem Fugenmesser den Riegel der Netztür aus, schraubte als Nächstes die Beschläge der Vorhängeschlösser an der Hintertür ab und trat in die Küche. Unter dem Geruch nach Terpentin und Ölfarbe duftete es nach ihrem Parfum. Er schaute zu dem weißen Bett im Schlafzimmer, aber dort waren keine Bilder. Dann ging er weiter ins Wohnzimmer und atmete erleichtert auf. Dort lehnten noch ein gutes Dutzend Malereien an den Wänden oder lagen auf dem Boden.

Er schnitt systematisch alle Leinwände aus den Rahmen und sammelte sie in zwei Stapeln auf dem Boden, die er aufrollte und mit Bindfaden zusammenband. Er knotete zwei Schlaufen an die Rollen, damit er sie wie einen Rucksack über die Schultern hängen konnte.

Danach durchsuchte er alle Schubladen und fand nach zehn Minuten unter ihrem Bett das, womit er gerechnet hatte, es irgendwo zu finden: einen Schuhkarton mit Briefpapier und hübschen Umschlägen identisch mit dem, in dem die Fotografie, das Negativ und der Brief von Elena gesteckt hatten. Er setzte sich auf die Bettkante und sah mit leerem Blick auf den Boden.

William war aus dem Nachbargarten verschwunden, als David die Baracke verließ. Von der Myrtle Street lief er durch verlassene Gassen und enge Durchgänge zu den Ställen der Militärpolizei am Ende der Bathtub Row. Er hatte alles vorbereitet: Mabel war fertig gesattelt und mit einem halben Eimer Äpfel zu devotem Gehorsam bestochen. Er hatte die Dokumente der Herren Emerson, Valentine & Carter in der einen und Oberst Kurjakins wertvolles Erbstück, das Reiseschachspiel, in der anderen Satteltasche verstaut. Dazu seinen Hut, Sonnenbrille, eine Feldflasche mit Wasser, Zigaretten und Sturmzündhölzer.

Mehr brauchte David nicht. Er würde nicht zurückkommen.

Er band Jeanettes Leinwände hinter dem Sattel fest und tätschelte Mabels Hals. Das Pferd schnaufte und zupfte an seinem Jackenärmel, schob das Maul in die Tasche auf der Suche nach mehr Äpfeln. Sie hatten eine Beziehung mit sehr einfachen Regeln, dachte David, und dass eigentlich alle Beziehungen so sein müssten.

Dieses war der leichte Teil.

Ein Militärpolizist führte David in Hauptmann Urgayles Büro.

»Ein Zivilist, Sir. Er sagt, es wäre dringend.«

Der Hüne trug ein kurzärmeliges, am Hals offen stehendes Uniformhemd. Über der linken Brusttasche leuchteten bunte Ordensbänder. Die rechte Augenbraue des Hauptmanns, wo Tesla ihn verletzt hatte, war noch immer verpflastert, und David sah ein paar blutunterlaufene Flecken an seinem Hals.

Urgayle, der gerade Kaffee in einen Emaillebecher schenkte, schaute hoch.

»Ich kenne Mr. Adler. Das ist in Ordnung. Seien Sie so freundlich, die Tür hinter sich zu schließen, Sergeant.«

Es gab keine privaten Gegenstände im Büro, bemerkte David. Keine Fotografie, nichts. Dafür war die körperliche Präsenz des Hauptmanns so überwältigend, dass sie den ganzen Raum füllte. Urgayle setzte sich hinter den leeren Schreibtisch und nippte an seinem Kaffee.

Bevor David sich setzte, legte er ein glänzendes Schwarz-Weiß-Foto vor dem Hauptmann auf die Tischplatte, das der mit seiner freien Hand aufnahm.

»Was ist das?«

David schlug die Beine übereinander.

»Sie mögen Jeanette … Dr. Stewart sehr, stimmt das?«

»Warum fragen Sie?«

»Das Gleiche sagt sie, wenn man nach Ihnen fragt.«

David lehnte sich vor.

»Ich habe keine Zeit für diese Ritterlichkeit und Diskretion, egal, wie ehrenwert sie auch sein mag, und Sie genauso wenig, Hauptmann. Wenn Sie nicht nachts um ihre Wohnung herumschleichen wie ein rolliger Kater, legen Sie als Nachtvogel Platten mit Serenaden für ›eine ganz besondere Frau‹ auf. Wenn sie mit dem Pferd unterwegs ist, sieht man garantiert Sie irgendwo in der Landschaft, und sie ist bei Ihren Boxkämpfen dabei. Mit Tränen in den Augen. Krank vor Sorge.«

»Ist sie das?«

»Ja, das ist sie. Jeanette Stewart spioniert für den sowjetischen Geheimdienst und steht kurz vor der Enttarnung. Das Foto, das Sie in der Hand halten, ist die Röntgenaufnahme von einem ihrer Bilder. Sie exportiert in recht umfassendem Maße streng geheime Informationen aus Los Alamos heraus.«

David hatte Urgayles ungeteilte Aufmerksamkeit.

»Soll ich fortfahren?«, fragte er.

Der Hauptmann stellte den Kaffeebecher ab und rieb sich das Gesicht mit den großen Händen.

»Ich bitte darum.«

»Ich weiß nicht sicher, wer ihre Quelle ist, aber unter Berücksichtigung des gesamten Materials muss es jemand am oberen Ende der Hierarchie sein. Sie überträgt Zeichnungen, Handbücher, Skizzen und Formeln – selbst private Ideen und Notizen der Wissenschaftler – mit Bleistift auf ihre Leinwände, bevor sie sie übermalt. Weitergeleitet werden sie über Mrs. Flores' Galerie in Santa Fe, wo sie jeden dritten Samstag von einer lächerlich gekleideten Frau in mittleren Jahren abgeholt werden. Die Frau fährt mit ihrem schwarzen Chauffeur in einem weißen Pontiac Streamliner vor. Ich habe Informationen zu dem Kennzeichen, falls Sie interessiert sind. Zu Dr. Stewarts Motiven kann ich nichts sagen.«

Der Hauptmann schaute auf das Foto. Dann hob er den Blick und sah David an.

»Wer weiß noch davon?«

»Außer mir ... und jetzt Ihnen – niemand. Noch. Aber bevor Sie sich entschließen, welchem tödlichen Unfall ich zum Opfer falle, zum Beispiel, dass ich mir beim Ausrutschen auf dem Linoleum das Genick breche, möchte ich Sie darüber informieren, dass Oberst Boris Pash und Special Agent Josh Ferris vom FBI im Laufe des morgigen Vormittags alle Informationen zu Dr. Stewart vorliegen werden. Die Informationen samt einer umfangreichen Dokumentation werden von einem Kurier überbracht, den ich natürlich nicht preisgeben werde.«

»Dafür endet Dr. Stewart auf dem elektrischen Stuhl, das ist Ihnen schon klar, oder?«

»Da gehört sie hin«, sagte David tonlos.

Der Hauptmann erhob sich und begann, auf und ab zu laufen. Dann blieb er stehen und sah den Dänen an.

»Warum sind Sie hier? Sie hätten doch einfach … Ich weiß nicht …«

David schüttelte resigniert den Kopf.

»Sie zwei, verdammt! Jetzt begreifen Sie doch endlich, dass Ihnen nicht mehr viel Zeit bleibt. Oder hat Ihr Gehirn Schaden im Ring genommen, Hauptmann!«

Urgayle blinzelte verdutzt, sagte aber nichts. Er stand wie angewurzelt da.

»Um zu meiner ursprünglichen Frage zurückzukommen: Sie mögen Dr. Stewart sehr, nicht wahr?«

Der Hauptmann antwortete nicht.

David erhob sich von seinem Stuhl. »Dann leben Sie wohl.«

»Ja, das tue ich«, murmelte der Hauptmann. »Ich mag sie sehr. Mehr als das.«

David öffnete die Tür. »Ihnen bleiben zweiundzwanzig Stunden, das Land zu verlassen.«

»Wo wollen Sie hin?«

»Auf einen Berggipfel in der Nähe. Ich habe das Reiten für mich entdeckt. Wer hätte das gedacht?«

Jeanette stand wie erstarrt da und schaute auf die hellen, nackten Rechtecke an der Wand und die leeren Bilderrahmen, wo ihre Bilder gehangen hatten.

Der Nachbarjunge William war in einem Anflug von schlechtem Gewissen, als er sie sah, nach fünf Sekunden zusammengebrochen und hatte ihr den Mann beschrieben, der ein Geburtstagsgeschenk für sie gebracht hatte.

David Adler.

Sie eilte zum Gästehaus von Fuller Lodge.

Mrs. Ramirez war zuvorkommend wie immer. Sie hatte einige Stunden zuvor aus ihrer Küche den jungen Dänen beim Verlassen des Gästehauses beobachtet, mit seinem Rucksack, Sonnenbrille,

Hut und warmer Jacke. Dazu trug er die Reitstiefel, die Professor Kistiakowsky ihm geliehen hatte.

»Muy serio«, sagte Mrs. Ramirez und wurde selber ernst. Ihr Lächeln verschwand, als sie den Ausdruck in Jeanettes Gesicht sah.

Jeanette eilte zurück in die Myrtle Street und packte ihre Satteltaschen, einen leichten Schlafsack, eine Flasche Whisky, eine Strickmütze, die Winchester und eine Extraschachtel .30-06-Patronen.

Mabels frische Hufabdrücke führten sie nach Norden und Westen auf dem Weg, den sie ihm gezeigt hatte.

Am späten Nachmittag erreichte sie den Gipfel des Chicoma. Sie band Gretchen an und lief zu Fuß weiter durchs Gestrüpp, sorgsam darauf bedacht, nicht auf trockene Zweige zu treten.

Jeanette sah schwarzen Rauch von der Lichtung aufsteigen und vom Wind verwirbeln.

Sie blieb stehen und erkannte den Geruch brennender Ölfarbe.

Im nächsten Moment öffnete sich der Blick auf die Lichtung, und Jeanette sah Mabel neben dem Bach grasen.

Dann sah sie den Dänen an der Feuerstelle.

David warf gerade das letzte Bild ins Feuer. Die Leinwand zog sich zusammen, als wollte sie sich vor der Hitze schützen, die Ölfarbe schlug Blasen, die zerplatzten, schwarze Flecken breiteten sich aus wie Beulenpest.

Jeanette drückte den Gewehrkolben an die Schulter, lud durch und zielte. Sie war eine ausgezeichnete Schützin. Dreißig Meter bis zum Ziel, die schwere .30-06-Bleikugel würde durch sein linkes Auge eintreten und beim Austritt den größten Teil des Hinterkopfes mitreißen.

Sie legte die Stirn in Falten und senkte den Lauf. David hatte sich auf einen Stein gesetzt. Auf seinen Oberschenkeln stand ein kunstvoll geschnitztes Reiseschachspiel. Er klappte das Brett auf und öffnete die Schachtel mit den Figuren, schraubte den Fuß von den Figuren und betrachtete den Inhalt in seiner Handfläche, ehe er ihn in die Flammen warf. Das letzte Flammenopfer waren eine Handvoll Mikrofilme, die sich von den Spulen rollten und in weißen Zelluloidblitzen verpufften.

Danach packte David das Schachspiel wieder zusammen und legte es zu dem braunen Umschlag auf dem Stein neben sich.

Merlin schwebte mit einem hellen Schrei über die Lichtung, der ihr einen Schauer über den Rücken jagte. Der Däne saß reglos und mit leerem Blick da. Jeanette trat langsam auf die Lichtung, und Mabel hob prustend den Kopf. Sie strich mit der Hand über das Maul der Stute.

David sprang auf und taumelte auf den Abgrund zu. Jeanette umrundete das Pferd und überlegte, was um Himmels willen er jetzt vorhatte. Was konnte er sonst noch tun? Gab es noch mehr zu zerstören?

Fünf Meter vor der Felskante blieb er stehen, zog sein Hemd aus und wickelte es sich um Kopf und Gesicht. Sein Oberkörper war blass, man konnte seine Rippen zählen. Jeanette legte wieder an.

Der Däne lief mit seinem charakteristischen Hinken weiter auf den Abgrund zu.

»DAVID …«

Sie schrie laut seinen Namen, ohne sich dessen bewusst zu sein. Aber er blieb nicht stehen. Er war in seiner eigenen Welt und unerreichbar.

Zwei Meter.

Sie feuerte das Gewehr ab.

Er hörte den Peitschenknall der Winchester und spürte den Luftdruck der Kugel, die an seinem Kopf vorbeizischte.

Die aus dem Tal aufsteigende Luft zupfte verspielt an dem um seinen Kopf gewickelten Hemd.

David füllte seine Lunge und wusste einen Augenblick nicht, ob er sich noch auf dem Berg oder bereits im freien Fall befand. Dann drehte er sich um und zog das Hemd vom Kopf. Die Farben waren unnatürlich klar und scharf. Die Ebene unter ihm war fruchtbar und dunkelgrün.

»Was willst du?«, fragte er nach einer Pause.

Jeanette ging auf ihn zu, das Gewehr an der Hüfte. Ihre Augen funkelten wie Feuersteine. Drei Meter von ihm entfernt blieb sie stehen.

»Tu das nicht«, sagte sie.

»Warum?«

Jeanette schaute zu der Feuerstelle.

»Warum zum Teufel hast du das getan? Die werden uns umbringen, begreifst du das nicht?«

»Kommt mir gerade recht.«

Die Absurdität der Situation brachte David ins Wanken. Er war so gut wie tot. Hatte sich so gründlich darauf vorbereitet, wie es möglich war. War so bereit, wie er nur sein konnte.

»Weißt du selbst eigentlich, was du willst?«, sagte er. »Kommst hier hoch, um mich auszuschalten. Und jetzt willst du mich daran hindern, Selbstmord zu begehen. Das ergibt doch keinen Sinn.«

Sie stellte sich breitbeinig zwischen ihn und den Abgrund.

»Das wäre zu einfach für dich«, sagte sie.

David versuchte, sich an ihr vorbeizudrängeln, wie er sich in seiner Zeit als Fußballer an unzähligen Abwehrspielern vorbeigedribbelt hatte.

Es wäre ihm fast gelungen.

Das Letzte, was er wahrnahm, war der kurze, schnelle Bogen des Gewehrlaufs durch die Luft.

Als er wieder zu sich kam, hatte sie ihn zur Feuerstelle geschleppt. Sie betrachtete ihn mit dem Gewehr in der Hand wie ein frisch erlegtes Beutestück, bevor es ans Ausweiden ging.

David stemmte sich mit einem Stöhnen auf den Ellenbogen hoch. Er tastete seinen Kopf ab und fand eine blutige Schwellung über dem linken Ohr, verzog das Gesicht und öffnete die Augen. Ein paar Meter entfernt lag seine Kniebandage im Gras. Jeanette stellte sich neben ihn und drückte die Gewehrmündung auf das Narbengewebe seines verletzten Knies.

David schrie auf. »Aufhören, verdammt. Stopp.«

»Dann erklär mir, warum du meine Bilder verbrannt hast.«

»Sonst was?«

»Was meinst du?«

»Sonst erschießt du mich? Du hättest nur fünf Sekunden warten brauchen, verdammt noch mal.«

Sie schüttelte den Kopf. Die Mündungsöffnung drückte noch immer auf seine Kniescheibe.

»Ich werde jetzt deine Scheißbandage über die Kante werfen, einen Strick um deine Füße knoten und dich von Mabel auf Gretchens Rücken ziehen lassen. Und da bleibst du liegen, bis wir wieder in Los Alamos sind.«

»Jesus ...«

»Jesus? Interessant, dass du ihn erwähnst. Du bist gerade dabei, eine Todsünde zu begehen, David.«

Er starrte sie an. »Du bist die verfluchte Spionin. Du hast die Arbeit von drei Jahren an die Russen weitergegeben. Wozu? Weil du eine überzeugte Kommunistin bist?«

Sie nahm das Gewehr weg. Ihr Blick war bohrend.

»Das waren Mikrofilme, die du ins Feuer geworfen hast, nicht wahr? Du bist keinen Deut besser, auch wenn du beteuerst, Russland zu hassen.«

»Ich habe einen Grund!«, platzte er zornig heraus und ahnte den Schatten eines Lächelns um ihre Lippen. Offenbar war die Absurdität der Situation ansteckend.

Sie schob die Kniebandage mit dem Fuß zu ihm rüber.

»Der würde mich wirklich interessieren. Leg das Ding an. Ich koche Kaffee. Wenn du danach immer noch Selbstmord begehen willst, werde ich dich nicht daran hindern. Können wir uns darauf einigen?«

David sah sie an.

Dann nickte er. Was hatte er auch sonst für eine Wahl.

Sie holte Wasser, stellte den Kessel ins Feuer und maß Kaffee für die Kanne ab, während David sich zu sammeln versuchte und seine Kniebandage umspannte. Als der Kaffee fertig war, gab Jeanette einen reellen Schuss Whisky in ihre Becher.

David nahm einen Schluck und genoss es, als würde er das erste Mal Kaffee und Whisky probieren.

Jeanette setzte sich auf einen Stein und musterte ihn über den Becherrand. Ihr Gesicht lag im Schatten und war unergründlich. Die Dämmerung senkte sich über den Chicoma.

»Warum hast du meine Bilder verbrannt?«

»Das hat mir wahrlich kein Vergnügen bereitet, ich wollte nur zerstören, was darunter war: die Anleitung zum Bau einer Atombombe in fünfzig Lektionen.«

Ihr Gesichtsausdruck war unverändert.

»Wie bist du mir auf die Schliche gekommen?«

David schaute in die dunkle Flüssigkeit. Erklärungen. Er hatte gehofft, für immer frei davon zu sein.

»Wie?«, drängte sie.

»Da gab es eine Reihe Dinge«, sagte er.

Sie zog eine Augenbraue hoch.

»Eine Reihe? Ich dachte, ich hätte es besonders schlau angestellt.«

»Hast du nicht. Ich auch nicht. Wir sind beide hoffnungslose Amateure in diesem Spiel. Du hast es nicht ernst genug gemeint. Du warst unvorsichtig. Trotz deines unbestreitbaren Talents habe ich mich gewundert, dass deine Bilder sich so gut über Mrs. Flores' Galerie verkaufen und dass es eine Sonderausstellung in einer exklusiven Galerie in New York geben sollte. Das klang zu schön, um wahr zu sein, womit ich ja richtiglag. Ich habe bei Kent Galleries angerufen und mich als Kunstjournalist ausgegeben. Sie hatten noch nie von dir gehört. Bei unserem letzten Besuch hier oben hast du gesagt, die Bleistiftskizzen deiner Entwürfe würden auf ewig unter deinen Gemälden bleiben. Ich beschrifte Kistiakowskys Röntgenfilme immer mit Bleistift, hätte also schon viel eher schalten müssen, aber es mussten erst noch ein paar Dinge dazukommen. Schließlich hatte ich die Idee, eine Röntgenaufnahme von der Kirche in Santuario de Chimayo zu machen. Dem Bild, das du mir geschenkt hast. Ich verstehe nach wie vor nicht, warum du es mir gegeben hast.«

»Du bist ein sehr aufmerksamer Beobachter«, sagte sie traurig. »Ich habe es dir geschenkt, weil ich das Gefühl hatte, dass dir etwas daran liegt.« Sie lächelte zynisch. »Und der Vergleich mit Cézanne hat mich ehrlich gefreut. Ich bin eine Idiotin.«

David starrte vor sich hin. »Alles ein bisschen zu spät, nicht wahr?«

»Zu spät wofür?«

»Um meine Frau und meine Tochter zu retten.«

Er stieß einen kehligen Laut aus und konnte eine Weile nichts mehr sagen.

Jeanette ließ ihm die Zeit, die er brauchte.

»Magst du mir darüber etwas erzählen?«, sagte sie schließlich. »Ich würde es wirklich gerne wissen.«

Und David begann zu erzählen, zögerlich und mit Unterbrechungen.

»Es war ein ganz gewöhnlicher Tag Anfang Januar. Ich kam gegen vier Uhr von der Arbeit nach Hause, aber die Wohnung war leer. Auf dem Küchentisch standen zwei Teetassen. Elena hatte nicht geheizt, und sie hatten nicht mehr als ihre Mäntel mitgenommen. Ich habe drei Tage nach ihnen gesucht. Miliz, Schule,

Elenas Bibliothek, Saras Freundinnen, Elenas Freunde und Eltern. Ich war kurz vorm Durchdrehen, weil immer wieder Menschen verschwanden. Einige meiner Kollegen bei Great Nordic, eigentlich absolut zuverlässige Leute, tauchten irgendwann nicht mehr bei der Arbeit auf … Und niemand wusste etwas oder traute sich, etwas zu sagen.«

»Was passierte dann?«

David rieb seine Hände, als würden sie jucken.

»Am vierten Tag tauchte ein Oberst von der GRU auf. Ich war die ganze Zeit observiert worden, daher wusste er, wo er mich finden konnte. Juri Pawlowitsch Kurjakin. Schon mal von ihm gehört? Wie viel weißt du überhaupt?«

»Nichts. Ich schwöre.«

»Er ist der oberste Verantwortliche bei der GRU, um die Geheimnisse von Los Alamos anzuzapfen. Er hatte gewissenhaft seine Hausaufgaben gemacht, wusste alles über mich und hatte meine Eignung für sein Vorhaben vorab überprüft. Ich war ihm schon früher begegnet, ohne zu wissen, wer er war.«

»Wo?«

»Im Sozialistischen Arbeiter-und-Seefahrts-Schachclub in Murmansk. Ich habe jeden Mittwochabend dort gespielt, und Kurjakin wurde mir vom Clubvorsitzenden vorgestellt … als Zivilperson, natürlich. Kurjakin hat mir erzählt, er wäre in der Bergbauindustrie beschäftigt. Er war ein guter Spieler.«

»Aber nicht so gut wie du?«

»In der Regel habe ich gewonnen.«

David stand auf. Jeanette umfasste das Gewehr fester.

»Ich muss nur mal …«

David legte den Kopf in den Nacken und betrachtete die ersten aufblinkenden Sterne, die durch den Tränenschleier verschwammen, den er wegzublinzeln versuchte.

»Was wollte er?«, fragte Jeanette.

»Alles.«

»Was heißt das?«

David räusperte sich und erzählte ihr von den Birkenwäldern und der Datscha bei Murmansk. Vom Schuhmacher Valentin und Elena und Sara in der Schlange der zum Tode Verurteilten. Er erzählte ihr von der Akademie der GRU, wo er gelernt hatte, Schlösser zu knacken, in codierter Form zu kommunizieren und Kurjakins Schachspiel in eine Kamera zu verwandeln. Er erzählte weiter von dem Geleitzug übers Eismeer, England, Kim Carpenter und Niels Bohr, dem Tresor im Gästehaus und seinen nächtlichen Ausflügen mit der Mikrokamera.

»Das ist alles … ganz furchtbar«, murmelte sie kopfschüttelnd. Dann kam ihr ein Gedanke. »Aber du hast die Filme doch verbrannt, David …«

»Ja.«

»Was ist jetzt mit deiner Frau und deiner Tochter? Du hast nichts mehr.«

»Was glaubst du, wieso ich hier bin? Du warst nicht dabei. Du hast nicht gesehen, was in Trinity passiert ist. Sie dürfen es nicht in die Hände bekommen. Nicht von mir.«

Jeanette erhob sich ebenfalls. Das Gewehr lag im Gras. Sie packte ihn mit beiden Händen vor der Brust am Hemd und schüttelte ihn, dass sein Kopf vor und zurück flog.

»Aber sie werden die Informationen auf alle Fälle bekommen, David! Egal, was du tust. Robert sagt, dass es höchstens eine Frage von ein paar Jahren ist.«

David entfernte mit Gewalt ihre Hände.

»Aber sie bekommen es nicht von mir.«

Jeanettes Hände fielen an der Seite herunter.

»Warum bist du hergekommen?«, fragte er. »Der ganze Unsinn, du wärest verkrüppelt und retardiert, was deine Beziehungen zu Männern angeht. Du hattest andere Gründe, oder?«

Sie zog die Schultern hoch.

»Natürlich. Ich musste herausbekommen, wer du wirklich bist.

Du hast einen Q-Pass, kommst überall rein. Niemand kannte dich oder wusste irgendetwas über dich. Vielleicht warst du ja in The Hill eingeschleust worden.«

»Als Spion, der andere Spione enttarnt? Hat die Frau aus Los Angeles dich nicht über meine Anwesenheit informiert?«

»Keiner weiß mehr, als er wissen muss. Für sie bestand kein Anlass, mehr über dich zu wissen. Aber ich war schnell davon überzeugt, dass du nicht in The Hill warst, um mich zu enttarnen.«

»Warum?«

»Wegen der Art und Weise, wie du über deine Frau und Tochter gesprochen hast. Ich war mir sicher, dass du alles für sie tun würdest. Das habe ich weitergeleitet. Und sie haben geantwortet, dass ich dich meiden soll. Was leichter gesagt als getan war. Du warst überall, und Robert kann dich gut leiden.«

»An dem Tag hättest du mich verschwinden lassen können.«

»Der Gedanke hat mich durchaus gestreift«, sagte sie.

»Mit Urgayles Hilfe?«

Jeanettes Augen verengten sich. »Der Hauptmann? Wie um alles in der Welt kommst du darauf? Er würde niemals bei so etwas mitmachen. Im Leben nicht.«

»Vergiss es.«

Er zog einen ihrer gelben Umschläge aus der Tasche. Er fiel ihm aus der Hand. Der Wind wehte ihn ins Unterholz. Jeanette schaute ihm hinterher.

»Danke für die Fotografie meiner Frau und meiner Tochter«, sagte David. »Das hat mir sehr viel bedeutet. Hast du das während der Busfahrt bewerkstelligt?«

»Als du mir mit meinem Koffer in Santa Fe geholfen hast.«

»Nicht schlecht.«

Sie zeigte auf den dicken Umschlag unter dem Reiseschachspiel.

»Ist das dein Testament?«, fragte Jeanette.

David lächelte traurig.

»Mein Testament würde auf die Rückseite einer Briefmarke passen. Nein ... in dem Umschlag befindet sich die wirkliche Jeanette Stewart. Ich muss gestehen, dass ich selber auch ein wenig spioniert habe.«

Sie sah ihn mit ihren stechend grauen Augen an.

David zog die Blätter aus dem Umschlag.

»Der Name deiner Tochter ist Olivia Stewart. Sie wurde am 12. Mai 1934 in der Entbindungsanstalt Von Voigtlander in Ann Arbor, Michigan, geboren«, sagte er tonlos.

Jeanette sah ihn mit leicht geöffneten Lippen abwartend an.

»Weiß sie, wer ihr Vater ist?«, fragte er.

»Er kann ohnehin keinen Kontakt zu ihr haben, weil seine geisteskranke Frau ihm und ihr das Leben zur Hölle machen würde. Sie hat Kontakte. Was hast du sonst noch herausgefunden?«

»Du versteckst deine Tochter vor aller Welt in Mrs. Flores' Galerie. Warum?«

»Ich kann sie nicht mit nach The Hill nehmen, dort wäre sie nicht sicher. Außerdem könnte ich dann nicht schalten und walten, wie ich es brauchte.«

»Wer hatte die Idee, sie nach Santa Fe zu holen?«

»Ihr Vater und Dink McKibbin. Sie kennt jeden. Dort kann Olivia in eine Schule gehen, Freundinnen haben, etwas lernen, ein fast normales Leben führen. Und ich bin einigermaßen sicher, dass man mich nicht mir ihr erpressen kann. Ihr geht es gut.«

David blätterte durch das Beweismaterial, als wollte er eine Jury überzeugen.

»An der mathematischen Fakultät der University of Michigan war es nicht gerade gern gesehen, dass eine ledige, junge Lektorin schwanger wurde und das Kind behalten wollte«, sagte er. »Darum hast du dich um eine Stelle bei einem etwas liberaleren Institut beworben, an der privaten Marylhurst University bei Portland.

Ich habe dir meine Gründe dargelegt, Jeanette. Jetzt lass mich deine hören.«

Sie setzte sich wieder auf einen Stein und stützte das Kinn auf die Hände. Dann massierte sie ihre Nasenwurzel zwischen Daumen und Zeigefinger.

»Ich weiß nicht ... Frag mich bei anderer Gelegenheit danach.«

»Die wird es nicht geben. War es wegen deines Bruders?«

Sie nickte.

»Ja, am Anfang war es wegen Ethan. Meine Gründe mögen nicht so triftig sein wie deine, aber in ihrer Gesamtheit haben sie mich überzeugt. Die Sowjetunion war das einzige Land, das im Bürgerkrieg an Ethans Seite gestanden hat, während der Rest der Welt zugelassen hat, dass die Faschisten Spanien als Generalprobe für den Zweiten Weltkrieg genutzt haben.«

»Das haben sie tatsächlich«, sagte David.

Gretchen wieherte hinter den Büschen, und Jeanette holte sie auf die Lichtung zu Mabel. Die beiden Pferde rieben die Mäuler aneinander und schnaubten freundschaftlich.

Jeanette tätschelte Mabels Flanke und ging mit verschränkten Armen zu David zurück.

»Mein Vater und meine Brüder sind Mitglieder der Partei«, sagte sie. »Mein Vater hat '35 in einer Auseinandersetzung mit Streikbrechern ein Auge verloren und war danach arbeitsunfähig. Davon hat er sich nie wieder erholt.«

»Wie bist du durch die Sicherheitsprüfung für The Hill gekommen?«

»Robert hat mit Groves gesprochen, gesagt, ich wäre die Beste in meinem Job. Wusstest du, dass Robert selbst nie seine Anerkennung bekommen hat?«

»Ich hab davon gehört. Das ist verrückt.«

»Wie geht es jetzt weiter?«, fragte sie.

»Jetzt kommt die Abrechnung. Mrs. Flores oder die Frau aus

Los Angeles werden mit Ferris und Pash kooperieren, um dem elektrischen Stuhl zu entkommen. Nach dir wird gefahndet werden, deswegen musst du weg. Dir einen neuen Namen zulegen. Geh mit deiner Tochter und deinem Mann nach Mexiko. Ihr seid wohlhabend und werdet immer Arbeit finden.«

Sie sah ihn sprachlos an. »Wie lange weißt du über John Bescheid?«

»Ich habe eine Kopie des Trauscheins. Du und John Urgayle, ihr habt vor vier Jahren geheiratet. Er hat deinen Bruder gefunden und dich in Oregon aufgesucht, um dir den Füllfederhalter und den Kompass zu bringen.«

»Aber woher zum Teufel konntest du das alles wissen?«

David war todmüde ... und mindestens so verzweifelt.

»Die Seidenschuhe an deinem Regal. Sie gehören einem fünf-, sechsjährigen Brautmädchen.«

»Das hätte genauso gut die Tochter meiner Schwester sein können.«

»Du hast keine Schwester. Und dann waren da die Streifen ...«

Instinktiv schob Jeanette eine Hand unter die Jacke.

»Streifen?«

David konnte sich das Lächeln nicht verkneifen.

»Du bist eine wunderschöne Frau, Jeanette. Erinnerst du dich an den Kimono, in der Nacht, als du allein zwei Flaschen Calvados geleert hattest? Dein Bauch ist flach und wohlgeformt, aber es gibt ein paar Schwangerschaftsstreifen. Meine Frau hat die auch. Da war mir klar, dass du ein Kind hast. Und ich habe nach einem Jungen oder Mädchen im passenden Alter Ausschau gehalten. An dem kleinen Defekt in der Iris habe ich sie erkannt. Das war nicht allzu schwer. Damit war klar, dass du nicht die bist, für die du dich ausgibst. Die einzige plausible Erklärung dafür war, dass du spionierst. Außerdem hast du die Ähnlichkeit unserer Gesichtszüge bemerkt, von Elena, Sara und mir. Kurjakin hätte dich auf der Stelle erschossen.«

»Du hast recht, David. Ich tauge wirklich nicht für diese Arbeit.«

»Das tut keiner von uns.«

Gretchen hob den Kopf und drehte die Ohren in Richtung Pfad. Ihre Nüstern weiteten sich, und sie wieherte leise.

»Lancelot ist hier. Mit deiner Tochter«, sagte er.

»Hast du ihm von mir erzählt … und den Bildern?«

»Ja.«

»Verdammt, David … Er hat nichts davon gewusst.«

»Ich wäre gerne dabei, wenn du ihm das erklärst«, sagte David mit einem Lächeln.

Sie legte die Hände vors Gesicht.

Und schielte zwischen den Fingern hindurch.

»Was hat er gesagt?«

»Nicht viel. Er ist ja nicht der Gesprächigste. Ein bisschen hölzern, wenn du mich fragst. Aber jetzt ist er hier, zusammen mit deiner Tochter, den Pferden und allem Geld, das er im Ring gewonnen hat. Wenn das keine Liebe ist, dann weiß ich auch nicht. Er scheint offensichtlich der Meinung zu sein, dass du es wert bist, auch wenn du eine russische Spionin bist.«

»Was zum Teufel soll ich tun?«

»Ihm zeigen, dass es der Mühe wert ist.«

Sie sammelte ihre Sachen zusammen und verstaute sie in den Satteltaschen.

David folgte Jeanette und Gretchen durch das Gestrüpp auf die andere Seite. In den letzten, fast waagerechten Sonnenstrahlen sahen sie auf dem Pfad weit unter sich zwei Reiter und drei Pferde. Der vordere Reiter war groß und breitschultrig, der hintere ein Kind. Das mittlere Pferd trug das Gepäck.

»Er ist auch einer der Gründe, dass ich getan habe, was ich getan habe«, sagte Jeanette. »Der wichtigste. John war die Nummer eins seines Jahrgangs an der West Point, aber wegen seiner Teilnahme am Spanischen Bürgerkrieg in der Lincoln-Brigade haben sie seine Karriere zerstört. Er hat sich damit abgefunden. Und er hat mich, eine alleinstehende Mutter, und Olivia ohne Bedenken oder Bedingungen angenommen.«

David nickte.

»Er sollte mindestens Oberstleutnant sein«, sagte er.

»Das sollte er«, sagte sie. »Aber wenigstens hat er die Ardennen überlebt.«

»Und dann gibt es da noch jenen Menschen, dem man nichts abschlagen kann. Einen, der einen zu allem überreden kann.«

»Das ist seine wichtigste Eigenschaft. Ohne ihn keine Bombe. Und ohne ihn keine Olivia.«

Sie nahm David Gretchens Zügel aus der Hand und sah ihn ernst an.

»Ich kann nicht einfach gehen, wenn ich davon ausgehen muss, dass du zurückgehst und … du weißt schon. Robert kann dir bestimmt helfen.«

»Glaubst du?«

Sie stieg in den Sattel, beugte sich vor und ergriff seine Hand, hielt sie ganz fest.

»Das weiß ich. Das schuldet er mir und nicht zuletzt seiner Tochter. Er ist ein Ehrenmann durch und durch. Sag ihm, dass ich ihn bitte, dir zu helfen.«

»Das werde ich«, sagte David.

»Versprichst du mir das?«

»Ja.«

Sie beugte sich noch weiter runter und umarmte ihn kurz. Dann drückte sie die Sporen in Gretchens Flanken und ritt bergabwärts.

David schaute ihr hinterher.

Kurz darauf erreichte sie die anderen. Urgayle hob eine Hand zur Begrüßung.

Sie schloss sich ihrer Familie an, und David sah ihnen lange nach, bis sie nicht mehr zu sehen waren – unruhig und sehnsuchtsvoll –, während Angst und Ungewissheit wie ein Bergwind durch sein Inneres jagten.

Er verließ seinen Platz in der endlos weiten, gewaltigen, mythischen Landschaft und ging durch die Sträucher zurück auf die Lichtung zu Mabel.

Der nächste Tag

Oppenheimer hatte während Davids ausführlichem Geständnis und Bericht mehr oder weniger regungslos dagesessen. Das Vorzimmer war leer, das gesamte Gebäude wirkte verlassen. Los Alamos schien sich auf seinen Winterschlaf vorzubereiten. Die nervösen, langen Finger des Direktors hatten mit dem Feuerzeug gespielt, Zigaretten angezündet und wieder ausgedrückt in dem überquellenden Aschenbecher.

Er war abwechselnd weit weg mit den Gedanken und ganz da, ohne David ein einziges Mal aus den Augen zu lassen. Er lehnte sich in seinem Schreibtischstuhl zurück. Der eine Fuß wippte wie ein Metronom.

»Wie viel weiß Bohr?«, fragte er.

»Nichts«, antwortete David.

»Lassen Sie es dabei bewenden. Wie um Himmels willen sind Sie auf die Idee gekommen, die Tresorschlösser auszutauschen?«

»Inspiration aus der Realität.«

»Gute Idee.«

Ein zufälliger Sonnenstrahl hob das Profil des Direktors hervor. David bemerkte neue, feine Faltenfächer um seine Mundwinkel und um die Augen. Das ewig Jugendliche, die rastlose Dynamik und das Studentische waren wie ausradiert. Trinity hatte das Undenkbare geschafft: Oppenheimer in einer einzigen Nacht von einem brillanten, aber unbekümmerten Aladin in einen verantwortungsbewussten, nachdenklichen Erwachsenen zu verwandeln.

413

Der Direktor zündete eine neue Zigarette an und zupfte zerstreut ein paar Tabakkrümel von der Unterlippe.

»David, Sie sind viel zu intelligent, um keine Schlussfolgerungen hinsichtlich der Identität von Dr. Stewarts Quelle hier in The Hill gezogen zu haben«, sagte er tonlos.

»Ich habe sie nicht danach gefragt ... Und Dr. Stewart hat keine Namen genannt«, antwortete David.

»Dieser Kim Carpenter, der MI-6-Agent. Wo ist der in dem Ganzen einzuordnen?«

David zuckte mit den Schultern. »Mir wurde mitgeteilt, dass eine Person wie Carpenter auftauchen würde. Dass jemand den Kontakt zum Professor herstellen würde, sobald ich England erreicht hatte. Von dem Zeitpunkt an haben sie sich ganz auf Bohrs berühmte Großzügigkeit und seinen Familiensinn verlassen. Das haben sie immer wieder betont.«

»Ein Verräter also? Aus Cambridge?«

»So würde er es selber wohl kaum bezeichnen.«

»Gibt es noch andere?«, fragte Oppenheimer mit gedämpfter Stimme. »Außer Jeanette?«

Nicht blinzeln und nach links schauen, hatte der Mönch ihm eingebläut. David schaute nach vorn.

»Harry Gold und Klaus Fuchs.«

»Scheiße!«

Oppenheimer wirkte aufrichtig überrumpelt.

»Ja. Oberst Pash weiß davon und ist dabei, Beweise zu sammeln. Aber das heißt natürlich nicht, dass es nicht noch andere ... Initiativen gegeben hat. Immerhin arbeiten fast sechstausend Menschen in The Hill.«

Oppenheimer wedelte halb ohnmächtig, halb verärgert mit der Hand und schaute aus dem Fenster. Sein Gesicht verschwand fast hinter der Rauchwolke.

»Wie auch immer. Niemand verdient es, das durchzumachen, was Sie durchgemacht haben«, sagte er.

»Jeanette meinte, dass Sie mir möglicherweise helfen könnten.«

»Selbstverständlich. Bohr und ich sind beide fest davon überzeugt, dass diese neue Technologie begrenzt werden muss und dass ein Waffenwettlauf zwischen den Staaten und der Sowjetunion mit allen zur Verfügung stehenden Mitteln verhindert werden muss. Alle werden sich bedroht fühlen, die nicht im Besitz einer solchen Superwaffe sind. Das Gleiche gilt für Frankreich und England. Die Vereinten Nationen sind die einzige Organisation, die über die Verbreitung der Atomwaffe entscheiden kann und darf.«

»Wir können nur hoffen, dass sie dieser Verantwortung gerecht werden«, sagte David.

»Was ich damit sagen will: es gibt kein großes, verchromtes, von Erzengeln mit Feuerschwertern bewachtes Geheimnis. Es gibt nur Theorien, Geld und eisernen Willen. Wir waren vielleicht die Ersten, aber absolut nicht die Letzten. Das theoretische Wissen und die Möglichkeiten sind seit Hahns und Strassmanns Experimenten 1938 bekannt.«

»Damit ist also unausweichlich, dass auch andere Länder Atomwaffen entwickeln?«

»Ich bin der Letzte, der die Arbeit, die hier, in Oak Ridge, Chicago und Hanford geleistet wurde, unterbewerten will, aber sie konnte nur ausgeführt werden, weil es jemanden gab, der sie ausgeführt haben wollte und das nötige Geld dafür besaß. Die amerikanische Regierung.« Oppenheimer breitete die Arme aus. »Nichts hier ist das Leben Ihrer Frau und Ihres Kindes wert. Absolut nichts.«

»Ich habe die Mikrofilme verbrannt«, sagte David.

»Das haben Sie erwähnt. Aber dafür gibt es eine Lösung.«

Oppenheimer stand auf, öffnete seinen Tresor und nahm eine Leica-Kamera, eine Schachtel Filme und zwei Stapel Zeichnungen, Skizzen, Manuale und Verzeichnisse heraus.

»Fat Man«, sagte er und verteilte die Unterlagen auf dem Tisch. »Alles. Eine Kamera wird doch so gut wie die andere sein.«

David musterte den Direktor mit großen Augen. »Ist das Ihr Ernst?«

Ein Nerv zuckte unter Oppenheimers rechtem Auge. »Wollen Sie mich auf dem elektrischen Stuhl sehen?«, fragte er.

»Nach dem hier würde das wohl für uns beide gelten«, antwortete David.

»Und Jeanette?«

»Gestern Abend war ich drei Schritte vom Selbstmord entfernt. Jeanette kam im letzten Augenblick vorbei. Nachdem ich alle ihre Bilder verbrannt hatte.«

»Wo ist sie jetzt?«

»In Mexiko, hoffe ich. Mit ihrer Tochter und Urgayle.«

»Ich war ihr Trauzeuge.«

»Ich weiß. Ich habe eine Kopie der Heiratsurkunde.«

Oppenheimer lächelte und schüttelte anerkennend den Kopf.

»Fantastisch«, murmelte er. »Gibt es überhaupt keine Geheimnisse mehr auf der Welt?«

David zog den Rucksack mit dem Fuß zu sich, öffnete ihn und legte eine Fotografie vor Oppenheimer auf die Tischplatte.

»Das ist eine Röntgenaufnahme des Bildes von der Kirche bei Santuario de Chimayo.«

Der Direktor studierte es ausgiebig.

»Geniale Idee«, sagte er. »Da ist Jeanette draufgekommen.«

»Ihr Lebenswerk zu übermalen und an die Russen zu schicken?«

Oppenheimer lehnte sich zurück, verschränkte die Hände hinterm Nacken und schaute an die Decke.

»So könnte man es sicher auch formulieren.«

»Wie noch?« fragte David.

»Eigentlich nicht anders.«

David schob das Foto zurück in den Umschlag.

»Oberst Pash und Ferris können sicherlich zwei und zwei zusammenzählen, Oppie. Ich habe ihnen Harry Gold und Klaus

Fuchs gegeben und gehe davon aus, dass das FBI und Pash eine Weile beschäftigt sein werden.«

»Eine Weile, ja«, murmelte Oppenheimer, und David bemerkte zum ersten Mal einen Riss in der Fassade seines Gegenübers, durch den die Verzweiflung dahinter zu erahnen war.

»Zeit, um Ihre Spuren zu verwischen«, sagte David. »Vielleicht wird es auch nie notwendig. Das hängt von so vielem ab ...«

Der Direktor nickte. »Ich denke, wir verstehen einander.«

»Das hoffe ich.«

»Warum schonen Sie uns?«, fragte Oppenheimer.

»Weil Sie mir vielleicht die Möglichkeit beschert haben, meine Frau und meine Tochter vor diesen Teufeln zu retten. Das war das Ziel des Ganzen. Und ich hoffe zutiefst, dass es Ihnen gelingt, das hier, Trinity, einzudämmen. Ihnen und Bohr.«

»Niemand kann die Zukunft kontrollieren, was bleibt also noch?«

»Eine Neubesinnung?«

»Genau. Vielleicht wachsen und reifen die Vereinten Nationen ja daran. Handeln verantwortungsbewusst. Es ist eine Tatsache, dass der Krieg gemeinsam mit der Sowjetunion gewonnen wurde, man kann sie nicht von vornherein verurteilen. Den eigenen Willen mit der Bombe in der Hinterhand durchdrücken. Dann wäre die Welt ein verseuchter, unsicherer und gefährlicher Ort für uns alle. Da geben wir ihnen doch lieber ein Geschenk. Das ist immerhin ein fundamentaler Austausch zwischen Menschen, der Sympathie und Erwartung widerspiegelt: einander Geschenke zu machen.«

Der Direktor erhob sich.

»Sind wir fertig?«

»Ja.«

Sie standen voreinander.

Oppenheimer streckte die Hand aus, und David ergriff sie.

»Ich gebe Ihnen ein paar Stunden.«

»Und Trinity?«, fragte David.

»Hat meine Erwartungen um Längen übertroffen. In Japan wird die Menschheit ihre Lektion erhalten.«

»Glauben Sie?«

»Wenn ich nicht daran glauben würde, würde ich tun, was Sie gestern Abend auf dem Chicoma vorhatten. Und ich würde die drei letzten Schritte gehen, das kann ich Ihnen versichern.«

Abend

Es war dunkel, und die Schwebenden Gärten waren verlassen. Im Kino von The Hills lief *Schneewittchen und die sieben Zwerge.* Wer nicht nach Santa Fe konnte, ging ins Kino. Sogar Kistiakowsky war dort.

David hatte einen Schlüssel für den Bunker, in dem die Röntgenfilme entwickelt wurden. Er machte Licht, zog die Tür hinter sich zu und sorgte dafür, dass alle Klappen geschlossen waren. Dann stellte er sein Reiseschachspiel auf den Arbeitstisch und suchte nach einem passenden Stück strahlungsundurchlässiger Bleifolie, die von Kistiakowsky und seinen Mitarbeitern für die Isolierung der einzelnen Schichten in ihren Modellen benutzt wurde und um Unebenheiten in den Sprengstofflinsen auszugleichen.

Auf dem Tisch vor David lag ein Buchbindermesser zum Schneiden von Papier und Metallfolie. Er zerlegte das Schachspiel in seine vielen kompliziert miteinander verbundenen Teile. Nachdem er die Einzelteile der Mikrokamera entfernt hatte, bohrte er mit einem 0,5-mm-Bohrer Kanäle durch das schwarze Ebenholz und weiße Elfenbein ins hohle Innere der Figuren, die mit dem bloßen Auge nicht zu sehen waren. Die Öffnungen versiegelte er mit einer dünnen Schicht Bienenwachs, der bei durchschnittlicher Handwärme schmolz und die Kanäle öffnen würde.

Danach klappte er das Brett auf, schnitt zwei Stücke Bleifolie zurecht und leimte sie an die Unterseite des Brettes.

Als er fertig war, zündete er sich eine Zigarette an und betrachtete seine Anstrengungen mit selbstkritischem Blick. Das Einzige, was er jetzt noch brauchte, um das Reiseschachspiel in eine tödliche Waffe zu verwandeln, war ein wenig Plutoniumpulver.

Er hatte alle Schleusen hinter sich und unterwegs den Schutzanzug angezogen. Mit Kurjakins Reiseschachspiel unter dem Arm stand er nun vor der Privatunterkunft der Zwillinge. Er betete, dass sie noch nicht abgereist waren.

Hinter der Tür war kein Laut zu hören.

Er drückte die Klingel bis zum Anschlag und hielt die Luft an. Und atmete erleichtert auf, als Henriks Gesicht in dem Bullauge erschien.

»Was macht ihr? Meditiert ihr?«

»Ich wunder mich auch, dich zu sehen«, murmelte der Däne und ließ David eintreten. »Wir dachten, du wärst tot.«

»Oder hättest die Frauen für dich entdeckt«, sagte Jakob.

»Wann macht ihr zwei euch auf den Weg?«, fragte David, als er zwei gepackte Koffer neben dem Küchentisch sah.

»Wir haben Billetts für den Zug morgen Vormittag«, sagte Henrik.

»Wir sind froh, abhauen zu können«, sagte Jakob. »Es ist plötzlich so tot hier. Alle reisen ab.«

»Habt ihr den Brief und das Bild abgeliefert?«

»Das wollten wir morgen auf dem Weg zum Bahnhof erledigen«, sagte Henrik.

»Ich übernehm das«, sagte David.

»Bist du sicher?«

»Ganz sicher.«

»Was hast du da mitgebracht?«, fragte Jakob. »Ein Geschenk? Das wäre doch wirklich nicht nötig gewesen …«

David sah Henrik in die Augen.

»Ich will einen Menschen umbringen«, sagte er. »Gerne so qualvoll wie möglich.«

Henrik lehnte sich mit verschränkten Armen an die Wand. Jakob stieß mit dem Fuß gegen den Sandsack.

»Warum?«

»Er hat mir meine Frau und meine Tochter weggenommen, als ich noch in Murmansk gelebt habe. Es geht um einen sowjetischen Geheimdienstoffizier, der mich zur Spionage in The Hill gezwungen hat. Er hat gedroht, sie umzubringen, wenn ich mich weigere.«

Jakob hielt den Sandsack an.

»Und hast du es getan?«

»Ja, habe ich. Aber am Ende habe ich die Mikrofilme verbrannt. Das ist eine lange Geschichte.«

»Was brauchst du?«

»Plutoniumpulver.«

Die Brüder wechselten Blicke.

»Wir helfen dir«, sagte Henrik.

»Aber du gehst selber drauf, wenn du das versuchst«, sagte Jakob. »Ich nehme mal an, das Plutonium soll in das Schachspiel?«

»Ich habe Kanäle in die Figuren gebohrt und die Öffnungen mit Wachs versiegelt. Das Schachspiel gehört dem Geheimdienstoffizier, und ich habe vor, es ihm zurückzugeben.«

Henrik lächelte.

»Ich muss schon sagen, genialer Einfall. Ziemlich riskant, aber gut ausgedacht.«

ENDSPIEL

Die finnisch-russische Grenzstation Vainikkala, 11. Januar 1946, 14:35 GMT

Sie hatte sich vor Morgengrauen in dem Versteck am Fuß eines Windbruchs eingerichtet, sodass der leichte Schneefall ihre Skispuren im Laufe des Tages zudecken würde. Die aufragenden Wurzelballen schützten sie vor neugierigen Blicken von der anderen Seite der Grenze. Zweihundert Meter von ihrem Versteck entfernt verlief die mit roten und weißen Pfeilern markierte Landesgrenze zwischen Russland und Finnland.

Links von der Heckenschützin nach Süden erstreckten sich unwegsame Kiefernwälder bis zum vierzig Kilometer entfernten Finnischen Meerbusen. Rechter Hand lag der große Bahnhof mit Haupt- und Nebengleisen, Baracken für finnische und russische Grenzjäger und den Zoll, Werkstätten und einer großen Remise, wo die Fahrgestelle von der russischen auf die europäische Gleisweite umgestellt wurden.

Ihr war nicht kalt. Sie hatte eine Thermosflasche mit heißem, süßem Tee in ihrem weißen Rucksack und trug lange, wollene Unterwäsche, einen daunengefütterten Overall und darüber ihre weiße Wintertarnung. In der linken Brusttasche steckte ihr in ein Stück Seidenstoff gewickelter Leninorden.

Der Schnee fügte eine weitere isolierende Schicht hinzu. Die Heckenschützin hatte sich ein weißes Tuch vor das Gesicht gebunden, damit ihr Atem sie nicht verriet, und weißen Futterstoff um das Gewehr und das Zielfernrohr gewickelt.

Hinter dem Grenzstreifen waren Wiesen und Felder. Auf der finnischen Seite weidete eine besondere Rasse langhaariger und langhorniger Rinder. Eine kräftige Bäuerin auf einem offenen, von einem massiven Ackergaul gezogenen Karren war damit beschäftigt, Winterfutter für das Vieh zu verteilen. In regelmäßigen Abständen blieb der Karren stehen, die Frau kletterte vom Bock herunter und hebelte Heu von der Ladefläche auf die Erde.

Ljudmila Pawlitschenko richtete das Fadenkreuz auf die Stirnlocke eines Rindviehs, krümmte den Zeigefinger um den Abzug des Mosin-Nagant-Repetiergewehrs und zog den weichen Abzug durch.

»Bumm!«, murmelte sie.

Mit diesem Gewehr hatte sie mindestens 309 deutsche und bulgarische Soldaten erschossen. Ihre Feuertaufe hatte sie im Verteidigungskampf um Odessa gehabt, und nach Odessa hatte sie Russlands Feinde in Stalingrad und Sewastopol getötet.

Der lange finnische Passagierzug dampfte durch eine Kurve im Wald vor ihr und verlangsamte mit kreischenden Bremsen sein Tempo. Gleich würden finnische und russische Grenzjäger den langwierigen und umständlichen Prozess der Pass- und Dokumentenkontrolle der Passagiere beginnen. Ein Bus hielt vor dem Gebäude, und etwa zwanzig Reisende stiegen aus.

Unter ihnen ihr Zielobjekt.

»Erschieß ihn, wenn er wieder aus dem Zug steigt«, hatte der Oberst gesagt und hinzugefügt. »Aber nicht die Frau und das Kind.«

Sie hatte den Oberst gefragt, ob die beiden keine Feinde der Union wären.

»Nicht mehr«, hatte er gesagt.

Der Zug war gänzlich zum Halten gekommen, und die Busreisenden liefen über die Gleise zum Bahnsteig.

Der schlanke, blasse Däne trug keine Kopfbedeckung. Der leichte Wind spielte mit seinem dichten dunkelbraunen Haar. Der schwarze Mantel stand offen über einem dunklen Anzug edelster Qualität. Weißes Hemd, grau-weiß gestreifter Schlips. In der rechten Hand hielt er einen schwarzen Diplomatenkoffer.

Ljudmila studierte das Ziel durch das Zielfernrohr und entdeckte ein blankes Stahlarmband um sein Handgelenk, das durch eine kräftige Stahlkette mit dem Koffer verbunden war.

Der Oberst hatte gesagt, dass damit zu rechnen wäre, aber dass es ohne Bedeutung für das Vorhaben wäre.

Sie konnte sich ein Lächeln nicht verkneifen beim Anblick des hünenhaften, älteren Mannes im grünen Lodenmantel mit finnischer Fellmütze auf dem Kopf, deren Ohrenklappen wie hängende Kaninchenohren hin und her schwangen. Der Mann nickte freundlich in alle Richtungen. Sein Vollbart reichte ihm bis zur Mitte der Brust.

Sie sah auf russischer Seite einen dunkelgrünen Mercedes und eine schwarze Zil-Limousine über das Bahnhofsgelände und an den Gleisen entlang zum Bahnsteig fahren.

Sie kannte sie alle: Oberst Juri Pawlowitsch Kurjakin, wie immer elegant gekleidet. Ebenso sein schlanker Adjutant, Hauptmann Kirill Gromow. Sie stapften durch den Schnee, gefolgt vom Engländer und dem großen Akademiker Igor Kurtschatow. Hinter ihnen kamen die Frau und das Kind. Und abschließend zwei breitschultrige GRU-Soldaten für alle anfallenden Arbeiten, in dünnen Schuhen, unförmigen Mänteln und billigen, grauen Anzügen.

Sie bestiegen den vorderen Waggon hinter der Lokomotive und liefen durch den Zug bis zu einem der mittleren Wagen. David Adler bestieg den Zug von finnischer Seite und bewegte sich auf sie zu.

Die Bäuerin stand bis zur Hüfte in dem feuchten Heu auf dem Karren. Sie stützte sich auf die Heugabel und betrachtete den Himmel. Schwarze Saatkrähen kreisten über dem dampfenden Futter.

Die zwei GRU-Soldaten versperrten die Tür zu dem Abteil, in dem Elena und Sara saßen. Alles an ihnen war grau: fleischige, graue und ausdruckslose Gesichter. Graue Lippen. Graue Bartstoppeln. Die Augen farblose Schlitze. Sie hätten Brüder sein können, geboren von der gleichen unglückseligen Kreatur. Sie unterzogen David einer gründlichen Körpervisitation, während der er unverwandt seine Frau ansah. Sie lächelte mit Tränen in den Augen und war nach wie vor das wundervollste Wesen, das er je gesehen hatte. Sara spielte mit einer Puppe auf ihrem Schoß.

Der Handgriff des Abteilfensters war mit einer Handschelle am Rahmen arretiert. Einer der Fleischköpfe zeigte ungebührliches Interesse an Davids Koffer.

»Der ist für Oberst Kurjakin und nur für ihn bestimmt. Ich schlage vor, Sie fragen ihn persönlich«, sagte David.

Der andere Soldat zuckte mit den Schultern und schob David weiter zum nächsten Abteil. David öffnete die Tür, und die vier bereits darin sitzenden Männer starrten ihm entgegen. Sie hatten die rechte Platzreihe besetzt, und es schien ihm daher natürlich, links Platz zu nehmen.

Keiner der Männer reichte ihm die Hand. Der Jüngste, ein schlanker, blonder Mann, musterte ihn voller Verachtung.

David balancierte den Koffer auf den Knien.

Kurjakin lächelte.

»David. Ich muss schon sagen, Sie haben alle meine Erwartungen übertroffen. Willkommen zurück in Russland. Mr. Kim Carpenter kennen Sie ja bereits, inzwischen hochdekorierter Oberstleutnant Carpenter des Geheimdienstes der Roten Armee.«

Carpenter deutete ein Lächeln an, korrigierte die bereits messerscharfe Bügelfalte seines Hosenbeins und zündete sich mit seinem goldenen Feuerzeug eine Zigarette an, ehe er wieder gleichgültig aus dem Fenster schaute.

»Glückwunsch, Oberstleutnant Carpenter«, sagte David. »Dann

sind Sie doch noch Mitglied eines exklusiven Clubs geworden und haben sich einen Namen gemacht.«

»Wie bitte …? Ach so, ja.«

David lächelte.

»Nur aus reiner Neugier. War Professor Bohr in London zu irgendeinem Zeitpunkt tatsächlich in Lebensgefahr?«

Carpenter legte die Stirn in nachdenkliche Falten, als hätte David ihn nach einem Ereignis in ferner Vergangenheit gefragt.

»Churchill war alles andere als begeistert über die Kapiza-Angelegenheit, soweit ich mich erinnere, aber ich habe seine Reaktion wohl ein wenig überspitzt dargestellt. Irgendwie musste ich Sie ja aus dem Land und zurück nach Los Alamos kriegen.«

Er kassierte einen unzufriedenen Seitenblick von Kurjakin. Nach Meinung des Obersts waren Erklärungen etwas für kleine Kinder und geistig Minderbemittelte.

»Und hier haben wir unseren eminenten wissenschaftlichen Berater, Professor Kurtschatow, der das Material auswerten wird … So Sie denn verwertbares Material mitgebracht haben. Was ich doch sehr hoffe.«

Kurtschatow musterte David wie ein Präparat in einem Glasbehälter.

»Ich bin überzeugt, dass Sie nicht enttäuscht sein werden«, erwiderte David höflich.

»Und zu guter Letzt darf ich Ihnen noch Hauptmann Kirill Gromow vorstellen.«

David spürte den klinischen Blick des Adjutanten bis in die Tiefen seines Gehirns.

Das Gesicht des Obersts wurde ernst.

»Sie haben mein Schachspiel dabei?«

»Selbstverständlich.«

David klappte den Koffer auf, worauf die Männer sich wachsam aufrichteten. Der Adjutant schob seine rechte Hand unter die linke Achsel. David zögerte und sah Gromow an.

»Darf ich weitermachen?«

Kurjakin legte eine Hand auf den Arm des Adjutanten.

»Ruhig … Sie alle …«

David nahm das Reiseschachspiel und reichte es dem Oberst. Halb scherzhaft schüttelte Kurjakin es und hielt es ans Ohr.

»Es explodiert doch wohl nicht, wenn ich es öffne?«

David lächelte.

»Es wäre eine Sünde, einen so kunstvollen Gegenstand zu zerstören. Außerdem brächte ich damit meine Frau und meine Tochter in Lebensgefahr. Die Trennwände zwischen den Abteilen sind dünn.«

»Und alle Figuren sind intakt?«

David zog die Augenbrauen hoch.

»Das sind sie, aber es gab ein Problem. Die Mikrokamera hat nicht wie geplant funktioniert.«

»Hat sie nicht?«

David entnahm dem Koffer einen dicken Umschlag.

»Ich musste stattdessen eine Leica nehmen.«

»Eine Kamera ist ja wohl so gut wie die andere«, murmelte Kurjakin.

David reichte Kurtschatow den Umschlag.

»Ich habe vier Rollen Film 24 x 36 mm verbraucht und die Fotos selbst entwickelt. Die Negative befinden sich in dem Umschlag.«

Kurtschatow fischte den ersten Negativstreifen heraus, hielt ihn vors Fenster und studierte die Aufnahmen durch ein Vergrößerungsglas. Er lächelte und nahm sich die nächsten acht Negative vor. Er hatte was von einem Pilger, der vor den Toren Jerusalems angelangt war.

»Um unsere wertvolle Zeit nicht zu vergeuden – soll ich Ihnen nicht einfach die Fotos geben?«

»Sehr gerne«, murmelte der Akademiker.

Carpenter beugte sich vor, um David den Koffer abzunehmen,

der ihn mit einem Ruck wegzog, den Engländer aber einen Blick durch den Spalt werfen ließ. Carpenter saß ganz still.

»Was ist?«, fragte Kurjakin.

»Handgranate«, murmelte Carpenter.

»Wie bitte?«

David nickte.

»In diesem Koffer befindet sich eine amerikanische Handgranate, eine sogenannte Ananas, mit dem offiziellen Namen Mk 2 und einem tödlichen Sprengradius von fünf Metern. Der Sicherungsstift ist mit einem Stahldraht im Innern des Koffers verbunden, und der Koffer ist, wie Sie sehen können, an mein Handgelenk gekettet. Sie können natürlich versuchen, mir den Koffer mit Gewalt abzunehmen, aber in dem Fall explodiert die Granate innerhalb von drei Sekunden. Und in drei Sekunden werden Sie sich nicht alle aus dem Abteil retten können, nicht wahr?«

Ein anerkennendes Lächeln breitete sich in Kurjakins sonnengebräuntem, gefälligem Gesicht aus.

»Das ist wohl wahr. Aber was ist mit Ihrer Frau und Ihrem Kind? Wie Sie selbst sagten, die Wände zwischen den Abteilen sind sehr dünn.«

David schaute auf seine Uhr. In der nächsten Sekunde war ein Rumpeln aus dem Nachbarabteil zu hören.

»Was soll mit ihnen sein?«, fragte David.

Gromow sprang auf, als die Schiebetür zum Abteil fast aus ihrer Schiene gerissen wurde. Ein Hüne mit grauem Bart füllte die Türöffnung aus. Er schubste Gromow mit einer Hand zurück auf seinen Platz und befreite den Adjutanten dabei mit monumentaler Unumgänglichkeit von dem Nagant-Revolver in seinem Schulterholster. David konnte sich gut vorstellen, dass man sich bei einer Kollision mit Andrea Stavros wie von einem Felsen überrollt fühlte.

Andrea drückte den Revolverlauf an Oberst Kurjakins Schläfe, entsicherte die Waffe und spannte den Hahn. Er sah den Oberst mit finsterem Blick an, als flehte er inwendig um den kleinsten Grund, den Abzug zu betätigen.

Kurjakin verstand die wortlose Mitteilung und rührte sich nicht.

Andrea kaute auf seiner Unterlippe.

»Waffen …?«

Er nahm die automatischen Pistolen von Kurjakin und Carpenter entgegen und ließ sie salopp in seinen riesigen Manteltaschen verschwinden.

»Wo sind sie?«, fragte David.

»Auf dem Bahnsteig.«

»Und die Wachen?«

Andrea zog die Schultern hoch.

»Wachen so schnell nicht wieder auf. Wenn überhaupt. Ich bin ein bisschen aus der Übung. Das ist nicht so einfach.«

David entfuhr ein kehliger Laut, als er direkt vor dem Zugfenster Elena und Sara sah, die Hand in Hand über den Bahnsteig auf den finnischen Grenzposten zuliefen.

Er lächelte Andrea an.

»Ab hier mache ich alleine weiter.«

»Bist du sicher? Ist hier niemand, den ich für dich umbringen kann? Es wäre mir ein Vergnügen.«

»Im Moment nicht, danke«, sagte David.

Andrea zog sich mit enttäuschter Miene zurück.

Gromow funkelte David hasserfüllt an.

»Da scheint jemand vergessen zu haben, dass er Pinocchio ist«, sagte Carpenter.

»Wer will schon Pinocchio sein«, sagte David.

Kurjakin schüttelte mit einem an Ehrfurcht erinnernden Gesichtsausdruck den Kopf.

»Sie sind wahrhaftig ein Mensch mit ungeahnten Ressourcen, David Adler.«

»Darum haben Sie mich gewählt.«

Kurtschatow hatte, völlig absorbiert von den Fotos, kaum mitbekommen, was um ihn herum geschah. Er zeigte auf eins der Bilder.

»Was ist das hier?«

»Das nennen sie Sprengzünder. Die alten Sprengkapseln sind mit Knallquecksilber gefüllt. Diese hier funktionieren elektrisch und sorgen dafür, dass die Detonation zeitgleich in allen Linsen stattfindet.«

»Sehr findig«, murmelte der Professor. »Und was ist das hier, wenn ich fragen darf?«

David seufzte.

»Ein Neutronenzünder. Sie nennen es den ›Igel‹. Er setzt sich aus Beryllium und Polonium zusammen.«

»Wirklich ausgezeichnet«, hauchte Kurtschatow. »Ich frage mich, wieso wir nicht selbst darauf gekommen sind.«

»Weil Sie keinen Niels Bohr haben. Es liegt Ihnen alles vor, Professor, und Sie brauchen nicht mich, um Ihnen das Material zu erklären. Können wir weitermachen?«

»Verzeihung … es ist nur …« Kurtschatow wandte sich an Oberst Kurjakin. »Das ist fantastisches und komplettes Material, das der junge Mann zusammengetragen hat. Das erspart uns mindestens drei Jahre Arbeit.«

»Kann ich jetzt gehen?«, fragte David.

Kurjakin blinzelte und schaute nach links. David wusste, dass der Oberst Rechtshänder war.

»Selbstverständlich können Sie gehen. Nur noch eine kurze Frage: Was ist mit Dr. Stewart passiert … und Dr. Fuchs … und Gold? Ich meine: Gerade werden alle Netzwerke von New Mexico bis nach Kanada aufgerollt.«

»Ich fürchte, dass ich daran nicht ganz unschuldig bin«, sagte David. »Ich bin nun mal gerne … unersetzlich. Wenn Sie die Informationen in der gleichen Qualität auch von anderen Quellen bekommen können, wer garantiert mir da, dass Sie sich an unsere Abmachung halten?«

Der Oberst schüttelte den Kopf.

»So jung ... und schon so verdammt zynisch. Selbstverständlich hätte ich ...«

»Selbstverständlich hätten Sie sich nicht daran gehalten«, fiel David ihm ins Wort. »Sie sind ein schlechter Verlierer. Lieber spielen Sie auf Remis, als eine Partie zu verlieren. Das ist der Schwachpunkt bei Ihrem Schachspiel.«

Der Oberst errötete peinlich berührt. Carpenter betrachtete ihn seelenruhig, als würden ihm verschiedene Dinge klar.

David stand auf.

Gromow rückte vor, woraufhin David den Koffergriff fester umfasste. Der Adjutant lehnte sich wieder zurück.

Kurjakin lächelte David an.

»Dann Hals- und Beinbruch.«

»Ihnen auch.«

Wenige Augenblicke später sahen sie den Dänen an ihrem Abteilfenster vorbei über den Bahnsteig laufen. Kirill Gromow sprang fluchend auf und lief ins Nachbarabteil. Fünf Sekunden später war er zurück.

»Mausetot.«

Kurjakin erhob sich und schaute aus dem Fenster.

»Genau wie Adler in wenigen Augenblicken«, murmelte er.

Gromow sah den Oberst verständnislos an. Dann breitete sich ein Lächeln auf seinem Gesicht aus.

»Ljudmila?«

»Selbstverständlich.«

Der Wald war schneebedeckt, rein und schön – genau so, wie der Oberst es liebte.

Die Heckenschützin beobachtete das Fenster, auf dem Kurjakins Atem einen Kondensring bildete. Sie schwenkte das Repetiergewehr in einem kurzen Bogen zur Seite und nahm David Adler

434

ins Visier. Er war nicht weit entfernt, und obwohl er in Bewegung war, entschied sie sich für einen Kopfschuss.

Ljudmila Pawlitschenko krümmte den Finger um den Abzug, atmete halb aus und wartete auf die winzige Pause zwischen zwei Pulsschlägen, dem von ihr erprobt besten Zeitpunkt. Plötzlich erstarrte sie. Ihre kampfgeschulten Instinkte schlugen Alarm, und sie wusste, dass sie sich in diesem Augenblick selber in äußerster Lebensgefahr befand. Unter ihren Trophäen waren auch sechsunddreißig deutsche gegnerische Heckenschützen gewesen. Sie kannte das Spiel bis zum Erbrechen und hatte immer sehr genau gewusst, wann sie in die Enge getrieben und von der Jägerin zur Gejagten geworden war.

Sie schaute zu dem Karren auf der finnischen Seite. Die Rinder – der Karren – die Bäuerin, die wieder oben auf dem Bock Platz genommen hatte – das Pferd, das sich nicht bewegte. Sie fluchte leise und schaute durch das Zielfernrohr. Und jetzt sah sie ihn, den Feind. Fast verdeckt von dem Heu auf der Ladefläche des Karrens. Grünbrauner Tarnanzug. Zielfernrohr. Halb geschlossenes linkes Auge.

Sie wurde getroffen, ehe sie den Schuss hörte.

Die Hand eines Riesen riss ihr das Gewehr aus den Händen, und grauenvolle Schmerzen schossen durch ihre Hände und das Gesicht. Das Repetiergewehr lag einen Meter neben ihr. Ljudmila Pawlitschenko sprang auf. Schreiend. Presste beide Hände auf ihr getroffenes rechtes Auge. Ihre Handschuhe saugten sich mit Blut voll.

Der Karren setzte sich in Bewegung und rollte langsam davon.

Oberst Juri Kurjakin schob die Hände in die Manteltaschen und betrachtete die verletzte Heckenschützin, die sich vor Schmerz gekrümmt ein weißes Tuch um den Kopf band, um die Blutung zu stoppen.

Der Schnee um ihre Skischuhe färbte sich rot.

»… Fantastisch … Brillant … drei Züge voraus … Mindestens …«

Er schüttelte den Kopf und ließ sich auf den Sitz fallen.

Carpenter zündete eine Zigarette an und beobachtete leidenschaftslos die Qualen der Heckenschützin. »Warum mussten Sie sich ausgerechnet ein Schachgenie auswählen?«

Kurjakin funkelte den Engländer zornig an und hatte schon eine scharfe Rüge auf der Zunge, als der Zug sich plötzlich mit einem Ruck in Bewegung setzte. Die drei Männer sahen sich fragend an.

Sie sahen Grenzjäger beider Nationalitäten über den Bahnsteig laufen, um den Zug aufzuhalten, der verblüffend schnell Geschwindigkeit aufnahm – zurück nach Finnland.

Kurjakin lächelte. Dann begann er schallend zu lachen. Er konnte nichts machen, und Tränen hilfloser Heiterkeit flossen aus seinen Augen. Gromow zog ohne Resultat die Notbremse. Einer nach dem anderen gaben die jungen Grenzjäger die Verfolgungsjagd im tiefen Schnee auf und blieben vornübergebeugt und nach Luft schnappend stehen.

Kurjakin biss fest in seine Handschuhe, als er von weiteren hysterischen Lachkrämpfen überrollt wurde, gegen die er nichts tun konnte.

Irgendwann bekam er wieder Luft.

»Wo hält der Zug, Carpenter?«

»Helsinki.«

Kurjakin wurde von der nächsten hysterischen und wütenden Lachattacke geschüttelt.

David beobachtete die Grenzjäger. Einige von ihnen standen reglos im Schnee. Ein paar winkten dem davonrollenden Zug hinterher. Er drehte sich um und schaute zum Waldrand auf der russischen Seite der Grenze, aber der Heckenschütze war nicht mehr zu sehen – verschluckt vom Schnee und den Kiefern: auf dem Weg an einen Ort für versehrte Heckenschützen, an dem sie ihre Wunden lecken konnten.

Er hörte jemanden seinen Namen rufen und drehte sich mit einem Lächeln um. Elena schlang die Arme fest um ihn, und Sara klammerte sich an seine Knie, bis er sie auf den Arm nahm.

Andrea Stavros zündete sich einen übelriechenden Zigarillo an. Der Hüne sah entspannt aus. Da entdeckte David den ehemaligen finnisch-deutschen Piloten der Luftwaffe, Petteri Juutilainen, der sich in seiner dunkelblauen Schaffneruniform durch den Schnee zu ihnen durchkämpfte.

»David! Mein Vater fährt die Lokomotive, und mein Onkel kümmert sich um die Signale an der Strecke. Sie haben nichts dagegen, zurück nach Helsinki zu fahren.«

Petteri machte eine Pause, um wieder zu Atem zu kommen, und strahlte David an.

»Du hast es geschafft!«

David setzte Sara ab und umarmte den Finnen.

»Wir haben es geschafft, Petteri. Ohne deine Familie hätte ich nichts ausrichten können.«

»Ja, danke«, murmelte Andrea.

David lächelte den Griechen an.

»Und wo ist dein berühmter Onkel?«, fragte Andrea.

Petteri schaute über die Felder.

»Der dürfte bereits wieder zu Hause sein, denke ich.«

Andrea sah David an. »Woher zum Teufel wusstest du, dass sie dort sein würde?«

»Ich habe Schach gegen den Oberst gespielt. Ich kenne ihn. Er ist gut. Wenn er nicht so eitel wäre, hätte er Großmeister werden können.«

Er schaute in Elenas Augen und konnte den Blick nicht mehr von ihr losreißen.

GRU, Khoroshyovskoye-Chaussee, Moskau, 16. September 1948, General Juri Pawlowitsch Kurjakins Kontor

Alle Etagen der Hauptzentrale waren evakuiert worden. Im gesamten Gebäude befanden sich nur noch General Kurjakin, Gromow, Ärzte, Kriminaltechniker und Spezialisten der Sowjetischen Atomenergiekommission. Alle Anwesenden trugen gelbe Schutzanzüge und Atemmasken – ausgenommen Kurjakin. Überall war das hitzige Knistern von Geigerzählern zu hören. Versteinert sah Kurjakin zu, wie sein kontaminiertes Reiseschachspiel in einer bleiversiegelten Kiste verschwand, gefolgt von einer Handvoll loser Figuren.

Vor ihm stand eine Tasse heißer Tee. Er nippte vorsichtig daran.

Dr. Poljakow näherte sich ergeben dem Schreibtisch. Sein Gesicht zerfloss hinter dem Visier. Hinter dem Arzt hatte sich die stumme Schar der Spezialisten versammelt. Dr. Poljakow wirkte wie ein vom Gemeinschaftsorganismus abgestoßener Teil und dazu verdammt, die Schlussfolgerungen der Experten zu überbringen. Seine Stirn glänzte, die Lippen zitterten.

Der General betrachtete den Arzt ohne Groll. Im Augenblick war er in eine warme Decke der Resignation gehüllt. Er hoffte, dass dieser Zustand noch ein wenig anhalten möge.

Er forderte Poljakow auf, sich zu setzen, was wegen der großen Sauerstoffflaschen auf dem Rücken des Arztes nicht möglich war.

»… Doktor?«

»Ich weiß nicht, wo ich anfangen soll, Genosse General«, sagte Poljakow mit hilfesuchendem Schulterblick zu der buckelnden Versammlung hinter seinem Rücken.

»Wie wäre es mit meinem plötzlichen Bedürfnis nach Salz«, schlug Kurjakin in neutralem Ton vor.

Der Arzt lächelte dankbar.

»Ja, natürlich … Haben Sie jemals eine Katze oder einen Hund besessen, General?«

Kurjakin dachte nach. Bei der Erinnerung musste er lächeln.

»Eine Katze. Einen bunt gescheckten Kater, den wir Tom genannt haben. Ich habe ihn als Junge sehr gemocht. Warum wollen Sie das wissen?«

»Wenn ein Hund oder eine Katze sich krank fühlen, suchen sie instinktiv in der Natur nach bestimmten Kräutern oder Gräsern, um sich selbst zu kurieren.«

Der General nickte nachdenklich.

»Ich verstehe. In Küchensalz ist Jod. Ist es das?«

»Ganz genau. Jod kann die Symptome der Strahlenkrankheit eindämmen. Das hätte ich erkennen müssen, aber …«

»Seien Sie nicht zu streng mit sich, Doktor. Wie um alles in der Welt hätten Sie darauf kommen sollen, dass ich an so etwas Exotischem wie einer Plutoniumvergiftung leide?«

»Alle Schachfiguren haben Plutonium enthalten«, sagte Dr. Poljakow kopfschüttelnd. »In Staubform. Dieses Büro, die Etage, das ganze Gebäude ist kontaminiert.«

Der General lächelte freudlos.

»Und Plutonium-239 hat eine Halbwertszeit von nur 4,5 Milliarden Jahren. Wunderbar. Dieser verfluchte Satan!«

Er schaute auf die Tasse in seiner Hand.

»Olesya? Olesya Apalkowa, meine Privatsekretärin, was ist mit ihr?«

Der Arzt räusperte sich unglücklich. »Das Resultat ihrer Blutprobe liegt mir noch nicht vor, aber ihren Symptomen nach zu urteilen, also Haarausfall, Knochenschmerzen, Gewichtsverlust und Nasenbluten ... also ja ... ich befürchte, dass sie ebenfalls ...«

»Dieser verfluchte Hurensohn! Was ist mit dem Sekretariat?«

»In variierendem Umfang. Das müssen wir abwarten.«

Kurjakin schloss die Augen.

»Und was passiert jetzt mit mir?«, fragte er.

»Was Ihre Prognose betrifft?«

Der General lächelte. »Was sonst?«

»Sie werden vor Ablauf eines Monats tot sein. Ich bedaure. Höchstens ein Monat noch.«

»Nun gut. Danke, Doktor.«

Dr. Poljakow schloss sich den anderen gelben Schutzanzügen an, und Kurjakin winkte Kirill Gromow zu sich an den Tisch.

Der Adjutant beugte sich vor. Der General war erschöpft, seine Stimme nur ein Flüstern.

»Kirill ...«

»General.«

»Wie geht es Ihnen? Sind Sie krank?«

»Ich glaube nicht.«

»Gut ... Das freut mich zu hören.« Der General hustete in sein Taschentuch und sah wieder den Adjutanten an. »Der Arzt ... Dr. Poljakow ... Lassen Sie ihn in Ruhe. Er ist ein guter Mann. Haben Sie verstanden, Kirill?«

»Selbstverständlich, General.«

»Danke. Und jetzt bringen Sie die Leute nach draußen und schließen Sie die Türen. Ich möchte einen Augenblick allein sein.«

Gromow schob die Spezialisten aus dem Büro und schloss die Flügeltür mit einem letzten Blick auf seinen Vorgesetzten.

Kurjakin erhob sich mühsam aus seinem Sessel und nahm einen Atlas aus dem Regal. Dann setzte er sich hinter den Schreibtisch und schlug eine Übersichtskarte von Europa auf, auf der er die sechs Telegramme vor sich arrangierte: Stockholm, London, Paris, Rom, Ankara, Kiew.

Er nahm einen Bleistift und ein Lineal aus der Schreibtisch-schublade und verband die Punkte miteinander.

Nach einer Minute legte er Lineal und Bleistift beiseite und sah sich das Resultat an. Er schüttelte beschämt den Kopf und öffnete die unterste Schublade.

Eine weitere Minute verging. Und noch eine. Dann wurde Kirill Gromow von dem erwarteten Pistolenschuss in dem Privatbüro aus seinen Gedanken gerissen. Er schlug unauffällig ein Kreuz, ehe er die Tür öffnete.

Der General lag neben dem umgekippten Stuhl. Aus der am Boden liegenden Pistole stieg Mündungsrauch auf.

Gromow legte die Stirn in Falten, umrundete den Schreibtisch und schaute auf die aufgeschlagene Atlasseite: sechs mit Bleistift-linien verbundene europäische Hauptstädte, die zusammen einen Davidstern bildeten.

EPILOG

10. September 1949

Es war mitten am Nachmittag, die Hitze in dem Großraumbüro war erdrückend trotz der rotierenden Ventilatoren unter der Decke, und David war zunehmend gereizt und erschöpft. Er saß hier jetzt schon ... wie lange? Fast zwei Wochen und meist bis spät in die Nacht. Im Stuhl ihm gegenüber saß sein Inquisitor, der unermüdliche Becker. Ein Mann unbestimmbaren Alters, Nationalität und Abstammung. Zwischendurch glaubte David den Hauch eines zentraleuropäischen Akzents aus seinem Englisch herauszuhören, aber andererseits kommunizierte er am Telefon oder mit seinem jungen Stab in sechs Sprachen, fließend. Sein Gesicht sah aus wie etwas, das Jahrhunderte in der Wüste gelegen hatte: kahl, zernarbt, faltig, markant. Die asiatisch schräg stehenden, grünen Augen erinnerten David an eine Galapagos-Schildkröte.

Das Uniformhemd war das eines Majors, und er hatte die Ärmel über den kräftigen, stark behaarten Armen hochgekrempelt.

Hinter den Jalousien wuselten ein Haufen junger Menschen in weißen Kitteln herum, über Zeichentische und elektronische Messinstrumente gebeugt oder diskutierend vor Schultafeln. Es gab ein paar Blonde oder Rothaarige, aber die meisten waren dunkelhaarig wie David. Ihm lief der Schweiß die Schläfe hinunter, während Becker aussah, als säße er in einer Eishöhle.

»Mehr gibt es nicht«, platzte David verzweifelt heraus. »Ihr habt den ganzen Mist bekommen. Begreift das doch endlich!«

Beckers Lächeln strahlte ewige Geduld und endlose Sympathie aus.

»Es gibt immer mehr«, murmelte der Major fast bedauernd.

David zeigte gestikulierend zu den jungen Menschen auf der anderen Seite der Glaswand.

»Die sind doch wohl mit Gehirnen ausgestattet, oder etwa nicht? Sie werden ja wohl imstande sein, eigenständig Dinge zu entwickeln. Außerdem habt ihr Unterstützung von den Franzosen bekommen, habe ich gehört. Fragt die doch! Ihr braucht mich nicht mehr.«

Becker blinzelte wie eine Echse und versuchte es von einer anderen Seite.

»Ich bin sicher, dass all die jungen Menschen da drüben mit einem Hirn gesegnet sind, David, sonst wären sie kaum hier. Wie geht es im Übrigen Professor Bohr?«

»Gut. Er kommt uns in zwei Wochen besuchen. Mit seiner Frau und seinen Söhnen. Ich werde ihn grüßen.«

»Tun Sie das. Wie es scheint, sind aus den Kernphysikern Bohr und Oppenheimer richtige Politiker geworden, oder irre ich mich? Die vor der Generalversammlung der UN auftreten.«

David seufzte und leerte den Pappbecher mit lauwarmem Wasser.

»Sie waren nicht dabei. Sie haben es nicht gesehen, aber vielleicht die Bilder von Hiroshima oder Nagasaki? Alle, die bei Trinity dabei waren, sind verändert, das kann ich Ihnen garantieren.«

»Verstehe …« Beckers Freundlichkeit war unerschöpflich. »Ich kann mir vorstellen, dass man alles noch einmal neu überdenken muss.«

»Genau das ist der Grund, warum Bohr und Oppenheimer ihre Zeit auf Gespräche mit Politikern verwenden, die ihnen zuhören.«

Der Major lehnte sich im Stuhl zurück und schob die ineinander verschränkten Finger unters Kinn.

»Und wie geht es Mrs. Adler? Gefällt ihr die neue Stelle in der Bibliothek?«

»Ja, danke. Aber das ist keine öffentliche Bibliothek, sondern ein Forschungsinstitut auf dem Scopusberg.«

»Ah ... Natürlich. Und der neueste Adler?«

»Wird in zwei Monaten erwartet, wenn alles gut geht.«

Der Major begann zu strahlen wie ein Lottogewinner.

»Ausgezeichnet. Es hat übrigens jemand den dringenden Wunsch geäußert, Sie persönlich kennenzulernen. Ein kleines, privates abendliches Treffen am 25. des Monats.«

David sah den Major skeptisch an.

»Wer?«

»Mr. Ben-Gurion.«

»Alles klar. Danke. Kann ich jetzt gehen? Ich habe meiner Frau versprochen, ihr bei den Einkäufen zu helfen.«

Becker lächelte großzügig.

»Aber sicher doch ...«, sagte er in einem Tonfall, als hätte in Wirklichkeit David die Angelegenheit so in die Länge gezogen.

»Wir melden uns, wenn uns noch was einfällt ...«

»Daran zweifle ich nicht«, sagte David.

Elenas Gesicht hellte sich auf, als sie ihn aus dem Gebäude kommen sah. David zog die Jacke aus und steckte den Schlips in die Tasche.

Er schaute zurück zu dem anonymen Gebäude in Jerusalems Ma'ase Hoshev Street, das das neu gegründete Atomwaffenprogramm des israelischen Staates beherbergte.

Er nahm seine hochschwangere Frau in den Arm. Sie setzte ihre Sonnenbrille auf und drückte die Hände ins müde Kreuz.

»Verdammt, der hat mal wieder kein Ende gefunden«, sagte David.

»Du sollst nicht in Saras Gegenwart fluchen«, ermahnte Elena ihn.

David schaute zu seiner inzwischen neunjährigen Tochter, die mit einer Brille auf der Nase und den Beinen um den Zaunpfeiler geschlungen auf einem Geländer saß und las.

»Sie würde nicht mal merken, wenn ein Flugzeug fünf Meter vor ihr abstürzt«, sagte David.

»Dann sind sie endlich fertig mit dir?«, fragte sie.

»Sie werden niemals fertig sein.«

»Aber ich hoffe doch, dass dir wenigstens Zeit genug bleibt, unser neues Zuhause einzurichten«, sagte seine Frau. »Wo zum Beispiel sollen wir dein Bild aus New Mexico aufhängen? Das mit der Kirche?«

David nahm ihre Hand.

»Im Wohnzimmer?«

»Gute Idee.«

Sara hob den Blick.

»Verdammt gute Idee«, sagte sie.

NACHWORT

Dieses Buch ist eine Kombination aus Fiktion und Fakten über verstorbene und noch lebende Personen, die während und zum Ende des Zweiten Weltkriegs am amerikanischen Atomwaffenprogramm, dem Manhattan-Projekt, in den Atomwaffenlaboratorien in Los Alamos in New Mexico beteiligt waren. Die Entwicklungsarbeiten gipfelten in der Konstruktion und Zündung der ersten Atombombe der Welt. Manche Personen, Plätze und historische Ereignisse wurden nach Ermessen und in alleiniger Verantwortung des Autors in ihrer zeitlichen und räumlichen Verankerung verändert. Beschönigungen, Dramatisierungen und das Ändern von Namen, Daten, Plätzen, Ereignissen und anderen Details sind einzig und allein der literarischen Wirkung geschuldet. Der Leser sollte dieses Buch nicht anders lesen als jedes andere belletristische Werk. Die meisten Einrichtungen und Personen, die hier porträtiert werden, entbehren jedweder Grundlage in der Wirklichkeit.

S. J.